I0556795

صمصام‌الدین رجایی

پَروَک، گلبرگ زندگی

sturnus
verlag
نشر استورنوس
www.sturnus-verlag.de

عنوان کتاب: پَروَک، گلبرگ زندگی
طرح روی جلد: مهسا رجایی
عکس‌ها: موزه دانشگاه یل
نویسنده: صمصام‌الدین رجایی
© نشر استورنوس – فوریه ۲۰۱۶
شابک ۳-۰۱-۹۴۶۴۵۱-۳-۹۷۸
حق انتشار در اختیار نشر استورنوس است ۲۰۱۶
www.sturnus-verlag.de

صمصام‌الدین رجایی

پَروَک، گلبرگ زندگی

(رمان)

دست‌نوشته‌ی وویینچ یک کتاب اسرار آمیز است که در اروپا یافته شده است و تاریخ نگارش آن به قرن ۱۵ یا ۱۶ میلادی بازمی‌گردد. این دست‌نوشته به الفبای رمزآمیز ناآشنایی نوشته شده است. تاکنون دانشمندان، متفکران، دانشگاه‌ها و حتی سازمان‌های جاسوسی متفاوتی کوشیده‌اند رمز این کتاب را بگشایند ولی همه تاکنون ناموفق بوده‌اند.

آیا این کتاب در ایران نگاشته شده است؟ آیا نویسندگان آن ایرانی بوده یا ساکن ایران بوده‌اند؟ آیا موضوع‌هایی که این کتاب به آن‌ها پرداخته به شکلی به ایران مربوط بوده‌اند؟ قهرمانان ایرانی و ایتالیایی این داستان خیالی می‌کوشند این احتمالات را کشف کنند. کوششی هیجان‌انگیز که آنان را از آلمان و ایتالیا به مکان‌هایی دوردست در ایران می‌کشاند.

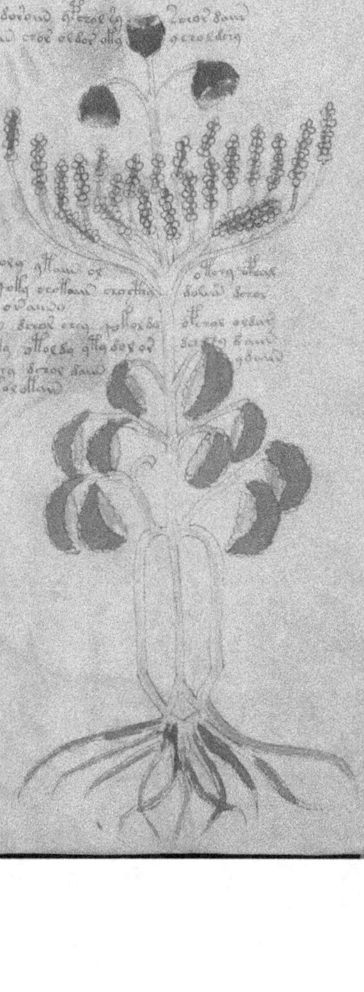

پنج شنبه

۱

بی‌گمان، صبح وقتی بیدار شدم، از آشنایی و حوادث و ماجراهایی که آن روز به دنبال داشت و به پَروَک مربوط می‌شد، هیچ تصوری نداشتم. اکنون که مدت کمی پس از آن ماجراها به آن‌ها فکر می‌کنم، گویی خواب یا فیلمی تخیلی بوده و هیچ ربطی به واقعیت نداشته‌اند.

از تخت خود بیرون آمدم. قدری در مقابل پنجره ایستادم و خیابان پر درخت را در قلب محله شوابینگ مونیخ تماشا کردم. باران ریزی می‌بارید. از این روزهای بارانی حوصله‌ام سر رفته بود. احساس نمی‌کردم که بهار است. دلم برای آفتاب تنگ شده بود. چه خوب بود اگر می‌توانستم چند روزی را در جایی آفتابی سپری کنم. به ساعت نگاه کردم. فرصت صبحانه خوردن نداشتم. پنج‌شنبه تنها روز هفته بود که پیش از ظهر کار می‌کردم. چند ماهی می‌شد که در بخش آثار شرقی کتاب‌خانه دولتی باواریا به طور نیمه‌وقت شروع به کار کرده بودم. هرچند روزها و هفته‌های اخیر خیلی خسته‌کننده بودند، اما در کل از این‌که کاری پیدا کرده بودم که با کار سابقم در ایران شباهتی داشت، خوشحال بودم.

سریع دوش گرفتم و خود را با اتوبوس به محل کارم رساندم. ربه‌کا، همکارم، پیش از آمدن من فهرست کتاب‌هایی را که اعضای کتاب‌خانه سفارش داده بودند، پرینت گرفته بود. مراجعان بخش آثار شرقی چندان زیاد نبودند و فهرست آن روز هم چندان بلند نبود. فهرست را برداشتم و به انبار کتاب‌های قدیمی و روزنامه‌ها رفتم تا کتاب‌های سفارشی را آماده کنم.

در میان قفسه‌های مملو از کتاب و روزنامه و مجله، مشغول جمع‌آوری کتاب‌ها بودم که ربه‌کا وارد شد و گفت: «بهروز، یک نفر با تو کار دارد.»

به‌ندرت کسی در محل کارم به دیدن من می‌آمد. فقط یکی از دوستانم چند بار به آن‌جا آمده بود که او هم می‌دانستم در سفر است.

«کی؟»

ربه‌کا شانه‌ها را بالا انداخت و کوشید لبخند و نگاه هوس‌انگیزی داشته باشد: «یک آقای خوش‌تیپ کراواتی.»

کراواتی و خوش‌تیپ مرا بیشتر به تعجب انداخت: «ایرانی؟»

ربه‌کا باز شانه‌ها را بالا انداخت و کتاب‌هایی را که در دست داشت، به سوی قفسه‌ای برد: «نمی‌دانم، شاید.»

به طرف در رفتم و کتاب‌ها را روی میز کنار آن گذاشتم. فهرست را زیر بالاترین کتاب قرار دادم و به سالن بخش رفتم که ورود به آن برای مراجعان آزاد بود. این سالن نه چندان بزرگ تنها در بالای قفسه‌های کتاب در روبه‌روی در ورودی چند پنجره باریک به بیرون داشت. نور غیر مستقیمی که به داخل می‌تابید، فضا را گردآلود می‌نمایاند. قفسه‌های کتاب با ترتیبی غیر معمول وسط سالن چیده شده و قسمتی از سالن را نیز دو میز فرا گرفته بود که مراجعان می‌توانستند از آن‌ها برای مطالعه استفاده کنند. این موقع روز تعداد مراجعان بسیار اندک بود.

مرد کراواتی که در کنار قفسه‌ای ایستاده و به کتاب‌ها نگاه می‌کرد، تنها کسی بود که در سالن حضور داشت. وی کیف چرمی قهوه‌ای رنگی زیر بغل داشت که از گوشه آن قسمتی از یک روزنامه بیرون زده و از هر دو طرف آن دو بند چرمی باریک آویزان بود و مرا ناگهان به یاد صحنه‌ای از دوران کودکیم انداخت. یک بار که با

ماشین پدرم از تهران خارج شده بودیم، در کنار جاده چوپانی را دیدم که بزغاله‌ای را زیر بغل زده و منتظر اتوبوس بود. گمان کنم پس از آن روز هرگز به این صحنه فکر نکرده بودم، اما کیفی که آقای کراواتی زیر بغل داشت، ناگهان خاطره آن بزغاله را در ذهن من زنده کرد.

قیافه مرد بی‌شباهت به ایرانی‌ها نبود. به سوی او رفتم و به فارسی سلام گفتم. عینک خود را برداشت و آن را در جیب جلوی کت خود فرو کرد. دستش را به سوی من آورد و با لبخند به انگلیسی پرسید: «شما آقای بهروز رامتین هستید؟»

«بله...»

«سلام، من دکتر باستیانی هستم از دانشگاه بولونیا.»

او ایتالیایی بود. گاهی شباهت ایرانی‌ها و ایتالیایی‌ها به طور فریبنده‌ای زیاد است. خود من چند روز پیش از آن ملاقات، هنگامی که در خیابان کافینگر مونیخ قدم می‌زدم، مورد خطاب چند ایتالیایی قرار گرفتم که فکر کرده بودند من ایتالیایی هستم و به زبان ایتالیایی از من نشانی می‌خواستند.

دکتر باستیانی کمی مسن‌تر از چهل سال و حداکثر پنجاه ساله می‌نمود. قدری کوتاه‌تر از من بود و کت و شلوار خوش‌دوختی به رنگ خاکستری براق و پیراهنی شیری رنگ بر تن داشت. کراوات او زرشکی با گل‌های بسیار ریز سفید بود. موهای جوگندمی خود را به یک سمت شانه کرده بود و لبخند گیرایی داشت. او را به یقین هرگز ندیده بودم. دست او را فشردم.

گفت: «من دیشب از فلورانس برای دیدار شما آمده‌ام. خیلی از آشنایی با شما خوش‌وقت هستم.»

کسی که نه زبان فارسی می‌دانست و نه آلمانی از شهری در ایتالیا که من هرگز در آن نبوده‌ام، برای دیدار من به مونیخ آمده بود! تنها کسانی که من در خارج از ایران می‌شناختم، تعدادی پناهنده ایرانی در کلن و چند دانشجو در مونیخ بودند.

دکتر باستیانی که متوجه شگفتی من شد، برایم توضیح داد: «من مدتی پیش در کنفرانس ایران‌شناسی دانشگاه بولونیا با پروفسور کروگر آشنا شدم و ایشان شما را به من معرفی کردند.»

پروفسور کروگر از استادان زبان فارسی دانشگاه مونیخ و استاد راهنمای من است و کار در کتابخانه دولتی باواریا را هم مدیون توصیه او هستم. دکتر باستیانی ادامه داد: «من برای انجام کاری به کمک شما نیاز دارم.»

از آن‌جا که پروفسور کروگر مرا به او معرفی کرده بود، معلوم بود موضوع باید به شکلی به زبان فارسی مربوط باشد: «خواهش می‌کنم، بفرمایید...»

دکتر باستیانی کیفش را از زیر یک بغل به بغل دیگر داد. حالا سر کاغذی بزغاله به سمت پشت او بود: «نه، این‌جا نه...»

به دری که من از آن آمده بودم، نگاه کرد: «... نمی‌خواهم مزاحم کار شما بشوم. اگر وقت دارید، امشب همدیگر را در یک جای مناسب ملاقات کنیم.»

او که در هتل هالی‌دی‌این ساکن بود، بدون این‌که اشاره نزدیک‌تری به دلیل سفر خود بکند، پیشنهاد کرد آن شب ساعت هفت در رستوران هتل یکدیگر را ملاقات کنیم.

من پیش از این‌که موافقت خود را برای دیدار اعلام کنم، سؤال کردم: «می‌توانم بپرسم راجع به چه می‌خواهید با من صحبت کنید؟»

دست آزادش را چند بار در هوا تکان داد. گویی می‌خواست مرا به آرامش و سکوت دعوت کند و گفت: «شب همه چیز را برای شما توضیح می‌دهم. خواهش می‌کنم!»

نمی‌توانستم خواهش یک دکتر ایتالیایی را که به خاطر ملاقات با من از فلورانس به مونیخ آمده بود، رد کنم: «... البته... ساعت هفت.»

دکتر باستیانی باز با من دست داد و در حالی که بزغاله‌اش به من خیره شده بود، به سوی در رفت و از سالن خارج شد.

هنگامی که به انبار کتاب‌های قدیمی برگشتم، ربه‌کا با کنجکاوی پرسید: «کی بود؟»

«یک ایتالیایی از دانشگاه بولونیا.»

ربه‌کا با تعجب به من نگاه کرد.

گفتم: «پروفسور کروگر مرا به او معرفی کرده است.»

ربه‌کا هم پروفسور کروگر را می‌شناخت: «درباره کتاب‌های دست‌نویس سؤال داشت؟»

«نمی‌دانم. قرار شد امشب همدیگر را ببینیم و صحبت کنیم. احتمالاً...»

به یقین، همان‌طور که ربه‌کا حدس زده بود، دکتر باستیانی درباره کتاب‌های دست‌نویس به کمک من احتیاج داشت. من که پیش از سقوط رژیم پهلوی و روی کار آمدن رژیم اسلامی در رشته زبان‌شناسی تحصیل کرده بودم، پس از پایان تحصیلات خود به استخدام کتابخانه مجلس شورای ملی ایران درآمدم. این کتاب‌خانه یکی از بزرگ‌ترین و مهم‌ترین کتابخانه‌های ایران بود که در آن هزاران جلد کتاب فارسی و خارجی نگهداری می‌شد. من در بخش کتاب‌های دست‌نویس کار می‌کردم. در این بخش، صدها کتاب دست‌نویس موجود بود. کتاب‌هایی که پیش از اختراع چاپ به رشته تحریر درآمده بودند و گاهی عمر آن‌ها به چند صد سال می‌رسید. این کتاب‌ها به‌زحمت زیاد از روی نسخه اصلی کتاب رونویس می‌شدند. نسخه اصلی کتاب، یعنی نسخه‌ای که به دست خود نویسنده نوشته شده بود، به‌ندرت موجود بود و اگر یافت می‌شد، قیمت بسیار زیادی داشت.

گنجینه کتاب‌های دست‌نویس کتابخانه مجلس در سال‌هایی که من آن‌جا کار می‌کردم، بسیار گسترش یافته بود. گاهی نسخه‌های جدیدی از کتاب‌های دست‌نویس در روستاها و شهرهای کوچک یافت می‌شد یا این‌که فرد بافرهنگی درمی‌گذشت و کتاب‌های کهنه‌ای از خود به‌جا می‌گذاشت. این کتاب‌ها دیر یا زود به بخش کتاب‌های دست‌نویس کتابخانه مجلس راه پیدا می‌کردند. کار من در بخش کتاب‌های دست‌نویس مطالعه کتاب‌ها، نوشتن شرح مختصری درباره نویسنده و محتوای کتاب و اضافه کردن آن به فهرست موجود بود. این کار گاهی خسته‌کننده بود؛ زیرا بیشتر کتاب‌های موجود و کتاب‌های جدیدی که پیدا می‌شد، رونوشت آثار معروفی چون دیوان حافظ، شاهنامه فردوسی یا قرآن و رساله‌های دینی بود. اما کتاب‌های دیگری هم پیدا می‌شدند که محتوای دیگری داشتند؛ از حساب و هندسه گرفته تا ستاره‌شناسی، از کیمیاگری تا جادوگری، از پزشکی تا آموزش‌های جنسی وغیره. در کتابخانه مجلس، تجربه زیادی در شناخت آثار دست‌نویس پیدا کردم.

پروفسور کروگر از سابقه شغلی من به‌خوبی آگاه بود و احتمالاً به همین دلیل مرا به دکتر باستیانی معرفی کرده بود.

ربه‌کا پرسید: «کجا همدیگر را ملاقات می‌کنید؟»

«در رستوران هتل هالی‌دی‌این.»

ابروها را بالا انداخت و به شوخی گفت: «می‌خواهی شب من هم همراه تو بیایم؟»

گویا به‌راستی تحت تأثیر دکتر باستیانی قرار گرفته بود.

۲

برای نخستین بار در هتل هالی‌دی‌این در خیابان لئوپولد مونیخ بودم. به پذیرش هتل مراجعه کردم و گفتم با دکتر باستیانی قرار دارم. خانم جوانی مرا به رستوران هتل راهنمایی کرد. قسمت‌هایی از دیوارهای رستوران به سبک خانه‌های محلی استان باواریا با چوب پوشیده شده و تاقچه‌ها و قفسه‌های انگشت‌شمار تالار با گچ‌بری و ظرف‌های قدیمی محلی تزیین شده بود. رستوران مهمانان زیادی نداشت و بسیار آرام بود. دکتر باستیانی نزدیک پنجره‌ای نشسته بود و کتابی در دست داشت. بزغاله‌اش کنار او روی زمین بود. با دیدن من کتاب را بست و آن را داخل کیف گذاشت و مرا به نشستن دعوت کرد.

بلافاصله پس از نشستن من، دختر جوان پیش‌خدمت برای گرفتن سفارش آمد. دکتر باستیانی برای خود شراب قرمز ایتالیایی سفارش داده بود و آن را به من نیز توصیه کرد. من هم همان را سفارش دادم. وی پرسید آیا مایل هستم غذا سفارش بدهم؟ گفتم که هنوز نه! چند لحظه بعد دختر جوان جام شراب مرا آورد.

دکتر باستیانی شراب خود را مزه‌مزه می‌کرد و من بی‌صبرانه منتظر بودم، وی قصد خود را از این دیدار مطرح کند. اما او گویا مایل بود ابتدا اطلاعات بیشتری درباره من کسب کند، به طوری که گمان کردم می‌خواهد شغلی در دانشگاه خود به من پیشنهاد دهد. از من درباره شغل سابقم در ایران پرسید و من گوشه‌هایی از کار خود در کتابخانه مجلس را برای او توضیح دادم.

پس از پایان سخنانم پرسید: «کار در کتابخانه مجلس باید جالب بوده باشد؛ چرا آن را رها کردید؟»

جرعه‌ای از شراب خود نوشیدم. گس و بسیار گوارا بود. به یاد آوردن خاطرات کتابخانه مجلس برایم اندکی غم‌انگیز بود: «پس از روی کار آمدن حکومت اسلامی اوضاع ایران بسیار تغییر کرد. مجلس «شورای ملی» به مجلس «شورای اسلامی» تبدیل شد و در کتابخانه آن نیز تغییرات زیادی رخ داد. مدیران بافرهنگ و باسواد جای خود را به افراد متعصب و مذهبی دادند. عده‌ای به بهانه‌های مختلف از کار برکنار شدند. افرادی که قادر به تحمل روابط جدید نبودند و نمی‌توانستند با مدیران مذهبی کنار بیایند، کتاب‌خانه و بعد هم کشور را ترک کردند. من مدتی کارم را ادامه دادم، اما سرانجام مانند بسیاری دیگر استعفا دادم و راهی اروپا شدم.»

دکتر باستیانی هم اندکی درباره کار خود توضیح داد. انگلیسی را بسیار شمرده صحبت می‌کرد. من هنگام تحصیل در ایران انگلیسی و عربی را هم یاد گرفته و در آلمان آموختن انگلیسی را ادامه داده بودم و در مکالمه به این زبان مشکلی نداشتم. از تعریف کوتاه دکتر باستیانی درباره خود فهمیدم که او هم به نحوی همکار من است. او در رشته زبان‌شناسی کهن تحصیل کرده و سال‌ها است که در دانشگاه‌های فلورانس و بولونیا در زمینه زبان لاتین و یونانی قدیم پژوهش می‌کند و با کتاب‌های دست‌نویس اروپایی سروکار دارد. البته هنوز با وجود سن زیادش کرسی استادی نداشت و به این ترتیب بعید به نظر می‌رسید بخواهد شغلی به من پیشنهاد کند. دانسته‌هایش درباره زبان فارسی در حد دانش معمولی یک زبان‌شناس بود؛ ریشه زبان، پیوندهای آن با زبان‌های دیگر، تداخل آن با زبان‌های دیگر و مانند این‌ها. اما درباره کتاب‌های دست‌نویس فارسی در کتابخانه‌های ایرانی و غیر ایرانی چیزهایی می‌دانست که بسیاری از آن‌ها برای من تازه بودند و تحسین مرا درباره وسعت دانش وی برمی‌انگیختند.

جرعه‌ای دیگر از شراب خود نوشیدم. از طعم گس آن کاسته شده بود. دکتر باستیانی بزغاله خود را از زمین برداشت و دسته‌ای کاغذ از شکم آن بیرون آورد و شروع به کنکاش در آن‌ها کرد. چند لحظه بعد برگی از میان آن‌ها بیرون کشید و بدون این‌که چیزی بگوید، آن را جلوی من گذاشت. من آن را برداشتم. آن برگ یک کپی رنگی از قسمتی از یک صفحه دست‌نویس بود که رنگ قهوه‌ای بسیار روشن

و یک‌دستی داشت. ممکن بود دست‌نویسی که این برگ از آن کپی شده بود، روی کاغذ معروف به سمرقندی که در سده‌های میانه در ایران و کل آسیا رواج داشت، نوشته شده باشد. در میان صفحه دو سطر نوشته بود که به نظر می‌رسید فارسی باشد. پایین و بالای نوشته‌ها سفید بود. پیدا بود که به دلیلی هنگام کپی کردن دست‌نویس آن قسمت‌ها را با کاغذ پوشانده بودند.

وقتی دکتر باستیانی واکنشی از من ندید، با بی‌تابی پرسید: «این متن فارسی است؟»

پیش از این‌که پاسخی بدهم، دقت مرا در نگاه کردن به نوشته دید و اضافه کرد: «می‌توانید آن را بخوانید؟»

من متوجه شدم که این سطرها به فارسی است، اما آن‌ها با همه آن‌چه قبلاً دیده بودم، تفاوت داشت. به خط نسخ یا نستعلیق که خط‌های رایج دست‌نویس‌ها بودند، نوشته نشده بود. نوشته‌ها به خط شکسته بود و بیشتر که دقت کردم، متوجه شدم گویا کسی آن‌ها را نوشته که خود به این الفبا آشنایی نداشته یا بسیار بدخط بوده است. مثل این‌که از روی نوشته‌ای نقاشی شده باشند.

خواندن خط شکسته بسیار دشوار است؛ با این حال، توانستم چند واژه را تشخیص بدهم: «این متن به فارسی است. خواندن آن خیلی سخت است، اما غیر ممکن نیست.»

با شنیدن سخنان من خنده ملایمی بر لب‌های دکتر باستیانی نشست و از جدیت چهره او کاسته شد. جرعه‌ای از شراب خود نوشید و گفت: «این دو سطر قسمتی از یک کتاب دست‌نویس کهنه ایتالیایی است!»

«ایتالیایی؟ بسیار جالب است...»

به‌راستی جالب بود که کسی چند صد سال پیش در یک کتاب دست‌نویس ایتالیایی متنی فارسی را کپی کرده باشد: «کتاب مربوط به چه زمانی است؟»

دکتر باستیانی با اشتیاق پاسخ داد: «این نسخه در اواخر قرن چهاردهم نوشته شده است. کاغذش با کاغذهای رایج در اروپای آن زمان تفاوت دارد.»

بار دیگر نوشته را به دقت نگاه کردم: «این نوشته از روی کتابی به خط شکسته کپی شده است. خواندن خط شکسته حتی برای متخصصان دشوار است. در این خط که هرگز رواج زیادی پیدا نکرد، از بسیاری از علامت‌ها و نشانه‌های نگارش صرف نظر می‌شد. از جمله از نقطه و سرکش که قسمت مهمی از الفبای فارسی هستند و نبود آن‌ها خواندن متن را دشوار می‌کند.»

دکتر باستیانی با دقت گوش می‌داد و بدون این‌که چیزی بگوید، منتظر ادامه صحبت من شد. من با این نوشته اندک نمی‌توانستم چیز بیشتری بگویم و فقط اضافه کردم: «نگارنده این سطرها به احتمال زیاد با خط و الفبای فارسی به‌درستی آشنا نبوده است و این موضوع خواندن این نوشته را مشکل‌تر می‌کند.»

چند واژه را می‌توانستم بخوانم: «از این چند واژه‌ای که می‌توان خواند به نظر می‌رسد مطلب درباره گیاه‌شناسی یا پزشکی باشد. درست است؟»

دکتر باستیانی با خشنودی نظر مرا تصدیق کرد: «کاملاً درست است. می‌دانستم که شما می‌توانید این نوشته‌ها را بخوانید. پروفسور کروگر خیلی به توانایی شما اعتماد داشت.»

در کتابخانه مجلس، کتاب‌هایی درباره گیاه‌شناسی یا در واقع طب سنتی دیده بودم که فواید گیاهان، آن‌گونه که در آن زمان تصور می‌شد، در آن‌ها توضیح داده شده بود. این کتاب‌ها که تعدادشان هم زیاد بود، کتاب‌های پزشکی زمان خود محسوب می‌شدند و اغلب علم را با خرافات و جادو می‌آمیختند.

جام شراب دکتر باستیانی خالی شده بود. وی از توضیحات اندک من خیلی راضی به نظر می‌رسید. بعدها فهمیدم که این نوشته را به افراد دیگری نیز نشان داده بود؛ به چند ایرانی که هیچ‌گونه آشنایی با کتاب‌های دست‌نویس نداشتند و به چند متخصص غیر ایرانی. هیچ کدام از آن‌ها نتوانسته بودند چیزی از این نوشته‌ها بخوانند. این موضوع قابل درک بود. در کتاب‌خانه مجلس هم کتاب‌هایی داشتیم که قسمت‌هایی از آن‌ها را هیچ کس نمی‌توانست بخواند. خط شکسته، بدخطی نویسنده و گاهی آسیب دیدن دست‌نویس‌ها در طی زمان باعث می‌شد قسمت‌هایی از آن‌ها به هیچ وجه قابل خواندن نباشد. البته وقتی کتاب کاملی در دست باشد، خواننده به‌تدریج با دست‌خط نگارنده آشنا می‌شود و آسان‌تر می‌تواند آن را بخواند.

دکتر باستیانی خود نیز از این موضوع اطلاع داشت و به همین دلیل گفت: «این کپی مربوط به یک دست‌نویس هفتاد صفحه‌ای است. البته خود کتاب به لاتین است و متن فارسی در آن زیاد نیست، اما شاید اگر بقیه نوشته‌های فارسی آن را هم ببینید، بتوانید تمام متن‌های فارسی کتاب را ترجمه کنید... حتماً می‌توانید!»

«باید بگویم این کتاب کنجکاوی مرا برانگیخته است. با کمال میل کوشش خودم را می‌کنم. خواهش می‌کنم کپی همه صفحات کتاب را برایم بفرستید، من به‌تدریج تمام متن‌های فارسی آن را تا آن‌جا که از عهده‌ام برآید، ترجمه می‌کنم و برایتان پس می‌فرستم.»

دختر پیش‌خدمت که متوجه خالی بودن جام دکتر باستیانی شده بود، دوباره سر میز آمد. دکتر باستیانی دوباره از همان شراب سفارش داد. جام من هنوز نیمه‌پر بود.

پس از سفارش شراب ابرو در هم کشید و بسیار جدی شد و برگ کپی را از روی میز برداشت و در کیف خود گذاشت و گفت: «نه! من مایل نیستم تا کشف شدن کامل محتوای این دست‌نویس کپی آن را به کسی بدهم یا جایی منتشر کنم.»

سپس لحظه‌ای سکوت کرد. من از این پاسخ تا حدودی غافلگیر شده بودم.

وی ادامه داد: «امیدوارم منظور مرا درک کنید.»

بدون این‌که منظور او را بفهمم، گفتم: «البته، البته.»

پاسخ او برایم عجیب بود. محتوای کتاب‌های دست‌نویس چیزی نبود که ارزش این‌گونه پنهان‌کاری را داشته باشد. شاید موضوع مربوط به رقابت بین او و همکارانش بود. جرعه‌ای از شراب خود نوشیدم و گفتم: «پس من چطور می‌توانم به شما کمک کنم؟»

گفت: «من از شما دعوت می‌کنم برای چند روز به فلورانس بیایید و در آن‌جا این کار را انجام دهید.»

از وقتی به آلمان آمده بودم، قصد داشتم از شهرهای معروف ایتالیا از جمله فلورانس دیدار کنم. سال پیش سفری سه روزه به ونیز داشتم، اما جاهای دیگر ایتالیا را هنوز

ندیده بودم و از این دعوت دوستانه بسیار خرسند شدم: «با کمال میل! من مدت‌ها است قصد دارم به فلورانس سفر کنم.»

دکتر باستیانی باز چهره‌اش از شادی شکفت و گفت: «خیلی خب! پس می‌توانیم فردا پیش از ظهر با هم به طرف فلورانس حرکت کنیم. در این فصل، فلورانس خیلی زیبا است.»

«بله؟»

من فکر کردم اشتباه شنیده‌ام، اما گویا چنین نبود.

گفت: «من از فلورانس با ماشین خودم آمده‌ام. شش هفت ساعت بیشتر راه نیست. اگر فردا ساعت ده صبح راه بیفتیم، پیش از غروب در فلورانس هستیم.»

این دیگر به‌راستی نه تنها غیر منتظره، بلکه عجیب بود. کتاب‌های دست‌نویس سال‌ها بلکه صدها سال جایی در کتابخانه یا در انباری خاک می‌خورند و کسی به فکرشان نیست. من نمی‌فهمیدم چرا ترجمه یکی از آن‌ها، آن هم درباره طب سنتی، این‌قدر ضروری شده بود.

انتظار داشتم دکتر باستیانی مرا برای ترم آینده دانشگاه یا حداقل برای تعطیلات آینده به فلورانس دعوت کند: «ولی... من پیش از تعطیلات آینده در ماه ژوییه فرصت چنین کاری را ندارم. در واقع، در تعطیلات آینده هم فرصت زیادی ندارم؛ زیرا مایل هستم پایان‌نامه دکتری خود را زودتر تمام کنم.»

ناگهان چهره‌اش در هم رفت و جدیت اندکی که تاکنون تنها در چشم‌هایش بود، تمام چهره‌اش را گرفت و حتی به ترس تبدیل شد.

ادامه دادم: «من نمی‌فهمم این عجله شما برای چیست؟»

بالاتنه خود را روی میز به طرف من خم کرد و دستش را روی ساعد من که روی میز بود گذاشت و با لحن تقریباً التماس‌آمیزی گفت: «خواهش می‌کنم، من همه مخارج آن را به عهده می‌گیرم. این موضوع برای من خیلی مهم است!»

این شتاب او از سویی کنجکاوی مرا افزایش می‌داد و از سوی دیگر مرا درباره جدی بودن گفت‌وگو دچار تردید می‌کرد. واکنش دکتر باستیانی به نظرم حتی کمی

مشکوک آمد، به طوری که فکر کردم بهتر است زودتر آنجا را ترک کنم و پیش از آنکه قرار مشخصی بگذارم، ابتدا با پروفسور کروگر صحبت کنم و اطلاعاتی درباره او کسب کنم.

نگاهی به ساعتم کردم و گفتم: «من واقعاً مایل هستم این کتاب را ببینم و آن را ترجمه کنم، اما نمیتوانم اینطور ناگهانی همه کارهای خود را رها کنم. به علاوه...»

دکتر باستیانی حرف مرا قطع کرد: «خواهش میکنم. میدانم که این کمی عجیب به نظر میرسد، ولی باور کنید اگر اهمیت بسیار فوری نداشت، من این خواهش را از شما نمیکردم. من تمام مخارج شما را میپردازم. حتی حاضر هستم حقوق ماه آینده شما را نیز به عهده بگیرم. خواهش میکنم.»

سپس، کوشید قدری از جدیت خود بکاهد: «ایتالیا را هم میبینید. من خودم همه جا را نشانتان میدهم؛ از فلورانس گرفته تا رم و پیزا...»

من فردی احساساتی نیستم، اما چهره غمگین و لحن ملتمسانه دکتر باستیانی و دلرحمی بیمارگونه ایرانیم باعث شد پیش از اصرار بیشتر دکتر باستیانی بگویم: «پس حداقل اجازه بدهید امشب درباره آن فکر کنم و فردا با محل کار و دانشگاه خود صحبت کنم و نتیجه را به شما اطلاع بدهم.»

گمان کنم این موضوع را توافق ضمنی من به حساب آورد و خشنود از این بابت شماره تلفن منزل مرا گرفت و قرار شد فردا به من زنگ بزند.

پس از آن، دیگر راجع به دستنویس صحبت نکردیم. جام شرابم که خالی شد، گفتم امشب قرار دیگری دارم و باید بروم. وقتی خواستم پیشخدمت را برای پرداخت صورت حساب صدا کنم، گفت من مهمان او هستم. پس از تشکر و خداحافظی رستوران هتل را ترک کردم.

وقتی بیرون رفتم، هوا تاریک شده بود و فکر کردم به پایان رساندن پایاننامه دکتریم از اولویت برخوردار است و باید این سفر را رد یا به وقت دیگری موکول کنم. قبلاً خودم را بهآسانی به دست حوادث میسپردم و دچار مشکلات پیشبینی نشده میشدم، اما اکنون دیگر اینگونه نبودم. خوشبختانه در آلمان یاد گرفته بودم، ابتدا

روی هر کاری خوب فکر و تحقیق کنم و جوانب آن را با دقت بسنجم و اگر عملی و منطقی بود، برای آن برنامه‌ریزی کنم و بعد آن را انجام دهم.

جمعه

۱

با سردرد از خواب بیدار شدم. شب خیلی بد خوابیده بودم. تمام شب ذهنم مشغول مرور سناریوهای مختلف سفر به فلورانس بود؛ سناریوهایی که گاهی علمی و جالب بودند، گاهی جنایی و خطرناک و گاهی حتی جنسی و ترسناک. دقایقی از ساعت هشت گذشته بود که با پروفسور کروگر تماس گرفتم. پروفسور کروگر انسان سحرخیزی است و همیشه پیش از ساعت هشت در دانشگاه حضور دارد. جریان ملاقات با دکتر باستیانی و دعوت او از من به فلورانس را برای او تعریف کردم.

او به خاطر داشت که در آخرین کنفرانس مؤسسه زبان‌شناسی دانشگاه بولونیا با دکتر باستیانی درباره کتاب‌های خطی فارسی گفت‌وگوی کوتاهی داشته است. آن‌ها درباره کتابخانه‌ها و موزه‌هایی که این‌گونه کتاب‌ها را جمع‌آوری می‌کنند، گفت‌وگو کرده بودند. دکتر باستیانی از او درباره متخصصان این رشته پرسیده بود و پروفسور کروگر دو متخصص برجسته انگلیسی را به او معرفی کرده بود. اما دکتر باستیانی

این افراد را می‌شناخت. چند روز پیش برای کسب اطلاعات بیشتر تلفنی با او تماس گرفته بود. در این گفت‌وگوی تلفنی صحبت مختصری درباره من شده بود و پروفسور کروگر به او گفته بود که من از تجربه زیادی در این زمینه برخوردارم.

پروفسور کروگر از موضوع پژوهش‌های دکتر باستیانی چیز زیادی نمی‌دانست و درباره زندگی شخصی او هم هیچ‌گونه اطلاعی نداشت. برخورد آن‌ها با یکدیگر به همان دیدار و چند گفت‌وگوی تلفنی محدود بود. در پایان گفت به‌تازگی نام دکتر باستیانی را در مجله «تحقیقات کلاسیک یل» خوانده است. گویا او نسخه جدیدی از یک دست‌نویس معروف پیدا کرده است. این مجله بسیار مهم را که دانشگاه یل منتشر می‌کرد، می‌شناختم، اما به‌ندرت آن را نگاه می‌کردم. از پروفسور کروگر درباره موضوع آن مقاله پرسیدم و او گفت آن مطلب یک مقاله نیست، بلکه تنها خبری کوتاه درباره پیدا شدن این نسخه جدید بوده است. تصمیم گرفتم هفته آینده که به کتاب‌خانه می‌روم، این نوشته را پیدا کنم و بخوانم.

گفت‌وگوی تلفنی با پروفسور کروگر کمک زیادی به من نکرد. البته آشنایی هرچند سطحی او با دکتر باستیانی باعث افزایش اعتماد من به او شد، اما من هنوز نمی‌دانستم چه کار کنم. کوشش در کسب اطلاعات بیشتر درباره دکتر باستیانی هم به نظرم بیهوده آمد. تنها کاری که به ذهنم رسید، این بود که به ربه‌کا زنگ بزنم و با او در این باره صحبت کنم. ربه‌کا دوست و همکار بسیار خوبی است و ما رابطه‌ای صمیمی با هم داریم و من در بسیاری از کارها با او مشورت می‌کنم. به او زنگ زدم و قضیه دیدار دیشب و دعوت دکتر باستیانی را خیلی کوتاه برایش تعریف کردم.

گفت: «خیلی عجیب است. حالا چه تصمیمی داری؟»

«خودم هم هنوز نمی‌دانم. ولی فکر کردم بد هم نیست این آخر هفته را به فلورانس بروم و کمی آفتاب بخورم.»

«قرار دوشنبه‌مان را فراموش نکنی!»

مدتی بود ربه‌کا مایل بود مرا به ناهار دعوت کند. هر بار که او پیشنهاد داده بود، من به دلیلی وقت نداشتم. اما قرار دوشنبه آینده را پذیرفته بودم. هرچند بدم نمی‌آمد آن

را به زمان دیگری موکول کنم: «نه! نه! یادم نرفته است. اگر هم به فلورانس بروم، شب یک‌شنبه با قطار برمی‌گردم.»

وقتی این را گفتم، متوجه شدم این حرف در واقع پذیرش دعوت دکتر باستیانی از سوی من بود. نمی‌دانم دلیل این موافقت خواهش ملتمسانه دکتر باستیانی بود یا کنجکاوی درباره کتابی که به‌نوعی بی‌نظیر بود؛ دست‌نویسی به فارسی و لاتین. شاید هم شوق دیدار شهر زیبای فلورانس و نیاز به این‌که برای مدتی از این محیط تکراری خارج شوم، باعث موافقت من شده بود.

ربه‌کا چیزی نگفت و من اضافه کردم: «حدس می‌زنم مجموع نوشته‌های فارسی در این کتاب ایتالیایی از سه یا چهار صفحه بیشتر نباشد و برای خواندن آن‌ها یک روز هم کافی است. دوشنبه حتماً در مونیخ هستم!»

ربه‌کا گفت: «چراکه نه! این کار هم به هر حال تجربه تازه‌ای است. من هم خیلی دلم می‌خواهد دوباره سفری به فلورانس داشته باشم. یک آخر هفته چیزی نیست. چه اتفاق بدی می‌تواند بیفتد؟»

دیدم حق با او است. چه اتفاقی می‌تواند برای من بیفتد؟ بی‌شک می‌توان یک آخر هفته را در فلورانس به‌خوبی گذراند: «حق با تو است. چرا نه!»

ربه‌کا پیش از این‌که گوشی را بگذارد، گفت: «حتماً وقتی به فلورانس رسیدی، به من یک تلفن بزن.»

۲

نزدیک ظهر من و دکتر باستیانی مونیخ را ترک کرده و در ب.ام.و. ۵۳۰ نقره‌ای او به سمت فلورانس در حرکت بودیم. فکر کردم اگر آن‌طور که دکتر باستیانی گفته بود، شش ساعت راه بیشتر نباشد، همین امشب می‌توانم کار روی دست‌نویس‌ها را شروع کنم.

مونیخ همچنان ابری بود، اما هرچه به کوه‌های آلپ نزدیک‌تر می‌شدیم، آفتاب بیشتر می‌شد. دامنه‌های کوه‌های آلپ در آلمان پوشیده از درختانی سوزنی مانند صنوبر و کاج بود. در دامنه‌های جنوبی به‌تدریج انواع درختان دیگر نیز افزایش یافت. آن سوی کوه‌های آلپ آفتاب دلنشینی که مرا به یاد ایران می‌انداخت، بر همه جا می‌تابید. کوه‌ها چه دنیاهایی را از هم جدا می‌کنند.

در طی راه، با دکتر باستیانی راجع به خیلی چیزها صحبت کردیم. درباره زبان‌شناسی، زبان‌های فارسی و ایتالیایی و پایان‌نامه دکتری من که موضوع آن «ردیابی اسطوره‌های شرقی در فرهنگ کهن غرب» است، و درباره روابط ایران و ایتالیا و خیلی چیزهای دیگر. من خاطرات سفرم به ونیز را نیز تعریف کردم. دکتر باستیانی اطلاعات زیادی درباره ونیز داشت و در حالی که یک دستش به فرمان ماشین بود و دست دیگرش را در هوا تکان می‌داد، چیزهای جالبی از این شهر برایم تعریف کرد. تنها چیزی که راجع به آن صحبت نکردیم، کتابی بود که قرار بود من بررسی کنم.

یک بار که خواستم درباره آن صحبت کنم، دکتر باستیانی پاسخ کوتاهی داد و موضوع را عوض کرد: «چند ساعت دیگر می‌توانید خودتان قضاوت کنید. والدین شما در ایران زندگی می‌کنند؟»

«پدر من سال‌ها پیش فوت کرده است و مادرم در تهران زندگی می‌کند.»

گفت: «متأسفم! همسر من هم سال‌ها پیش فوت کرده است.»

مکثی کرد و ادامه داد: «من یک دختر دارم که در حال حاضر پیش من زندگی می‌کند. شما خواهر و برادر هم دارید؟»

وقتی از بولونیا رد شدیم، در اتوبان تصادفی رخ داده و باعث به وجود آمدن راه‌بندانی چند کیلومتری شده بود. مدتی طولانی در ترافیک بودیم و وقتی به فلورانس رسیدیم، پاسی از شب گذشته بود. بی‌شک آن شب دیگر فرصت کار روی دست‌نویس‌ها را نداشتم. دکتر باستیانی در منطقه سِستو فلورنتینو در شمال فلورانس زندگی می‌کرد و ما بدون این‌که به گذشتن از مرکز شهر نیازی داشته باشیم، به خانه ویلایی او که در خیابان کمابیش پهنی قرار داشت، رسیدیم. خانه دو طبقه بود و حیاط باریک جلوی آن با نرده‌های فلزی از خیابان جدا شده بود. دکتر باستیانی ماشین خود را در خیابان پارک کرد. در حیاط خانه، پشت نرده‌های یک در ماشین‌رو، ماشین دیگری هم پارک شده بود. ما از در کوچک‌تری که کمی جلوتر بود، وارد حیاط خانه شدیم. برخلاف خانه‌های همسایه‌ها، پنجره‌های خانه دکتر باستیانی همه تاریک بودند. در داخل حیاط، در دو سوی راهی که به جلوی ساختمان ختم می‌شد، چند درخت زیتون و درختی با برگ‌های بزرگ که حدس زدم باید درخت انجیر باشد، مانع از تابش نور چراغ‌های خیابان به در ورودی ساختمان می‌شدند.

دکتر باستیانی در را باز کرد و آرام و بااحتیاط وارد شد. شاید افراد خانواده در خواب بودند. او به من هم اشاره کرد که وارد شوم و من به داخل رفتم. داخل خانه تاریک بود. تنها در سمت چپ در ورودی پله‌هایی با نرده‌هایی چوبی قرار داشتند که در بالای آن‌ها چراغی روشن بود. دکتر باستیانی چراغ راهرو را روشن کرد و نخستین چیزی که من دیدم، ساعت دیواری زیبایی از چوب بود که ساعت یازده و نیم را نشان می‌داد. ساعت به سبک ساعت‌های قدیمی با آونگ ساخته شده بود، اما معلوم بود که عتیقه نیست. در سمت راست اتاق نشیمنی بود که در انتهای آن یک مبل

چرمی دیده می‌شد. جلوتر از مبل گوشه‌ای از یک میز به چشم می‌خورد. روبه‌رو، در کنار دیواری که ساعت دیواری به آن آویزان بود، در دیگری بود که باز بود و پیدا بود که در آشپزخانه است. در سمت چپ یک راهرو بود که از کنار پله‌ها می‌گذشت.

دکتر باستیانی مرا به آشپزخانه راهنمایی کرد و خواست چند لحظه در آن‌جا صبر کنم و خود از آشپزخانه خارج شد و به طبقه بالا رفت. در دو سمت آشپزخانه کمدهایی با درهای لاکی سفید قرار داشت. آشپزخانه و وسایل آن خیلی مدرن بودند و به نظرم آمد باید جدید باشند. در وسط آشپزخانه، یک میز بزرگ و چند صندلی قرار داشت. نشستم و کیف کوچکی را که همراه داشتم بر زمین نهادم. صدای خفیف گفت‌وگوی دکتر باستیانی با زنی، احتمالاً دخترش، از طبقه بالا به گوش می‌رسید.

چند لحظه بعد، دکتر باستیانی برگشت و گفت اتاق من آماده است و مرا به طبقه بالا راهنمایی کرد و پس از نشان دادن حمام و دستشویی، اتاق خوابی را که برایم در نظر گرفته بود، نشانم داد. اتاق بزرگی بود، اما چیز زیادی در آن نبود؛ یک تخت‌خواب فرانسوی، یک کمد بزرگ اما خالی، دو صندلی راحتی و یک میز کوچک از چوب گیلاس.

شنبه

۱

وقتی بیدار شدم، باید چند لحظه فکر می‌کردم تا به خاطر بیاورم کجا هستم. برخلاف شب پیش در مونیخ، آن شب را در خانه دکتر باستیانی خیلی خوب خوابیده بودم؛ شاید به خاطر همان کم‌خوابی شب پیش یا به خاطر خستگی راه. از بیرون هیچ صدایی شنیده نمی‌شد. دکتر باستیانی در محله آرامی زندگی می‌کرد. به ساعتم نگاه کردم، هنوز هشت نشده بود. از تخت بیرون آمدم و از پنجره نگاه کردم. یک خانه ویلایی در فاصله نزدیکی از خانه دکتر باستیانی قرار داشت و پشت آن کمی دورتر چند خانه بلندتر دیده می‌شدند. از میان این ساختمان‌های چند طبقه، تپه‌ای با درختان شاید زیتون دیده می‌شد. از اتاق بیرون رفتم. از پایین صدای گفت‌وگو می‌آمد. از موسیقی دلنشین گفت‌وگو معلوم بود که به زبان ایتالیایی است. به حمام رفتم و پس از آن‌که دوش گرفتم و لباسم را پوشیدم، به پایین رفتم. صدای صحبت همچنان از داخل آشپزخانه به گوش می‌رسید. درز در باز بود، در زدم و آرام در را باز کردم.

وقتی در را باز کردم، با زیباترین صحنه زندگیم روبه‌رو شدم. من از آن افرادی نیستم که زود تحت تأثیر زیبایی زنان قرار بگیرم، اما آن تصویر را هرگز فراموش نخواهم کرد. در کنار پنجره، مقابل من زن جوانی ایستاده بود که زیباییش مرا در همان نگاه اول سحر کرد. نگاه شفاف و صمیمیش بی‌درنگ تا ژرفای قلبم نفوذ کرد. نگاهی که از چشمانی به رنگ زیتون‌های روشن فلورانس متصاعد می‌شد. قد او کمی از من کوتاه‌تر بود، اندامی میانه‌باریک و سینه‌های کوچک بسیار متناسبی داشت. چنان دچار هیجان شدم که صدای قلبم را در گوش خود می‌شنیدم. خواستم چیزی بگویم، اما گویی توانایی تکلم را از دست داده بودم.

چه خوب که دکتر باستیانی سکوت را شکست: «صبح به خیر! خوب خوابیدید؟»

به‌زحمت نفس کشیدم: «بله، خیلی راحت.»

نمی‌دانستم این من بودم که این پاسخ را دادم یا کس دیگری در پیکر من؛ زیرا ذهن من تنها متوجه آن زن بود، اگرچه نگاهم را به‌سرعت از او برگرفته بودم. من در مونیخ با چند دختر ایتالیایی آشنا شده بودم و می‌دانستم دختران ایتالیایی بسیار زیبا هستند، اما می‌توانم بگویم زیبایی این دختر آسمانی بود.

دکتر باستیانی گفت: «این دختر من الیزا است.»

و خطاب به او گفت: «الیزا این آقای رامتین است.»

الیزا لبخند زد و به طرف من آمد. احساس کردم خون در رگ‌هایم به جوش آمده است. دستش را به طرف من دراز کرد: «خوش‌وقتم.»

دست دادم و من هم اظهار خوش‌وقتی کردم. الیزا لبخند زد، اما در چشمانش اندوه خفیفی دیده می‌شد که به چهره‌اش حالتی روحانی می‌داد.

دکتر باستیانی به یک صندلی اشاره کرد: «بفرمایید، بنشینید.»

من نشستم و کوشیدم بیش از اندازه به الیزا نگاه نکنم. الیزا بلافاصله یک فنجان کوچک در مقابل من گذاشت و باز لبخند زد. لب‌های باریک، دندان‌های بی‌نقص و سپید و بینی باریک، همه چیز در چهره او زیبا بود. الیزا قهوه‌جوشی را که روی اجاق بود برداشت و برایم قهوه ریخت. من بیشتر به چای عادت دارم، اما چیزی

نگفتم. شاید آن‌ها در خانه چای نداشتند. قهوه‌ای را که می‌دانستم بسیار تلخ است، با شکر زیاد شیرین کردم و جرعه‌ای نوشیدم. الیزا یک بشقاب و کارد و چنگال جلوی من گذاشت و خود به سوی کشویی رفت و از آن یک قوطی کوچک بیرون آورد. در قوطی را باز کرد و کپسول صورتی رنگی از آن بیرون آورد و در دهان گذاشت. قوطی را دوباره در کشو گذاشت، آن را بست، به سوی میز برگشت و روبه‌روی من نشست و چند جرعه از لیوان آب روی میز نوشید و فنجان قهوه‌اش را جلوی خود کشید. فنجانش خالی بود. روی میز کره، مربای پرتقال، بشقابی با چند پر ژامبون، ظرف کوچکی پر از زیتون سبز و یک سبد حصیری کوچک با چند تکه نان سفید قرار داشت.

دکتر باستیانی دوباره پرسید: «خوب خوابیدید؟ جایتان راحت بود؟»

«بله، خیلی خوب خوابیدم. این‌جا محله خیلی ساکتی است.»

دکتر باستیانی بشقاب ژامبون را که کمی از من دورتر بود، جلوی من راند: «این‌جا یکی از محله‌های خیلی خوب فلورانس است.»

من کمی نان و ژامبون برداشتم. از بشقاب‌های روی میز و خرده‌های نان در آن‌ها معلوم بود که آن‌ها صبحانه خود را خورده بودند. دکتر باستیانی برخاست و در حالی که از آشپزخانه خارج می‌شد، گفت: «تا شما صبحانه بخورید، من همه چیز را آماده می‌کنم.»

سپس، رو به دخترش چیزی به ایتالیایی گفت که به دنبال آن الیزا بلند شد و فنجان قهوه خالی مرا برداشت و پرسید: «یک قهوه دیگر؟ یا ترجیح می‌دهید یک کاپوچینو بخورید؟»

انگلیسی را بسیار روان صحبت می‌کرد. من که کمی رودربایستی می‌کردم و برای تغییر فضا به صحبت احتیاج داشتم، پرسیدم: «چای هم دارید؟»

«یک لحظه...»

الیزا به طرف کمدی رفت و چند پاکت چای از آن درآورد و گفت: «چای میوه و...»

قدری فکر کرد و یک نام انگلیسی گفت که من هرگز نشنیده بودم. پاکت چای را نشانم داد، عکس گیاهی با گل‌های زرد روی آن بود. نام ایتالیایی آن تیگلیو بود. این گیاه را هم نشناختم.

گفتم: «کاپوچینو را ترجیح می‌دهم.»

الیزا کاپوچینوی مرا آماده کرد و جلویم گذاشت. تشکر کردم. مایل بودم چیزی بگویم، ولی چیزی به ذهنم نمی‌رسید. خواستم بگویم کاپوچینو خیلی خوشمزه است، اما به نظرم خیلی مصنوعی آمد. نمی‌دانستم چه بگویم و خیلی خوشحال شدم که در همان موقع تلفن زنگ زد و الیزا عذرخواهی کرد و از آشپزخانه خارج شد.

صبحانه‌ام را خوردم و به کاری که در پیش داشتم، فکر کردم. از این که پس از مدت‌ها دوباره باید یک کتاب دست‌نویس را می‌خواندم، شوق کودکانه‌ای سراپای وجودم را فرا گرفت. پس از صبحانه به اتاقم رفتم، کتم را پوشیدم، کیفم را برداشتم و آماده حرکت شدم. وقتی خواستم از پله‌ها پایین بروم، دکتر باستیانی را دیدم که از پله‌ها بالا می‌آید. احساس کردم از دیدن من که با کت و کیف در دست می‌خواستم از پله‌ها پایین بروم، تعجب کرده است.

پرسید: «صبحانه خوردید؟»

«بله، من آماده‌ام که برویم.»

دکتر باستیانی گفت: «جایی نمی‌رویم. کارمان را همین جا انجام می‌دهیم.»

از کنار من رد شد و به سوی انتهای راهروی طبقه اول رفت و اشاره کرد که من هم به دنبال او بروم. در انتهای راهرو به سمت راست پیچیدیم و وارد اتاقی شدیم که در واقع کتابخانه بزرگی بود. نمی‌دانم چرا من تصور کرده بودم کارمان را در دانشگاه یا موزه یا جای دیگری انجام خواهیم داد. در کتابخانه دکتر باستیانی به‌جز دیواری که در آن سه پنجره بزرگ به سوی حیاط پشت خانه باز می‌شد، بقیه دیوارها پر از قفسه‌های کتاب بودند. کف اتاق پارکت بود و در میان اتاق میز کمابیش بزرگی با چهار صندلی قرار داشت. در یک سمت اتاق دو مبل راحتی چرمی و یک میز چوبی چیده شده بود. میز چوبی عتیقه به نظر می‌رسید. بین مبل‌ها یک چراغ پایه‌دار با

پایه برنجی قرار داشت. پرده‌های توری پنجره‌ها کشیده بود و همه چیز بسیار تمیز و مرتب می‌نمود.

دکتر باستیانی به میز میان اتاق اشاره کرد: «بفرمایید! باید زودتر کار را شروع کنیم.»

به سوی میز رفتم. یک دسته کاغذ که برگ‌های کپی شده دست‌نویس‌ها بود، روی میز قرار داشت و در کنار آن‌ها یک دسته برگ سفید و چند خودکار. کیفم را کنار میز روی زمین گذاشتم و کتم را درآوردم و خواستم آن را روی یک صندلی بگذارم که دکتر باستیانی آن را از من گرفت و گفت: «من آن را آویزان می‌کنم. راحت باشید.»

او بلند الیزا را صدا کرد. من طبق عادت سمتی از میز را انتخاب کردم که پنجره‌ها در سمت راستم باشند و روی یک صندلی نشستم و کیفم را کنار خود کشیدم. دکتر باستیانی یکی از صندلی‌ها را نزدیک من کشید، اما قبل از این‌که بنشیند دخترش وارد شد و دکتر باستیانی کت مرا به او داد و چیزهایی به ایتالیایی با او رد و بدل کرد. گفت‌وگویشان به نظرم طولانی‌تر از آن آمد که فقط به کت من مربوط باشد.

وقتی الیزا از اتاق خارج شد، دکتر باستیانی که یک لحظه نشسته بود، دوباره برخاست و گفت: «من در واقع چیز زیادی نمی‌توانم بگویم و نمی‌خواهم با صحبت درباره قسمت‌های دیگر کتاب قضاوت شخصی شما را تحت تأثیر قرار دهم. پیشنهاد می‌کنم شما خودتان کتاب را مرور کنید و ببینید نظرتان درباره آن چیست. خواهش می‌کنم ترجمه قسمت‌های فارسی را با قید صفحه و شاید سطر مربوط بنویسید.»

به کاغذهای روی میز اشاره کرد. در حالی که کپی‌ها را ورق می‌زدم، گفتم: «البته، تا جایی که از عهده‌اش برآیم، این کار را می‌کنم.»

دکتر باستیانی گفت: «بسیار خب! پس شما را تنها می‌گذارم؛ زیرا باید برای چند ساعت به دیدار چند عتیقه‌فروشی در پیزا بروم.»

دیروز در راه فلورانس، دکتر باستیانی برایم تعریف کرده بود که دیدار از مغازه‌های عتیقه‌فروشان و بازارهای دست‌فروشان در بیست سال گذشته مهم‌ترین سرگرمی او بوده است و همیشه در چنین بازارهایی، نه تنها در فلورانس بلکه حتی در شهرهای

اطراف از پیزا گرفته تا بولونیا، حضور پیدا می‌کند و در این بازارها تاکنون کتاب‌ها و وسایل عتیقه گران‌بهایی پیدا کرده است.

دکتر باستیانی به پشت یکی از پنجره‌ها را رفت، پرده را کنار زد، چند لحظه بیرون را نگاه کرد، بعد برگشت و ادامه داد: «غیبت من چند ساعتی طول می‌کشد. الیزا در خانه است و گاهی به شما سر می‌زند. اگر چیزی خواستید، او را صدا کنید.»

و از اتاق خارج شد.

با شنیدن نام الیزا چند لحظه به فکر فرو رفتم، اما زود رشته افکار خود را کنترل کردم. باید فکرم را روی کاری که در پیش داشتم، متمرکز می‌کردم.

دکتر باستیانی دوباره وارد اتاق شد و به سوی من آمد و دفترچه کوچکی با جلد سیاه و ضخیم به من داد: «یک هدیه کوچک برای شما...»

دفترچه را گرفتم. در جلد دفترچه یک نوار کشی تعبیه شده بود که جلد را بسته نگه می‌داشت. کش را از دور جلد بیرون کشیدم و دفترچه را باز کردم. برگ‌های آن کرمی رنگ و بدون خط بودند.

دکتر باستیانی ادامه داد: «... ارنست همینگوی هم از همین دفترچه‌ها برای یادداشت‌های خود استفاده می‌کرد و همیشه یکی از آن‌ها همراه خود داشت. به همین خاطر، این دفترچه‌ها به دفترچه همینگوی هم معروف هستند.»

دفترچه خیلی زیبایی بود. تشکر کردم و دکتر باستیانی باز اتاق را ترک کرد و مرا با کپی‌ها تنها گذاشت.

دست‌نویس‌ها باید بسیار ارزشمند می‌بودند که دکتر باستیانی تنها کپی آن‌ها را در اختیار من گذاشته بود. خیلی علاقه‌مند بودم بدانم اصل دست‌نویس‌ها کجا هستند. به قفسه‌های اطراف خود نگاه کردم. همه قفسه‌ها تا آن‌جا که جا داشت، پر از انواع کتاب‌های بزرگ و کوچک بود. قفسه‌های پشت سر من درهای شیشه‌ای داشتند و کتاب‌هایی که در آن‌ها بودند، همه جلدهای ضخیم داشتند و ارزشمند به نظر می‌رسیدند. یک ردیف از آن‌ها جلدهای چرمی داشتند و دست‌نویس بودند. چقدر مایل بودم در قفسه را باز کنم و آن کتاب‌ها را ورق بزنم و تماشا کنم. کتاب‌های بقیه قفسه‌ها نو و چاپی به نظر می‌رسیدند.

تصمیم گرفتم ابتدا نظر کلی راجع به کتابی که باید می‌خواندم، پیدا کنم. کپی‌های روی میز همه رنگی و با کیفیتی بسیار عالی بودند. نخستین کپی به جلد کتاب مربوط بود و تنها چند شماره و چند حرف لاتین روی آن نوشته شده بود. وقتی آن را کنار گذاشتم، در برگ دوم با نوشته‌های عجیبی روبه‌رو شدم. دکتر باستیانی گفته بود که این کتاب به لاتین است. اما الفبای کتاب هیچ شباهتی به الفبای لاتین نداشت. در واقع، این الفبا به هیچ یک از خطوطی که من می‌شناختم و دیده بودم شباهتی نداشت، به‌ویژه به نگارش‌های مختلف لاتین یا یونانی. اما اطمینان داشتم این الفبا یا چیزی شبیه آن را پیش‌تر جای دیگری دیده بودم، اما هرچه به ذهنم فشار آوردم، به خاطر نیاوردم کجا. در بعضی صفحات، در میان این علامت‌های عجیب و غریب یکی دو خط متن فارسی وجود داشت که من باید می‌خواندم.

از نوع کاغذی که به نظر می‌آمد استفاده شده، همین‌طور از طرز صفحه‌بندی، فواصل حروف، واژه‌ها و سطرها پیدا بود همان‌طور که دکتر باستیانی گفته بود، کتاب مزبور مربوط به سده‌های سیزدهم تا پانزدهم میلادی است. اما تا آن‌جا که من به عنوان یک زبان‌شناس می‌دانستم، در چنین دوره‌ای در اروپا چنین خطی وجود نداشته است. اما این خط به خط‌های آسیایی هم شباهتی نداشت. این نوشته‌ها بی‌گمان به یک الفبای مصنوعی و رمزی نوشته شده بود. درباره وجود این‌گونه الفباهای سرّی چیزهایی خوانده بودم، اما خود هرگز نمونه‌ای از آن را ندیده بودم. به این ترتیب، برایم مسجل شد که دلیل پنهان‌کاری و شتاب بیش از اندازه دکتر باستیانی این بود که می‌خواست نخستین کسی باشد که این کتاب را که به رمز نوشته شده است، رمزگشایی کند.

من همه کپی‌ها را مرور کردم. معلوم بود آن‌ها به دو دست‌نویس مختلف مربوط هستند. از یکی از دست‌نویس‌ها که طول و عرضش حدود دو سانتی‌متر از دیگری کوچک‌تر بود، تنها دو صفحه کپی شده بود. بقیه کپی‌ها همه به یک دست‌نویس مربوط بودند. کپی همه صفحات این دست‌نویس تا آخر آن موجود بود. صفحه‌های دست‌نویس شماره‌گذاری شده بودند، اما معلوم بود شماره‌ها دیرتر به آن اضافه شده‌اند. این البته چیزی غیر عادی نبود. در گذشته برگ‌های دست‌نویس‌ها را شماره‌گذاری نمی‌کردند، فقط گاهی برای این‌که در صورت ازهم‌گسیخته شدن دست‌نویس بتوان برگ‌های آن را دوباره مرتب کرد، در بعضی از آن‌ها در انتهای هر

صفحه نخستین واژه صفحه بعد را در زیر آخرین سطر می‌نوشتند. بعضی صفحه‌ها حاوی نقاشی‌هایی رنگی بود.

به این ترتیب، از الفبا و متن غیر فارسی دست‌نویس‌ها هیچ چیز درباره محتوای آن‌ها دستگیرم نشد. مایل بودم قبل از این‌که به متن فارسی دست‌نویس‌ها بپردازم، حداقل تصوری راجع به موضوع کتاب داشته باشم. برای همین به بررسی تصاویر موجود در کتاب پرداختم. تصاویر کتاب را می‌شد به دو بخش تقسیم کرد. بخش نخست شامل تعداد زیادی تصویر از گیاهان و گل‌ها بود که با دقت زیاد و رنگ‌های مختلف رسم شده بودند. این تصاویر اغلب نیمی از یک صفحه را در بر می‌گرفتند و هر کدام توضیحات کوتاهی در کنار برگ‌ها یا ساقه‌ها یا گل‌ها داشتند؛ البته همان‌طور که گفتم، با همان الفبای ناشناس. نظیر این تصاویر را در کتاب‌های خطی ایرانی هم دیده بودم. آن کتاب‌ها بیشتر درباره فواید درمانی گیاهان مزبور بود. بخش دوم تصاویر با دقت کمتری ترسیم شده بودند و ترکیب رنگ‌ها در آن‌ها کمتر بود. موضوع این تصاویر ربط مستقیمی به گیاهان بخش دیگر نداشت. در این تصاویر که در اکثر آن‌ها افرادی در حال انجام کاری بودند، عناصری از طبیعت مثل آتش و درخت و آب و عناصری از زندگی انسان مثل وسایل آشپزی، بناهایی که نمی‌شد تشخیص داد چه هستند و وسایلی که معلوم نبود برای چه منظوری از آن‌ها استفاده می‌شده به چشم می‌خورد. در بعضی تصاویر چند زن یا مرد در حال انجام کاری بودند. از شکل قرار گرفتن متن‌ها مشخص بود، ابتدا تصویرها ترسیم و متن‌ها پس از آن نوشته شده‌اند.

همه تصاویر را که دیدم، احساس کردم به یک تنفس احتیاج دارم. برخاستم و به سوی قفسه کتاب‌ها رفتم. کمی کتاب‌هایی را که در قفسه‌ها بودند، نگاه کردم و سپس به کنار پنجره میانی رفتم. پرده توری آن را کنار زدم و آن را باز کردم. نسیم خنک و لطیفی به داخل وزید. قسمتی از حیاط خانه چمن شده بود. در اطراف آن درختچه‌های مختلفی وجود داشتند. یکی از آن‌ها که من نمی‌شناختم، گل‌های زرد پربرگی داشت. عرض حیاط خانه حدود پانزده متر بود که با دیوار کوچکی از حیاط خانه همسایه جدا شده بود. از جایی که من ایستاده بودم، سه خانه از خانه‌های همسایگان را می‌شد دید. به طور اتفاقی متوجه شدم در یکی از این خانه‌ها در پشت

پنجره‌ای مردی به من نگاه می‌کند، اما وقتی دید من متوجه او شده‌ام، بی‌درنگ از پشت پنجره به کناری رفت و از دید من خارج شد.

پنجره را بستم و کمی در اتاق قدم زدم. تنها توضیحی که برای تصویرهای کتاب داشتم این بود که تصویرهای غیر گیاهی به احتمال زیاد مراسمی را نشان می‌دادند که با جادوگری و امثال آن در ارتباط بوده است و گیاهان مزبور نیز شاید گیاهانی بوده‌اند که برای همین منظور، یعنی در مراسم جادوگری از آن‌ها استفاده می‌شده است و وسایل ناشناس چیزهایی برای تولید دارو یا معجون‌های جادوگری از این گیاهان بوده است. این تنها فرضیه منطقی بود. در سده‌های میانه و پیش از آن، مرز میان پزشکی و جادوگری بسیار سیال بود. پزشکی هنوز به یک دانش به مفهوم امروزی تبدیل نشده بود. پزشکان می‌کوشیدند جادو کنند و جادوگران خود را پزشک می‌دانستند. به علاوه، این توضیح مناسبی هم بود، برای این‌که چرا کتاب به رمز نوشته شده بود. چون کسانی که به جادوگری معتقد بودند، می‌کوشیدند اسرار خود را از دیگران، به‌ویژه از دستگاه تفتیش عقاید کلیسا که با بی‌رحمی آن‌ها را تعقیب می‌کرد، پنهان کنند. این افراد اگر به دست کلیسا می‌افتادند، نخست شکنجه و سپس طعمه آتش می‌شدند.

البته درباره این دست‌نویس‌ها به یقین الفبای سرّی آن‌ها مهم‌تر بود تا محتوای آن‌ها. کتاب‌های پزشکی و جادوگری زیاد یافت می‌شد، اما کتاب‌هایی که به الفبای سرّی باشند، بسیار نادر بودند. بی‌گمان دکتر باستیانی می‌کوشید با کمک ترجمه من از متن‌های فارسی رمز الفبای کتاب را کشف کند.

به سر میز برگشتم و دفترچه خود را، دفترچه همینگوی خود را که لحظاتی پیش هدیه گرفته بودم، باز کردم و آن‌چه را تاکنون درباره دست‌نویس‌ها دریافته بودم داخل آن یادداشت کردم و بررسی متن‌های فارسی را شروع کردم.

تازه نخستین صفحه حاوی متن فارسی را گشوده بودم که الیزا در زد و وارد شد. یک سینی کوچک در دست داشت: «برایتان کاپوچینو آوردم.»

وقتی الیزا وارد شد، به خاطر آوردم که به ربه‌کا قول داده بودم از فلورانس به او زنگ بزنم. الیزا سینی را روی میز گذاشت، به سوی پنجره رفت، اندکی بیرون را نگاه

کرد و پرده توری را که من کمی باز گذاشته بودم، کشید و برگشت. روی سینی یک فنجان کاپوچینو، یک لیوان آب و چند بیسکویت کانتوچینی چیده شده بود.

تشکر کردم و الیزا پرسید: «گرسنه نیستید؟»

«نه، مرسی برای قهوه.»

«شما معمولاً چای می‌نوشید، درست است؟» الیزا این را گفت و روی همان صندلی که دکتر باستیانی پیش صندلی من کشیده بود، نشست. احساس کردم او مایل است کمی صحبت کند. گفتم: «بله، نوشیدنی اصلی ما ایرانی‌ها چای سیاه است.»

«اگر می‌خواهید می‌توانم به مغازه بروم و برایتان بخرم.»

من فنجان قهوه را برداشتم و گفتم: «نه، نه! برای من قهوه هم مثل چای است.»

در رفتار و لحن گفتار الیزا آرامش ژرفی نهفته بود. آرامشی که ویژه انسان‌هایی است که زندگی در چنگشان چون موم است و از آن، از هیچ چیز آن، هراسی ندارند. او با آن تصویر رایج از دختران ایتالیایی که آن‌ها را بسیار پرشور و پرجوش و خروش نشان می‌دهد، تفاوت داشت. آرامش روحانی، لبخند بی‌پیرایه و نگاه اندکی افسرده اما دوستانه‌اش، تحسین و ستایش مرا برمی‌انگیختند. البته من در آلمان یاد گرفته‌ام که کار و زندگی خصوصی را تلفیق نکنم و حد و مرز خود را می‌شناسم. در فلورانس هم باید فقط به کاری که به عهده گرفته بودم، یعنی به ترجمه متن‌های فارسی دست‌نویس‌ها می‌پرداختم.

الیزا نگاهی به یادداشت‌های من انداخت و با لبخند گفت: «این به فارسی است؟»

«بله، من عادت دارم ابتدا همه یادداشت‌هایم را به فارسی بنویسم. برایم راحت‌تر است.»

الیزا سری تکان داد و با تحسین گفت: «نوشتن و خواندن به فارسی باید بسیار دشوار باشد!»

به خط خود نگاه کردم و فکر کردم خواندن خط من به‌راستی باید دشوار باشد. من خط چندان خوبی نداشتم. گاهی خودم هم از عهده خواندن قسمت‌هایی از

یادداشت‌های خود برنمی‌آمدم: «نه، الفبای فارسی هم ۳۲ حرف بیشتر ندارد. وقتی کسی این الفبا را یاد بگیرد، می‌تواند فارسی را بخواند.»

و بعد از روی صداقت اضافه کردم: «البته خط مرا نه.»

الیزا خندید و خنده‌اش باز شعف و رضایت بی‌نظیری در من ایجاد کرد. الیزا با همان لحن آرام خود گفت: «این دست‌نویس‌ها برای پدرم خیلی مهم هستند. او در هفته‌های گذشته وقتش را فقط صرف بررسی این کتاب‌ها کرده است. برای ترجمه متن‌های فارسی به خیلی‌ها مراجعه کرده است. اما تاکنون کسی نتوانسته به او کمک کند. خوشحالم که شما می‌توانید به او کمک کنید.»

من از این ابراز عقیده مثبت او کمی احساس شرمندگی کردم: «امیدوارم از عهده‌اش برآیم. کار من چند سال فقط مطالعه کتاب‌های دست‌نویس و طبقه‌بندی آن‌ها بوده است. البته کسانی دیگری هم هستند که بهتر از من از عهده این کار برمی‌آیند. اما آن‌ها در ایران یا دیگر کشورهای فارسی‌زبان هستند.»

الیزا گفت: «شما انسان بسیار متواضعی هستید. من به انسان‌های متواضع خیلی احترام می‌گذارم.»

زبان انگلیسی الیزا بسیار روان بود. گفتم: «شما انگلیسی را خیلی خوب صحبت می‌کنید.»

«من چند سال در لندن زندگی کرده‌ام...»

غمی که در چشمان الیزا بود واضح‌تر از پیش شد. گویا یادآوری خاطره اقامتش در لندن برای او چندان خوشایند نبود: «... من در لندن معماری تحصیل کرده‌ام. در دانشگاه متروپولیتن... تابستان امسال درسم تمام شد.»

سپس لحظه‌ای مکث کرد و گویا مایل است بازگشت خود از لندن را توجیه کند، ادامه داد: «خوشحال هستم که نزد پدرم برگشتم. احساس می‌کنم او به من بسیار احتیاج دارد.»

ظرف کوچک حاوی کانتوچینی را در سینی کمی جابه‌جا کرد و ادامه داد: «مرگ مادرم برای او بسیار دشوار بود. هنوز نتوانسته است...»

الیزا دنبال واژه‌ها می‌گشت که من پرسیدم: «مادرتان کی فوت شده است؟»

«سال‌ها پیش. من نُه سال بیشتر نداشتم.»

چند لحظه سکوت برقرار شد. می‌خواستم بپرسم چرا مادر او در جوانی فوت کرده است که الیزا بلند شد و گفت: «من می‌روم که مزاحم کار شما نباشم.»

۲

پس از رفتن الیزا پیش خود فکر کردم او باید ۲۶ یا ۲۷ سال داشته باشد؛ یعنی باید پنج یا شش سال جوان‌تر از من باشد. الیزا نه تنها زیبا بود، بلکه پیدا بود شخصیتی قوی نیز دارد. او از آن زنان روشن‌فکر، تیزبین و بااراده‌ای بود که به‌ندرت مردی با آن‌ها آشنا می‌شود، از آن زنانی که همیشه نصیب مردان دیگر می‌شوند... اما فرصتی برای این‌گونه تفکرات نبود. باید کار را از سر می‌گرفتم. باز همه صفحه‌های دست‌نویس نخست را مرور کردم. تنها در دوازده صفحه آن متن فارسی وجود داشت. نوشته‌های فارسی همه در قسمت مربوط به گیاهان بود؛ روی‌هم‌رفته۲۵ خط، حداکثر دو سطر در یک صفحه. دو برگی که اندازه متفاوتی داشتند، فقط به فارسی بودند. یک صفحه به طور کامل پر شده بود و صفحه دوم سه سطر بیشتر نداشت. ابتدا حدس زدم برای خواندن این نوشته‌ها سه یا حداکثر چهار ساعت لازم دارم، اما وقتی خواندن نخستین صفحه را شروع کردم، دیدم کار دشوارتر از آن است که گمان می‌کردم. هیچ‌کجا از نقطه یا سرکش استفاده نشده بود، بین واژه‌ها فاصله‌ای وجود نداشت، هیچ‌کجا دندانه‌ای به چشم نمی‌خورد، بعضی واژه‌ها به خاطر بدخطی به هیچ وجه قابل خواندن نبود.

کوشیدم روشی را که در گذشته هم از آن استفاده می‌کردم، به کار ببرم. ابتدا باید مرز واژه‌ها را مشخص می‌کردم و سپس برای هر واژه خوانش‌های قابل تصور را در برگ سفیدی زیر هم می‌نوشتم. به این ترتیب، برای بعضی واژه‌ها بیش از بیست خوانش متفاوت پیدا کردم. بعضی واژه‌ها طوری بودند که هیچ کدام از خوانش‌های

ممکن آن‌ها معنایی به دست نمی‌داد و گاهی مجبور می‌شدم در مرزبندی واژه‌ها تجدید نظر کنم. پس از نوشتن خوانش‌های مختلف واژه‌های یک سطر می‌کوشیدم با ترکیب گزینه‌های مختلف آن‌ها برای هر سطر جمله قابل فهمی به دست بیاورم. به این ترتیب، معنای نخستین جمله فارسی را به این شکل در همینگوی خود یادداشت کردم:

صفحه ۱۱: ناصری گوید این سپرغم بر کران آب‌های کوچک به بیابانکی به یک فرسنگ از خَرَند (نام مکان؟) بسیار روید به فصل اردیبهشت و به تابستان دیگر نباشد.

در زیر این نوشته توضیح دادم: هیچ کدام از خوانش‌های ممکن برای واژه خَرَند آشنا و قابل درک نبودند و من این خوانش را برگزیدم؛ زیرا راحت‌تر تلفظ می‌شود. گویا نام مکانی باشد. آشکارا گفت‌وگو درباره گیاهی بوده است که در منطقه‌ای خاص می‌روید.

سطر فارسی بعدی را این‌طور خواندم.

صفحه ۱۳: ناصری گوید چون سه فرسنگ از دیهی که آن را سَرچامان (نام مکان) خوانند بیرون شوند نشیبی قوی آید که این ریحان بدان جا فراوان روید و این ناحیت گرمسیر بود.

در زیر آن توضیح دادم: به دلیل این‌که در این صفحه تصویر گیاه دیگری رسم شده است، این‌جا گفت‌وگو از گیاهی دیگر است که در نزدیکی دهی به نام «سَرچامان» می‌روید. نویسنده اصلی متن فارسی — نه کسی که دست‌نویس حاضر را رونویسی کرده — باز هم به شخصی به نام ناصری استناد می‌کند.

به همین ترتیب، تقریباً نیمی از نوشته‌های فارسی را خواندم. هرچه جلوتر می‌رفتم، کار آسان‌تر می‌شد؛ زیرا بعضی از واژه‌ها تکرار می‌شدند. برخاستم و اندکی در اتاق قدم زدم و راجع به این نوشته‌ها فکر کردم. به کنار پنجره رفتم. پرده توری را کنار زدم و به بیرون نگاه کردم. متوجه شدم که پرده توری اتاقی که بار قبل مردی را در آن‌جا دیده بودم نیز کشیده شده است. در همان لحظه پرده تکانی خورد و سایه تیره شخصی را در پشت آن دیدم. گویا مرا نگاه می‌کرد. پرده توری را کشیدم و

به سوی قفسه کتاب‌های دست‌نویس رفتم. در شیشه‌ای قفسه قفل بود. چند کتاب چاپی دیگر را که قدیمی به نظر می‌رسیدند برداشتم و ورق زدم. همه به لاتین یا یونانی بودند. بعضی از واژه‌ها را می‌توانستم بخوانم، اما لاتین و یونانی نمی‌دانستم و به همین خاطر نمی‌توانستم بفهمم کتاب‌ها راجع به چه هستند.

باز به نوشته‌های فارسی فکر کردم. همه متن‌هایی که تاکنون خوانده بودم، به محل رویش گیاهی اشاره می‌کردند. زبان متن فارسی سده‌های چهاردهم یا پانزدهم میلادی یعنی ششم تا هشتم هجری بود. از این دوره کتاب‌های زیادی خوانده بودم، اما نام‌های افراد و مناطق (جمعاً پنج منطقه) همه برایم ناآشنا بودند. همین‌طور نام گیاهانی که در موارد معدودی عنوان شده بودند. البته من تخصصی در گیاه‌شناسی و جغرافیای قدیم ایران ندارم، اما باید حداقل بعضی از نام‌ها به نظرم آشنا می‌آمد، اما به هیچ وجه این‌طور نبود.

سر میز برگشتم و برداشت‌هایم را در همین‌گوی خود یادداشت کردم. در همین هنگام، در باز شد و دکتر باستیانی وارد کتاب‌خانه شد: «سلام، گرسنه نیستید؟»

به سوی من آمد و به یادداشت‌های فارسیم نگاه کرد: «به کجا رسیدید؟»

برگ‌هایی را که ترجمه کرده و به کناری گذاشته بودم، به او نشان دادم: «این برگ‌ها را ترجمه کردم.»

دکتر باستیانی آن‌ها را نگاه کرد و بعد برگ‌هایی را که هنوز ترجمه نکرده بودم، ورق زد تا به صفحه‌ای با تصویر گلی به رنگ آبی آسمانی رسید و پرسید: «این صفحه را هنوز ترجمه نکرده‌اید؟»

«هنوز نه.»

همچنان به تصویر گل نگاه می‌کرد.

گفتم: «کیفیت کپی‌ها بسیار خوب است.»

گفت: «آن‌ها را پیش خواهرم کپی کرده‌ام. او در شرکت خود یک دستگاه کپی خیلی خوب دارد. من همه کتاب را برای تحقیقاتم کپی کردم. نمی‌خواستم با اصل کتاب کار کنم.»

او هم مانند کسان دیگری که با ارزش نسخه‌های دست‌نویس آشنا هستند، با احتیاط با آن‌ها رفتار می‌کرد. برگ‌ها را دوباره به ترتیبی که من قرار داده بودم مرتب کرد و گفت: «برویم پایین! الیزا غذا درست کرده است. می‌بخشید که کمی دیر کردم.»

همینگوی خود را بستم و به ساعت نگاه کردم. نزدیک دو و نیم بود.

۳

الیزا لباسش را عوض کرده بود. تی‌شرتی که صبح به تن داشت، اکنون جای خود را به یک بلوز مشکی رنگ داده بود که در بالاتنه چسبان بود و از کمر کمی فراخ می‌شد و چین می‌خورد و بالای شلوار جینی را که به تن داشت، می‌پوشاند. در انتهای چین‌ها یک نوار بسیار باریک طلایی دوخته شده بود. بر یکی از پاچه‌های شلوار جین او بالاتر از زانو زنبقی با نخ طلایی مات ملیله‌دوزی شده بود. ایتالیایی‌ها به شیک‌پوشی معروف هستند و من که از مد لباس چیزی نمی‌دانم، ترجیح دادم چیزی درباره زیبایی لباس الیزا نگویم. اما چون مایل بودم تمجیدی از او کرده باشم، گفتم: «چه میز زیبایی. مدت‌ها است که من سر چنین میز مجللی غذا نخورده‌ام.»

الیزا به دکتر باستیانی نگاه کرد و لبخند کوتاهی زد. احساس کردم این تمجید من کمی نابه‌جا بود. دکتر باستیانی با دست از من دعوت به نشستن کرد: «بفرمایید بنشینید.»

و خود نیز نشست.

نشستم و نگاه دقیق‌تری به میز انداختم. برای هر کدام از ما یک بشقاب، یک دستمال و یک کارد و چنگال چیده شده بود. به‌جز آن میز تنها مزین به چند لیوان، یک سبد نان تازه، یک شیشه شراب قرمز و کمی زیتون در یک ظرف شیشه‌ای و یک قدح بزرگ سالاد بود. تنها چیزی که می‌توان گفت جلال خاصی به میز می‌داد،

یک دسته گل رنگارنگ در یک گلدان شیشه‌ای با رگه‌هایی نقره‌ای بود. غذا ریزوتو بود که غذایی ایتالیایی با برنج و قارچ است.

دکتر باستیانی در حالی که جام‌های ما را از شراب پر می‌کرد، پرسید: «کار چطور پیش می‌رود؟»

«باید بگویم دشوارتر از آن است که من گمان می‌کردم. اما از پیشرفت کار راضی هستم. حدس می‌زنم توانسته‌ام بیش از یک‌سوم از متن‌های فارسی را بخوانم.»

هنگام صرف غذا آنچه را تاکنون از خواندن نوشته‌های فارسی دریافته بودم، درباره مناطق و گیاهان ناآشنا برای دکتر باستیانی تعریف کردم. او با علاقه گوش می‌داد و گاهی چیزی می‌پرسید. الیزا هم گاهی به من نگاه می‌کرد و لبخند می‌زد و بدون این‌که اظهار نظری بکند، به گفت‌وگوی من و پدرش گوش می‌داد.

دکتر باستیانی پرسید: «جداً؟ هیچ کدام از مناطقی را که نامشان در کتاب آمده نمی‌شناسید؟»

«هیچ کدام را. زبان کتاب بسیار شبیه زبان فارسی مناطق مرکزی ایران است که من با آن به‌خوبی آشنا هستم. اما نام‌هایی که در آن‌جا آمده همه برایم ناآشنا هستند.»

دکتر باستیانی گفت: «یعنی متن‌های فارسی را یک ایرانی نوشته ولی درباره گیاهانی که در مکان‌های دیگر می‌رویند؟»

«این‌طور به نظر می‌رسد. شاید هم متن اصلی ترجمه‌ای از کتابی غیر فارسی بوده است.»

احساس کردم موضوع برای الیزا قدری خسته‌کننده است و خواستم موضوع گفت‌وگو را عوض کنم: «باید اقرار کنم موضوع متن‌های فارسی کمی خسته‌کننده است؛ گیاه‌شناسی بسیار ابتدایی. گمان نمی‌کنم این نوشته‌ها از نظر محتوا ارزش علمی داشته باشند.»

دکتر باستیانی گفت: «شما در مونیخ حدس زدید که نوشته‌های فارسی را کسی از روی کتاب دیگری رونویسی کرده است. هنوز هم همین‌طور فکر می‌کنید؟»

کوتاه پاسخ دادم: «من به این موضوع اطمینان دارم.»

دکتر باستیانی لبخند زد: «اگر این‌طور باشد، کتاب فارسی که این نوشته‌ها از روی آن کپی شده باید هنوز جایی در همین منطقه باشد و من روزی آن را در یکی از عتیقه‌فروشی‌ها یا بازارهای پیزا یا فلورانس پیدا خواهم کرد.»

در سکوت کوتاهی که پیش آمد، الیزا پرسید: «باز برایتان بکشم؟»

بشقاب خالی را نگاه کردم. خودم هم متوجه نشدم که چطور همه غذایی را که در بشقابم بود، خورده بودم: «نه، متشکرم.»

دکتر باستیانی هم غذای خود را خورده بود. از جا بلند شد، جام شراب خود را برداشت و گفت: «اجازه بدهید به اتاق نشیمن برویم.»

من هم به پیروی از او جام شرابم را برداشتم و به دنبال او به اتاق نشیمن رفتم. روی مبل‌های راحتی نشستیم. درهای رو به حیاط باز بودند و هوای خنکی را به اتاق راه می‌دادند. از جایی که ما نشسته بودیم، فقط درختان داخل حیاط دیده می‌شدند. از دکتر باستیانی پرسیدم: «درباره نویسنده کتاب چه می‌دانید؟»

کمی فکر کرد و گفت: «هیچ چیز.»

وقتی تعجب مرا دید، ادامه داد: «حتماً متوجه شده‌اید که کپی‌ها مربوط به دو دست‌نویس هستند...»

«بله، دو برگ از کپی‌ها اندازه‌شان با بقیه تفاوت دارد.»

«دست‌نویس اول را در یک عتیقه‌فروشی کوچک در همین فلورانس خریدم. فروشنده گمان می‌کرد که به زبان عربی یا هندی است. وقتی کتاب را باز کردم، بلافاصله آن را شناختم.»

دکتر باستیانی لحظه‌ای مکث کرد، کمی از شراب خود نوشید و پرسید: «شما دست‌نویس ووینیچ را می‌شناسید؟»

با شنیدن نام ووینیچ ناگهانٍ به خاطر آوردم که الفبای سرّی دست‌نویس‌ها را کجا دیده‌ام. می‌دانستم که قبلاً هم جایی الفبایی شبیه آن دیده‌ام. مدت‌ها پیش در یکی از نشریات زبان‌شناسی مقاله کوتاهی را درباره یک دست‌نویس که به ووینیچ

معروف شده دیده بودم. عکسی هم از یکی از صفحه‌های آن چاپ شده بود. الفبای آن دست‌نویس شبیه الفبای همین کتاب بود، اما به خاطر نداشتم آن نسخه متن فارسی داشته باشد: «بله، گمان کنم مقاله‌ای درباره دست‌نویس ووینیچ دیده‌ام... اما به خاطر ندارم کجا.»

«ووینیچ نسخه دیگری از همین دست‌نویس است. نسخه ووینیچ ده‌ها سال است که کشف شده اما تاکنون هیچ کس نتوانسته آن را رمزگشایی کند. متخصصان برجسته‌ای از دانشگاه‌های مختلف و حتی از سازمان‌های ضدجاسوسی کوشیده‌اند برای نشان دادن توانایی خود آن را رمزگشایی کنند، اما موفق نشده‌اند.»

با هیجان پرسیدم: «شما هم می‌خواهید آن را رمزگشایی کنید؟»

گفت: «من دو ماه تمام کوشیدم که دست‌نویس را رمزگشایی کنم. اما حتی موفق به خواندن یک سطر از آن هم نشدم و هیچ سرنخی هم برای ادامه تلاش‌های خود پیدا نکردم.»

دکتر باستیانی به عادت خود گفته‌هایش را با حرکت دست در هوا همراهی می‌کرد.

پرسیدم: «شما فکر می‌کنید ترجمه متن‌های فارسی به شما در رمزگشایی دست‌نویس کمک کند؟»

بدون این که به پرسش من پاسخ دهد، ادامه داد: «حدود دو ماه بعد از خریدن دست‌نویس اول برای دیدار با یکی از دوستانم به ونیز رفته بودم. وقتی از آن‌جا بازمی‌گشتم، ترجیح دادم به‌جای اتوبان از جاده‌های محلی استفاده کنم. در میان راه برای صرف ناهار در دهکده کوچکی توقف کردم. بر حسب اتفاق، آن روز درست کنار رستورانی که من آن‌جا غذا خوردم، بازار دست‌فروشان دایر بود. پس از غذا تصمیم گرفتم در آن بازار کمی قدم بزنم. بازار بسیار جالبی بود. عده‌ای روستایی پیر، زن و مرد، در کنار این رستوران که در مسیر جاده بود، سبزیجات باغچه خود یا مرباهای خانگی و امثال آن را برای فروش روی میزهای کوچک چوبی یا زمین چیده بودند. تعدادی هم وسایل کهنه یا نو خود را می‌فروختند که احتیاج نداشتند. روی میز یک پیرزن در کنار تعدادی ظروف شیشه‌ای قدیمی، چند قطب‌نما و چاقوی کهنه و تعدادی کتاب دست‌نویس هم برای فروش عرضه شده بود. وقتی یک

کتاب را برداشتم و ورق زدم، از تعجب و شادی نزدیک بود سکته کنم. قیمتی که پیرزن بابت آن دست‌نویس می‌خواست، از قیمت یک کتاب معمولی هم کمتر بود. من چند برابر آن را به او پرداختم و کتاب را از او خریدم. وقتی از او پرسیدم کتاب را از کجا آورده است، گفت همه چیزهایی که روی میز هستند، از پدرش به او به ارث رسیده‌اند. درباره پدرش از او پرسیدم، گفت که پدران و اجداد او همه ونیزی و ماهی‌گیر و دریانورد بوده‌اند.»

من هنوز ارتباط دو دست‌نویس را با هم نمی‌فهمیدم: «آن دست‌نویس هم به الفبای ووینیچ بود؟»

«نه، جالب همین بود. آن دست‌نویس در واقع کلید رمز دست‌نویس اول بود، به اضافه دو صفحه فارسی در انتهای آن. کپی‌های کوچک‌تری که درباره آن صحبت کردیم، مربوط به این دو صفحه هستند. این عجیب‌ترین اتفاقی است که در زندگی من رخ داده است. متوجه هستید. به طور اتفاقی مسیری غیر معمولی را انتخاب می‌کنم و کتابی را پیدا می‌کنم که با کتابی که چندی پیش کیلومترها دورتر خریده‌ام، در ارتباط است.»

دکتر باستیانی لبخندی زد و ادامه داد: «با استفاده از آن کتاب رمزگشا توانستم دست‌نویس اول را بخوانم.»

سپس مکثی کرد و اضافه کرد: «به‌جز متن‌های فارسی آن را.»

گفتم: «نمی‌دانستم نسخه ووینیچ متن فارسی هم دارد.»

«نسخه ووینیچ فاقد متن‌های فارسی است. دلیل آن را نمی‌دانم. شاید کسی که آن را رونویسی کرده و این متن‌ها را مهم ندانسته و از آن‌ها صرف نظر کرده است.»

لحظه‌ای سکوت شد و دکتر باستیانی گویی بخواهد به من اخطار کند، گفت: «شما اولین کسی هستید که من درباره کلید رمز با او صحبت می‌کنم... البته الیزا هم از وجود آن اطلاع دارد.»

پرسیدم: «در دست‌نویس نام نویسنده درج شده است؟»

دکتر باستیانی گفت: «نه، او در هیچ کجای دست‌نویس نام خود را نیاورده است. شاید می‌ترسیده است که با وجود الفبای سرّی کسی بتواند دست‌نویس را بخواند و به هویت او پی ببرد.»

پس آن‌چه من تاکنون دلیل عجله دکتر باستیانی برای ترجمه کتاب می‌پنداشتم، یعنی رمزگشایی کتاب بی‌پایه بوده است: «پس شما قسمت اعظم کتاب را خوانده‌اید و من نمی‌فهمم چرا خواندن متن‌های فارسی که فقط در این کتاب هستند، باید با این شتاب صورت بگیرد.»

در همین لحظه الیزا با یک سینی و سه فنجان قهوه وارد اتاق نشیمن شد و من باز به خاطر آوردم که باید به ربه‌کا زنگ می‌زدم.

الیزا با لبخند گفت: «یک قهوه بخوریم و برویم کمی گردش.»

قهوه‌ها را رو میز گذاشت و کنار پدرش نشست.

دکتر باستیانی نگاهی به ساعت خود کرد و گفت: «من پیشنهاد می‌کنم بعد از غروب برای صرف شام و گردش بیرون برویم...»

ادامه داد: «من باید دیدار کوتاهی با یکی از دوستانم داشته باشم.»

الیزا به ایتالیایی با لحنی که بیشتر به خواهش می‌ماند، چیزی به پدرش گفت. من که از عجله دکتر باستیانی برای به پایان رساندن سریع‌تر کار اطلاع داشتم، هرچند دلیل آن را نمی‌دانستم، گفتم: «من هم ترجیح می‌دهم اول کار را به پایان برسانم و خوشحال می‌شوم اگر بتوانم پس از پایان کار کمی فلورانس را ببینم.»

الیزا پرسید: «کجای فلورانس را بیشتر مایل هستید ببیند؟»

من با فلورانس هیچ‌گونه آشنایی پیشین نداشتم: «خوشحال می‌شوم که شما مرا راهنمایی کنید. تنها چیزی که من از فلورانس می‌شناسم و مایل هستم حتماً ببینم مجسمه داوود میکل‌آنژ است.»

الیزا گفت: «فکر می‌کنم امروز برای رفتن به موزه دیر باشد، اما می‌توانیم از میدان دوامو و پل ویکی‌یو دیدن کنیم.»

به دنبال آن الیزا با اشتیاق بعضی از جاهای دیدنی فلورانس را که من باید حتماً می‌دیدم، نام برد و پرسید: «چند روز در فلورانس می‌مانید؟»

«من باید فردا شب به مونیخ برگردم.»

الیزا گفت: «فلورانس دیدنی‌های زیادی دارد. در این فرصت کم چیز زیادی نمی‌توانید ببینید.»

پس از یک مکث کوتاهی لبخند زد و اضافه کرد: «ولی من مهم‌ترین و زیباترین جاهای فلورانس را در همین فرصت نشانتان می‌دهم.»

۴

پیش از برگشتن به کتاب‌خانه، از دکتر باستیانی اجازه خواستم به مونیخ زنگ بزنم. همکارم ربه‌کا در خانه نبود. فقط پیام گذاشتم که همه چیز روبه‌راه است و من شب یا فردا دوباره زنگ می‌زنم.

من کسی نیستم که زود دچار احساسات شود، اما باید اقرار کنم شوق بیرون رفتن با الیزا باعث شده بود، اندکی از تمرکز فکریم کاسته شود. شاید هم اثر غذا و شرابی بود که نوشیده بودم. با کوشش زیاد فکر خود را متمرکز کار کردم و تلاش کردم از شتاب‌زدگی بپرهیزم.

همینگوی خود را در دست گرفتم. جلد سیاه و ضخیم آن احساس خوبی به من می‌داد. جلدش را از کش آن رها کردم، آن را باز کردم و نوشته‌های خود را مرور کردم. سپس، خواندن نوشته‌های دست‌نویس نخست را به همان شکلی که پیش از ظهر انجام داده بودم، دنبال کردم. سرعت کارم نسبت به پیش از ظهر کمی افزایش یافته بود.

متأسفانه متن صفحه ۲۳ اصلاً قابل خواندن نبود. گویا دست یا چیز خیس دیگری روی آن کشیده شده و باعث پراکنده شدن جوهرش شده بود. فقط دو واژه از آن را توانستم بخوانم و یادداشت کنم:

صفحه ۲۳: (ناخوانا) محلتی است (ناخوانا).

متن صفحه ۲۵ را توانستم به شکل زیر بخوانم.

صفحه ۲۵: عبدوس گوید که این علف به صحرای کَروان (نام مکان) بر لانه ماران دیده‌اند و ماران این علف پاس دارند.

به همین ترتیب، کار را ادامه دادم تا به آخرین متن فارسی دست‌نویس نخست رسیدم. این متن مربوط به همان گل آسمانی رنگ بود که دکتر باستیانی پیش از ناهار درباره آن پرسیده بود. وقتی با دقت بیشتری به این تصویر نگاه کردم، به نظرم کمی عجیب آمد. گل تعداد کمی گلبرگ داشت که در میان آن‌ها دو تخم صورتی رنگ به شکل لوبیا اما کوچک دیده می‌شد. تنه گیاه خیلی کوتاه بود و برگ‌هایش هر کدام چند برابر گل آن بود. از همه چیز جالب‌تر ریشه آن بود که از یک سوی صفحه شروع شده زیر صفحه را دور زده و از سوی دیگر آن تا بالای صفحه کشیده شده بود. متن مربوط به این نوشته را به شکل زیر یادداشت کردم:

صفحه ۳۵: پَروَک شاخه هوم‌سپید (نام؟) به رُکاآتِک (نام مکان) روید و عزلت پسندد هیچ دو پَروَک به یک فراز نبینی.

این کوتاه‌ترین سطر فارسی دست‌نویس نخست بود و یک تفاوت مهم با بقیه سطرهایی که تاکنون خوانده بودم داشت که بلافاصله توجه مرا جلب کرد. این نوشته برخلاف نوشته‌های پیشین از قول کسی نقل نشده بود. گویا نویسنده متن فارسی آن را از زبان خود بیان کرده و خود این گیاه را می‌شناخته است.

خواندن نوشته‌های فارسی دست‌نویس ابتدا کمابیش به‌سرعت پیش رفته بود. هر کدام از آن‌ها توضیحی کوتاه درباره محل رویش گیاه و همه آن‌ها نقل قول‌هایی از افراد مختلف بود، به‌جز آن یک مورد که به گیاهی به نام پَروَک مربوط می‌شد. اگر این نقل قول‌ها مربوط به گیاهان، افراد یا مکان‌هایی بود که من می‌شناختم، بی‌شک این دست‌نویس جذابیت بیشتری برایم پیدا می‌کرد. اما به این شکل برایم دشوار بود که رابطه‌ای با آن برقرار کنم. این دست‌نویس برای من شبیه یک کتاب تخصصی خارج از حیطه معلوماتم بود. امیدوار بودم در نوشته‌های فارسی دست‌نویس دوم چیزهای جالب‌تری کشف کنم.

متأسفانه به نظر می‌رسید برگ‌های دست‌نویس دوم رطوبت دیده‌اند؛ زیرا در بسیاری از سطرها جوهر کمی پخش شده بود، به گونه‌ای که خواندن بعضی قسمت‌ها بسیار دشوار یا حتی غیر ممکن می‌نمود. با این حال، وقتی بیشتر به آن‌ها پرداختم، متوجه شدم نگارش فارسی دست‌نویس دوم با نگارش دست‌نویس دیگر بسیار تفاوت دارد. متن فارسی دوم ریزتر و با خط بهتری نوشته شده و مخلوطی از خط نستعلیق و شکسته بود و به نظر نمی‌آمد نگارنده آن را از جایی کپی کرده باشد. این‌که نویسنده نوشته‌های فارسی دو دست‌نویس فرد واحدی باشد، به نظرم بعید می‌آمد. با خواندن نخستین سطرهای کپی‌های دوم متوجه شدم این نوشته یک نامه است و نویسنده آن به خط و زبان فارسی تسلط کافی داشته است. اگرچه چند نکته انشایی این گمان را برمی‌انگیخت که نویسنده فارسی‌زبان نبوده است. با وجود نم‌دیدگی برگ‌های دست‌نویس، توانستم نخستین سطرها را بخوانم و به شکل زیر در همینگوی خود یادداشت کنم:

به حضرت استاد اعظم خواجه نصیر مامطیری

دریغا خبری حزن مرا گفتن باید. چون به موطن بازآمدم در این‌جا فتنه بالا گرفته و ولایت به آشوب یافتم. لشکریان خلیفه گرگوار ولایات و راه‌های فِرینزه تنگ فرو گرفته به حصر آورده‌اند. خلیفه را آلت و ساز بسیار باشد و بس قوی‌دست است و محتشم و کس را زهره نباشد از او و لشکریانش دست به خون و غارت شسته‌اند. چون استادم از ونِزیا قصد سرورش نمود (چند حرف ناخوانا) فِرینزه به دست سواران خلیفه گرفتار آمد و آن‌گونه که مرا اخبار رسید او را به سحر و ارتداد منسوب نموده بر دار کشیده بکشتند. چه اندوهناک هلاکی.

از خواندن این متن به‌راستی به هیجان آمده بودم. این نامه‌ای شخصی بود که به بعضی از اتفاقات شاید تاریخی هم اشاره می‌کرد. اگرچه من کتاب‌های دست‌نویس بسیار خوانده بودم، اما از این‌گونه مدارک شخصی بسیار اندک دیده بودم. متن را چند بار خواندم. من با تاریخ ایتالیا آشنا نبودم، اما فکر کردم حوادثی که در این نوشته به آن‌ها اشاره شده است، باید برای دکتر باستیانی که با تاریخ ایتالیا آشنا است، بسیار جالب باشد. نامه به کسی به نام خواجه نصیر مامطیری نوشته شده بود. نام مامطیری را قبلاً جایی خوانده بودم.

از نشستن خسته شده بودم. بلند شدم تا برای رفع خستگی کمی در اتاق قدم بزنم. به سوی پنجره رفتم و پرده توری را کنار زدم. هوا در شرف تاریک شدن بود. ناخودآگاه نگاهم متوجه پنجره‌ای شد که قبلاً به نظرم رسیده بود، کسی از آن‌جا مرا نگاه می‌کند. نمی‌دانم چرا باز همان احساس را پیدا کردم.

در همان هنگام الیزا در زد و وارد کتاب‌خانه شد. پرده را رها کردم و به سوی او برگشتم. او پرسید: «خسته نشدید؟ چیزی به ساعت هشت نمانده است!»

من واقعاً احساس خستگی می‌کردم: «چرا، خواستم کمی در اتاق قدم بزنم.»

الیزا گفت: «پدرم الان برگشت. فکر می‌کنم بهتر است برای امشب کار را تعطیل کنید. اگر می‌خواهید بیرون برویم، باید کم کم برویم وگرنه خیلی دیر می‌شود.»

در همین هنگام دکتر باستیانی هم وارد کتاب‌خانه شد و پرسید: «تمام شد؟»

در پاسخ او توضیح دادم که تنها از کپی‌های دست‌نویس دوم قسمتی باقی مانده که خواندن و ترجمه آن بی‌شک در عرض یک یا دو ساعت انجام‌شدنی است.

او با خوشحالی گفت: «واقعاً کار بزرگی انجام دادید. فکر نمی‌کردم که کار خواندن این متن‌ها به این سرعت پیش برود. خیلی از شما متشکرم.»

و به یادداشت‌های فارسی من در همینگوی که چند صفحه شده بودند، نگاه کرد.

گفتم: «من برداشت‌های شخصی خود و چیزهایی را که برایم جالب بودند نیز یادداشت کرده‌ام. متن‌های فارسی دست‌نویس‌ها روی‌هم‌رفته از دو یا سه صفحه تجاوز نمی‌کنند. می‌توانم آن‌ها را در عرض نیم ساعت به انگلیسی ترجمه کنم.»

الیزا گفت: «چه خوب، پس حالا می‌توانیم برای خوردن شام به بیرون برویم.»

دکتر باستیانی به الیزا نگاه کرد و دوباره رو کرد به من و پرسید: «گفتید برای خواندن بقیه متن‌ها تنها یک ساعت دیگر وقت احتیاج دارید؟»

الیزا به او نگاه کرد و یک جمله ایتالیایی گفت و سپس به انگلیسی افزود: «بقیه کار را وقتی برگشتیم یا فردا هم می‌توانید انجام دهید.»

و باز چند جمله دیگر به ایتالیایی گفت.

زبان ایتالیایی چنان آهنگ تندی دارد که وقتی دو نفر گفت‌وگو می‌کنند، به نظر می‌رسد با یکدیگر در حال مشاجره هستند.

دکتر باستیانی گفت: «بسیار خب! پس تا شما لباس بپوشید، من کمی این‌جا را جمع و جور می‌کنم.»

الیزا همچنان کنار در منتظر او بود. گویا می‌ترسید اگر برود، دکتر باستیانی باز مرا به کار وادارد. دکتر باستیانی کپی‌های دست‌نویس‌ها را مرتب کرد و برداشت، سپس چرک‌نویس‌ها و همینگوی مرا هم جداگانه مرتب کرد. الیزا باز چیزی به ایتالیایی گفت که دکتر باستیانی گفت: «بله، بله..»

و حرکاتش سرعت بیشتری پیدا کرد. خواست یادداشت‌های مرا هم بردارد، اما نگاهی به من کرد و باز آن‌ها را سر جای خود گذاشت و با کپی دست‌نویس‌ها از اتاق خارج شد و الیزا هم به دنبال او رفت.

وقتی دکتر باستیانی از اتاق خارج شد، متوجه شدم کپی‌های مربوط به دست‌نویس دوم زیر دسته کاغذهای من جا مانده است. دکتر باستیانی را صدا کردم، اما او صدای مرا نشنید. اهمیت ندادم و چون نمی‌خواستم که آن‌ها را معطل کنم، به اتاقی که در اختیار من گذاشته بودند رفتم و لباسم را عوض کردم.

۵

دکتر باستیانی ماشین خود را جایی نزدیک مرکز قدیمی شهر در نزدیکی یک پیتزافروشی پارک کرد. پیاده شدیم و قدم‌زنان به دیدن خیابان‌های شهر پرداختیم. خیابان‌ها و کوچه‌های باریک فلورانس با ساختمان‌هایی که بر سنگ‌های چند صد ساله بنا شده‌اند، به من احساس امنیت می‌دادند. اگرچه در زمان و مکان فرسنگ‌ها از سازندگان این خانه‌ها دور بودم، به شکل عجیبی خود را به آن‌ها نزدیک احساس می‌کردم. الیزا گویی تک‌تک ساختمان‌های شهر را می‌شناخت. هر بار در مقابل ساختمان یا مجسمه‌ای توقف کوتاهی می‌کرد و با اشاره به آن می‌پرسید: «این را می‌بینید...»

و وقتی که توجه مرا معطوف خود می‌دید، لبخند می‌زد و توضیحاتی می‌داد. نخست به میدان دوُامو رفتیم، جایی که کلیسای مریم مقدس با دیوارهای نقره‌ای و گنبد مسین خود با عظمت بی‌همتایی فخر می‌فروخت. از توضیحات الیزا برایم معلوم شد که این کلیسا پیش از مسجدهای معروف اصفهان ساخته شده است. اگرچه ظرافت مسجدهای اصفهان را نداشت، اما عظمتش بسیار بیشتر از آن‌ها بود.

هوا بسیار دلپذیر بود. گاهی باد خنکی می‌آمد و هوا دوباره آرام می‌شد. الیزا شلواری سیاه و بلوز اطلسی آبی و قرمزی به تن و پیراهن بافتنی دکمه‌دار سیاهی به همراه داشت که گاهی آن را می‌پوشید و گاهی درمی‌آورد و به دست می‌گرفت. دکتر باستیانی هم یک شلوار تیره و یک کاپشن بلند به رنگ سبز تیره با جیب‌های بزرگ

پوشیده بود. به نظر من کاپشن او برای این فصل کمی گرم به نظر می‌رسید. اما در این فصل شب‌ها حتی در فلورانس هم می‌توانند کمی خنک باشند. من هم با کت مخملی سرمه‌ایم لباس خود را کاملاً مناسب این شب می‌دیدم.

خیابان‌ها هنوز شلوغ بودند. به نظر می‌آمد بیشتر عابران گردشگر باشند. دکتر باستیانی درباره دست‌نویس‌ها پرسید و من که یک قدم پشت سر الیزا بودم، در میان توضیحات او درباره فلورانس، آن‌چه را از ترجمه دست‌نویس دوم به خاطرم مانده بود، برای دکتر باستیانی توضیح دادم و گفتم که متن فارسی دست‌نویس دوم در حقیقت یک نامه است.

دکتر باستیانی با تعجب گفت: «یک نامه؟ منظورتان این است که کسی نامه‌ای را در این دست‌نویس رونویسی کرده است؟»

«نه، این نوشته از جایی رونویسی نشده، بلکه اصل است و کسی هم که آن را نوشته همان کسی نبوده است که متن‌های فارسی کتاب اول را نوشته است. سایر نوشته‌های دو دست‌نویس هم از نظر نگارش با هم متفاوت هستند و برای من هم هنوز این یک معما است که چرا دو دست‌نویس نویسندگان متفاوتی دارند.»

سپس در حالی که سرش را تکان می‌داد، باز در پاسخ توضیحات من اضافه کرد: «ولی یک نامه در یک کتاب؟ این کپی‌ها آخرین صفحه‌های دست‌نویس بودند. چطور ممکن است که یک نامه باشند؟»

من هم توضیح قانع‌کننده‌ای نداشتم: «شاید نویسنده قصد داشته است آن‌ها را از داخل کتاب جدا کند و بفرستد یا این‌که خواسته خود کتاب را برای کسی بفرستد.»

«شاید...»

سپس، دکتر باستیانی درباره فرستنده و گیرنده نامه پرسید.

گفتم: «نامه به کسی به نام خواجه نصیر...»

دنباله نام به خاطرم نیامد: «نوشته شده است، ولی نام نویسنده در آن نیامده. البته نامه را هنوز تا آخر نخوانده‌ام. شاید در انتهای نامه نام او درج شده باشد.»

بعد درباره محتوای نامه توضیح دادم و گفتم: «نویسنده درباره به دار آویخته شدن یک نفر دیگر که ظاهراً استاد یا معلم او بوده چیزهایی برای گیرنده نامه نوشته است.»

با این سخنان من، توجه الیزا هم به گفت‌وگوی ما جلب شد.

ادامه دادم: «گویا آن فرد را به اتهام الحاد یا جادوگری دار زده بوده‌اند... در زمان پاپ گرِگُوار.»

دکتر باستیانی گفت: «تعداد کسانی که در سده‌های میانه در همین فلورانس و در کل ایتالیا به جرم الحاد و جادوگری به دار آویخته شدند یا زنده در آتش سوزانده شدند، از هزاران نفر تجاوز می‌کند. سوزاندن ملحدان را کلیسای ایتالیا ابداع کرد و این ابداع به‌تدریج در همه جای اروپا و بعد دنیا رواج یافت. هنوز هم در گوشه و کنار دنیا گاهی باقی‌مانده‌های این سنت دیده می‌شود.»

الیزا گفت: «ولی فلورانس مهد رنسانس و مکتب انسان‌گرایی هم است...»

دکتر باستیانی با اشاره به آن‌چه من درباره نامه بیان کرده بودم، ادامه داد: «... در قرن چهاردهم بین فلورانس و کلیسا جنگ شدیدی در جریان بود. پاپ گرگُوار یازدهم شهر فلورانس را شهر ملحدان اعلام کرد. کسی اجازه معامله با فلورانسی‌ها را نداشت و فلورانسی‌هایی را که ساکن شهرهای دیگر بودند، از آن شهرها بیرون می‌کردند و اموال آن‌ها در همه جا مصادره می‌شد. پاپ متحدان ایتالیایی و فرانسوی خود را به جنگ با فلورانس فرستاد. بسیاری کشته شدند... گفتید نام کسی که به دار آویخته شده چه بود؟»

«نام او در نامه درج نشده بود. البته همان‌طور که گفتم، هنوز قسمتی از نامه را نخوانده‌ام.»

به میدان سینیوریا رسیده بودیم. میدان پر از رهگذر و گردشگر بود؛ با این حال، فضای میدان بسیار آرامش‌بخش بود. مجسمه‌های زیبای میدان با نورافکن‌ها روشن شده بودند. در مقابل مجسمه داوود توقف کردیم و الیزا توضیح داد که تراشیدن پیکره داوود توسط میکل‌آنژ سال‌ها به طول انجامیده است و این‌که اصل مجسمه در موزه است و آن‌چه در میدان است، یک کپی از آن است. از آن‌جا تا پل

سنگی ویکی‌یو رفتیم. مردم در روی پل گردش می‌کردند و در مقابل شیشه‌های جواهرفروشی‌های مجلل روی پل به تماشا می‌ایستادند. الیزا در نزدیکی پل رستوران خوبی را می‌شناخت. پیشنهاد کرد برای صرف شام به آن‌جا برویم.

۶

من با شهرهای ایتالیا چندان آشنا نیستم، اما به نظرم می‌آمد که بیشتر در روستاها یا شهرهای دورافتاده ایتالیا یا شاید فرانسه انتظار دیدن چنین رستورانی را باید داشت. دیوارهای آن تا نیمه با چوب قهوه‌ای رنگی پوشیده شده بودند. سقف هم از چوب تیره بود و تخته‌های قطوری که سقف بر آن‌ها بنا شده بود، گویا روغن جلا بر آن‌ها کشیده باشند، می‌درخشیدند. بر دیوارها تخته‌هایی به عنوان رف نصب کرده و روی آن‌ها شیشه‌های شراب چیده بودند. قاب‌های چوبی با عکس‌های سفید و سیاهی از مناظر طبیعی با فاصله‌های کم از یکدیگر دیوارها را آراسته بود. حتی نرده‌ای به سقف نصب کرده و بر آن ران‌های خشک شده و دودداده خوک و سالامی‌های خشک آویخته بودند. ساختمان بسیار قدیمی به نظر می‌رسید و اتاق‌هایی که سالن رستوران را تشکیل می‌دادند، با تاقی‌های کمانی از هم جدا شده بودند. اگر چند گردشگر ژاپنی با دوربین‌های پیشرفته خود دور میز مجاور ننشسته بودند، خود را در فلورانسِ سده‌های میانه احساس می‌کردم.

غذای الیزا شامل قدری پنیر موتسارلا، چند برگ ژامبون، چند قاچ گوجه‌فرنگی و کمی سبزی بود که هنوز قدری از آن باقی بود. من هم مانند دکتر باستیانی ماهی سفارش داده بودم که با سیب‌زمینی در بشقاب‌های زیبای سفالین با نقش‌های آبی و سبز سرو شده بود. شیشه شرابی که دکتر باستیانی سفارش داده بود، به همت او و به کمک من و الیزا خالی شده بود. دکتر باستیانی غذای خود را تمام کرده بود و اکنون صورت غذا را برای سفارش دسر مرور می‌کرد.

الیزا اگرچه به موضوع دست‌نویس‌ها علاقه‌مند به نظر می‌رسید، اما هنگام غذا کوشیده بود تا موضوع صحبت قدری شخصی‌تر باشد و فقط درباره دست‌نویس‌ها گفت‌وگو نشود. از جمله از من پرسیده بود که پیش از آمدنم به آلمان در ایران چه می‌کردم. من راجع به دانشگاه خود در ایران و کارم در کتابخانه مجلس برای او توضیح داده بودم.

او پرسید: «اگر کارتان را دوست داشتید، چرا از آن استعفا دادید؟»

«پس از روی کار آمدن رژیم جدید مدتی آن‌جا ماندم و کوشیدم کارم را با وجود مشکلاتی که با همکاران جدیدم داشتم، ادامه بدهم. همکارانی که بیشتر به خاطر مذهبی بودنشان استخدام شده بودند تا به خاطر دانش‌شان. اما وقتی متوجه شدم، عده‌ای از آن‌ها کتاب‌های ارزشمند را از کتاب‌خانه می‌دزدند و در بازار قاچاق می‌فروشند و عده‌ای دیگر می‌کوشند کتاب‌خانه را از وجود کتاب‌هایی که به نظر آن‌ها مغایر باورهای اسلامی بود، به قول خودشان پاکسازی کنند، دیگر نتوانستم و نخواستم به کار خود در آن‌جا ادامه دهم. ترجیح دادم استعفا بدهم و بعد هم مانند بسیاری دیگر به دنبال یک آینده بهتر ایران را ترک کردم...»

الیزا با چشمان نافذ خود مرا نگاه می‌کرد. شانه‌ها را بالا انداختم و گفتم: «کاری که الان در مونیخ دارم، از خیلی نظرها شبیه کاری است که در ایران داشتم.»

الیزا پرسید: «مونیخ را به خاطر این کار برای اقامت انتخاب کردید؟»

«پس از مهاجرت به آلمان، ابتدا در شهر کلن ساکن شدم و پس از فرا گرفتن زبان آلمانی برای این‌که بتوانم در رشته خودم یعنی زبان فارسی ادامه تحصیل بدهم، از کلن به مونیخ نقل مکان کردم. دانشگاه مونیخ از معدود دانشگاه‌های آلمان است که می‌توان در آن زبان فارسی تحصیل کرد. مدارک تحصیلیم مورد قبول دانشکده فارسی دانشگاه مونیخ واقع شد و توانستم پس از گذراندن سه ترم و امتحانات پایانی، مدرک دیپلم خود را بگیرم و پس از آن به نوشتن پایان‌نامه دکتری خود بپردازم.»

الیزا جرعه‌ای شراب نوشید و در حالی که به جام شراب خود خیره شده بود، پرسید: «حالا در آلمان احساس خوشبختی می‌کنید؟»

من منتظر چنین پرسشی نبودم. الیزا به من نگاه کرد. برق اندوه را در چشمان او دیدم.

پرسیدم: «شما در ایتالیا احساس خوشبختی می‌کنید؟»

و بلافاصله از گفته خود پشیمان شدم. فکر می‌کنم این را پرسیدم برای این‌که می‌خواستم پیش از پاسخ دادن به پرسش دشوار او فرصت کمی فکر کردن داشته باشم.

الیزا گفت: «معذرت می‌خواهم. پرسش بی‌جایی بود...»

نگاهی به پدرش که از روی صورت غذا او را نگاه می‌کرد، انداخت و ادامه داد: «... خودم هم نمی‌دانم چرا این اواخر این را از همه می‌پرسم.»

گفتم: «فکر می‌کنم در آلمان خوشبخت هستم. کاری را که دوست دارم انجام می‌دهم، در جای زیبایی در یکی از بهترین قسمت‌های شهر مونیخ کار می‌کنم، سر و کارم با افراد روشن‌فکر و بافرهنگ است...»

احساس کردم که تمام حقیقت را نمی‌گویم: «... شاید کمی تنها باشم... اما این ... چطور بگویم... تنهایی یک بیماری خطرناک نیست...»

می‌خواستم اضافه کنم که چیز دلپذیری هم نیست که دکتر باستیانی گفت: «من از دسر صرف نظر می‌کنم.»

صورت غذا را بست و روی میز گذاشت: «شما دسر چی می‌خورید؟»

صورت غذا را برداشتم و نگاهی به آن انداختم. زیر عنوان‌های ایتالیایی نام انگلیسی غذاها هم موجود بود، اما من هیچ کدام را نمی‌شناختم. گفتم من هم دسر نمی‌خورم. دکتر باستیانی پیش‌خدمت را صدا کرد و باز شراب سفارش داد، این بار فقط یک جام. جام من هنوز پر بود.

خواستم درباره دوران اقامت لندن از الیزا بپرسم، اما دکتر باستیانی باز به مطالب دست‌نویس‌ها پرداخت و پرسید: «شما گفتید در متن‌های فارسی نام گیاه‌ها و محل رویش آن‌ها درج شده است. فرض کنیم...»

دستش را به علامت تأکید در هوا تکان داد: «... فقط فرض کنیم ما بخواهیم یکی از گیاهانی را که در کتاب عنوان شده پیدا کنیم. از کجا می‌توانیم شروع کنیم؟ چه سرنخ‌هایی داریم؟»

الیزا که از عوض شدن موضوع گفت‌وگو ناراضی به نظر می‌آمد، به خوردن باقی‌مانده غذای خود پرداخت.

گفتم: «در نقل قول‌های فارسی، به نظر می‌آید بیشتر نام‌های مکان‌ها ریشه فارسی داشته باشند. بعضی از آن‌ها هم شاید عربی باشند. اما هیچ کدام نام‌های معروفی نیستند... من هیچ کدام از آن‌ها را قبلاً جایی نخوانده و نشنیده‌ام. البته من با جغرافیای قدیم ایران آشنا نیستم. در قسمت‌های دیگر که شما رمزگشایی کرده‌اید، توضیحی درباره محل رویش گیاه‌ها داده نشده؟»

«با آن الفبای رمز درباره هر گیاه و خصوصیات آن توضیح کاملی داده شده، اما فقط به محل رویش تعداد کمی از آن‌ها اشاره شده است.»

دکتر باستیانی فکری کرد و ادامه داد: «به نظر شما چرا این نقل قول‌ها به فارسی است و به لاتین ترجمه نشده و برخلاف سایر نوشته‌ها با آن الفبای رمز نوشته نشده؟»

گفتم: «این پرسش به ذهن من هم رسیده. به نظر می‌رسد که متن‌های فارسی فقط برای عنوان کردن نام افراد و مکان‌ها باشد. شاید نویسنده کتاب کوشیده با این نقل قول‌ها نام‌های اصلی را حفظ کند.»

به الیزا نگاه کردم. گاهی با چنگال تکه‌ای کاهو در دهان می‌گذاشت و با بی‌حوصلگی گفت‌وگوی ما را دنبال می‌کرد.

رو به دکتر باستیانی ادامه دادم: «شاید نویسنده فکر کرده اگر زمانی کسی مثل شما بخواهد از روی نوشته‌های او محل رشد یکی از گیاهان را پیدا کند... برگرداندن نام‌ها به لاتین و بعد نوشتن آن‌ها به زبان رمز نام‌ها را آن‌چنان دگرگون می‌کند که شناسایی آن‌ها دیگر ممکن نیست و به همین جهت ترجیح داده نام‌ها را به فارسی بنویسد.»

دکتر باستیانی چند لحظه درباره پاسخ من فکر کرد و بعد گفت: «ممکن است. نام افراد چی؟ شما گفتید که متن‌های فارسی همه نقل قول است. فرض کنیم...»

باز دستش را در هوا تکان داد: «... فرض کنیم ما بتوانیم افرادی را که از آن‌ها نقل قول شده است، شناسایی کنیم. به نظر شما می‌توانیم از این طریق اطلاعات بیشتری درباره محل رشد گیاه مورد نظر پیدا کنیم.»

الیزا که غذای خود را تمام کرده بود، به شوخی گفت: «مگر این‌جا گل و گیاه کم است که آدم دنبال گیاهی برود که چند صد سال پیش کسی که معلوم نیست کی بوده، درباره آن چیزی نوشته که معلوم نیست درست است یا نه؟»

من هم خندیدم و گفتم: «ببخشید! فکر می‌کنم این بحث‌های خیالی و این فرضیه‌بافی‌ها برای شما خیلی خسته‌کننده باشد.»

«در عوض برای پدرم خیلی جالب است. می‌دانید که او به خاطر این کتاب یک دوره گیاه‌شناسی در دانشگاه گذرانده است.»

«جدی می‌گویید؟»

الیزا که تحت تأثیر شراب سرخوش بود، خندید و با تکان سر به من پاسخ مثبت داد.

دکتر باستیانی واکنشی در مقابل گفته‌های الیزا نشان نداد و همچنان با حالت جدی مرا می‌نگریست و منتظر پاسخ من بود.

چیز زیادی به ذهنم نمی‌رسید: «افرادی که از آن‌ها نقل قول شده اغلب نام‌های رایج ایرانی و اسلامی دارند؛ نام‌هایی که از شمال افریقا گرفته تا هند رواج داشته‌اند. هیچ یک از این افراد برایم آشنا نبودند؛ با این حال، بعید نیست بتوان آن‌ها را شناسایی کرد. اما این کار مانند جست‌وجوی سوزنی در کاهدانی است.»

دکتر باستیانی آخرین جرعه شراب را سر کشید. جام‌های من و الیزا نیز خالی بود. دکتر باستیانی پیش‌خدمت را صدا کرد و صورت حساب را پرداخت و رستوران را ترک کردیم.

۷

در خیابان ساحلی رود آرنو، هنوز رفت‌وآمد زیاد بود. هوا کمی خنک شده بود، اما گویا کاپشن دکتر باستیانی بیش از اندازه گرم بود؛ زیرا آن را در دستش گرفته بود. دکتر باستیانی که بین من و الیزا حرکت می‌کرد، گویی چیزی به خاطرش آمده باشد، پرسید: «گفتید آن نامه به که نوشته شده است؟»

به نظر می‌آمد دکتر باستیانی یک لحظه هم نمی‌تواند از فکر دست‌نویس‌ها بیرون بیاید. نمی‌فهمیدم چه معمای ناگشوده‌ای در ذهن او بود که او را یک لحظه آرام نمی‌گذاشت. شاید او در قسمت‌هایی که رمزگشایی کرده، مطلب خاصی یافته بود که درباره آن به من چیزی نگفته بود. الیزا خمیازه کشید.

در پاسخ دکتر باستیانی گفتم: «به کسی به نام خواجه نصیر...»

آه، یادم آمد: «خواجه نصیر مامطیری.»

دکتر باستیانی با شنیدن این نام یک لحظه ایستاد و دست مرا گرفت و با تعجب به من نگاه کرد: «کی؟»

من و الیزا هم ایستادیم و من تکرار کردم: «خواجه نصیر مامطیری...»

دکتر باستیانی گفت: «مامطیری؟... شما می‌دانید او که بوده است؟»

«نه، اما فکر می‌کنم مامطیر نام شهری بوده است.»

دکتر باستیانی بدون این‌که از جای خود تکان بخورد، پرسید: «فکر می‌کنید بتوان محل زندگی مامطیری را پیدا کرد؟»

«پیدا کردن این‌که مامطیر کجا بوده کار راحتی است. به احتمال زیاد در میان دانشمندان و دانش‌آموختگان ایرانی هم کسی پیدا می‌شود که نام خواجه نصیر مامطیری را شنیده باشد و چیزی درباره او بداند.»

دکتر باستیانی گفت: «فرض کنیم...»

اما پیش از آن که بتواند جمله خود را تمام کند، ناگهان کسی از پشت سر کاپشن او را از دستش ربود، تنه‌ای به من زد و پا به فرار گذاشت. به‌سختی تعادل خود را حفظ کردم و متوجه شدم الیزا بدون لحظه‌ای مکث به دنبال مرد دوید.

دکتر باستیانی گفت: «آهای!»

و به خود آمده و او نیز به دنبال الیزا دوید. من هم بدون فکر و شاید غیر ارادی به دنبال آن‌ها دویدم. هنوز بیست سی متری بیشتر در خیابان ساحلی پیش نرفته بودم که از دکتر باستیانی که چیزهایی به ایتالیایی فریاد می‌کشید، جلو زدم و به سرعت خود افزودم. پس از چند لحظه دیگر فاصله زیادی با الیزا نداشتم که دزد به داخل کوچه‌ای پیچید. چند ثانیه بعد الیزا هم که فقط چند قدم جلوتر از من بود، خواست به داخل همان کوچه بپیچد که با مردی که همان لحظه از کوچه خارج شد برخورد کرد و به‌شدت به زمین خورد. مرد شروع به داد و فریاد کرد. من سررسیدم. از فریادهای مرد چیزی نمی‌فهمیدم و ترجیح دادم به‌جای دنبال کردن دزد، به الیزا کمک کنم. الیزا به‌زحمت بلند شد و با همان لحن شماتت‌آمیزی که مرد داشت، به او پاسخ داد و با او بحث کرد تا مرد سرانجام دستش را که انگار چیزی را پس می‌زند، در هوا تکان داد و رفت.

الیزا روی زمین نشست تا کیفش را بردارد و چیزهایی را که از آن بیرون ریخته بودند، جمع کند. من هم نشستم تا به او در این کار کمک کنم. دکتر باستیانی نفس‌زنان به ما رسید. یک لحظه توقف کرد، نگاهی کوتاه به ما انداخت و باز نفس‌زنان به دویدن خود ادامه داد. الیزا باز به‌زحمت بلند شد و با صدای بلند به پدرش که دور می‌شد، چیزهایی گفت. شلوار الیزا در روی زانو پاره شده بود. آستین

بلوز بافتنی خود را بالا زد، ساعد و آرنج دست راستش هم زخم شده بود. به انتهای کوچه نگاه کرد. نگاه او را تعقیب کردم. دکتر باستیانی در انتهای کوچه ایستاده بود و به اطراف نگاه می‌کرد و چیزهایی می‌گفت. چند لحظه بعد آرام به سوی ما بازگشت. گویا رد دزد را گم کرده بود.

من باز به دست خون‌آلود الیزا نگاه کردم و گفتم: «مثل این‌که بدجوری زخم شده!»

الیزا آستین خود را پایین داد: «نه، یک خراش کوچک است. چیز مهمی نیست.»

من از دزدی کاپشن دکتر باستیانی بسیار غافلگیر شده بودم. اما بیشتر از آن از شجاعت و واکنش سریع الیزا متعجب شده بودم. دختری که امروز صبح برایم مظهر آرامش بود، اکنون چهره‌ای دیگر از خود نشان داده بود. چهره‌ای که آن شور معروف ایتالیایی در آن بیشتر بود و او را بسیار جذاب‌تر می‌کرد.

دکتر باستیانی به ما رسید و آن‌ها اندکی به ایتالیایی با هم صحبت کردند. دزدی عجیبی بود.

از دکتر باستیانی پرسیدم: «نمی‌خواهید به پلیس مراجعه کنید؟»

او با ریشخند گفت: «فکر می‌کنید پلیس ایتالیا به خاطر کاپشن من یک پرونده باز می‌کند؟ این دله‌دزدها همیشه بی‌مجازات باقی می‌مانند. کاپشن باارزشی نبود، چیزی هم در جیب‌هایم نداشتم...»

و بعد گویا ناگهان به خاطرش آمده باشد، جیب‌های شلوارش را کنکاش کرد و اضافه کرد: «به‌جز کلید ماشین.»

و چیزی از الیزا پرسید. الیزا کمی در کیف خود جست‌وجو کرد و کلیدی درآورد و به او نشان داد. این‌طور که برمی‌آمد، او هم یک کلید از ماشین دکتر باستیانی در اختیار داشت. یک لحظه فکر کردم، مبادا کسی که کاپشن را دزدیده ماشین او را هم بدزدد، اما بعید دیدم که دزد بتواند در این شهر شلوغ ماشین دکتر باستیانی را پیدا کند.

دکتر باستیانی به شلوار پاره الیزا نگاه کرد و به او کمک کرد تا لباسش را بتکاند. سپس از میان کوچه‌پس‌کوچه‌های شهر به سوی محلی رفتیم که ماشین را پارک کرده بودیم.

پاسی از شب گذشته بود. کوچه‌هایی که از آن‌ها رد می‌شدیم، خلوت بودند. هرچند می‌دانستیم هیچ امیدی برای یافتن دزد وجود ندارد؛ با این حال، بر سر هر تقاطعی که می‌رسیدیم به همه سو نگاه می‌کردیم. دکتر باستیانی گاهی چیزی به ایتالیایی می‌گفت و بعد بی‌درنگ به انگلیسی از رواج دزدی و جنایت در ایتالیا شکایت می‌کرد.

پس از حدود یک ربع پیاده‌روی، به محل پارک ماشین رسیدیم و در آن‌جا باز از آن‌چه در انتظارمان بود، غافلگیر شدیم. ماشین دکتر باستیانی آن‌جا نبود.

دکتر باستیانی و الیزا باز به‌تندی با یکدیگر صحبت می‌کردند و این سو و آن سو را به هم نشان می‌دادند و سرگشته به این طرف و آن طرف می‌رفتند و من هم به دنبالشان. دکتر باستیانی ناسزا می‌گفت و دستانش را در هوا تکان می‌داد. او و الیزا درباره محل پارک ماشین هم‌نظر نبودند. من در این موقعیت دشوار خود را مزاحم آن‌ها احساس می‌کردم. سرانجام، آن‌ها ناامید و ناتوان جایی ایستادند و نمی‌دانستند چه کار کنند. وقتی یقین پیدا کردند که ماشین به سرقت رفته است، آرامشی ناشی از ناتوانی و تسلیم بر آن‌ها غالب شد. پیتزافروشی که دکتر باستیانی ماشین خود را در نزدیکیش پارک کرده بود، هنوز باز بود.

دکتر باستیانی گفت: «می‌روم از این‌جا به پلیس تلفن بزنم.»

و به داخل پیتزافروشی رفت.

الیزا و من در مقابل پیتزافروشی منتظر ماندیم.

الیزا کنار خیابان به ماشینی تکیه داد و گفت: «اگر تلفن همراه داشتیم می‌توانستیم راحت به پلیس زنگ بزنیم.»

با تعجب به او نگاه کردم و درست نفهمیدم که چه می‌گوید.

او ادامه داد: «می‌دانید، تلفن‌های جدیدی آمده که بدون سیم هستند و با آن‌ها می‌توان از همه‌جا تلفن کرد.»

احساس کردم الیزا برای این‌که آرامش خود را بازیابد، به گفت‌وگو درباره موضوع پیش‌پاافتاده‌ای احتیاج دارد و به خاطر آوردم که مدتی پیش یکی از مراجعه‌کنندگان

کتاب‌خانه دستگاهی شبیه به یک چمدان کوچک همراه خود به داخل کتاب‌خانه آورده بود و می‌گفت که دستگاه تلفن ماشین او است.

گفتم: «منظورتان تلفن ماشین است؟»

«نه، تلفن ماشین خیلی بزرگ است. تلفن‌هایی که می‌گویم به اندازه گوشی یک تلفن معمولی هستند با یک آنتن و...»

به کیف خود اشاره کرد: «در چنین کیفی هم می‌توان آن‌ها را جا داد.»

«جداً؟»

دکتر باستیانی از پیتزافروشی خارج شد: «به پلیس زنگ زدم. تا چند دقیقه دیگر می‌آیند.»

سپس کمی فکر کرد و آرام گفت: «به نظر من این یک ماشین‌دزدی معمولی نیست. دزدیدن کاپشن برای به دست آوردن کلید ماشین بوده است. یک نفر در تمام شب، از موقعی که ما این‌جا پارک کردیم، در تعقیب ما بوده است.»

قضیه برای من هم عجیب و شبیه به یک اقدام از پیش برنامه‌ریزی شده بود.

چنین تصوری قدری ترسناک بود، برای همین گفتم: «شاید دو قضیه ربطی به هم ندارند. ماشین را کسی دزدیده و کاپشن شما را کسی دیگر.»

الیزا گفت: «آخر چه کسی کاپشن می‌دزدد؟ من هم فکر می‌کنم هدف اصلی دزدیدن ماشین بوده است.»

بعد ابروها را بالا انداخت: «نمی‌دانم.»

پس از چند دقیقه ماشین پلیس آمد و جلوی پیتزافروشی توقف کرد. الیزا و دکتر باستیانی به سوی ماشین پلیس رفتند و گفت‌وگویی طولانی بین آن‌ها و دو مأمور پلیسی که از ماشین پیاده شدند، درگرفت. من با فاصله در کناری ایستاده بودم و سعی می‌کردم چیزی از گفت‌وگوی آن‌ها بفهمم. اما هیچ چیز دستگیرم نشد. دکتر باستیانی دست‌هایش را در هوا تکان می‌داد و الیزا بلند و با حرارت صحبت می‌کرد. بعد گفت‌وگو کمی آرام‌تر شد و یکی از پلیس‌ها از بقیه جدا شد و به داخل

پیتزافروشی رفت. از پنجره پیدا بود که با کسی، بی‌شک از کارگران پیتزافروشی صحبت می‌کرد. پس از چند دقیقه بیرون آمد و با پلیس دیگر صحبت کرد.

الیزا به سوی من آمد و گفت: «به نظر پلیس هم قضیه سرقت کاپشن با دزدیدن ماشین ربطی به هم ندارند. اما پدرم اصرار می‌کند که این دو موضوع به هم مربوط هستند.»

«پس نظر آن‌ها چیست؟»

«آن‌ها می‌گویند ماشین‌دزدها برای دزدیدن ماشین احتیاجی به کلید ماشین ندارند و هرگز این‌طور عمل نمی‌کنند.»

در دفاع از نظر دکتر باستیانی گفتم: «من چیزی درباره روش کار ماشین‌دزدها نمی‌دانم، اما به نظرم غیر ممکن نمی‌آید که ماشین‌دزدی به این شکل عمل کند...»

الیزا شانه‌ها را بالا انداخت: «شاید هم پدرم حق داشته باشد، نمی‌دانم...»

«پلیس به هر حال اطلاعات و تجربه بیشتری دارد.»

پلیس‌ها باز هم پرسش‌هایی کردند و سرانجام آن‌طور که الیزا گفت، قرار شد دکتر باستیانی و الیزا روز دوشنبه برای روشن شدن قضیه به اداره پلیس بروند. یکی از پلیس‌ها در عقب ماشین را باز کرد و اشاره کرد که سوار شویم.

به الیزا نگاه کردم و او گفت: «ما را به خانه می‌رسانند.»

در راه خانه به خیابان‌های خلوت و آرام فلورانس می‌نگریستم و برایم روشن نبود که چه داستان‌هایی در زیر پرده آرامشی که شهر فلورانس را پوشانده در جریان هستند و من ناخواسته درگیر کدام یک از آن‌ها شده‌ام. بروز حوادثی از نوعی که من آن روز تجربه کردم، در زندگی آرام، یکنواخت و بی‌دغدغه‌ای از نوع زندگی من نادر بودند. چنین حوادثی بی‌گمان شور غریزی و هیجان فراموش شده رقابت و مبارزه برای بقا را در روح آدمی زنده می‌کنند. اما من در این حادثه تنها یک ناظر خارجی بودم که آن و هیجان ناشی از آن را لحظه‌ای احساس کرده بودم. بی‌گمان با ترک فلورانس به سوی مونیخ آن را به فراموشی می‌سپردم و هرگز به رازهای نهفته در پشت آن پی نمی‌بردم.

۸

وقتی ماشینی که ما را به خانه می‌رساند، در خیابان محل سکونت دکتر باستیانی پیچید، متوجه ماشین پلیس دیگری شدیم که با چراغ گردان آبی در مقابل خانه دکتر باستیانی ایستاده بود. دکتر باستیانی و الیزا با دیدن آن با وحشت و تعجب به یکدیگر نگاه کردند. دکتر باستیانی چیزی به ایتالیایی پرسید. مخاطبش معلوم نبود و کسی هم پاسخی نداد.

ماشین دکتر باستیانی جلوی در پارک شده و یک پلیس در کنار آن ایستاده بود. نزدیک‌تر رسیدیم و پیاده شدیم. پلیس‌هایی که ما را رسانده بودند نیز پیاده شدند. به سوی ماشین دکتر باستیانی رفتیم. پلیس‌هایی که ما را رسانده بودند، با پلیسی که کنار ماشین بود، مشغول گفت‌وگو شدند. دکتر باستیانی در ماشین را باز کرد. همه تشک‌های ماشین پاره شده بودند و وسایل داخل جعبه داشبرد همه روی صندلی پاره شده جلوی ماشین ریخته شده بود. دکتر باستیانی با عصبانیت چیزهایی به ایتالیایی می‌گفت که معلوم بود ناسزا و دشنام است. پلیسی که همراه ما بود، چیزی پرسید. حدس زدم می‌پرسد آیا این همان ماشین مفقود شده است که الیزا در پاسخ او گفت آری.

بعد همه به سمت خانه رفتیم. دو پلیس مشغول بررسی قفل شکسته در خانه بودند. آن‌طور که از توضیحات مختصر الیزا دستگیرم شد، ساعتی پیش همسایه بغل‌دستی متوجه می‌شود که دو نفر ناشناس از خانه دکتر باستیانی خارج می‌شوند. به سوی

آن‌ها می‌رود تا ببیند آن‌ها کی هستند، اما آن‌ها پس از تهدید با اسلحه از آن‌جا فرار می‌کنند. پس از رفتن آن‌ها او متوجه می‌شود قفل در خانه دکتر باستیانی شکسته است. چند بار دکتر باستیانی و دخترش را صدا می‌زند و چون پاسخی نمی‌شنود، به پلیس اطلاع می‌دهد. پلیس‌هایی که در حال بررسی قفل در بودند، ظاهراً تازه رسیده و قصد داشتند در را مهر و موم کنند که ما رسیدیم. پلیسی که همراه ما بود، به یکی از آن‌ها چیزی گفت و در بی‌سیمی که در دست داشت صحبت‌هایی کرد.

وارد خانه شدیم. همه چیز آشفته و به‌هم‌ریخته بود. صندلی‌ها جابه‌جا شده و افتاده بودند. کشوهای آشپزخانه همه بیرون کشیده شده و محتوایشان روی زمین ریخته بود. درهای کمدها همه باز بود. در اتاق نشیمن هم وضع به همین گونه بود. به الیزا و دکتر باستیانی نگاه کردم. الیزا رنگ بر چهره نداشت و ساکت همه چیز را نگاه می‌کرد و صندلی‌ها را به حالت اول بازمی‌گرداند. دکتر باستیانی با دقت به ساعت دیواری روبه‌روی در ورودی نگاه می‌کرد. ساعت نزدیک یک بود. دکتر باستیانی مرتب جملاتی را به ایتالیایی تکرار می‌کرد، اما روی‌هم‌رفته آرام و خونسرد به نظر می‌رسید. پلیسی که همراه ما بود، به طرف بالا رفت و ما نیز به دنبال او. در طبقه بالا درهای همه اتاق‌ها باز بودند و همه چیز به‌هم‌ریخته بود. وقتی از مقابل در باز اتاق الیزا می‌گذشتم، متوجه تابلو نقاشی «بانو با بادبزن» اثر کلیمت شدم که بالای تخت او آویزان بود.

پلیس چیزی گفت و الیزا گفت: «باید کنترل کنیم ببینیم چیزی گم شده یا نه.»

و به داخل اتاق خود رفت.

من هم به اتاقی که در آن خوابیده بودم، رفتم. تشک روی تخت از تخت پایین کشیده شده بود. آن را به‌زحمت دوباره روی تخت جا دادم. در کمدی که وسایلم را جا داده بودم، باز بود و دو تکه لباسی که آن‌جا آویزان کرده بودم، هنوز آن‌جا بودند، اما از کیفم خبری نبود. همه جای اتاق، از جمله پشت تخت و پشت تنها مبل راحتی را که آن‌جا بود، نگاه کردم. اثری از کیفم نبود. واقعاً تعجب‌آور بود. در کیف من چیز خاصی وجود نداشت. بعد به خاطر آوردم که کیفم را همراه خود به کتاب‌خانه برده بودم. از اتاق خارج شدم و به سوی کتاب‌خانه رفتم. آن‌جا هم همه چیز به‌هم‌ریخته بود. کتاب‌های اکثر قفسه‌ها روی زمین ریخته شده بود. شیشه‌های قفسه کتاب‌های

دست‌نویس هم شکسته و کتاب‌هایش روی زمین ریخته شده بود. دیدن کتاب‌های دست‌نویس که روی زمین پراکنده بود، برایم دردآور بود.

دکتر باستیانی که در میان کتاب‌ها به دنبال چیزی می‌گشت، تا مرا دید به طرفم آمد و پرسید: «یادداشت‌های شما کجا هستند؟»

گفتم: «آن‌ها روی میز بودند.»

روی میز را نگاه کردم. یادداشت‌ها و همینگوی زیبایم دیگر آن‌جا نبودند.

دکتر باستیانی گفت: «ولی حالا نیستند.»

باید اقرار کنم که از گم شدن همینگوی خود چون کودکی غمگین شدم. به اطراف نگاه کردم، از کیفم هم اثری نبود: «کیف من هم این‌جا بود.»

دکتر باستیانی شانه‌ها را بالا انداخت و باز مشغول جست‌وجو در میان کتاب‌هایی شد که روی زمین ریخته شده بود. آن‌هایی را که در میان اتاق بود، برمی‌داشت و باز در قفسه‌ها جای می‌داد. من خواستم در جمع کردن و چیدن کتاب‌های دست‌نویس به او کمک کنم، اما او با اشاره دست مرا از این کار بازداشت: «بگذارید من کتاب‌ها را جمع کنم...»

و پس از مکثی افزود: «... این‌طوری می‌توانم ببینم چیزی به سرقت رفته است یا نه.»

فکر کردم شاید بتوانم به الیزا کمک کنم. از کتاب‌خانه بیرون رفتم. در اتاق الیزا بسته بود. به پایین رفتم. الیزا مشغول مرتب کردن اتاق نشیمن بود. قدری به او کمک کردم.

چند دقیقه بعد مردی با لباس شخصی کنار در ظاهر شد و از دم در صدا زد. الیزا به سوی در رفت و قدری با او صحبت کرد. مرد قفل شکسته در را بررسی کرد و سپس وارد خانه شد. آن‌ها به اتاق نشیمن آمدند و الیزا او را به عنوان «کارآگاه لورنزی» به من معرفی کرد. کارآگاه لورنزی مردی بود قدبلند و باریک‌اندام با چهره‌ای باریک، لب‌هایی درشت و دماغی بزرگ که روی آن یک عینک با شیشه‌های بدون قاب قرار داشت. او موهای بلندی داشت که آن‌ها را از میان فرق به دو سو شانه کرده

بود. یک پلیس هم در لباس فرم و بی‌سیمی به دست همراهش بود که به اشاره او بیرون رفت.

کارآگاه لورنزی چیزی به الیزا گفت و الیزا دکتر باستیانی را صدا کرد. کارآگاه لورنزی صدای بمی داشت که به نظر من با هیکل لاغرش چندان سازگار نبود. الیزا با اشاره به صندلی‌های میز غذاخوری کارآگاه لورنزی را به نشستن دعوت کرد. او نشست. من هم روبه‌روی او نشستم. چند لحظه بعد دکتر باستیانی هم از پله‌ها پایین آمد و به ما پیوست. لورنزی که ماشین دکتر باستیانی راه هم دیده بود و از جریان دزدیده شدن کاپشن او هم خبر داشت، نخست می‌خواست بداند که دکتر باستیانی چه چیزی در جیب‌های کاپشن خود داشته و چه چیزهایی از ماشین و خانه دزدیده شده است. پس از چند پرسش و پاسخ معلوم شد تنها چیزی که از خانه به سرقت رفته کیف و یادداشت‌های من بوده است.

کارآگاه لورنزی با دکتر باستیانی صحبت کرد. الیزا جسته گریخته قسمت‌هایی از گفت‌وگوی آن‌ها را برایم ترجمه می‌کرد. دکتر باستیانی باز تمام قضیه از سرقت کاپشن تا سرقت ماشین و آمدن به خانه را تعریف کرد. بعد درباره ظاهر و لباس کسی که کاپشن دکتر باستیانی را دزدیده بود، پرسید که از توضیحات هر سه ما تنها چیزی که دستگیرش شد، این بود که دزد کمابیش قدبلند بوده، موی کوتاه و تیره، شلوار جین و یک کت چرمی داشته است. وی گفت که با این مشخصات در هر خیابان دو سه نفر را می‌توان دید و بعد از دکتر باستیانی چیزهای زیادی پرسید. از قبیلِ این‌که آیا کسی با او دشمنی دارد، چه چیز ارزشمندی در خانه موجود است، معمولاً چه چیز ارزشمندی در ماشین او حمل می‌شود و مانند آن. قضیه به هر حال کمی مرموز بود.

کارآگاه لورنزی گفت: «این‌طور که از گفته‌های شما و همسایه‌هایتان برمی‌آید، دزدیدن کاپشن شما و دستبرد به خانه‌تان تقریباً هم‌زمان و از سوی افراد مختلف انجام گرفته است. به احتمال زیاد پس از این کار، دزدها همدیگر را در این نزدیکی ملاقات کرده‌اند. آن‌ها به احتمال زیاد به دنبال چیزی هستند که آن را حتی در جیب یک کاپشن یا در داشبرد ماشین هم می‌توان پنهان کرد. مثل زیورآلات، مدارک و چیزهای دیگر.»

بعد پرسید آیا ما روی پل ویکی‌یو قصد خرید جواهرات داشتیم که گفتیم نه.

به علاوه دکتر باستیانی آن‌قدر که من فهمیدم داشتن چیزی قیمتی را نفی می‌کرد. اگرچه من ایتالیایی نمی‌فهمم، اما متوجه شدم او چیزی درباره دست‌نویس‌ها نگفت. من هم ترجیح دادم در این موضوع دخالت نکنم.

کارآگاه لورنزی می‌کوشید بفهمد دزدان به دنبال چه بوده‌اند. شاید مظنون بود که دکتر باستیانی به شکلی در کارهای خلاف مثل قاچاق کالاهای خاصی دست دارد یا به شکلی با مافیا درگیر است. بی‌گمان این را احساس می‌کرد که دکتر باستیانی چیزی را از او پنهان می‌کند. سپس، با الیزا صحبت کرد که من چیزی زیادی از گفت‌وگوی آن‌ها نفهمیدم. گویا درباره زندگی و فعالیت‌های اخیر او می‌پرسید؛ زیرا نام دانشگاه مترووپولیتن، محل تحصیل الیزا را هم در صحبت‌های آن‌ها شنیدم.

پس از الیزا نوبت من شد. کارآگاه لورنزی با کمک الیزا به عنوان مترجم از من بازپرسی می‌کرد. خود او انگلیسی نمی‌دانست. گاهی می‌کوشید دست و پا شکسته چیزی بگوید که به‌زحمت منظورش را می‌فهمیدم. با توجه به این‌که تنها چیزهای دزدیده شده از خانه متعلق به من بود، او پرسید که یادداشت‌های من در کتاب‌خانه مربوط به چه بوده است. توضیح دادم که آن‌ها ترجمه متن فارسی یک کتاب دست‌نویس بوده‌اند. او پرسید محتوای کتاب چه بوده و آن کتاب کجا است. دکتر باستیانی به‌جای من پاسخ داد. واژه‌های «کپی» و «کتاب‌خانه» را در صحبت‌های او فهمیدم. بعد کارآگاه لورنزی پرسید که من کی و برای چه به فلورانس آمده‌ام و چه مدت می‌مانم و پس از این‌که به این پرسش‌ها پاسخ دادم، پرسید: «شما در فلورانس آشناهای دیگری هم دارید؟»

«نه، این اولین بار است که من در فلورانس هستم و هیچ کس را هم این‌جا نمی‌شناسم.»

«در کیفتان که دزدیده شده چه داشتید؟»

«چیز مهمی در کیفم نبود. دو جلد کتاب فارسی، تعدادی جزوه و یادداشت برای پایان‌نامه دکتری...، یکی دو نامه اداری... یک دوربین عکاسی کوچک و چند تکه لباس...»

دوربین عکاسی را به کل فراموش کرده بودم. افسوس خوردم چرا امروز آن را همراه خود نبرده بودم. عکس‌های خوبی می‌توانستم بگیرم.

«پایان‌نامه دکتری شما درباره چیست؟»

من برایش توضیح دادم: «ردیابی اسطوره‌های شرقی در فرهنگ کهن غرب.»

او به دکتر باستیانی نگاه کرد و دکتر باستیانی درباره من و کارهایم توضیحات بیشتری داد. وی پرسید: «در کیفتان پول یا اشیای قیمتی نداشتید؟»

«نه، گذرنامه و پولم را امشب همراه خود داشتم. در کیفم چیز قیمتی نداشتم.»

او از محل زندگی و کارم در مونیخ پرسید و این‌که چه کسانی از آمدنم به ایتالیا اطلاع داشته‌اند. تا آن‌جا که می‌توانستم توضیحات قانع‌کننده‌ای به او دادم. او از من بیشتر سؤال می‌کرد تا از میزبانانم و این مطلب برایم کمی نگران‌کننده بود. من فرد ترسویی نیستم، اما آیا به‌راستی ممکن بود که من هدف این عملیات عجیب و غریب بوده باشم؟ لورنزی پرسید آیا به‌تازگی احساس این را داشته‌ام که تحت تعقیب باشم.

گفتم نه و ناگهان به خاطر آوردم که امروز در کتاب‌خانه به نظرم می‌آمد که تحت نظر باشم و گفتم: «نمی‌دانم این مهم است یا نه، اما امروز در کتاب‌خانه این احساس را داشتم که از یکی از خانه‌های روبه‌رو کسی کتاب‌خانه را زیر نظر دارد.»

دکتر باستیانی و الیزا از سخنان من خیلی تعجب کردند. قضیه بیش از اندازه مشکوک شده بود و نمی‌دانستم که در این‌جا چه حوادثی در جریان هستند. وقتی خوب فکر کردم دیدم رفتار دکتر باستیانی از ابتدا کمی غیر عادی بوده است و تصمیم گرفتم که فردا در نخستین فرصت به مونیخ برگردم. به یقین این رویدادها به من ربطی نداشتند. چرا باید خود را درگیر مشکلاتی می‌کردم که به من ربطی ندارند؟

لورنزی خواست که با او به کتاب‌خانه بروم و خانه‌ای را که فکر می‌کردم از آن‌جا زیر نظر بوده‌ام، به او نشان دهم. با هم به طبقه بالا رفتیم. وقتی خواستیم وارد کتاب‌خانه شویم، او با دست اشاره کرد که من صبر کنم، سپس چراغ راهرو بالا را خاموش کرد. باز به اشاره نشان داد که چراغ‌های کتاب‌خانه را روشن نکنم. سپس وارد شدیم و در تاریکی اتاق به سوی پنجره رفتیم و او به انگلیسی پرسید: «کدام؟»

خانه مزبور را نشانش دادم. او کمی به خانه و به اطراف نگاه کرد و دوباره پرده را کشید و اشاره کرد که برویم. دوباره به پایین برگشتیم. به نظر می‌آمد پرسش‌های کارآگاه لورنزی به پایان رسیده است. او کمی با دکتر باستیانی صحبت کرد و در حالی که به من نگاه می‌کرد، چیزهایی گفت.

الیزا گفت: «کارآگاه لورنزی خواهش می‌کند شما تا اطلاع بعدی فلورانس را ترک نکنید.»

من که از روند حوادث بسیار نگران بودم، گفتم: «چرا؟ با من چه کار دارند؟ من باید دوشنبه حتماً در مونیخ باشم.»

کارآگاه لورنزی گفت: «برای این‌که بتوانیم وسایل شما را پیدا کنیم. شاید لازم به پرسش‌های بیشتر باشد.»

معلوم بود که او به من مشکوک است، وگرنه وسایل من چیز مهمی نبودند که پلیس بخواهد درصدد یافتن آن باشد. پس از آن، او کارت ویزیتی به الیزا داد و بلند شد و به سوی در رفت. دکتر باستیانی هم او را بدرقه کرد. آن‌ها در مقابل در کمی صحبت کردند. کارآگاه لورنزی به قفل در اشاره کرد و آن‌ها با هم به داخل آشپزخانه رفتند و پس از چند لحظه که از آشپزخانه بیرون آمدند، دکتر باستیانی سیمی در دست داشت. کارآگاه لورنزی خداحافظی کرد و بیرون رفت. دکتر باستیانی پشت سر او دسته‌های دو لنگه در را با سیمی که در دست داشت، به هم بست و به اتاق برگشت و شاید برای این‌که من احساس راحت‌تری داشته باشم، آخرین سخنان لورنزی را برایم ترجمه کرد: «دو نفر پلیس شب در مقابل خانه ما خواهند ماند.»

۹

پس از رفتن لورنزی، چند لحظه سکوت و آرامش عمیقی بر خانه حاکم شد. ساعت نزدیک دو نیمه‌شب بود و ما هر سه خسته بودیم.

الیزا گفت: «فکر می‌کنم امروز پرحادثه‌ترین روز زندگی من بوده است. خیلی خسته‌ام. بهتر است بروم بخوابم.»

از جا برخاست، نگاهی به اطراف اتاق درهم‌ریخته انداخت: «اتاق را می‌توانم فردا مرتب کنم.»

سپس شب به خیر گفت و به طبقه بالا رفت.

دکتر باستیانی پس از برگشتن به اتاق به سوی پنجره‌ای که به سوی خیابان باز می‌شد رفت و از میان پرده‌های کشیده قدری به بیرون نگاه کرد و کناره‌های پرده را مرتب کرد. گویی می‌خواست مطمئن شود که از بیرون نمی‌توان داخل را دید. هیچ خسته به نظر نمی‌رسید و مستی شراب سرشب نیز از سرش پریده بود. کاملاً هوشیار و سرحال می‌نمود. به آشپزخانه رفت و یک صندلی از آن بیرون آورد و به در ورودی بین دسته‌های آن تکیه داد. در آشپزخانه را بست و من در کمال تعجب مشاهده کردم که وی ساعت دیواری روبه‌روی در ورودی را مانند در قفسه‌ای به کنار زد. در پشت ساعت یک گاوصندوق هویدا شد. فکر کردم چه جای خوبی برای گاوصندوق، هرگز نمی‌توان حدس زد که گاوصندوق درست روبه‌روی در ورودی خانه باشد. دکتر باستیانی در گاوصندوق را باز کرد و نخست بزغاله‌ای را که در مونیخ همراه او دیده

بودم و سپس پوشه‌ای را از داخل آن بیرون آورد. بزغاله را باز در گاوصندوق گذاشت و در آن را بست. ساعت دیواری را به حالت نخست خود بگرداند و به اتاق برگشت. پوشه‌ای را که در دست داشت، روی میز بزرگ غذاخوری گذاشت و آن را با احتیاط باز کرد. کپی‌های دست‌نویس‌ها و مشتی از یادداشت‌های دکتر باستیانی داخل آن بودند. این هم تعجب‌آور بود که دکتر باستیانی این مدارک را در گاوصندوق نگاه می‌دارد.

گفتم: «شما درباره دست‌نویس‌ها چیزی به کارآگاه لورنزی نگفتید؟!»

دکتر باستیانی گفت: «این‌ها یک مشت ابله هستند که یک دست‌نویس ۶۰۰ ساله برایشان با کاغذ توالت فرقی ندارد. آن‌ها از این نوشته‌ها چه می‌توانند بفهمند؟ اگر به او گفته بودم هم کپی‌ها و هم اصل کتاب‌ها را می‌خواست ببیند و ضمیمه پرونده کند.»

سپس لبخندی زد و با توجه به این‌که سخنان لورنزی در این مورد را برایم ترجمه نکرده بود، گفت: «مثل این‌که ایتالیایی شما یک روزه خیلی پیشرفت کرده است!»

شروع به ورق زدن برگ‌ها کرد و ناگهان همچون کسی که برق او را گرفته باشد، سرعتش در زیر و رو کردن آن‌ها شدت گرفت و چیزهایی به ایتالیایی گفت و سپس رو به من گفت: «چند تا از کپی‌ها نیستند... کپی‌های دست‌نویس دوم!»

به یاد برگ‌هایی افتادم که در میان نوشته‌هایم باقی‌مانده بود و گفتم: «شاید آن‌ها داخل یادداشت‌های من مانده بودند.»

دکتر باستیانی به ایتالیایی چیزهایی گفت. به نظر می‌رسید ناسزا می‌گوید. این‌طور که معلوم شد، کپی‌های مربوط به دست‌نویس دوم همراه نوشته‌های من به سرقت رفته بود. آن‌ها آخرین صفحاتی بود که مشغول ترجمه‌شان بودم.

دکتر باستیانی در حالی که انگار با خودش صحبت می‌کند، شانه‌ها را بالا انداخت و گفت: «ولی آن‌ها هیچ به دردشان نمی‌خورد.»

و پیش از آن‌که من بپرسم «به درد چه کسی؟» اضافه کرد: «... چیز مهمی در آن‌ها نبوده است.»

و بعد گویا گفت‌وگوی ما درباره دست‌نویس دوم را به خاطر آورده باشد، پرسید: «آن نامه در مورد چه بود؟»

باز پیش از آن‌که من چیزی بگویم، ادامه داد: «... نامه به مامطیری بود، نه؟»

به نظرم رفتار او طبیعی نبود و چنین گفت‌وگویی را در این وقت شب چندان مفید نمی‌دانستم، اما کوشیدم پاسخ درست و معقولی بدهم: «بله، نامه به مامطیری بود، درباره قتل کسی...»

دکتر باستیانی با حواس‌پرتی سر تکان داد. پیش از آن‌که او چیز دیگری بگوید، پرسشی را که تمام روز ذهنم را مشغول داشته بود، مطرح کردم: «اصل دست‌نویس‌ها کجا است؟»

دکتر باستیانی چند لحظه به من نگاه کرد. ناگهان به ذهنم رسید، مبادا دکتر باستیانی و الیزا هم مانند کارآگاه لورنزی به من مشکوک باشند. پیش از این‌که این تفکر را بیشتر دنبال کنم، دکتر باستیانی با خونسردی و کوتاه گفت: «در رم.»

نگاهی به ساعت خود انداخت و ادامه داد: «هر دو ما خسته هستیم و به خواب احتیاج داریم. اجازه بدهید برویم بخوابیم. امشب دیگر کاری از دست ما ساخته نیست.»

تازه اندکی خستگی در چهره او دیدم. من هم بسیار خسته بودم: «فکر خوبی است!»

از جا بلند شدم و شب به خیر گفتم. وقتی از کنار ساعت دیواری می‌گذشتم، با خود فکر کردم به این ترتیب کار من در ایتالیا به پایان رسیده است. فردا با کارآگاه لورنزی صحبت می‌کنم و به شکلی او را قانع می‌کنم که باید به مونیخ برگردم و فردا ظهر فلورانس را ترک می‌کنم.

یک شنبه

۱

صبح با افکار درهمی که شب پیش با آنها به بستر رفته بودم، از خواب بیدار شدم. برخاستم، به کنار پنجره رفتم و پرده را کنار زدم. اتاق روشن شد. برای من چون روز روشن بود، افرادی که به خانه دستبرد زده بودند، به دنبال دستنویسها بودهاند. دستنویسها بیگمان ارزش بسیار زیادی داشتهاند. من از کتابهای دستنویس دیگری هم اطلاع داشتم که به قیمتهای چندمیلیونی خرید و فروش میشدند. هرچند دلیل ارزشمندی دستنویسهای دکتر باستیانی برایم روشن نبود. نویسنده یا نویسندگان آنها که گمنام بودند. خط و نگارش و تزیین آنها هم چیز چندان خاصی نبود. من دستنویسهایی میشناختم که متنشان با آب طلا نوشته شده بود و نقاشیهای رنگارنگ و خارقالعادهای داشتند که هر کدام از آنها به تنهایی ارزش یک اثر هنری را داشت. موضوع دستنویسها هم که طب قدیم و جادوگری بود؛ موضوعهایی که امروزه چندان خریداری ندارند و کتابهای زیادی درباره آنها موجود است. البته من فقط قسمتهای فارسی دستنویسها را خوانده بودم. شاید در قسمتهایی که به رمز نوشته شده بود، رازهای بسیار مهمی داشت که من از

آن‌ها اطلاع نداشتم. شاید به‌راستی دکتر باستیانی بر رازهای مهمی آگاه بود که بر تمام جهان پوشیده بود...

پنجره را باز کردم. هوای خنک و مطبوعی اتاق را فرا گرفت. نه... وجود رازی مهم در دست‌نویس‌ها فکر خنده‌آوری بود. به علاوه، دکتر باستیانی هنوز چیزی درباره محتوای کتاب انتشار نداده بود و کسی نمی‌توانست از محتوای آن آگاه باشد. در آن مقاله کوتاه مجله «تحقیقات کلاسیک یل» تنها از پیدا شدن نسخه‌ای جدید خبر داده شده بود. به گفته دکتر باستیانی، نسخه دیگر دست‌نویس هم که به ووینیچ معروف بود، هنوز خوانده نشده بود. به هیچ وجه قابل فهم نبود که چرا کسی باید به دنبال دزدیدن این دست‌نویس‌ها باشد. شاید اگر اصل دست‌نویس‌ها را می‌دیدم، می‌توانستم به راز جریان پی ببرم و به حل این معما نزدیک شوم.

به ساعت نگاه کردم، نزدیک ده بود. در حیاط همسایه دو پسربچه مشغول بازی بودند. جهان چه آرام و دلپذیر می‌نمود. به سوی کمد رفتم و داخل آن را نگاه کردم و عصبانی شدم که چرا روز پیش همه لباس‌هایم را از کیفم درنیاورده بودم. فقط دو پیراهنی را که همراه داشتم و نمی‌خواستم چروک شوند، از کیفم درآورده و آویزان کرده بودم. لباس‌های زیرم در کیف باقی‌مانده و با آن به سرقت رفته بود. یک پیراهن تمیز برداشتم، به حمام رفتم و دوش گرفتم و همان لباس‌های زیر و پیراهن تمیز را پوشیدم و پایین رفتم.

الیزا در اتاق نشیمن روی مبل راحتی نشسته بود و مجله‌ای را ورق می‌زد. یک فنجان کوچک قهوه و یک شکردان جلوی او روی میز بود. پیراهن آستین کوتاهی به تن داشت. دست راست او از ساعد تا بالای آرنج پانسمان شده بود.

اتاق نشیمن باز مرتب به نظر می‌رسید. مبل‌ها و صندلی‌ها در جای خود قرار گرفته بودند. فقط جلوی کمدهای ویترین‌دار پر از وسایلی بود که هنوز در جای خود قرار داده نشده بود. پرده‌ها کنار زده شده و پنجره رو به حیاط باز بود. با دیدن من لبخندی بر لب الیزا نشست و پس از پاسخ به صبح به خیر من پرسید: «قهوه می‌خورید؟»

بدون این‌که منتظر پاسخ من شود، مجله‌اش را روی میز گذاشت و برخاست. تشکر کردم و همراه او به آشپزخانه رفتم. آشپزخانه مانند دیشب به‌هم‌ریخته بود. وسایلی که از کمدها خارج شده و روی زمین و کابینت‌ها ریخته بود، همچنان همان جا

بود. با این حال، در الیزا هیچ نشانی از ناراحتی از رویدادهای ناگوار روز پیش دیده نمی‌شد. او خونسرد و سرحال می‌نمود. قوطی قهوه را از روی میز برداشت و کمی قهوه در قهوه‌جوش کوچکی ریخت و آن را روی اجاق گاز گذاشت و گفت: «پدرم در کتاب‌خانه کتاب‌هایش را مرتب می‌کند.»

اجاق گاز را روشن کرد و ادامه داد: «برای صبحانه می‌رویم به یک کافه.»

نمی‌خواستم درباره حوادث دیروز صحبت کنم. در حضور الیزا نمی‌توانستم درست فکر کنم و نمی‌دانستم راجع به چه صحبت کنم. چند لحظه به سکوت گذشت.

پرسیدم: «در این‌جا روزهای یک‌شنبه مغازه‌ها باز هستند؟»

الیزا زیر قهوه را خاموش کرد و من توضیح دادم: «می‌خواهم تعدادی لباس زیر بخرم.»

محتوای قهوه‌جوش را داخل فنجانی خالی کرد و فنجان را به دست من داد و گفت: «برویم به اتاق نشیمن، این‌جا خیلی به‌هم‌ریخته است.»

و از آشپزخانه خارج شدیم: «حتماً جایی را پیدا می‌کنیم که شما بتوانید خرید کنید.»

پیش از این‌که از راهرو به اتاق برویم، به ساعت دیواری نگاه کرد و رو به طبقه بالا پدرش را صدا کرد و چیزی گفت. سپس رو به من گفت: «امیدوارم این سفر ایتالیا برایتان خاطره بدی نشود.»

نمی‌دانم چرا، اما با شنیدن این جمله یک‌باره دمغ شدم. خاطره؟ یعنی الیزا هم انتظار داشت که من به‌زودی فلورانس را ترک کنم؟ یعنی به‌راستی سفرم به پایان رسیده بود و راز دست‌نویس‌ها برای همیشه از من پنهان می‌ماند؟ و آشناییم با الیزا؟ نه، در این مورد نمی‌خواستم فکر کنم: «نه، هیچ خاطره بدی نخواهد بود. چنین سفرهایی کم پیش می‌آید...»

الیزا بلند خندید و با سر حرف مرا تأیید کرد. شاید فکر کرد، من این را به طعنه می‌گویم. من هم خنده‌ام گرفت. روی مبل نشست و من به سوی پنجره‌ای رفتم که به خیابان باز می‌شد. گفت: «وقتی ما بیدار شدیم، پلیس‌ها رفته بودند.»

نگاهی از پنجره به بیرون انداختم. برگشتم و روبه‌روی او نشستم. از راه‌پله‌ها صدای پای دکتر باستیانی را شنیدم که پایین می‌آمد. با خنده صبح به خیر گفت و پیش من نشست. او هم خیلی سر حال بود. آن‌طور که پیدا بود، من تنها کسی بودم که هنوز به خاطر رویدادهای شب پیش نگران بودم. دکتر باستیانی پرسید: «خوب خوابیدید؟ آماده ادامه کار هستید؟»

متوجه منظور او نشدم. به الیزا نگاه کردم. او هم گویا مانند من منظور او را نفهمیده بود. دکتر باستیانی که متوجه تعجب ما شد، گفت: «هنوز کار به پایان نرسیده است. شما هنوز کار خواندن متن‌ها را تمام نکرده‌اید.»

گفتم: «ولی کپی‌های دست‌نویس دوم که دزدیده شده‌اند.»

الیزا که گویا از این مطلب هنوز آگاه نبود، به پدرش نگاه کرد و گفت: «مگر آن‌ها هم دزدیده شده‌اند؟»

دکتر باستیانی کنار الیزا نشست و به او گفت: «دو صفحه از آن‌ها را در کتاب‌خانه جا گذاشته بودم که همراه یادداشت‌های آقای رامتین دزدیده شده‌اند.»

و سپس رو به من کرد: «کپی‌های دست‌نویس اول که دزدیده نشده است. به علاوه، اصل دست‌نویس‌ها هم که هست.»

«ولی شما گفتید دست‌نویس‌ها در رم هستند!»

دکتر باستیانی با ذوق دستانش را در هوا تکان داد و گفت: «از این‌جا تا رم سه ساعت راه بیشتر نیست. اگر الان راه بیفتیم، می‌توانیم ناهار را در رم بخوریم.»

الیزا با لبخند گفت: «امروز؟»

دکتر باستیانی گفت: «چرا نه؟ یک سری هم به عمه‌ات می‌زنیم.»

الیزا ابروها و شانه‌ها را بالا انداخت، یعنی چرا نه. ظاهراً چنین سفری برای آن‌ها معمولی بود. باید اقرار کنم که نشاط و سرزندگی این پدر و دختر به‌راستی واگیردار بود. شاید هم اثر قهوه بود که خود را یک‌باره بشاش احساس کردم. با این حال، این پیشنهاد برایم بسیار غیر منتظره بود و حاضر نبودم بدون برنامه‌ریزی پیشاپیش اقدام به چنین سفری بکنم.

الیزا و دکتر باستیانی به من نگاه می‌کردند: «من مطمئن نیستم که آمدنم به رم فکر خوبی باشد. فکر می‌کنم هرچه زودتر به مونیخ برگردم بهتر باشد... البته اول باید با کارآگاه لورنزی صحبت کنم.»

باستیانی انگار که صحبت مرا درباره برگشتن به مونیخ زیاد جدی نمی‌گیرد، گفت: «لورنزی را زیاد جدی نگیرید. این‌جور آدم‌ها همه ادا و اطوارشان بعد از حادثه است، اما وقتی واقعاً به آن‌ها نیازی باشد، خبری از آن‌ها نیست. به علاوه، از رم تا فلورانس راهی نیست. اگر لازم شد، زود برمی‌گردیم. شاید در رم امنیت بیشتری داشته باشیم.»

«منظورتان از امنیت بیشتر چیست؟ می‌خواهید مرا بترسانید؟»

دکتر باستیانی با جدیت کامل پرسش مرا با پرسش دیگری پاسخ داد: «آن‌ها دیشب مسلح بوده و همسایه‌ها را تهدید کرده‌اند. فکر می‌کنید به این سادگی از خواسته خود صرف نظر می‌کنند و ما را راحت می‌گذارند؟»

من سخنان او را زیاد جدی نگرفتم. احساس می‌کردم خیال‌بافی می‌کند، اما مایل بودم ببینم این بحث به کجا کشیده می‌شود: «چرا ما؟ قضیه ربط زیادی به من ندارد. آن‌ها دنبال دست‌نویس‌های شما هستند و من هم اگر امروز این‌جا را ترک کنم، دیگر به من دسترسی ندارند.»

دکتر باستیانی پوزخندی زد و گفت: «آن‌ها دنبال مطالبی هستند که در این دست‌نویس‌ها مطرح است، وگرنه دلیلی نداشت یادداشت‌ها و کیف شما را همراه خود ببرند.»

درباره دلیل سرقت یادداشت‌ها و کیف خودم به این نتیجه رسیده بودم که سارقان که به خط فارسی آشنا نبوده‌اند، گمان کرده‌اند این یادداشت‌ها مهم است و به شکلی به دست‌نویس‌ها مربوط است. درباره کتاب‌های فارسی و یادداشت‌هایی که در کیفم داشتم هم همین فکر را کرده‌اند. اگرچه نمی‌دانستم دکتر باستیانی از چه کسی حرف می‌زند گفتم: «حالا که آن‌ها یادداشت‌های مرا دارند، دیگر احتیاجی به خود من ندارند.»

دکتر باستیانی بهراستی کم کم مرا میترساند: «ولی آنها نمیدانند که شما چقدر از محتوای دستنویسها آگاه هستید.»

سپس مکثی کرد و گمان کنم برای ترساندن بیشتر من تأکید کرد: «متأسفانه من شما را ناخواسته وارد ماجرایی کردم که پایان آن پیدا نیست. آنها شاید تا پایان ماجرا دست از سر شما برندارند...»

الیزا وارد گفتوگوی ما شد و با تأکید روی واژه «آنها» پرسید: «آنها که هستند؟ شما از که حرف میزنید؟... بابا باز هم خیلی معماوار صحبت میکنی. چه ماجرایی؟ تو میدانی آنها که هستند؟»

دکتر باستیانی ابتدا به من و سپس به الیزا نگاه کرد و گفت: «بله، من میدانم چه کسی دنبال دستنویسها است.»

من و الیزا همزمان و با تعجب پرسیدیم: «چه کسی؟»

دکتر باستیانی گفت: «چه کسی؟»

پس از لحظهای سکوت نگاه خود را به الیزا دوخت و ادامه داد: «انگیزاسیون!»

دوباره من و الیزا همزمان پرسیدیم: «انگیزاسیون؟»

دکتر باستیانی در حالی که چشمانش به نقطه نامعلومی روی میز خیره بود، سر خود را به علامت تأیید تکان داد: «تفتیش عقاید کلیسای کاتولیک.»

الیزا مانند کسی که با فرد بیماری صحبت میکند، گفت: «بابا... این حرفها چیست؟»

و به من نگاه کرد.

گفتم: «تفتیش عقاید بیش از سیصد سال است دیگر وجود ندارد.»

دکتر باستیانی خندید و گفت: «نه، تفتیش عقاید هرگز نخواهد مرد. تا وقتی کلیسا است، تفتیش عقاید هم خواهد بود. تا وقتی انسان معتقد است، تفتیش عقاید هم خواهد بود. سازمان تفتیش عقاید کلیسا هرگز منحل نشد، بلکه فقط نامش تغییر کرد.»

الیزا پرسید: «بابا چرا فکر می‌کنی که دزدی دیروز کار تفتیش عقاید کلیسا است؟»

و لحن او همچون لحن مادری بود که می‌خواهد فرزندش را قانع کند که در کمد اتاقش هیولایی پنهان نشده است.

دکتر باستیانی در پاسخ الیزا گفت: «چند روز پیش آمده بودند پیش من و می‌خواستند دست‌نویس‌ها را از من بخرند.»

این پاسخ مرا بسیار حیرت‌زده کرد. حتی الیزا هم منتظر چنین پاسخی نبود: «چه کسی آمده بود پیش تو بابا؟ چه وقت؟»

پس از آن، دکتر باستیانی به تفصیل جریان را برای ما توضیح داد: «سه‌شنبه...»

چند لحظه فکر کرد: «... نه چهارشنبه دو هفته پیش بود. من در دفترم در دانشگاه بودم که کسی در زد و واردِ شد. کشیشی با لباس روحانی و یک سر و گردن بلندتر از من بود. او خود را پدر مارکُنی معرفی کرد و گفت که او هم مانند من به کتاب‌های دست‌نویس علاقه‌مند است و به بسیاری از دست‌نویس‌های نادر که متعلق به کلیسا است، دسترسی دارد و گاهی برای خواندن آن‌ها احتیاج به افراد باتجربه دارد. بعد پرسید آیا من می‌توانم و مایل هستم گاهی در این زمینه به او کمک کنم؟ من هم البته اظهار علاقه‌مندی کردم.

او به طور صریح نگفت در خدمت کدام کلیسا یا کدام سازمان وابسته به آن است. ما کمی درباره نسخه‌های دست‌نویس گفت‌وگو کردیم. او اطلاعات زیادی داشت و تعدادی از دست‌نویس‌های معروف را نام برد که به آن‌ها دسترسی دارد. به‌تدریج احساس کردم که او به دنبال چیز دیگری است و پرسیدم قصد واقعی دیدارش از من چیست. او گفت خبر مربوط به کشف دست‌نویس جدیدی توسط مرا خوانده است و از من توضیح مختصری درباره آن خواست. من همان توضیحاتی را که در نشریه دانشگاه یل آمده بود، برای او تکرار کردم و گفتم که هنوز موفق به رمزگشایی دست‌نویس نشده‌ام.»

دکتر باستیانی لحظه‌ای تأمل کرد و رو به من گفت: «همان‌طور که به شما گفتم، هنوز هیچ کس به‌جز ما از وجود دست‌نویس کلید رمز آگاه نیست.»

و سپس به گفت‌وگوی خود درباره ملاقات کشیش مارکُنی ادامه داد: «کشیش مارکُنی گفت کسانی هستند که قادر به خواندن این آثار هستند. با تعجب از او پرسیدم یعنی شما کسی را می‌شناسید که می‌تواند این کتاب را بخواند؟ و او طوری که گویا از محتوای دست‌نویس آگاه است گفت، محتوای این کتاب چیز چندان مهمی نیست. بعد از کمی طفره رفتن گفت، ولی کسانی هستند که دنبال چنین دست‌نویس‌هایی هستند و او کسی را می‌شناسد که مایل است این دست‌نویس را بخرد و حاضر است هر قیمتی را که من طلب کنم، برای آن بپردازد.»

الیزا سخنان پدرش را قطع کرد: «خوب تو چه گفتی؟»

دکتر باستیانی پاسخ داد: «من گفتم که می‌خواهم دست‌نویس را رمزگشاییِ کنم و تا وقتی موفق به این کار نشده‌ام، مایل به فروش آن نیستم. بعد کشیش مارکُنی باز تأکید کرد که کسی که او می‌شناسد حاضر است قیمت خیلی خوبی بپردازد. او گفت دوباره به من زنگ می‌زند، شاید نظرم عوض شود.»

روی مبلی که نشسته بود، جابه‌جا شد و ادامه داد: «او هنگام خداحافظی به من توصیه کرد که دست‌نویس را در جای امنی نگاه دارم؛ زیرا این‌گونه دست‌نویس‌ها طرف‌داران زیادی دارند و بعضی از این افراد برای رسیدن به آن‌چه دنبالش هستند، حاضر به دست زدن به هر کاری هستند.»

لحظه‌ای فکر کرد و گفت: «اکنون می‌فهمم که این حرف او یک تهدید بوده است.»

این سخنان دکتر باستیانی جریان سرقت شب پیش را به شکل دیگری جلوه‌گر می‌ساخت. او به خاطر آن‌چه بیشتر از من می‌دانست، به جوانبی از ماجرا اندیشیده بود که من درباره آن‌ها فکر نکرده بودم.

الیزا پرسید: «باز هم با تو تماس گرفت؟»

دکتر باستیانی گفت: «بله! هفته پیش به من زنگ زد تا ببیند من نظرم عوض شده است یا نه. وقتی گفتم نظرم عوض نشده، گفت که از این بابت متأسف است؛ زیرا نگه داشتن چنین آثاری نزد خود کار خطرناکی است.»

الیزا گفت: «پس چرا در این مورد به من چیزی نگفته بودی؟»

دکتر باستیانی گفت: «نمی‌خواستم تو را نگران کنم، اما پس از تلفن او، من محض اطمینان دست‌نویس‌ها را به رم بردم...»

دکتر باستیانی به من نگاه کرد: «... و بعد آمدم سراغ شما.»

گفتم: «چرا جریان کشیش مارکُنی را برای کارآگاه لورنزی تعریف نکردید؟»

«اگر جریان مارکُنی را برایش تعریف می‌کردم، مجبور بودم درباره دست‌نویس‌ها هم به او توضیح بدهم.»

احساس کردم به‌تدریج در حال گم کردن سرنخ واقعیت هستم. چه چیزی از گفته‌ها و نظرهای دکتر باستیانی واقعیت داشت یا به شکل منطقی قابل توضیح بود و چه چیزی از آن می‌توانست خیال‌بافی باشد؟ آیا واقعاً دست‌نویس‌های دکتر باستیانی ارزش پنهانی داشتند که کسانی به خاطر آن‌ها حاضر به پرداخت هر قیمتی و انجام هر جنایتی باشند؟ اگر دکتر باستیانی راست می‌گفت و کشیش مارکُنی واقعاً از محتوای دست‌نویس آگاه بود، پس خود دست‌نویس برای او چه ارزشی می‌توانست داشته باشد؟ نقش واقعی من در همه این ماجراها چه بود؟ آیا به‌راستی ممکن بود کسی به دنبال من باشد؟

۲

من کسی نیستم که زود از تصمیم‌های خود بازگردم، اما دکتر باستیانی و الیزا خیلی اصرار کردند.

دکتر باستیانی گفت: «شما کاری را که به خاطرش از مونیخ آمده‌اید، هنوز انجام نداده‌اید.»

حق داشت، چون به‌جز توضیحات شفاهی من او چیزی درباره متن‌های فارسی در دست نداشت.

همچنین گفت: «من حتماً باید به رم بروم و دست‌نویس‌ها را به جای امن‌تری منتقل کنم و می‌توانم کپی جدیدی از صفحات گم شده بگیرم. شما می‌توانید امشب و فردا همه متن‌ها را بخوانید. پس از آن می‌توانید هر وقت خواستید به مونیخ برگردید.»

گفتم: «اما کارآگاه لورنزی...»

دکتر باستیانی حرف مرا قطع کرد: «می‌توانیم فردا از رم به او تلفن بزنیم و اگر لازم شد، به فلورانس برگردیم.»

بعد شانه‌ها را بالا انداخت و گفت: «...اما فکر نمی‌کنم لازم باشد. اگر من به‌جای شما بودم، چند روز در رم می‌ماندم و از همان جا به مونیخ می‌رفتم.»

الیزا که خیلی زود نظر پدرش را درباره رفتن به رم پذیرفته بود، گفت: «اگر تاکنون رم را ندیده‌اید، باید حتماً آن را ببینید!»

شاید احساسم مرا فریب می‌داد، اما حس می‌کردم الیزا صمیمانه مایل است من همراه آن‌ها به رم بروم. به علاوه، اگرچه کل ماجرا به نظرم خطرناک می‌آمد، اما درباره محتوای دست‌نویس‌ها بسیار کنجکاو بودم و جریان کشیش مارکنی این کنجکاوی را شدت بخشیده بود. سرانجام، تسلیم سماجت دکتر باستیانی، اصرار الیزا و کنجکاوی خود شدم: «من فردا در مونیخ قرار دارم. می‌توانم به مونیخ زنگ بزنم؟»

«بفرمایید!» دکتر باستیانی تلفن را نشانم داد.

الیزا لبخند زد و برخاست: «پس من می‌روم آماده شوم.»

دکتر باستیانی هم به دنبال او اتاق را ترک کرد.

به ربه‌کا تلفن زدم. پیش‌آمدهای شب پیش را برای او تعریف کردم و توضیح دادم پلیس از من خواسته تا دوشنبه در ایتالیا بمانم و در دسترس باشم: «خیلی متأسفم از این‌که نمی‌توانیم دوشنبه همدیگر را ببینیم.»

ربه‌کا کمی نگران شد: «من اگر جای تو بودم فوراً به مونیخ برمی‌گشتم. هیچ جا برای تو امن‌تر از این‌جا نیست.»

«الان که پلیس در جریان است، احتمالاً خطری وجود ندارد. مجبور هستم حداقل تا دوشنبه در ایتالیا بمانم. ما امشب را به رم می‌رویم. من به احتمال زیاد دوشنبه شب با قطار به سوی مونیخ حرکت می‌کنم و صبح سه‌شنبه آن‌جا هستم.»

بعد از ربه‌کا خواهش کردم محض اطمینان، تمام هفته آینده را برای من مرخصی بگیرد. ربه‌کا اگرچه خود موافق این کار نبود، اما گفت می‌کوشد خواهش مرا برآورده کند و اصرار کرد خیلی مواظب خودم باشم و حتماً از رم به او زنگ بزنم و بگویم که ساکن کدام هتل هستم.

پیش از آن‌که با فیات پونتوی قرمز رنگ الیزا به سوی رم حرکت کنیم، برای خوردن صبحانه به مرکز شهر رفتیم، اما دیگر نزدیک ظهر بود و به‌جای آن در یک پیتزافروشی ناهار خوردیم. ساعت از دوازده گذشته بود که فلورانس را به سوی رم

ترک کردیم. بیشتر مغازه‌های فلورانس بسته بودند و خرید لباس برای مرا هم به
رم موکول کردیم.

فاصله فلورانس تا رم در مسیری هموار طی می‌شد. آفتاب می‌تابید و بسیار دلنشین
بود. الیزا می‌راند و پدرش در کنار او نشسته بود. من روی صندلی پشت نشسته بودم
و کپی‌های دست‌نویس اول را در دست داشتم.

دکتر باستیانی بزغاله خود را زیر پاهایش جا داده بود و پوشه‌ای قطور و همینگوی
خود را که کمی بزرگ‌تر از همینگوی گم شده من بود، روی زانوها داشت. آن‌طور
که پیدا بود، او برای هر کدام از گیاهانی که در دست‌نویس آمده بودند، پرونده
مخصوصی درست کرده بود. هر یک از این پرونده‌ها شامل ترجمه قسمت‌های
رمزنگاشته دست‌نویس و نیز دانسته‌های دیگری می‌شد که دکتر باستیانی در دوره
گیاه‌شناسی کسب کرده بود.

من دیگر با دست‌نویس آشنا بودم. متن‌های فارسی را به‌راحتی یکی پس دیگری
می‌خواندم و به انگلیسی ترجمه می‌کردم. هر متن و ترجمه آن را با درج شماره
صفحه روی برگه کوچکی می‌نوشتم، آن را بلند می‌خواندم و در اختیار دکتر باستیانی
که جلو نشسته بود، قرار می‌دادم. او گیاه مزبور را در پرونده‌های خود پیدا می‌کرد.
نوشته‌های مرا با یادداشت‌های خود مقایسه می‌کرد و گاهی نوشته‌های خود را تغییر
می‌داد یا تکمیل می‌کرد و سپس برگه را در همینگوی خود جا می‌داد.

وقتی ترجمه مربوط به پَروَک را خواندم: «پَروَک شاخه هوم‌سپید به رُکاآتک
روید و عزلت پسندد هیچ دو پَروَک به یک فراز نبینی.» پرسید: «کدام گیاه؟»
و به من نگاه کرد.

برگ کپی حاوی متن فارسی را به او نشان دادم و او گفت: «آهان، پاراواک!»

ظاهراً در قسمت رمزنگاشته، نام گیاه این‌گونه عنوان شده بود و دکتر باستیانی آن
را به‌خوبی می‌شناخت. او نوشته مرا از دستم گرفت: «فقط همین؟»

گفتم: «این نوشته تنها نوشته‌ای است که به نقل از کسی بیان نشده است. گویا
نویسنده متن فارسی آن را از زبان خود بیان کرده و خود این گیاه را می‌شناخته
است.»

الیزا پرسید: «بابا، این همان گیاهی است که عکسش را داری؟»

و در آینه مرا نگاه کرد و توضیح داد: «به درخواست و با توضیح پدرم یک نقاش تصویری از این گیاه رسم کرده که خیلی واقعی به نظر می‌رسد و شبیه به یک عکس است. پدرم این تصویر را به گیاه‌شناسان نشان می‌دهد و می‌پرسد آیا آن را می‌شناسند یا نه.»

پرسیدم: «مگر این گیاه چه اهمیتی دارد؟»

چون دکتر باستیانی پاسخی نداد، الیزا پس از چند لحظه گفت: «پدرم معتقد است که در قدیم با استفاده از این گیاه بسیاری از دردها را درمان می‌کرده‌اند.»

دکتر باستیانی از درون پوشه خود برگی درآورد و به من داد. یک نقاشی زیبا و دقیق از یک گیاه که شبیه به تصویر دست‌نویس بود، اما به دلیل این‌که بسیار واقعی کشیده شده بود، کمی غریب به نظر می‌آمد.

دکتر باستیانی گفت: «این ترجمه قسمتی از متن لاتین دست‌نویس درباره پاراواک... یا پَروَک است...»

و از یکی از یادداشت‌های خود برایم خواند: «پَروَک بدنه‌ای کوتاه و ضخیم دارد. برگ‌های آن گرد و به اندازه یک کف دست هستند و رنگ سبز آن‌ها بسیار تیره است. ریشه آن بسیار بلند است و گاهی به بیست ذرع...»

سرش را از روی کاغذی که می‌خواند بلند کرد و توضیح داد: «حدود ده متر...»

و باز به خواندن ادامه داد: «می‌رسد که به عمق خاک می‌روید. پَروَک در ارتفاعات بلند می‌روید و در اواسط بهار گل می‌دهد. هر گیاه یک یا دو گل می‌دهد. گل‌های آن به رنگ آبی آسمانی و به اندازه نیمی از برگ‌های آن هستند.»

وی با چنان ذوق و شیفتگی این نوشته‌ها را می‌خواند که گویی به بزرگ‌ترینِ کشف تاریخ مربوط هستند. تصویر پَروَک را که با خوانده‌های دکتر باستیانی کاملا هم‌خوان بود، به او پس دادم.

او آخرین یادداشت مرا از میان همینگوی خود درآورد و زیر لب تکرار کرد: «رُکاآتِک...»

بعد به سوی من برگشت و پرسید: «آیا شما این نام را قبلاً جایی خوانده یا شنیده‌اید؟»

«نه، آن را برای اولین بار در این دست‌نویس خواندم، شاید به یک گویش محلی یا به زبان پهلوی باشد.»

و به الیزا توضیح دادم: «زبان پهلوی سلف زبان فارسی است.»

دکتر باستیانی گفت: «اگر محل زندگی مامطیری را پیدا کنیم، پَروَک...»

به کاغذی که در دست داشت نگاه کرد: «... و رُکاآتِک را هم پیدا می‌کنیم؟»

مامطیری کسی بود که نامه دست‌نویس دوم خطاب به او نوشته شده بود.

پرسیدم: «پَروَک و رُکاآتِک چه ربطی به مامطیری دارند؟»

و باز فکر کردم که نام مامطیری را قبلاً هم جایی خوانده‌ام.

دکتر باستیانی سرش را از روی همینگوی بلند کرد و گفت: «ربطی خیلی مهم! در ترجمه قسمت رمزنگاشته دست‌نویس در چند مورد نام مامطیری آمده است.»

پرسیدم: «در آن‌جا درباره مامطیری چه گفته شده است؟»

دکتر باستیانی باز همینگوی خود را ورق زد و پس از کمی سکوت گفت: «از جمله این‌که مامطیری این گیاه را می‌پرورده است. به علاوه، از لحن نوشته برمی‌آید که نویسنده دست‌نویس مامطیری را شخصاً می‌شناخته است. فکر می‌کنم اصل متن فارسی را مامطیری نوشته است.»

الیزا پرسید: «این چه اهمیتی دارد که این افراد همدیگر را بشناسند؟»

خواستم بگویم شاید بتوان به این ترتیب نویسنده ناشناس دست‌نویس را پیدا کرد، اما دکتر باستیانی پیش از من پاسخ دیگری داد: «این نشان می‌دهد که مامطیری به‌راستی وجود دارد و از طریق او می‌توان پَروَک را پیدا کرد...»

دکتر باستیانی به پمپ بنزینی که در مسیر بود، اشاره کرد و گفت: «چند دقیقه این‌جا توقف کنیم!»

۳

تا رم تنها یک توقف کوتاه داشتیم. در تمام مسیر من و دکتر باستیانی مشغول خواندن و ترجمه کپی‌ها بودیم و تا رسیدن به رم قسمت اعظم کار انجام شده بود. تنها کاری که باقی مانده بود، ترجمه نامه دست‌نویس دوم بود که دکتر باستیانی باید ابتدای آن را از اصل کتاب کپی می‌کرد.

عصر وارد رم شدیم. خیابان‌ها به‌ویژه وقتی به مرکز شهر نزدیک می‌شدیم، شلوغ بودند. معلوم بود تعداد زیادی از مردمی که در مرکز شهر گشت می‌زدند، گردش‌گران خارجی هستند. وقتی وارد شهر شدیم، دکتر باستیانی به الیزا می‌گفت که کجا برود، کجا بپیچد و کجا توقف کند. دکتر باستیانی ظاهراً رم را به‌خوبی می‌شناخت و به خاطر من مسیر را طوری انتخاب کرد که از مقابل آمفی‌تئاتر کولوسئوم هم رد شویم. نزدیک مرکز شهر، الیزا هم خیابان‌ها را می‌شناخت. بعد از عبور از چند خیابان پس از کولوسئوم، دکتر باستیانی جهتی را به الیزا گفت و سرانجام به هتلی رسیدیم که قرار بود در آن‌جا بمانیم.

پیش از این‌که فلورانس را ترک کنیم، الیزا و دکتر باستیانی پس از چند تلفن به عمه الیزا، تصمیم گرفته بودند به هتل برویم؛ چون عمه الیزا آن شب مهمان داشت. به علاوه، دکتر باستیانی می‌ترسید حضور ما در خانه خواهرش برای او مشکل‌ساز شود.

الیزا ماشین را در پارکینگ هتل که در زیر آن قرار داشت، پارک کرد. پارکینگ خیلی تمیز و روشن بود. با آسانسوری که به سالن هتل می‌رفت، بالا رفتیم. هتل بزرگی نبود. الیزا سه اتاق رزرو کرده بود. کلیدهایمان را گرفتیم و به طبقه سوم رفتیم. اتاق‌هایمان در کنار هم بودند.

نخستین کاری که در اتاقم کردم، این بود که دوباره به ربه‌کا زنگ زدم. همان‌طور که انتظار داشتم، خانه نبود. اما روی پیغام‌گیر برای او پیام گذاشتم و آن‌طور که خواسته بود، برایش توضیح دادم که در کدام هتل هستم.

وقتی گوشی را گذاشتم، کمی اتاق را نگاه کردم، مرتب و تمیز بود. به پشت پنجره رفتم. پنجره رو به یک خیابان بن‌بست بود. وسایلم، یعنی مسواک، لوازم اصلاح و دو پیراهن از داخل کوله‌پشتی برزنتی سبزی که الیزا به من امانت داده بود، بیرون آوردم و در کمد جا دادم. خود کوله‌پشتی را هم داخل کمد گذاشتم. با لباس چند لحظه روی تخت دراز کشیدم. وقتی تنها می‌شدم، افکار زیادی درباره رفتار و گفتار دکتر باستیانی و دست‌نویس‌ها به ذهنم هجوم می‌آورد. دیدار نخست من با دکتر باستیانی در هتل هالی‌دی‌این مونیخ را به خاطر آوردم و این‌که او چه درمانده به نظر می‌رسید و چه با التماس از من خواسته بود که برای خواندن کتاب‌ها به ایتالیا بیایم. آیا او به‌راستی گمان می‌کرد که پدر مارکُنی به دستگاه تفتیش عقاید وابسته است و از او وحشت داشت؟ آیا رازی در دست‌نویس‌ها کشف کرده بود که می‌دانست افشای آن برای کلیسا خطرناک است؟ چرا نمی‌خواست در برابر قیمت مناسبی دست‌نویس‌های خود را بفروشد؟ رفتار او برایم قابل فهم نبود.

برخاستم و به سالن هتل برگشتم. در آن‌جا سه گروه مبل بزرگ در سه رنگ مختلف قرار داشت. کمی دورتر از پذیرش هتل و آسانسورها و نزدیک به پنجره‌ها نشستم. پنجره‌ها به همان خیابانی باز می‌شد که از اتاق من پیدا بود. چند لحظه بعد دکتر باستیانی هم آمد و کنار من نشست. به ساعت خود نگاه کرد: «الیزا الان می‌آید.»

از فرصتی که پیش آمده بود، استفاده کردم و پرسیدم: «آقای باستیانی چرا شما حاضر نیستید دست‌نویس‌ها را بفروشید؟ البته من عشق و علاقه به کار و تحقیق علمی را می‌شناسم و ارزش آن را می‌دانم، اما اگر با فروش دست‌نویس‌ها می‌توانید

از خطرهای احتمالی پیش‌گیری کنید و پول خوبی هم به دست بیاورید، شاید عاقلانه باشد که این کار را انجام بدهید.»

دکتر باستیانی لحظه‌ای فکر کرد و ناگهان چهره‌اش بسیار خسته و دلگیر به نظرم رسید. سرش را به زیر انداخت و دستانش را روی زانوهایش در هم گره کرد. به‌آرامی سرش را بلند کرد و گفت: «به خاطر الیزا...»

منظور او را نفهمیدم، اما نگاه و لحن او به شکلی بود که نگران شدم: «به خاطر الیزا؟»

اکنون غم و استیصالی که در هتل هالی‌دی‌این در چشمان و چهره دکتر باستیانی دیده بودم، باز در چهره او دیده می‌شد. دکتر باستیانی نفس عمیقی کشید و ادامه داد: «تاکنون چیزی درباره بیماری ای.اِل.اِس. شنیده‌اید؟»

به خاطر نداشتم درباره این بیماری چیزی شنیده باشم: «نه!»

دکتر باستیانی ادامه داد: «بیماری بسیار خطرناک و بی‌رحمی است...»

و نفس عمیقی کشید: «بیماری که همیشه به مرگ منجر می‌شود. در مراحل اولیه آثار آن را اصلاً نمی‌توان دید. اما به‌تدریج دردهای وحشتناک ناشی از آن افزایش می‌یابند و در مراحل پیشرفته آن بیمار به فلج کامل مبتلا می‌شود و سرانجام بر اثر از کار افتادن اعضای داخلی از جمله دستگاه گوارش و دستگاه تنفسی جان خود را از دست می‌دهد.»

دکتر باستیانی ساعدهای خود را روی زانوهایش قرار داد و سکوت کرد. برای نخستین بار به نظرم پیر و خسته می‌آمد. از تجسم این بیماری و فکر کردن به آن می‌ترسیدم و اگرچه تنها دو روز بود که الیزا را می‌شناختم، از این‌که نکند الیزا به این درد دچار باشد، وحشت کردم.

دکتر باستیانی باز آه عمیقی کشید و ادامه داد: «این بیماری باعث مرگ مادر الیزا شد. او در آن هنگام تقریباً سن امروز الیزا را داشت...»

پیدا بود که سخن گفتن برایش دشوار است. دست‌های گره کرده‌اش را در هم فشرد و با گلوی بغض گرفته گفت: «الیزا...»

و نتوانست جمله خود را به پایان برساند. احتیاجی هم نبود. من به موضوع پی برده بودم. اشک به‌آرامی از چشمان او جاری شد.

اگرچه من آدم خیلی احساساتی نیستم، اما در آن لحظه غم تمام دنیا را در وجود خود احساس کردم. در تمام بدنم. احساس کردم عرق سردی از همه سلول‌های پوستم خارج می‌شود و بغض گلوی مرا هم گرفته است. دکتر باستیانی دستمالی از جیب درآورد. اشک‌هایش را پاک کرد و به پنجره چشم دوخت. به‌زحمت گفتم: «دکترها...»

دکتر باستیانی کوشید بر خود مسلط شود: «این دکترهای بی‌عرضه یک سرماخوردگی را هم نمی‌توانند درمان کنند.»

وقتی من که تنها دو روز بود الیزا را می‌شناختم، از آگاهی از این سرنوشت این‌گونه اندوهگین شده بودم، دکتر باستیانی چه احساسی می‌توانست داشته باشد؟ دقایقی را در سکوت در کنار هم گذراندیم. خواستم از او بپرسم بیماری الیزا چه ربطی به دست‌نویس‌ها دارد؟ اما دکتر باستیانی به پنجره چشم دوخته بود و از نگاه کردن به من پرهیز می‌کرد. چند دقیقه گذشت. او آرامش خود را به‌تدریج بازیافت و بر خود مسلط شد و گفت: «آقای رامتین من به کمک شما احتیاج دارم.»

گفتم: «البته... از دست من چه کاری ساخته است؟»

دکتر باستیانی لحظه‌ای سکوت کرد. گویی به دنبال واژه‌های مناسبی برای طرح خواهش خود بود. فکر کردم تنها کمکی که اکنون از من برمی‌آید و دکتر باستیانی شاید از من درخواست کند، این است که برای مدتی با الیزا به جایی بروم که از هیجان‌های روزهای اخیر در امان باشد و این البته کاری بود که با کمال میل انجام می‌دادم. اما آن‌چه را دکتر باستیانی مطرح کرد، تنها می‌توانستم با درماندگی او در کمک به الیزا درک کنم: «به من کمک کنید پَروَک را پیدا کنیم...»

با ناباوری به او نگاه کردم.

ادامه داد: «... با کمک پَروَک می‌توان جان بسیاری از انسان‌ها را نجات داد.»

دکتر باستیانی متوجه تعجب و ناباوری من شد و بلافاصله اضافه کرد: «از توضیحاتی که در دست‌نویس آمده است، مطمئن هستم که با این گیاه می‌توان بسیاری از بیماری‌ها از جمله بیماری الیزا را معالجه کرد.»

حالت دکتر باستیانی از حالت یک پدر دردمند به حالت یک پژوهش‌گر عصبی تغییر یافت.

«ولی...» نمی‌دانستم چه بگویم.

دکتر باستیانی هم به من فرصت صحبت نداد: «درباره مؤثر بودن این گیاه چند روایت مشخص در دست‌نویس آمده است. حتی در یک مورد به یک بیماری اشاره شده که به یقین ای.اِل.اِس است...»

نمی‌دانستم چگونه با دکتر باستیانی صحبت کنم. او انسان روشن‌فکر و دانشمندی بود. با این حال گفتم: «ولی آقای باستیانی طب قدیم همیشه با خرافه و جادو آمیخته بوده است و شما خودتان...»

دکتر باستیانی حرف مرا قطع کرد: «شما نباید فقط به دلیل قدیمی بودن این نوشته‌ها آن‌ها را رد کنید. آیا شما کسی را می‌شناسید که به درست بودن نظرات و اصول ارشمیدس و فیثاغورس که دو هزار سال پیش زندگی می‌کرده‌اند، شک کند؟ این‌که ما بعضی از علوم قدیمی را نمی‌فهمیم یا نمی‌توانیم ثابت کنیم، دلیل بی‌اعتباری آن‌ها نیست.»

کوشیدم با احترام و منطق با او بحث کنم: «نمی‌خواهم نظر شما را نفی کنم، اما فکر می‌کنم اگر چنین گیاهی وجود خارجی داشت، علم پزشکی بی‌تردید آن را تاکنون کشف کرده بود.»

«آیا این برای شما قابل تصور نیست که گیاهانی که خیلی نادر هستند و در شرایط اقلیمی بسیار خاصی می‌رویند، از دسترسی گیاه‌شناسان و زیست‌شناسان به دور مانده باشند؟ و مورد کشف علم پزشکی قرار نگرفته باشند؟ می‌دانید هر سال چه تعداد گیاهان و جانوران جدید کشف می‌شوند؟»

به‌راستی که نفی یک اشتباه، بسیار دشوارتر از اثبات یک حقیقت است. دکتر باستیانی برای اثبات فرضیه خود به واقعیت‌های مبرهنی تکیه می‌کرد که نمی‌شد آن‌ها را رد کرد.

گفتم: «فرض کنیم پَروَک به‌راستی وجود دارد. اما اگر آن‌طور که می‌گویید این گیاه این‌طور نایاب است، چگونه می‌خواهید آن را پیدا کنید؟ فقط با استفاده از تصویری که چند صد سال پیش کشیده شده است؟ آن هم شاید از سوی کسی که خود این گیاه را هرگز ندیده است؟»

آیا دکتر باستیانی به‌راستی فکر می‌کرد یک دوره شش ماهه در گیاه‌شناسی برای این کار کافی باشد؟

او کوشید مرا قانع کند: «همان‌طور که شما خودتان هم خواندید، این گیاه در ایران، در محلی که مامطیری زندگی می‌کرده است، رشد می‌کند. برای همین به کمک شما نیاز دارم. شما باید با من به ایران بیایید و کمک کنید که این گیاه را پیدا کنم.»

در دست‌نویس‌ها که معلوم هم نبود چقدر موثق باشند، فقط آمده بود که پَروَک در جای ناشناسی به نام رُکاآتِک می‌روید؛ همین. اما می‌دانستم که در این شرایط بحث کردن با دکتر باستیانی بیهوده است. حوادث دیشب و سفر امروز او را خسته کرده و او از کمک کردن به الیزا عاجز بود. ناتوانی و درماندگی در مقابل سرنوشت، همیشه سرچشمه خرافه بوده است. در این مورد حتی روشن‌فکران نیز مستثنا نیستند.

دکتر باستیانی به آن‌چه می‌گفت اعتقاد راسخ داشت: «من در این زمینه به‌خوبی تحقیق کرده‌ام و اطلاعات زیادی در این مورد دارم. به علاوه اگر لازم شد، می‌توانیم یک زیست‌شناس را اجیر کنیم که به ما کمک کند. بی‌تردید می‌توان زیست‌شناس قابلی در ایران پیدا کرد.»

او لحظه‌ای ساکت شد و منتظر بود که من چیزی بگویم، اما من نمی‌خواستم با او بحث کنم و مایل نبودم اکنون درباره سفر به ایران تصمیمی بگیرم.

دکتر باستیانی ادامه داد: «خواهش می‌کنم... شما چیزی از دست نمی‌دهید. از وطن‌تان دیداری می‌کنید...»

لبخند زد: «به خرج من، فکر کنید که به مرخصی می‌روید. الیزا هم همیشه مایل بوده است ایران را ببیند. او هم حتماً خوشحال می‌شود، همراه ما به ایران بیاید.»

دکتر باستیانی به حالت آماده‌باش روی مبل کمی جلو خزیده و منتظر پاسخ یا واکنش من بود. درماندگی او را درک کردم، اما این کار که با کسی به جست‌وجوی چیزی بروم که به وجود آن معتقد نیستم، به نظرم احمقانه می‌آمد. با این حال، برایم دشوار بود به صراحت خواست دکتر باستیانی را رد کنم: «به فرض که موافق باشم شما را همراهی کنم، کی تصمیم دارید به ایران پرواز کنید؟»

«من همین فردا برای گرفتن روادید به سفارت ایران می‌روم.»

حدس می‌زدم شتاب‌زدگی دکتر باستیانی برای چیست. شاید بیماری الیزا در مرحله پیشرفته‌ای بود و او به این دلیل شتاب داشت: «چرا با این عجله آقای باستیانی؟»

«چون پَروَک فقط در این فصل گل می‌دهد و دارویی که از آن درست می‌کنند، از دانه‌هایی است که در درون گل آن هستند...»

در همین هنگام، الیزا از آسانسور روبه‌روی ما خارج شد و دکتر باستیانی جمله خود را ناتمام گذاشت. وقتی الیزا آمد، زیبایی او بی‌کران بود. همان شلوار جین با ملیله زنبق و پیراهن رکابی ساتن کرمی به تن داشت. روی پیراهن ساتن خود پیراهنی آبی با دکمه‌های باز و آستین‌های بالا زده پوشیده بود. گوشه‌ای از پانسمان دست او پیدا بود، اما ذره‌ای خلل در زیبایی او ایجاد نمی‌کرد. به نظرم آمد که همه سالن هتل محو تماشای زیبایی او هستند و تمام سالن را غم از دست رفتن الیزا فرا گرفته است. من یک ایرانی خیلی سنتی نیستم، اما اگر یک چیز باشد که ما ایرانی‌ها هرگز توانایی مقابله با آن را نداریم، غم و اندوه دیگران است. ما همه گناهان افراد غمگین را می‌بخشیم و حاضریم تسلیم هر خواست غیر منطقی آن‌ها بشویم. من دیگر تسلیم اندوه دکتر باستیانی شده بودم. اندوهی که اکنون اندوه من نیز شده بود؛ اندوه دیدن افول این زیبایی. شاید نشان دادن طبیعت بسیار متفاوت ایران و معماری شرقی زیبای اصفهان و یزد به الیزا که خود در رشته معماری تحصیل کرده بود، تنوعی برای او و تسلی خاطری برای من و دکتر باستیانی می‌شد. می‌توانستم حتی پیش از تحویل پایان‌نامه‌ام این سفر را انجام دهم. دو هفته دیرتر یا زودتر تغییری در سرنوشت من ایجاد نمی‌کرد.

الیزا نزد ما آمد و روی مبلی روبه‌روی ما نشست و کیف دستیش را روی زانوهای خود گذاشت و پرسید: «چه کار کنیم؟»

دکتر باستیانی نگاهی به ساعتش کرد و رو به او گفت: «من خیلی خسته‌ام. می‌خواهم کمی بخوابم. بعد هم می‌خواهم یادداشت‌های امروزم را مرور کنم. چرا رم را کمی به آقای رامتین نشان نمی‌دهی؟ شب در هتل همدیگر را می‌بینیم.»

الیزا با لبخند پیشنهاد پدرش را پذیرفت. دکتر باستیانی تا جلوی هتل با ما آمد. وقتی از او خداحافظی کردیم، از ما خواست مواظب خودمان باشیم و من که لحظاتی را در دنیای دیگری سپری کرده بودم، باز رویدادهای دیروز را به خاطر آوردم.

۴

رم! چه شهر رؤیایی و دل‌انگیزی! در هر گوشه آن رازی نهفته است و هر کنج آن نشان از تاریخ و جاودانگی دارد. من که بیماری و تصور مرگ زودرس الیزا را نمی‌توانستم از ذهنم دور کنم، هر چیز را در هاله‌ای از عرفان می‌دیدم. به سنگ‌های دیوارهای آجری کولوسئوم می‌نگریستم و به دست‌هایی همچون دست‌های خود می‌اندیشیدم که روزی این آجرها را بر هم نهاده بودند. اکنون، دو هزار سال پس از به خاک تبدیل شدن آن دست‌ها، این دیوارها هنوز برجای هستند. چه سرنوشت ناعادلانه‌ای! خاک و سنگی که نه حس می‌کنند و نه عشق می‌ورزند، نه از آفتاب لبخند می‌زنند و نه از باران شاداب می‌شوند، خاک و سنگ می‌مانند و می‌مانند و می‌مانند. اما دستانی که آن‌ها را گل می‌کنند و می‌سازند، دستانی که آن‌ها را حس می‌کنند و دوست می‌دارند، فنا می‌شوند، بسیار پیش‌تر از آن‌که آفریده‌هایشان فرو ریزند. داشتن بناهایی که بیش از عمر یک انسان و شاید بیش از عمر همه بشریت باقی می‌ماند، ذره‌ای از رنج بشر نمی‌کاهد و هیچ کس را زندگی جاودان نمی‌بخشد. اگر دست من بود، زندگی کولوسئوم را به الیزا می‌بخشیدم.

اگرچه او هم‌اکنون هم سرشار از زندگی بود و بی‌آن‌که ذره‌ای ضعف نشان دهد به من، به مردمی که به او می‌نگریستند، به سنگ‌های کولوسئوم و به زندگی لبخند می‌زد. وقتی در کولوسئوم دوربین خود را به یک گردش‌گر آلمانی داد تا از ما عکس بگیرد و خود صمیمانه در کنار من به ستونی تکیه داد و بازوهایمان یکدیگر را لمس کردند، احساس عجیبی مرا فرا گرفت؛ آمیزه‌ای از شادی و درد، خوشبختی و ناکامی،

امید و یأس. نه، باید از او فاصله می‌گرفتم. تصور این که روزی تصویر خود و زن زیبایی را به کسی نشان دهم و بدانم که آن زن دیگر وجود ندارد، قلبم را به درد می‌آورد و گلویم را از درون می‌فشرد. من احساساتی نیستم، اما اگر در آن لحظه به موضوع دیگری فکر نمی‌کردم، نمی‌دانم چه عملی از من سر می‌زد. این بود که گفتم: «دکتر باستیانی خیلی پرانرژی است.»

الیزا دوربین خود را از گردش‌گر آلمانی گرفت و از او تشکر کرد و گفت: «باید پدر مرا ببخشید. فکر می‌کنم او بیش از اندازه شما را به‌زحمت انداخته است.»

«نه! ابداً. من واقعاً از این‌که اکنون این‌جا هستم خوشحالم.»

«می‌دانم که افکار و رفتار پدرم گاهی غیر عادی به نظر می‌رسد، اما من به تجربه دریافته‌ام که آن‌چه او می‌گوید، اگر هم در نظر اول غیر منطقی و عجیب است، اما بیشتر مواقع به شکلی درست از آب درمی‌آید.»

کولوسئوم در زیر آخرین پرتوهای نور خورشید گرمای دلپذیری را منعکس می‌کرد. ما از انبوه گردش‌گرانی که در جلو آمفی‌تئاتر جمع بودند، جدا شدیم و به سوی پارک کوچکی رفتیم که در آن سوی خیابان بود.

الیزا گفت: «می‌دانید پدرم معتقد است که چون در دوران کهن و در سده‌های میانه هنوز ارتباطات به شکل مفیدی برقرار نبوده، دانسته‌های ارزشمندی از آن دوره‌ها از دست رفته است و گمان می‌کند که مردم آن دوره‌ها چیزهایی می‌دانستند که ما نمی‌دانیم.»

«بله، تا این اندازه با نظرات ایشان آشنا شده‌ام.»

نمی‌خواستم در این مورد که جست‌وجوی پَروَک را از سوی او کاری بی‌نتیجه می‌دانم، با الیزا بحث کنم.

الیزا لحظه‌ای به فکر فرو رفت. بعد به من نگاه کرد و گفت: «می‌دانید مادرم در اثر یک بیماری سخت درگذشت و پدرم هنوز نپذیرفته که از دست او کاری ساخته نبوده است. گاهی باید سرنوشت را همان‌طور که است پذیرفت؛ چون مصاف با آن فقط شکست را دشوارتر می‌کند.»

باز لحظه‌ای سکوت برقرار شد. آرام در کنار هم قدم می‌زدیم و من هراس داشتم که او اکنون درباره بیماری خود نیز صحبت کند. در آن صورت، نمی‌دانستم چه واکنشی باید از خود نشان می‌دادم. گفتم: «مرگ مادرتان باید برای شما هم خیلی سخت بوده باشد.»

الیزا به انتهای راهی که در آن قدم می‌زدیم، نگاه می‌کرد: «دوران بیماری او خیلی سخت بود...»

چند لحظه سکوت کرد و باز ادامه داد: «من نُه سال بیشتر نداشتم. اما به‌تدریج به آن عادت کردم...»

کبوتری از فاصله نزدیکی از بالای سر ما پرواز کرد.

«... برای پدرم دوران پس از مرگ مادرم هم سخت بود. او باید هم نقش پدر را برای من بازی می‌کرد و هم نقش مادر را...»

یک نظر به من نگاه کرد: «پدرم وقت زیادی صرف من می‌کرد و به خاطر من نتوانست آن‌طور که می‌خواست در کار خود پیشرفت کند. کسانی که بعد از او شروع به کار کرده بودند، بیشترشان کرسی استادی گرفتند یا به مقام‌های مهم‌تری دست یافتند، اما او زندگیش را صرف من کرد.»

الیزا چند لحظه سکوت کرد، بعد لبخندی زد و موضوع صحبت را عوض کرد: «شما آخرین بار کی در ایران بودید؟»

من هم از این‌که موضوع غم‌انگیز صحبتمان عوض شد، خوشحال شدم: «حدود یک سال پیش. برای جشن سال نو ایرانی که اول بهار است به ایران رفته بودم.»

«پیش پدر و مادرتان؟»

«پیش مادر و خواهرم. پدرم شش سال پیش درگذشت.»

«متأسفم.»

«مادرم تنها زندگی می‌کند. خواهرم که بزرگ‌ترین فرزند خانواده است، سال‌ها است ازدواج کرده است. او با شوهر و بچه‌هایش در نزدیکی مادرم زندگی می‌کند. یک برادر هم دارم که در کلن زندگی می‌کند.»

پس از آن، مدتی طولانی در خیابان‌ها و پارک‌های رم قدم زدیم. رم بسیار زیبا و خیلی سرسبزتر از آن بود که من تصور می‌کردم و غروب بسیار دل‌انگیزی داشت که مرا به یاد تهران در سال‌هایی می‌انداخت که هوا هنوز به دود و سیاست و تعصب آلوده نشده بود. الیزا چنان سرزنده و شاد می‌نمود که من نیز موضوع بیماری او را فراموش و احساس خوشحالی می‌کردم و از حضورم در رم لذت می‌بردم.

الیزا با آرامش ویژه خود از هر دری سخن می‌گفت؛ از بناهای تاریخی و معماری رم، از خاطرات کودکیش در رم همراه با دخترعمه‌هایش، از خصوصیات ایتالیایی‌ها، از تجربیات زندگی خود در انگلستان و تفاوت‌های ایتالیایی‌ها و انگیسی‌ها و بسیاری چیزهای دیگر. من هم به نوبه خود چیزهای زیادی درباره شرایط سخت زندگی در ایران و مهاجرت و زندگی خود در آلمان برای او تعریف کردم. گفت‌وگوی ما آن‌چنان پاک و بی‌آلایش بود که به‌زودی احساس کردم صمیمیتی عمیق بین ما پیدا شده است.

به پیشنهاد الیزا پیش از آن‌که به هتل بازگردیم، برای صرف شام به رستوران کوچکی رفتیم که در یک مغازه یک‌دهانه جا گرفته بود و حداکثر گنجایش بیست تا سی مهمان را داشت. در خیابان مقابل رستوران چند موتور گازی پارک شده بود و وقتی می‌خواستیم وارد شویم، یک نفر که بعد فهمیدیم تنها پیشخدمت رستوران است، بیرون آمد تا سایه‌بان رستوران را ببندد. میزهای داخل رستوران که به‌جز دو تا همه اشغال بود، فضای رستوران را کاملاً پر کرده بود. رفت و آمد در میان میزها دشوار بود.

گفت‌وگوی ما تا آوردن دو نوع اسپاگتی متفاوتی که سفارش داده بودیم، ادامه پیدا کرد. صحبت باز به مهاجرت من به آلمان و بعد به دوران تحصیل الیزا در لندن کشیده شد.

پرسیدم: «آیا هیچ‌وقت تمایل پیدا نکردی که در انگلستان بمانی؟»

الیزا گفت: «چرا فقط یک بعد از ظهر...»

و به فکر فرو رفت و غم چهره‌اش را گرفت. جرعه‌ای از نوشیدنی خود نوشیدم و منتظر ماندم و او پس از چند لحظه ادامه داد: «...آن بعد از ظهر بهترین و بدترین بعد از ظهر زندگی من بود...»

قبلاً هم یک بار احساس کرده بودم که الیزا خاطره بدی از لندن دارد.

ادامه داد: «... مدتی بود که پدرم را ندیده بودم و قرار بود شب به فلورانس پرواز کنم و یک هفته نزد او بمانم. آن موقع نزدیک دو سال بود که با ریکاردو دوست بودم و چند ماه بود که با هم زندگی می‌کردیم. ریکاردو ایتالیایی است، اما خانواده‌اش از دوران کودکی او ساکن کمبریج بودند و خود او در لندن در یک دفتر حقوقی کار می‌کرد. از وقتی با هم هم‌خانه شده بودیم، رفتار او طوری بود که احساس بدی پیدا کرده و آن روز هم کمی دلگیر بودم. ریکاردو هم متوجه ناراحتی من شده بود...»

الیزا مکثی کرد و با لحن تندتری گفت: «... برای من خیلی دشوار است که ناراحتی خود را پنهان کنم...»

و دوباره به تعریف ادامه ماجرا پرداخت: «... ریکاردو گفت که شب نمی‌تواند مرا بدرقه کند و به‌جای آن مرا به ناهار دعوت کرد. به یک رستوران مجلل و زیبا...»

پیشخدمت رستوران غذای ما را آورد. الیزا چند لحظه صبر کرد تا او غذاها را بچیند، بعد ادامه داد: «... ریکاردو در رستوران به طور غیر منتظره‌ای از من تقاضای ازدواج کرد...»

تعریف کردن ماجرا برای او دشوار بود، اما او خود مایل بود در این مورد صحبت کند.

«... آن‌قدر از این تقاضای غیر منتظره خوشحال شدم که همه دلخوریم را فراموش کردم. هرگز مثل آن چند لحظه خوشبخت نبودم و این احساس خوشبختی تمام بعد از ظهر و پس از خداحافظی با ریکاردو بر من حاکم بود و هر لحظه عمیق‌تر و شدیدتر می‌شد. آن‌قدر شاد بودم که شب در فرودگاه چند لحظه پیش از پرواز نظرم عوض شد و فکر کردم آن شب را که مهم‌ترین شب در زندگی من و ریکاردو است، باید با هم باشیم و با هم جشن بگیریم. بلیتم را برای روز بعد عوض کردم و خودم را با تاکسی به خانه رساندم...»

الیزا لحظاتی طولانی با چنگالی که در دست داشت، بازی کرد و چند بار خواست چیزی بگوید و باز ساکت شد. چند جرعه آب نوشید و بالاخره بر خود چیره شد و گفت: «ریکاردو خانه بود... با یکی از منشی‌های محل کارش!... در حالتی که جا برای هیچ سوء تفاهمی باقی نمی‌گذاشت.»

الیزا باز کمی آب نوشید. دوست داشتم او را کمی دلداری دهم، اما برایم دشوار بود درباره زندگی خصوصی او نظر بدهم: «خیلی متأسفم! تجربه خیلی بدی بوده است.»

شاید بهتر بود می‌گفتم مردی که با کسی چون او این‌طور رفتار می‌کند، باید بسیار ابله باشد.

الیزا ابروهایش را بالا انداخت: «بعد فهمیدم که آن دو از مدت‌ها پیش با هم رابطه داشته‌اند و آن زن متأهل بوده و حاضر نبوده است، از شوهر خود جدا شود.»

او به لیوان آب خود خیره شده بود و آن را روی میز در جای خود می‌چرخاند.

«چنین چیزی غیر قابل تصور و باورنکردنی است...»

شاید بهتر بود می‌گفتم ریکاردو یک بیمار روانی بوده است: «...به نظر من هرچه زودتر آدم تجربیات بد را فراموش کند، بهتر است.»

الیزا چنگالش را برداشت و چند رشته اسپاگتی به دور چنگال خود پیچید، اما آن را کنار بشقاب گذاشت و گفت: «می‌دانم زندگی کوتاه‌تر از آن است که آدم وقت خود را به افسوس خوردن درباره اشتباه‌های گذشته یا به نفرت داشتن از دیگران بگذراند...»

و باز چنگال را برداشت: «... اما نفرت را نمی‌توان از قلب بیرون کرد. باید چیز دیگری قلب انسان را طوری پر کند تا دیگر جایی برای نفرت نباشد.»

منظور او را به‌خوبی درک می‌کردم.

گفتم: «زمان هر دردی را درمان می‌کند...»

اما بی‌درنگ به بی‌جا بودن این سخن پی بردم و ادامه دادم: «... شاید همین فردا احساس زیبایی قلب تو را پر کند.»

این حرف هم چندان بهتر نبود، اما الیزا کوشید لبخند بزند و گفت: «ببخش که این موضوع را برایت تعریف کردم. نمی‌خواستم تو را ناراحت کنم.»

پس از آن هر دو ما با کم‌اشتهایی و آرام آرام مشغول خوردن غذا شدیم و کوشیدیم راجع به موضوع‌های دیگر صحبت کنیم. سرنوشت الیزا غم‌انگیزتر از آن بود که من گمان می‌کردم.

۵

پیش از این‌که به هتل برگردیم، از فروشگاهی چند تکه لباس زیر خریدم. در اتاق هتل پس از آن‌که دوش گرفتم و لباسم را عوض کردم، احساس بهتری پیدا کردم. با این‌که آن روز به بیماری الیزا پی برده بودم، با این حال گردش بعد از ظهر با او آن روز را برایم به روزی زیبا و بی‌گمان فراموش‌نشدنی تبدیل کرده بود. به نظر می‌رسید که برای الیزا هم روز خوبی بوده است.

روی مبل راحتی نشستم و خواستم تلویزیون را روشن کنم که کسی در زد. دکتر باستیانی بود. وارد شد و روی مبل راحتی دیگر نشست. آمده بود پاسخ مرا درباره پیشنهاد خود بشنود: «چه تصمیمی گرفتید؟ با ما به ایران می‌آیید؟...»

سپس با حالت پیروزمندانه‌ای گفت: «با الیزا صحبت کردم و گفتم که برای تکمیل تحقیقاتم باید سفری به ایران داشته باشم. او هم خیلی مایل است مرا همراهی کند...»

بعد لحن سخنش جدی‌تر و قاطع‌تر شد: «... ما در هر صورت به ایران خواهیم رفت. اگر شما ما را همراهی کنید، گمان کنم کار ما خیلی ساده‌تر شود.»

من تصمیم خود را پیش از این گرفته بودم و موافقت خود را اعلام کردم. دکتر باستیانی از پاسخ مثبت من خیلی خوشحال شد و گفت: «می‌دانستم که موافقت می‌کنید. از شما خیلی متشکرم. شاید روزی معلوم شود که این سفر و کشف دوباره پَروَک خدمت بزرگی به علم و دانش بوده است.»

برایم دشوار بود بپذیرم که کسی چون دکتر باستیانی می‌تواند این‌گونه فکر کند. اشتیاق او هنگام سخن گفتن از پَروَک بیشتر شبیه به یک خیال‌پردازی کودکانه بود تا تلاشی از سر ناامیدی برای کشف دارویی برای دختر بیمارش. اما باید اقرار کنم که اشتیاق صادقانه او حسرت مرا برمی‌انگیخت. جست‌وجوی یک رؤیا در پستوهای فراموش شده تاریخ، در کوره‌راه‌های ناشناس و دشوار سرزمینی دور بی‌گمان سرگرمی هیجان‌انگیز و زیبایی است؛ سرگرمی مخصوص روشن‌فکران و پژوهش‌گران راستین. اگر این ذوق و کنجکاوی غیر عادی وجود نداشت، به یقین بسیاری از اختراع‌ها و کشف‌های بزرگ صورت نمی‌گرفتند. اما برای جلوگیری از گم شدن کامل در آن کوره‌راه‌ها لازم بود همواره به واقعیت تکیه کرد: «اما شما می‌دانید که دانسته‌های شما برای یافتن پَروَک کافی نیست.»

دکتر باستیانی گویا همراه شام کمی شراب نوشیده بود و سرحال و خوش‌بین بود: «سرنخ‌هایی که ما در دست داریم زیاد نیستند. اما شاید از نامه دست‌نویس دوم اطلاعات دیگری هم به دست بیاوریم. من اطمینان دارم که نقل قول‌های فارسی از مامطیری بوده‌اند و اگر ما بتوانیم جایی را که او زندگی می‌کند پیدا کنیم...»

اشتباه لفظی او را تذکر دادم: «منظورتان این است که او زندگی **می کرده است**...»

دکتر باستیانی لحظه‌ای فکر کرد و گفت: «نویسنده دست‌نویس می‌گوید...»

اما جمله خود را ناتمام گذاشت و گفت: «... من مطمئن هستم پَروَک در جایی که مامطیری زندگی می‌کرده است می‌روید...»

«اما ما نمی‌دانیم او کجا زندگی می‌کرده است. شاید جست‌وجوی رُکاآتِک نتیجه‌بخش‌تر باشد.» این را گفتم و از این‌که طوری صحبت کرده بودم که گویاً در یک بحث علمی شرکت دارم، از خودم تعجب کردم.

دکتر باستیانی کمی بیشتر در مبل راحتی فرو رفت و پس از سکوت کوتاهی ادامه داد: «دست‌نویس‌ها در دفتر خواهرم است. دفتر شرکت او... یک شرکت طراحی لباس... در ساختمانی قرار دارد که شرکت‌های مهم دیگری نیز در آن واقع شده‌اند و از امنیت خوبی برخوردار است. با این حال، با رویدادهای اخیر فکر می‌کنم آن‌جا هم به اندازه کافی امن نیست و ترجیح می‌دهم دست‌نویس‌ها را در یک صندوق امانات

در یک بانک بگذارم. فردا دست‌نویس‌ها را از آن‌جا می‌آورم. پیش از این‌که آن‌ها را به بانک ببرم، می‌توانید آن‌ها را ببینند.»

دکتر باستیانی پس از اعلام آمادگی من برای رفتن به ایران، اعتماد بیشتری به من نشان می‌داد. من خیلی مایل بودم اصل دست‌نویس‌ها را ببینم، اما در مجموع احساس خوبی نداشتم. به نظرم می‌رسید دکتر باستیانی بیش از اندازه درگیر توهمات است. باید توهمات را نادیده می‌گرفتم و نقش خاص خود را در جست‌وجوی پَروَک بازی می‌کردم. اگر پَروَک به‌راستی وجود خارجی داشت، بگذریم از این‌که فایده به‌خصوصی داشت یا نه، احتمال پیدا کردن آن موجود بود. اما این احتمال بسیار کوچک بود.

در هر صورت، دیگر موافقت خود را برای این سفر اعلام کرده بودم. این سفر فرصتی برای الیزا بود که جای جدیدی را ببیند. چنین سفری صرف نظر از هدف و امکان موفقیت آن، بی‌گمان با دیدن مکان‌ها و انسان‌های جدیدی همراه است و چیزهای بسیاری به انسان می‌آموزد. متأسفانه تاکنون فرصت چنین سفرها و ماجراجویی‌هایی را نداشته‌ام.

دکتر باستیانی هنگام ترک اتاق گفت: «فردا خیلی کار داریم. من و الیزا باید برای درخواست روادید به سفارت ایران برویم.»

من به طور جدی به این موضوع فکر نکرده بودم. درخواست روادید از جمهوری اسلامی همیشه با موفقیت روبه‌رو نیست. اما برای یک پدر و دختر که پدر دکتر باشد و هدف سفرش تحقیقات علمی باشد، شاید کمتر سخت‌گیری شود: «می‌دانید که ممکن است سفارت ایران به شما روادید ندهد؟»

دکتر باستیانی با خوش‌بینی مخصوص به خود، دستش را در هوا تکان داد: «آن را بگذارید به عهده من.»

سپس لبخند زد و گفت: «الیزا از این‌که با شما به ایران می‌رویم، خیلی خوشحال است.»

نمی‌دانستم این لبخند و این گفته را چگونه تعبیر کنم. منظورش این بود که از پیش از موافقت من مطمئن بوده است یا این‌که الیزا چیزی در مورد من به او گفته بود؟

وقتی که دکتر باستیانی رفت و در اتاقم تنها ماندم، در ذهنم به مرور شب زیبایی که با الیزا داشتم پرداختم و متوجه شدم که در جوار الیزا اصلاً به این فکر نکرده بودم که سارقان روز پیش شاید هنوز در پی ما و در واقع در پی دست‌نویس‌ها باشند. برخاستم و به سوی در رفتم، در را باز کردم و نگاهی به راهرو انداختم. کسی در آن‌جا نبود، در را بستم، آن را قفل کردم و زنجیر آن را هم انداختم. به نظرم غیر ممکن می‌آمد که کسی بتواند در را از بیرون باز کند. به اتاق برگشتم و از پنجره به بیرون نگاه کردم. اتاق من در طبقه سوم بود، اما فاصله پنجره تا سطح خیابانِ مقابل آن خیلی بیشتر به نظر می‌رسید. شاید چون طبقه هم‌کف سقف خیلی بلندی داشت. در این خیابان بن‌بست، تقریباً رفت و آمدی وجود نداشت. گوشه‌هایی از پیاده‌رو در زیر سایه درختانی تنومند کاملاً تیره بودند.

دراز کشیدم. هیچ جای نگرانی وجود نداشت. سارقان فلورانسی به احتمال زیاد رد ما را گم کرده بودند و در رم خطری ما را تهدید نمی‌کرد. باز به مرور صحنه‌های زیبای امروز در ذهن خود پرداختم.

دوشنبه

۱

ساعت از هشت گذشته بود که از خواب بیدار شدم. از جا برخاستم و به کنار پنجره رفتم و کمی بیرون را تماشا کردم. خیابان زیر پنجره همچنان خلوت بود، اما کمی دورتر گوشه خیابان پررفت‌وآمدی پیدا بود. هوا آفتابی بود و بیشتر به تابستان می‌ماند تا به بهار. خیلی خود را آرام و راحت احساس می‌کردم. بدون عجله اصلاح کردم و دوش گرفتم. آخرین پیراهن تمیزم را پوشیدم و با خود فکر کردم حالا که در رم هستم، باید چند پیراهن خوب بخرم. پیش از این‌که دکتر باستیانی دست‌نویس‌ها را بیاورد یا پس از این‌که کار خواندن آن نامه به پایان برسد، باید با الیزا به تماشای واتیکان بروم. تازه لباسم را پوشیده بودم که تلفن اتاقم زنگ زد. الیزا بود و گفت که وقتی خواستم برای صرف صبحانه پایین بروم، او را هم خبر کنم.

گفتم: «اتفاقاً الان می‌خواستم بروم پایین.»

او خواهش کرد تا چند لحظه منتظر شوم تا او هم بیاید.

وقتی از اتاق خارج می‌شدم، یک بار دیگر خود را در آینه بزرگی که کنار در بود، نگاه کردم. به ایتالیایی‌ها بی‌شباهت نبودم. طرز لباس پوشیدنم به مدرنی ایتالیایی‌ها نبود، اما این را می‌توانستم امروز تغییر دهم. با همین لباس هم شاید در رم کسی نمی‌توانست حدس بزند که من ایتالیایی نیستم. از اتاق خارج شدم. کمی در راهرو قدم زدم تا الیزا از اتاقش خارج شد. شلوار جینی به رنگ آبی روشن و تی‌شرتی سفید با آستین کتی بر تن داشت. کاپشن چرمی نازکی به رنگ آبی ارغوانی در دستش بود.

پرسیدم: «آقای باستیانی هم می‌آیند؟»

«پدرم امروز صبح زود برای انجام کاری بیرون رفت. گفت ما در غذاخوری هتل منتظرش باشیم.»

به طرف آسانسور رفتیم. وقتی در مقابل آن منتظر بودیم، گفتم: «می‌خواهم امروز اگر فرصت شد چند پیراهن بخرم.»

سوار آسانسور شدیم. یک زن و مرد مسن هم در آسانسور بودند و پیش از آن‌که در آسانسور بسته شود، جوانی که شلوار مخملی قهوه‌ای و پیراهن سفید سه‌دکمه‌ای به تن و ته‌ریشی خرمایی‌رنگی داشت، با شتاب وارد آسانسور شد. قیافه او به نظرم آشنا آمد. بی‌شباهت به ایرانی‌ها نبود. الیزا برای او جا باز کرد و به من گفت: «می‌توانیم بعد از صبحانه برویم خرید. من چند مغازه خوب و مناسب می‌شناسم.»

و بعد با لبخند اضافه کرد: «خیلی خوشحالم که می‌خواهیم به ایران برویم.»

برای رفتن به غذاخوری، باید از مقابل پذیرش هتل رد می‌شدیم. وقتی به مقابل آن رسیدیم، یکی از خانم‌هایی که در آن‌جا کار می‌کرد و یک گوشی تلفن در دست داشت، با دیدن ما چیزهایی در گوشی گفت و الیزا را صدا کرد: «سینیورا باستیانی، سینیورا باستیانی!»

به سوی او رفتیم. او چیزی گفت و گوشی را به الیزا داد. الیزا کمی صحبت کرد و با تشکر گوشی را پس داد و رو به من گفت: «عمه‌ام بود. گفت پدرم در راه هتل است و وقتی آمد باید به او زنگ بزند.»

بعد از این‌که کمی از پذیرش هتل دور شدیم، الیزا نگاهی به اطراف کرد و کمی آهسته‌تر گفت: «مثل این‌که پلیس فلورانس به او زنگ زده و سراغ ما را گرفته است.

او هم نشانی محل اقامت ما را به آن‌ها داده است، اما خواست ما را هم در جریان بگذارد.»

گفتم: «بی‌شک لورنزی بوده است و می‌خواسته به ترک فلورانس از سوی ما اعتراض کند.» و فکر کردم که این سفر سرانجام مشکلاتی برایم ایجاد خواهد کرد.

وارد غذاخوری هتل شدیم.

الیزا با بی‌خیالی گفت: «گمان نمی‌کنم. کارآگاه لورنزی می‌خواست ما در دسترس باشیم...»

شانه‌ها را بالا انداخت: «... که هستیم. می‌تواند این‌جا به ما تلفن بزند.»

و خندید. او امروز خیلی سبک‌بارتر و رهاتر به نظر می‌رسید.

چندان هم بی‌ربط نمی‌گفت، ما به هر حال قربانی بودیم و نه مجرم. یک میز سه نفره در کنار دیواری انتخاب کردیم و نشستیم و منتظر شدیم تا برایمان قهوه بیاورند.

الیزا باز گفت: «خیلی خوشحالم که قرار است ما به ایران برویم. سفرهای من از ایتالیا تاکنون همیشه به سوی غرب یا شمال بوده است.»

گفتم: «ایران کشور زیبایی است، اما متأسفانه دولت حاکم بر آن تحملش را برای ایرانی‌ها هم غیر ممکن کرده است، چه به رسد به خارجی‌ها.»

نمی‌دانستم از این موضوع آگاه است یا نه، اما لازم بود به او تذکر بدهم: «می‌دانی که در ایران زن‌ها باید روسری سرشان کنند و لباس بلند بپوشند؟»

«حتی زن‌های خارجی؟»

با شرمندگی گفتم: «بله، حتی زن‌های خارجی.»

«در دانشگاهمان چند دختر مسلمان می‌شناختم و دیده بودم آن‌ها چطور لباس می‌پوشند. فکر می‌کنم بتوانم یکی دو هفته آن را تحمل کنم.»

پیشخدمتی برای گرفتن سفارش نوشیدنی ما آمد. الیزا یک قهوه و یک کاپوچینو سفارش داد. من چای سیاه سفارش دادم و خیلی خوشحال شدم که رستوران هتل

چای سیاه داشت. پس از رفتن پیشخدمت به سوی بوفه صبحانه رفتیم و هر کدام با دو بشقاب سر میز برگشتیم. قهوه و چای چیده شده بودند.

وقتی نشستیم الیزا گفت: «پدرم به سفر ایران خیلی خوش‌بین است و فکر می‌کند می‌تواند با کمک تو و روابطی که تو در ایران داری، از تحقیقات خود نتیجه خیلی خوبی بگیرد.»

«امیدوارم که واقعاً همین‌طور باشد.» نمی‌دانستم بهتر بود ما پَروَک را نیابیم یا این که آن را بیابیم، به محک آزمایش بگذاریم و دکتر باستیانی به این نتیجه برسد که پَروَک گیاهی بی‌ثمر بیشتر نیست.

الیزا لحظه‌ای به فکر فرو رفت و بعد گفت: «من خیلی از تو ممنون هستم. تو کارهای مهم خودت در مونیخ و دوستانی را که منتظر تو هستند رها کرده‌ای و این‌جا در اوضاعی که شاید خطرناک هم باشد، به ما کمک می‌کنی.»

من هیچ‌گونه خطری احساس نمی‌کردم و اکنون نمی‌خواستم در جای دیگری باشم، به‌جز رم: «کارهای من فرار نمی‌کنند و منتظرم خواهند ماند... و دلشان هم برایم تنگ نمی‌شود. کسی هم در مونیخ در انتظارم نیست.»

الیزا تبسمی کرد و پرسید: «در ایران چطور؟»

«در ایران، فکر می‌کنم مدت‌ها است همه مرا فراموش کرده‌اند. وقتی به ایران می‌روم، کسانی هستند که از دیدنم خوشحال می‌شوند، اما کسی در انتظار بازگشت من نیست.»

پس از گفتن این جملات فکر کردم شاید الیزا می‌خواست بداند آیا جایی زنی در انتظار من است یا نه، اما در آن صورت هم جوابم صدق می‌کرد. پس از نخستین و آخرین عشق من مهسا دیگر زنی در انتظار من نبوده است. یادآوری مهسا کمی مرا افسرده کرد. پس از سال‌ها هنوز خاطره او برایم غم‌انگیز بود.

الیزا گفت: «سؤال اشتباهی پرسیدم؟»

«بله؟»

«یک‌باره خیلی افسرده شدی!»

«نه، چیزی نیست...»

و سعی کردم موضوع گفت‌وگو را عوض کنم: «... خیلی دلم می‌خواهد واتیکان را ببینم...»

پس از آن، گفت‌وگوی ما درباره دیدنی‌های رم ادامه پیدا کرد و من چای دوم خود را می‌نوشیدم که دکتر باستیانی با بزغاله‌اش وارد غذاخوری هتل شد. با دیدن ما لبخند زد، به سوی ما آمد و نشست. بزغاله را روی زانویش گذاشت و بلافاصله از درون آن پوشه‌ای را درآورد و به سوی من دراز کرد و گفت: «این هم کپی متن فارسی از دست‌نویس دوم.»

آن‌ها را گرفتم. بزغاله را کمی روی زانویش بلند کرد و گفت: «دست‌نویس‌ها هم این‌جا هستند. اگر می‌خواهید آن‌ها را ببینید، به اتاق من برویم.»

و منتظر شد تا من چایم را بخورم. چند لحظه آرام بود، بعد کمی به اطراف نگاه کرد و باز به پوشه اشاره کرد و پرسید: «فکر می‌کنید می‌توانید تا ظهر آن‌ها را ترجمه کنید؟»

الیزا با شنیدن این حرف با اعتراض به پدرش گفت: «بهروز می‌خواست همراه من به بازار برود و چند پیراهن بخرد.»

دکتر باستیانی کوشید با شوخی قدری از جدیت الیزا بکاهد: «خوب بعد از ظهر برای خرید بروید. آقای رامتین که نمی‌خواهند تا ظهر لباس عوض کنند.»

و به من نگاه کرد.

الیزا چیزهایی به ایتالیایی به او گفت. حدس زدم پدرش را از تحت فشار قرار دادن من منع می‌کند. دکتر باستیانی که چهره‌اش حالت شوخ خود را از دست نمی‌داد، گفت: «آخر من از سفارت ایران برای تقاضای روادید نوبت گرفتم.»

الیزا چهره در هم کشید و به او خیره شد. دکتر باستیانی که اخم او را دید، ادامه داد: «می‌خواستم برای فردا نوبت بگیرم، گفتند فردا به دلیل یک کنفرانس سیاسی در محل سفارت، برای مراجعان تعطیل است.»

الیزا همچنان عبوس به او نگاه می‌کرد. دکتر باستیانی با دستش در هوا دایره کوچکی کشید و اضافه کرد: «گفتند که کار روادید یک ساعت بیشتر طول نمی‌کشد.»

الیزا با استیصال نگاهی به من انداخت و گفت: «بهروز، ناراحت می‌شوی اگر بعد از ظهر برای خریدن لباس برویم؟»

آخرین جرعه چای خود را نوشیدم و پاسخ دادم: «نه، هیچ اشکالی ندارد. چند ساعت دیرتر یا زودتر چندان مهم نیست. اگر کارم زودتر تمام شد، خودم می‌روم و خرید می‌کنم.»

دکتر باستیانی از این پاسخ من خیلی خوشحال شد و برای این‌که بحث پایان یابد، موضوع را عوض کرد: «کاغذ و قلم دارید؟»

و پیش از این‌که من جوابی بدهم، یک دسته کاغذ و دو خودکار و یک همینگوی نو از کیفش بیرون آورد و به من داد: «به‌جای دفترچه‌ای که دزدیده شد.»

همینگوی خیلی خوش‌دستی بود. از دکتر باستیانی تشکر کردم. غذاخوری را ترک کردیم و به سوی آسانسور رفتیم. الیزا به من گفت که اگر خواستم خرید کنم، می‌توانم به خیابان کُندُتتی بروم. وقتی از جلوی پذیرش هتل رد می‌شدیم، الیزا به ایتالیایی جریان تماس عمه‌اش و کارآگاه لورنزی را به پدرش گفت. نام لورنزی را در صحبت‌هایش تشخیص دادم. وقتی سوار آسانسور شدیم، دکتر باستیانی گفت: «وقتی از سفارت برگشتیم، به لورنزی زنگ می‌زنیم.»

معلوم بود این سخن او تنها برای آرامش بخشیدن به من است، وگرنه نیازی نبود که آن را به انگلیسی بگوید. وقتی بالا رفتیم، الیزا برای آماده شدن و برداشتن کیفش به اتاق خود رفت و من و دکتر باستیانی برای دیدن دست‌نویس‌ها به اتاق دکتر باستیانی رفتیم.

مبلمان اتاق دکتر باستیانی نظیر اتاق من بود؛ با دو مبل راحتی، یک میز کوچک در بین آن‌ها، یک تخت بزرگ و یک میز سراسری در یک سمت اتاق که روی آن یک تلویزیون، یک سبد میوه و چند لیوان قرار داشت. دکتر باستیانی پس از ورود ما به اتاق در را بست و زنجیر پشت آن را انداخت و به من تعارف کرد که بنشینیم. روی یکی از صندلی‌های راحتی نشستم و پوشه‌ای را که در دست داشتم، روی میز

گذاشتم. دکتر باستیانی به سوی پنجره رفت و به بیرون نگاه کرد تا مطمئن شود از بیرون درون اتاق دیده نمی‌شود. سپس، روبه‌روی من روی صندلی راحتی دوم نشست. بزغاله را روی زانوها قرار داد و قابی از چرم سرخ و براق از آن بیرون آورد. در کیف را بست و قاب را روی آن گذاشت و از درون آن دو کتاب دست‌نویس را بیرون آورد و روی میز گذاشت. قاب چرمی مانند کیف کوچکی بود که فقط برای این دو کتاب ساخته شده است.

دست‌نویس‌ها را برداشتم. احساسی قدیمی در من زنده شد؛ احساس در ارتباط بودن با گذشته، احساس نزدیک بودن به دورترین لحظات تاریخ، احساس ساکن بودن در زمانی که متعلق به هیچ عصری نیست، احساس ناظر بودن بر گذر عصرها. مدت‌ها بود که دلتنگ این احساس بودم. روز پیش وقتی که دست بر سنگ‌های کولوسئوم کشیده بودم، به این احساس نزدیک شده بودم، اما از آن انباشته نشده بودم. دست‌نویس‌ها را با احتیاط کنار هم روی میز گذاشتم. آن‌ها همان‌طور که قبلاً هم از روی کپی‌هایشان پی برده بودم، دو قطع متفاوت داشتند. اما جلد هر دو از یک نوع تیماج قرمز بود. یکی از آن‌ها را برداشتم و بو کردم، چه بوی آشنا و دلنشینی: «این جلدها از پوست گوسفند به شیوه خاصی درست شده‌اند و بوی بسیار مطبوعی دارند.»

دکتر باستیانی با تعجب به من نگاه کرد. او هم دست‌نویس دیگر را برداشت، آن را بو کرد و دوباره روی میز گذاشت. یکی از دست‌نویس‌ها به قطع وزیری متوسط و دست‌نویس کوچک‌تر به قطع وزیری کوچک بود که تقریباً اندازه کتاب‌های امروزی است. هر دو دست‌نویس را باز کردم: «هر دو روی کاغذ سمرقندی نوشته شده‌اند که زمانی در ایران رواج داشت و بهترین کاغذ دنیا محسوب می‌شد.»

دکتر باستیانی گفت: «متوجه شده بودم که این کاغذها از کاغذهایی که آن زمان در اروپا ساخته می‌شد، مرغوب‌تر است. یعنی...»

گفتم: «صحافی کتاب‌ها هم یکسان است. می‌توانم به یقین بگویم که این کتاب‌ها در ایران صحافی شده‌اند.»

دکتر باستیانی آب گلوی خود را فرو داد و گفت: «منظورتان این است که این کتاب‌ها از ایران... یعنی نویسندگان این کتاب‌ها ایرانی... یا در ایران بوده‌اند؟»

«همان‌طور که قبلاً هم گفتم، به دلیل خط بد فارسی در دست‌نویس نخست و اشتباهات زبانی در نامه دست‌نویس دوم، بعید می‌دانم نویسندگان آن‌ها ایرانی بوده باشند.»

«پس نویسنده یا نویسندگان آن‌ها در ایران بوده‌اند؛ چون در آن زمان در خود ایتالیا کاغذ به طور مدرن ساخته می‌شد و دیگر کاغذ از جایی به ایتالیا وارد نمی‌شد.»

دست‌نویس‌ها را ورق زدم: «کاملاً مشخص است که دو دست‌نویس نویسندگان متفاوتی داشته‌اند.»

نگاهی دقیق به نوشته‌های دو دست‌نویس برای تشخیص این‌که دو دست‌نویس را دو نفر نوشته‌اند، کافی بود.

دکتر باستیانی گفت: «یعنی یک نفر الفبای رمز را اختراع کرده و فرد دیگری از آن برای رمزنگاری یک کتاب استفاده کرده است؟»

«شاید...»

دست‌نویس قطورتر را ورق زدم. کپی همه صفحات آن را دیده بودم. دست‌نویس دوم صفحات کمتری داشت. در هر صفحه دو، سه یا چهار جدول قرار داشت. خانه‌های جدول‌ها با الفبای رمز، حروف لاتین و اعداد پر شده بود.

دکتر باستیانی مرا نگاه می‌کرد و گویی لذت و ذوق من او را نیز به وجد آورده بود: «برای هر صفحه از کتاب اصلی یک جدول خاص برای رمزگشایی وجود دارد. شب‌های زیادی را با این کتاب به سر آوردم تا توانستم تمام آن را رمزگشایی کنم.»

از این جدول‌ها چیزی نمی‌فهمیدم. به انتهای کتاب مراجعه کردم و نامه‌ای را که به خواجه نصیر نوشته شده بود، پیدا کردم. دکتر باستیانی که دید من به انتهای کتاب رسیده‌ام، کتاب اول را دوباره در قاب چرمی آن گذاشت و گفت: «کپی این نامه در پوشه‌ای که به شما دادم، موجود است.»

منتظر بود که دست‌نویس دوم را هم به او بدهم. کتاب را بستم و نگاه آخری به آن انداختم و آن را به او دادم. دکتر باستیانی دست‌نویس دوم را نیز با ظرافت و وسواس

در قاب چرمی قرار داد و آن را در کیف خود گذاشت: «بعد از برگشتن از سفارت، این دست‌نویس‌ها را به بانک می‌برم. آن‌جا جایشان امن است.»

این را گفت و از جا بلند شد.

۲

از اتاق دکتر باستیانی خارج شدیم. او و الیزا برای رفتن به سفارت هتل را ترک کردند. من به اتاقم رفتم، در را قفل کردم و مانند دکتر باستیانی زنجیر آن را انداختم. به سوی پنجره رفتم و نگاهی به بیرون انداختم. چند تاکسی در زیر پنجره اتاق من ایستاده بودند. آفتاب کمی بالا آمده و هوای خیابان کمی گرم شده بود. پرده‌ها را کنار زدم تا نور بیشتری در اتاق داشته باشم، یک گلدان، جاسیگاری، لیوان و چند بروشور اطلاعات هتل را از روی میز بزرگ برداشتم و روی میز تلویزیون جا دادم. کاغذ، قلم‌ها و پوشه‌ای را که دکتر باستیانی به من داده بود، روی میز گذاشتم.

هنوز ننشسته بودم که تلفن زنگ زد. از پذیرش هتل بود و گفتند که من تلفن دارم. فکر کردم باید الیزا یا دکتر باستیانی باشد، چون کس دیگری از حضور من در این هتل آگاه نبود، اما اشتباه می‌کردم. صدای بم کارآگاه لورنزی را فوراً شناختم. انگلیسی او چندان تعریفی نداشت؛ با این حال، با همان اندک واژه‌های انگلیسی که می‌دانست می‌کوشید منظور خود را به من منتقل کند. سراغ دکتر باستیانی را گرفت که گفتم بیرون رفته است. بعد به‌زحمت مرا متوجه ساخت که ما نباید فلورانس را ترک می‌کردیم. گفت که ما کار خطرناکی کرده‌ایم و باید خیلی مواظب باشیم؛ زیرا سارقان خانه دکتر باستیانی را زیر نظر داشته‌اند و گویا او یا یکی از همکارانش یا هر دو قصد دارند به رم بیایند. من به نوبه خود کوشیدم به او بفهمانم از ترک فلورانس متأسف هستم، ولی کار مهمی داشته‌ام و این‌که همین جا در دسترس هستم و اگر لازم باشد فوراً به فلورانس برمی‌گردم.

وقتی گوشی را گذاشتم، نمی‌دانستم کارآگاه لورنزی چقدر از منظورم را فهمیده بود. ولی با خود فکر کردم اشکالی ندارد. نیمی از زندگی من این‌گونه گذشته است. مدت‌ها با انسان‌ها و کتاب‌هایی سروکار داشته‌ام که آن‌ها را به طور کامل نفهمیده‌ام. همیشه فقط نیمی از جهان را فهمیده‌ام و جهان فقط نیمی از مرا. گاهی فکر می‌کنم تاکنون در کنار جهان زیسته‌ام و همیشه فقط از کنار حوادث و مردم رد شده‌ام و هرگز به‌درستی با آن‌ها نیامیخته‌ام. اما این موضوع خوبی‌های خود را هم داشته است. همیشه در فضایی نیمه‌افسانه‌ای و نیمه‌خیالی زندگی کرده‌ام که به نوعی زیبا و کم‌دردسرتر از دنیای واقعی بوده است.

باز به کنار پنجره رفتم و به بیرون نگاه کردم. در خیابان همه چیز به‌کندی حرکت داشت. احساس آرامش و امنیت عجیبی به من دست داد. از خودم تعجب کردم که این‌گونه بی‌خیال بودم و از ندیده گرفتن تهدید و هشدار کارآگاه لورنزی هیچ واهمه‌ای نداشتم.

به سوی میز برگشتم. نشستم و پوشه را باز کردم و دو برگ کپی مربوط به دست‌نویس دوم را از آن بیرون آوردم. کیفیت آن‌ها به همان خوبی کپی‌های سابق بود. کار خود را شروع کردم. ابتدا آن قسمتی را که قبلاً یک بار خوانده بودم، دوباره خواندم:

به حضرت استاد اعظم خواجه نصیر مامطیری

دریغا خبری حزن مرا گفتن باید. چون به موطن باز آمدم در این‌جا فتنه بالا گرفته و ولایت به آشوب یافتم. لشکریان خلیفه گرگوار ولایات و راه‌های فِریتزه تنگ فرو گرفته به حصر آورده‌اند. خلیفه را آلت و ساز بسیار باشد و بس قوی‌دست است و محتشم و کس را زهره نباشد از او و لشکریانش دست به خون و غارت شسته‌اند. چون استادم از وِنزیا قصد سرورش نمود (چند حرف ناخوانا) فِریتزه به دست سواران خلیفه گرفتار آمد و آن‌گونه که مرا اخبار رسید او را به سحر و ارتداد منسوب نموده بر دار کشیده بکشتند. چه اندوهناک هلاکی.

همان هیجان دفعه پیش باز وجود مرا فرا گرفت. این احساس را داشتم که نامه به من نوشته شده و کسی از فراز دور تاریخ رازهای پنهانی را با من در میان

می‌گذارد. اکنون آن‌طور که دکتر باستیانی گفته بود، می‌دانستم کشمکش‌های میان پاپ گرِگوار یازدهم و شهر فِرینزه یعنی فلورانس قربانیان بسیاری طلبیده بود. این نامه از سوی کسی نوشته شده بود که «استادش» یکی از این قربانیان بوده که به جرم سحر و ارتداد کشته شده است. به جرم سحر و ارتداد؟ آیا او یک جادوگر بوده؟ یک پزشک که به جادوگری متهم شده؟ یک نفر که به کلیسا و مسیحیت پشت کرده است؟ سرور او در فلورانس که بوده است؟ رابطه او با ایران چه بوده است؟ چرا باید خواجه نصیر مامطیری از مرگ او آگاه می‌شده است؟ به خواندن دست‌نویس ادامه دادم. خواندن آن با همان دشواری‌های پیشین همراه بود. جوهر در بعضی از قسمت‌ها پراکنده شده بود. آن‌چه را می‌خواندم، بی‌درنگ با یادداشت‌های اضافی در همینگوی نو خود می‌نوشتم و آن را ترجمه کرده روی کاغذهای سپید دکتر باستیانی می‌نگاشتم:

چون حسب قول قصد فِرینزه نمودم به دیهی در خانه آشنایی فرود آمدم که او را با اهل فِرینزه مراوده بسیار بود. پس او حکایت یاکوپو جیلیانی با من بگفت که او را چسان طوق در دست و پای نهاده به میدانش درآوردند و تحفه‌ها و دفاتر و اسباب که او از پارس به همراه داشت پاره‌ای ببردند به رسم غنیمت و پاره‌ای بسوختند مگر دین را از آن تباهی (ناخوانا، احتمالاً نرسد) (ناخوانا) صورت واقعه چنین با من بگفت و از عزیمت به آن دیارم بر حذر داشت که مرا نیز در معرض تهمت آورده‌اند. پس هم از نیم راه سوی ناپُلی بازگشتم و این خط کنون از متواری جای نِبیسم... (چند سطر ناخوانا)

سرانجام، نامی که به دنبالش بودم، در این‌جا ظاهر شد؛ یاکوپو جیلیانی. کسی که به دار آویخته شده، کسی که از ایران تحفه و کتاب به همراه داشته است. او برای چه به ایران سفر کرده بود؟ آیا او هم مانند مارکوپولو یک ماجراجو بوده است؟ یا محققی بوده که در طلب علم راه دشوار سفر به ایران را بر خود هموار کرده است؟ آیا خواجه نصیر از شاگردان او بوده؟ از استادان او؟ چرا باید شاگرد او، نویسنده نامه، نیز تحت تعقیب باشد؟ آن‌چنان شیفته این داستان شده بودم که همه چیز را در پیرامون خود فراموش کرده بودم و در آن لحظه نمی‌دانستم آیا در هتلی در رم هستم یا در اتاق کوچکی در کتاب‌خانه مجلس در تهران.

آخرین سطرهای صفحه نخست نامه به دلیل پراکنده شدن جوهر به هیچ وجه قابل خواندن نبودند. نوشته‌های صفحه دوم را به این شکل خواندم:

پس به اعانت آن دوست و با سخن سیم و زر قاصدی یافتم تا این نبشته و این رساله سوداگری را در وِنِزیا رسانَد که مرا با او و از سفر آخر سابقه‌ای است و هم به‌زودی عزم قسطنطنیه دارد تا این رساله بِنلی مراد را رساند که دانم از گرامی‌تر اصحاب و عزیزتر اتباع آن حضرت اَست و این امانت بی آسیب رساند که به آشوب که این‌جا است من آن عِلم که به این کتاب است بودن به این دیار قرین صلاح نبینم. این همه کمینه کُزیمو بنتونینی از آن رو نوشت تا خواجه آگاه شود که حال چیست و یاکوپو جیلیانی را چه رفته است. دریغا او که چون خواجه عمر دیرینه نخواست.

وقتی خواندن نامه به پایان رسید، از شادی سر از پا نمی‌شناختم. از پشت میز برخاستم و در حالی که دفترچه یادداشت خود را در دست داشتم و آن را می‌خُواندم، شروع به قدم زدن در اتاق کردم. می‌توانستم از شادی بلند بخندم. نامه کُزیمو بنتونینی را چند بار خواندم. من کتاب‌های دست‌نویس زیادی خوانده بودم که به‌زحمت می‌شد فهمید آن‌ها در چه زمانی و توسط چه کسی نوشته شده‌اند. اما در این نامه استثنایی سرنخ‌های زیادی برای پژوهش‌های تاریخی وجود داشت. پیش از همه نام‌های افراد؛ یاکوپو جیلیانی: استاد، کزیمو بنتونینی: شاگرد، خواجه نصیر: کسی از پارس، بنلی مراد ساکن قسطنطنیه و از مریدان او. زمان زندگی این افراد هم تقریباً مشخص بود؛ دوره جنگ پاپ گرِگوار یازدهم با شهر فلورانس. این‌ها همه می‌توانستند نقطه آغازی برای یک رشته تحقیقات تاریخی باشند؛ تحقیقاتی برای روشن کردن شخصیت واقعی و روابط میان این افراد. چند چیز مشخص بود؛ دست‌نویس رمزگشا باید به دست جیلیانی می‌رسیده که دست‌نویس دیگر را در اختیار داشته است. چون یاکوپو جیلیانی کشته می‌شود، کُزیمو بنتونینی که مایل نبوده دست‌نویس رمزگشا در ایتالیای آشوب‌زده باقی بماند، می‌کوشد آن را همراه نامه‌ای از طریق تاجری ونیزی به دست خواجه نصیر برساند. اما این‌طور که پیدا است، در این کار موفق نبوده است. دست‌نویس تا ونیز برده می‌شود، اما در ایتالیا باقی می‌ماند تا نسل‌ها بعد توسط پیرزنی از یک خانواده دریانورد به دکتر باستیانی فروخته شود. خواجه نصیر شاید هرگز از مرگ جیلیانی آگاه نشده باشد.

روی یکی از صندلی‌های راحتی نشستم و ناگهان احساس شادی و رضایتم فروکش کرد. با خود فکر کردم: چه می‌کنم؟ همه این افراد و موضوع‌ها چه ربطی به من دارند؟ من چه نیازی به تحقیق درباره آن‌ها دارم؟ کتاب‌های تاریخ انباشته از شرح حال‌ها و وقایع‌نگاری‌هایی است که تنها برای نویسندگان آن‌ها مهم بوده است و به‌ندرت از سوی کسی خوانده می‌شود و اگر کسی آن‌ها را بخواند، جذابیت آن‌ها حداکثر شبیه جذابیت یک کتاب داستان معمولی است. نباید آن‌گونه شیفته این داستان شوم که همچون دکتر باستیانی دچار توهم گردم.

به علاوه، از کجا معلوم که نوشته‌های این نامه یک شُوخی بیشتر نبوده باشد یا کوشش یک نفر برای آفریدن یک داستان خیالی. منظور کُزیمو از این‌که گفته است «جیلیانی عمر دیرینه خواجه را نخواست» چیست؟ نه! این نامه یک داستان تخیلی بیشتر نبود.

به ساعتم نگاه کردم، نزدیک یک بود. از دکتر باستیانی و الیزا هنوز خبری نبود. پیدا بود کار آن‌ها بیشتر از نیم ساعتی طول کشیده بود که به دکتر باستیانی گفته بودند. احتیاج به هوای آزاد داشتم. باید کمی از این نامه فاصله می‌گرفتم. تصمیم گرفتم بیرون بروم و کمی در خیابان‌ها و مغازه‌ها گردش کنم. شاید چیزی بخورم یا با خرید چند تکه لباس فکرم را با چیز دیگری مشغول کنم.

کپی‌های دکتر باستیانی را دوباره در پوشه‌ای گذاشتم که به من داده بود. ترجمه‌های انگلیسی را تا کردم و همراه همینگوی خود در جیب بغل کتم جا دادم. پوشه و کتم را برداشتم و از اتاق خارج شدم. با توجه به تجربه فلورانس نمی‌خواستم چیزهایی را که مربوط به دست‌نویس‌ها بودند، در اتاق بگذارم. وقتی از اتاقم خارج شدم، محض اطمینان درِ اتاق دکتر باستیانی و الیزا را زدم، ولی آن‌ها هنوز برنگشته بودند.

با آسانسور پایین رفتم. ابتدا به پذیرش هتل مراجعه کردم. تنها دختر جوانی از کارکنان هتل در آن‌جا بود و به یکی از مهمانان هتل چیزی را توضیح می‌داد. منتظر شدم تا صحبت آن‌ها به پایان برسد. مردی که ته‌ریش خرمایی رنگ داشت و او را صبح در آسانسور دیده بودم، در سالن هتل نشسته بود و روزنامه‌ای در دست داشت، اما به نظر نمی‌آمد آن را بخواند.

وقتی کارمند پذیرش از گفت‌وگو با مهمان دیگر فارغ شد، به من لبخند زد و پرسید که چه کمکی می‌تواند به من بکند. او شاید کمی بیشتر از بیست سال سن داشت. موهایش طلایی رنگ بود، اما معلوم بود که رنگ شده است. کلیدم را به او دادم و گفتم اگر کسی سراغ مرا گرفت، بگوید من تا ساعت سه برمی‌گردم. فکر کردم شاید الیزا و دکتر باستیانی زودتر از من برگردند. بعد تقاضای کمی چسب کردم. قدری طول کشید تا دختر توانست در کمدی که پشت سر داشت، یک نوار چسب پیدا کند و به من بدهد. متوجه شدم از شرم سرخ شده است. دور و بر پوشه‌ای را که در دست داشتم، خوب چسباندم و پوشه را به او دادم و خواهش کردم وقتی دکتر باستیانی آمد، آن را به او بدهد و از هتل خارج شدم.

۳

خیابان کُندُتتی و خیابان‌های باریک اطراف آن با ساختمان‌های قدیمی و بوتیک‌های شیک و کوچک روح و بوی تجمل و رفاه داشتند. قدری در آن‌جا قدم زدم و اجناس چند بوتیک را تماشا کردم. لباس‌ها همه زیبا و از طراحان معروف و بسیار گران بودند. الیزا خیابان گرانی را برای خرید به من توصیه کرده بود. چیزی نخریدم. گرسنه بودم و به دنبال رستوران مناسبی می‌گشتم تا چیزی بخورم. خیابان‌ها را نمی‌شناختم. پس از چند بار این طرف و آن طرف رفتن، باز از خیابان دِل‌کرسو سر درآوردم، همان جایی که ابتدا از تاکسی پیاده شده بودم. یک پیتزافروشی کوچک پیدا کردم که میز و صندلی‌های خود را بیرون چیده بود. نشستم. یک نوشیدنی و یک پیتزا سفارش دادم. آفتاب به اندازه کافی گرم بود. رستوران خلوت بود و پیتزای من پس از چند دقیقه روی میز قرار گرفت. افکار درهمی داشتم؛ رُویدادهای فلورانس، بیماری ای.اِل.اِس.، گردش شب گذشته با الیزا، مطالب نامه کزیمو بنتونینی و موضوع سفر به ایران مرتب در ذهنم جا عوض می‌کردند.

رویدادها سرعت عجیبی داشتند و مرا به دنبال خود می‌کشیدند. احساس می‌کردم هیچ کنترلی روی آن‌ها ندارم و این موضوع مرا نگران می‌کرد. پیش‌تر هم گاهی این احساس را داشتم، اما سال‌های اخیر در آلمان به‌تدریج آموخته بودم که زندگی خود را در مسیری که خود می‌خواهم، هدایت کنم. اما اکنون باز اختیار زندگیم از دستم خارج شده بود.

به اطرافم نگاه کردم. ساختمان‌ها همه سه یا چهار طبقه بودند و به نظر می‌آمد بسیار قدیمی باشند. اگر الیزا همراهم بود، بی‌شک می‌توانست درباره معماری آن‌ها چیزهای بسیاری برایم تعریف کند. در میان خیابانی که روبه‌روی من بود، دکه‌ای قرار داشت که روی پنجره آن تابلو «اطلاعات گردش‌گری» به چشم می‌خورد. مشغول برانداز آن دکه بودم که با کمال تعجب متوجه حضور همان مرد ریشو شدم که او را امروز در هتل دیده بودم. در پشت دکه ایستاده بود و سرک می‌کشید. ناگهان همچون صاعقه‌ای که لحظه‌ای بدرخشد، صحنه‌ای از روز پیش در مقابل آمفی‌تئاتر کولوسئوم در ذهنم ظاهر و مو بر اندامم سیخ شد. دیروز هم همین فرد را در میدان کولوسئوم دیده بودم که در پشت ستونی به من و الیزا نگاه می‌کرد. او صددرصد در تعقیب من بود. به طور غریزی همچون روباهی که ناگهان صیاد خود را کشف کرده است، نگاهم را از او برگرفتم تا نفهمد متوجه او شده‌ام. به پیشخدمتی که دم در مغازه ایستاده بود، اشاره کردم. وقتی نزد من آمد، صورت حسابم را پرداختم و از جا بلند شدم.

به‌آرامی در پیاده‌رو حرکت می‌کردم و در حالی که وانمود می‌کردم، در حال تماشای ویترین‌های مغازه‌ها هستم، تمام ذهنم مشغول تحلیل وضعیتم بود. فکر کردم شاید او هم گردش‌گری است که از شهر رم دیدار می‌کند. گردش‌گرها همه از جاهای مشخصی دیدار می‌کنند. آمفی‌تئاتر کولوسئوم و این خیابان مرکزی شهر جایی است که هر گردش‌گری در رم دیر یا زود سری به آن‌ها می‌زند. اما او در سوی دیگر خیابان همان مسیری را طی می‌کرد که من هم طی می‌کردم. من در شیشه ویترین‌ها به‌زحمت تصویر او را پیدا می‌کردم و من هم او را زیر نظر داشتم. به نظر می‌آمد، سرعت خود را با سرعت من تطبیق می‌دهد. بی‌شک در تعقیب من بود! از من چه می‌خواست؟ اگر قصد داشت صدمه‌ای به من بزند، در هتل فرصت چنین کاری را داشت. پس چرا مرا تعقیب می‌کرد؟ شاید هم به دلیل مراقبت بیشتر در هتل او مجبور بوده است سوء قصد را به بیرون از هتل موکول کند. دیروز، در مقابل کولوسئوم به دلیل ازدحام زیاد و حضور الیزا امکان چنین کاری را نداشته است.

جلوی یک بوتیک کوچک ایستادم. چند لحظه ویترین آن را نگاه کردم و بعد وارد آن شدم. او هم در آن سوی خیابان مشغول تماشای ویترینی شد. شاید هم در شیشه ویترین آن سوی خیابان مرا زیر نظر داشت و منتظر بیرون آمدنم بود.

چه می‌توانستم بکنم؟ مراجعه به پلیس بی‌ثمر بود. به پلیس چه می‌توانستم بگویم؟ تماس با لورنزی هم ممکن نبود. شماره‌ای از او نداشتم. به علاوه او در فلورانس بود. یک لحظه فکر کردم مستقیم به ایستگاه قطار بروم و از آن‌جا راهی مونیخ شوم. در هتل چیزی نداشتم که ارزش بازگشتن به آن‌جا را داشته باشد. اما اگر کسی واقعاً در پی من می‌بود، قطار برایم به تله‌ای بدون راه گریز تبدیل می‌شد. به علاوه، پیش از بازگشت به مونیخ باید برایم روشن می‌شد که او از من چه می‌خواهد. بهترین کار این بود که به‌سرعت از دست او بگریزم و خود را به هتل برسانم. در آن‌جا باید در سالن پذیرش منتظر دکتر باستیانی می‌ماندم و پس از برگشتنش به اتفاق او و شاید کارآگاه لورنزی تصمیم می‌گرفتیم که چه باید بکنیم. به هر حال، این موضوع به او هم مربوط می‌شد.

متوجه شدم فروشنده بوتیک که مرد جوانی شاید هفده یا هجده ساله بود، در حال گفت‌وگو با من است. بیش از چند دقیقه بود که من به کفشی در یک قفسه خیره شده بودم. یک دختر جوان هم پشت صندوق ایستاده بود و مرا نگاه می‌کرد. به انگلیسی و با اشاره گفتم که مایلم آن کفش را امتحان کنم. فروشنده شماره پای مرا پرسید و برای آوردن کفش مناسب به پستویی رفت و با یک جعبه بازگشت. در حالی که کفش را امتحان می‌کردم، از فروشنده خواستم برایم یک تاکسی خبر کند. فروشنده به دختر جوان نگاه کرد و دختر که گویا منظور مرا بهتر فهمیده بود، گفت: «البته!» و گوشی را برداشت و شماره گرفت.

کفش برایم تنگ بود. فروشنده یک شماره بزرگ‌تر برایم آورد. آن را هم امتحان کردم. از محلی که نشسته بودم، قادر به دیدن آن سوی خیابان نبودم. چند کفش را امتحان کردم تا متوجه شدم یک تاکسی در مقابل بوتیک توقف کرد. تشکر کردم و از بوتیک خارج شدم. نگاهی به اطراف انداختم، اثری از مرد ریشو ندیدم. شاید متوجه صحبت من و تلفن فروشنده شده و گمان کرده بود که من پلیس را خبر کرده‌ام و ترجیح داده بود محل را ترک کند. به هر حال، نفس راحتی کشیدم و سوار تاکسی شدم. از هتل چندان دور نبودم. چند دقیقه بعد جلوی هتل از تاکسی پیاده شدم. وقتی وارد هتل شدم، دیدم دکتر باستیانی و الیزا در سالن هتل منتظر من هستند.

با دیدن من الیزا برخاست، به سوی من آمد و پس از سلام با اشتیاق توضیح داد که در سفارت ایران از او چند قطعه عکس با روسری خواسته‌اند. نمی‌خواستم درباره

مرد ریشو با الیزا صحبت و او را نگران کنم. گفتم: «چطور فراموش کردم این را به شما بگویم؟!»

به طرف دکتر باستیانی رفتیم و نشستیم. بزغاله دکتر باستیانی روی زانویش بود و روزنامه بازی هم روی آن قرار داشت. الیزا گفت: «یکی از خانم‌هایی که آن‌جا بود، یک روسری به من قرض داد و من با آن در یک دستگاه عکس برقی که در بیرون سفارت بود، عکس انداختم.»

دکتر باستیانی روزنامه را بست و پرسید: «ترجمه نوشته‌ها تمام شد؟»

قبل از این‌که من پاسخی بدهم، الیزا گفت: «روادیدها را گرفتیم. با چیزهایی که درباره ایران شنیده‌ام، فکر نمی‌کردم به این سرعت ممکن باشد.»

کوشیدم حالت طبیعی و خونسرد داشته باشم: «باورکردنی نیست! گمان می‌کردم این کار حداقل چند روزی به درازا بکشد. ولی شنیده‌ام رئیس‌جمهور جدید خیلی تلاش می‌کند که وجهه بهتری از ایران در خارج نشان دهد و از سفارتخانه‌های ایران خواسته است که کار مراجعان را سریع‌تر انجام دهند.»

منتظر فرصتی بودم تا موضوع تعقیب خود را با دکتر باستیانی در میان بگذارم.

الیزا گفت: «بهروز رنگت کمی پریده است!»

به اطراف نگاه کردم و گفتم: «شاید به خاطر نور این‌طور به نظر می‌رسد...»

و از دکتر باستیانی پرسیدم: «راستی شما پوشه خود را گرفتید؟»

«پوشه؟»

«بله، من نمی‌خواستم کپی‌ها را در اتاق بگذارم، برای همین آن‌ها را در پوشه شما به پذیرش هتل دادم تا به شما بدهند.»

دکتر باستیانی بی‌درنگ روزنامه‌ای را که در دست داشت، روی میز گذاشت. بزغاله را برداشت و به سوی پذیرش هتل رفت.

به الیزا گفتم: «ببخشید، الان می‌آیم.»

و همراه دکتر باستیانی رفتم و قبل از این‌که او به پذیرش هتل برسد، او را متوقف کردم و قضیه مرد ریشو را برایش تعریف کردم.

او گفت: «مطمئن بودم آن‌ها ما را راحت نمی‌گذارند. باید فکری بکنیم. چند لحظه صبر کنید.»

رو به دختر جوانی که در پذیرش هتل بود، چیزی گفت و با سر به من اشاره کرد. دختر جوان گفت «اونو مومِنتو» یعنی یک لحظه و به جست‌وجو در کشوها و قفسه‌های کمدهایی پرداخت که پشت سرش و زیر میز بودند. چون پوشه را پیدا نکرد، یکی از همکارانش را که در اتاقی پشت پذیرش هتل بود، صدا کرد و به او چیزهایی گفت و هر دو با هم مشغول جست‌وجو شدند. متوجه شدم دختر جوانی که پوشه را از من گرفته بود، رنگش پریده و بسیار نگران است. به نظرم رسید که او هر لحظه ممکن است به گریه بیفتد.

بحث شدیدی بین دکتر باستیانی و آن‌ها در گرفت. صدای دکتر باستیانی بلند بود و آن‌ها می‌کوشیدند، او را آرام کنند. الیزا که متوجه این گفت‌وگو شد، به سمت ما آمد و دکتر باستیانی برای او توضیحاتی داد. کارکنان پذیرش هتل هم به الیزا توضیحاتی دادند. بعد یکی از آن‌ها تلفن را برداشت و به کسی زنگ زد و دکتر باستیانی به من گفت: «پوشه را گم کرده‌اند. بی‌عرضه‌ها! گفتم به مدیر هتل زنگ بزنند.»

و سپس انگار چیزی یادش افتاده باشد، پرسید: «ترجمه متن‌ها هم داخل پوشه بود؟»

با دست روی جیب کتم زدم و گفتم: «نه! آن‌ها پیش من هستند.»

و آن‌ها را از جیبم درآوردم و به او دادم: «نمی‌خواستم کپی‌ها را تا کنم، برای همین آن‌ها را این‌جا به امانت گذاشتم.»

دکتر باستیانی ترجمه‌ها را گرفت و باز کرد، اما پیش از آن‌که بتواند آن‌ها را بخواند، مدیر هتل که مردی میان‌سال و کمی چاق بود، با کت و شلواری تیره سر رسید. دکتر باستیانی جریان را برای او بازگو کرد. او هم با کارکنان پذیرش مشاجره کرد. آن‌ها یک بار دیگر همه جا را گشتند، اما این بار هم جست‌وجوی آن‌ها بیهوده بود.

الیزا رو به پدرش گفت: «پدر، مهم نیست به هر حال آن‌ها که فقط کپی بوده‌اند.»

دکتر باستیانی جواب داد: «اگر هر کسی به وظیفه خودش درست عمل می‌کرد، الان وضع کشور ما بهتر از این بود و اختیار ما در دست مشتی مافیایی نبود.»

و باز قدری به ایتالیایی شماتت کرد. اگر او در ایران بود، چگونه می‌توانست وضع کشور را تحمل کند؟ سرانجام پذیرفت که کاری از دستش ساخته نیست.

گفت: «حالا از این دو صفحه دو نسخه دارند.»

نخست متوجه منظورش نشدم، اما بعد فهمیدم با این حرف خود در واقع ادعا می‌کند کپی‌ها دزدیده شده‌اند و آن هم از طرف همان افرادی که به خانه او دستبرد زده و یادداشت‌های من و یک نسخه از کپی‌ها را برده بودند. نمی‌دانستم چه فکری کنم. قضیه می‌توانست همین‌طور باشد، اما ممکن هم بود که کاملاً به شکل دیگری باشد. شاید نظافت‌چی‌ها اشتباهی آن پوشه را دور انداخته باشند یا چیزی شبیه آن. با این حال، با توجه به تعقیب و گریز امروز رفته رفته فرضیه توطئه باورکردنی می‌شد.

۴

به سالن هتل بازگشتیم و نشستیم. دکتر باستیانی کاغذ تاخورده ترجمه را باز کرد و مشغول خواندن آن شد. من نگران بودم و نمی‌دانستم در رابطه با مرد ریشو چه باید بکنم. اما دکتر باستیانی غرق مطالعه ترجمه دست‌نویس بود و الیزا هم که از موضوع تعقیب من اطلاع نداشت، بی‌خیال پرسید: «شما ناهار خورده‌اید؟»

«بله، من به خیابان کُندُتتی رفته بودم و همان جا یک پیتزا هم خوردم.»

«مثل این‌که چیزی نخریده‌اید.»

دکتر باستیانی را زیر نظر داشتم: «نه... فرصت نشد... فکر کردم شما ممکن است در هتل منتظر من باشید و زود برگشتم.»

الیزا گفت: «ما هنوز ناهار نخورده‌ایم. بابا هنوز بانک هم نرفته است.»

و به دکتر باستیانی نگاه کرد. متوجه شدم که چگونه چهره دکتر باستیانی با خواندن ترجمه به خنده گشوده شد. به من نگاه کرد و گفت: «عالی است. به‌راستی عالی است.»

الیزا نگاه نامفهومی به او کرد. دکتر باستیانی که متوجه نگاه او شده بود، در پاسخ پرسش پیشین او گفت: «نه الان وقت غذا خوردن نیست...»

و چون الیزا او را همان‌طور نگاه می‌کرد، قضیه تعقیب مرا کوتاه برای او تعریف کرد.

من به الیزا گفتم کسی که مرا تعقیب می‌کرد، همان کسی بود که صبح سوار آسانسور شده بود.

ترس چهره الیزا را فرا گرفت: «بله، می‌دانم چه کسی را می‌گویی.»

و رو به پدرش پرسید: «حالا چه کار کنیم؟»

برای دلداری الیزا گفتم: «البته ممکن هم است که حضور مشترک ما در چند نقطه اتفاقی بوده باشد.»

دکتر باستیانی گفت: «نه، گمان نمی‌کنم. من هم تمام روز احساس می‌کردم که تحت نظر هستم، صبر کنید.»

دکتر باستیانی ترجمه‌ها را تا کرد و در جیب خود گذاشت. سپس، بلند شد و گفت: «بیایید...»

من و الیزا بلند شدیم و هر سه به پذیرش هتل رفتیم. دختر رنگ‌پریده وقتی دید ما به سوی او می‌رویم، رنگ‌پریده‌تر شد. دکتر باستیانی از او به انگلیسی درباره مرد ریشو پرسید و من هم آن‌چه از او در ذهنم مانده بود، برای او توصیف کردم. رنگ‌پریده که آشکارا احساس شرمندگی می‌کرد، گفت چنین مهمانی را به خاطر ندارد. دکتر باستیانی باز عصبانی شد و چیزهایی به ایتالیایی گفت. احساس کردم که رنگ‌پریده هر آن ممکن است به گریه بیفتد.

من که به‌تدریج بر خود مسلط شده بودم، باز احساس ترس کردم. چطور ممکن بود پذیرش هتل از فردی که ما امروز دو بار در همین سالن دیده بودیم، چیزی نداند؟ این افراد که هستند که این‌گونه ماهرانه کار می‌کنند؟ چه کسی در پشت پرده رویدادهای فلورانس و رم قرار داشت؟

هر سه در کنار پذیرش هتل ایستاده بودیم و حرفی برای گفتن نداشتیم و نمی‌دانستیم چه کنیم. دکتر باستیانی با دو دست بزغاله را که دست‌نویس‌ها را هنوز در شکم خود داشت، در بغل گرفته بود و نمی‌دانست چه کند. رنگ‌پریده پذیرش به ما نگاه می‌کرد و منتظر واکنش بعدی ما بود.

سرانجام، الیزا سکوت را شکست و گفت: «من به کارآگاه لورنزی تلفن می‌زنم، شاید او اطلاعات جدیدی داشته باشد...»

و کمی داخل کیف خود جست‌وجو کرد تا کارت ویزیت کارآگاه لورنزی را پیدا کرد و آن را به رنگ‌پریده داد و به او چیزی گفت.

رنگ‌پریده از روی کارت ویزیت شماره گرفت و گوشی تلفن و کارت ویزیت را به الیزا داد. او کمی صحبت کرد، کمی منتظر شد، باز کمی صحبت کرد و باز منتظر شد و بالاخره باز صحبت کرد. دکتر باستیانی با تعجب صحبت او را دنبال می‌کرد. من چیزی نمی‌فهمیدم.

الیزا گوشی را به رنگ‌پریده پس داد و گفت: «لورنزی امروز صبح به رم آمده است.»

و شانه‌ها را بالا انداخت و اضافه کرد: «شاید بیاید این‌جا دنبال ما.»

دکتر باستیانی گفت: «معلوم نیست بخواهد بیاید این‌جا. به هر حال، ما نمی‌توانیم این‌جا بمانیم. من در این هتل دیگر احساس امنیت نمی‌کنم. کارآگاه لورنزی تلفن عمه‌ات را هم دارد. اگر خواست می‌تواند از طریق او ما را پیدا کند. اصلاً شاید پیش او رفته باشد.»

من هم دیگر در رم و ایتالیا احساس امنیت نداشتم. در واقع کار من تمام شده بود و اکنون دیگر می‌توانستم از آن‌ها جدا شوم و به مونیخ بازگردم و وقتی آن‌ها آماده سفر به ایران شدند، دوباره به ایتالیا بیایم تا با هم به ایران برویم یا این‌که پیش از آن‌ها از مونیخ به ایران بروم و در آن‌جا همدیگر را ملاقات کنیم. پیش از این‌که بتوانم از افکارم جمله مناسبی بسازم، الیزا گفت: «خوب، می‌رویم خانه عمه تا یک هتل مناسب پیدا کنیم.»

گفتم: «اما من...»

او حرف مرا قطع کرد و گفت: «شما هم با ما می‌آیید.»

و سخن او چنان قاطع و لحنش چنان دوستانه بود که من چیز دیگری نگفتم. وقتی تصمیمی می‌گیرم کسی نمی‌تواند مرا از اجرای آن بازدارد؛ با این حال، اکنون اشکالی

در این نمی‌دیدم که به خانه عمه الیزا یا به یک هتل دیگر بروم تا بتوانم سر فرصت و در آرامش درباره گام بعدی خود تصمیم بگیرم.

دکتر باستیانی گفت: «خیلی خب! پس شما بروید وسایلتان را جمع کنید. تا من تسویه حساب کنم.»

من و الیزا بالا رفتیم. من در اتاقم نگاهی به دور و بر انداختم، چیز خاصی نداشتم. کوله‌پشتی کوچکی را که الیزا به من داده بود، از داخل کمد برداشتم و لوازم اصلاح، مسواک و لباس‌هایم را داخل آن گذاشتم و چند لحظه روی صندلی راحتی نشستم و به فکر فرو رفتم. کار من به پایان رسیده بود و احتمالاً اقامت بیشترم در ایتالیا تنها باعث دردسر برای دکتر باستیانی و الیزا بود. بی‌شک دکتر باستیانی و الیزا مایل بودند به شکلی زحمات روزهای گذشته مرا جبران کنند، اما این را می‌شد به آینده موکول کرد. بهترین کار این بود که من فعلاً به مونیخ بازگردم. خوب بود اگر موفق می‌شدم پیش از ترک رم یک بار دیگر درباره متن فارسی دست‌نویس دوم با دکتر باستیانی صحبت کنم. اما این هم چندان مهم و ضروری نبود. برخاستم، به سوی پنجره رفتم و به بیرون نگاه کردم. متأسف بودم از این‌که دیدارم از رم این‌گونه کوتاه بوده است و فرصت نکرده بودم آن را درست ببینم. به پایین برگشتم.

دکتر باستیانی هنوز کنار پذیرش هتل و در حال گفت‌وگو با مدیر هتل بود. دسته چکی در دست آزادش داشت. دست دیگرش گردن بزغاله را می‌فشرد. به سوی او رفتم. دکتر باستیانی دسته چک خود را روی میز گذاشت و چکی امضا کرد و به رنگ‌پریده که دیگر چندان رنگ‌پریده نبود، داد. او با لبخند تشکر کرد و چک را داخل دفتری گذاشت. من کلید اتاقم را به او دادم.

مدیر هتل که او هم پشت میز پذیرش بود، با دیدن من نزدیک‌تر آمد و به انگلیسی گفت: «مطمئن باشید که ما پاکت شما را پیدا می‌کنیم و برایتان می‌فرستیم.»

دکتر باستیانی سری به تمسخر تکان داد. به سوی آسانسور رفتیم. وقتی از میز پذیرش دور شدیم، دکتر باستیانی گفت: «ابله! اصلاً نمی‌داند جریان از چه قرار است...»

مدیر هتل پس از دور شدن ما باز به ملامت رنگ‌پریده پرداخت.

خواستم با دکتر باستیانی درباره تصمیم خود برای بازگشت به مونیخ صحبت کنم:
«آقای باستیانی...»

اما در همان لحظه الیزا با چمدان کوچکش از آسانسور خارج شد و دکتر باستیانی
سخن مرا قطع کرد: «یک لحظه...»

و بزغاله را به الیزا داد و گفت: «من حساب کردم. لطفاً این را نگه دار تا من هم
وسایلم را جمع کنم و بیاورم.»

باز رو به من گفت: «چند دقیقه بیشتر طول نمی‌کشد.»

وقتی وارد آسانسور می‌شد، با اشاره به بزغاله چیزی به ایتالیایی گفت. الیزا هم
چیزی گفت و سرش را به علامت تأیید تکان داد.

ما در سالن هتل نشستیم. الیزا کلید اتاقش را روی میز جلوی ما گذاشت و کیف
پدرش را روی زانوهایش قرار داد. به نظر سر حال می‌آمد، هیچ اثری از این‌که اعتماد
به نفس او در اثر حوادث اخیر خدشه‌ای پیدا کرده باشد، دیده نمی‌شد.

پرسیدم: «حالا که روادید گرفتید، کی قصد دارید به ایران بروید؟»

الیزا فکری کرد و گفت: «نمی‌دانم. وقتی این قضیه به پایان برسد.»

گفتم: «کار من این‌جا تمام شده است. هر موقع شما قصد رفتن به ایران را داشته
باشید، کافی است یک تلفن به مونیخ بزنید...»

احساس کردم ضربان قلبم شدت می‌گیرد و ادای هر واژه برایم دشوارتر می‌شود:
«... یا من به این‌جا می‌آیم و به اتفاق به ایران پرواز می‌کنیم یا این‌که زودتر به ایران
می‌روم و در فرودگاه به استقبال شما می‌آیم.»

از خودم بدم آمد که خداحافظیم این‌گونه غیر شخصی و غیر عاطفی شد.

الیزا کلید اتاقش را که چند لحظه پیش روی میز گذاشته بود، برداشت و در دستش
فشرد و به سردی گفت: «هنوز چیزی از رم ندیده‌ای.»

آشکارا انتظار این وداع ناگهانی را نداشت. آن اعتماد به نفسی که چند لحظه
پیش در او دیده بودم، گویا ناگهان به کل از میان رفت. از گفته خود پشیمان شدم.

کاش می‌توانستم سخنانم را به گونه‌ای پس بگیرم و طور دیگری ادا کنم. چطور می‌توانستم با کسی در وضعیت او این‌گونه رفتار کنم؟ اما دیگر دیر شده بود. الیزا پرسید: «کی برمی‌گردی به مونیخ؟»

به ساعتم نگاه کردم و فکر کردم چه حرکت اشتباهی این کار تنها نشان‌دهنده آن است که من برای بازگشتن به مونیخ عجله دارم: «نمی‌دانم. با قطار شب.»

در همین لحظه دکتر باستیانی هم با ساک کوچکش از آسانسور خارج شد و یک راست به طرف ما آمد و از الیزا پرسید: «تو کلیدت را دادی؟»

الیزا بدون این‌که چیزی بگوید، کلید را که هنوز در مشتش بود، به سوی او دراز کرد. دکتر باستیانی ساکش را کنار مبلی گذاشت که من روی آن نشسته بودم و کلید الیزا و سپس بزغاله را از او گرفت. او متوجه ناراحتی الیزا شد. نگاه دزدانه‌ای به من کرد و برای پس دادن کلیدها به سمت پذیرش رفت.

۵

الیزا، دکتر باستیانی و من در کنار یکدیگر در آسانسور به سمت پارکینگ هتل پایین می‌رفتیم. از دقایقی پیش سکوت و فضای ناگوار و افسرده‌ای بین ما حاکم بود. الیزا طوری که پیدا بود برایش دشوار است، سکوت را شکست و با لحن افسرده‌ای از پدرش پرسید: «کتاب‌ها را کی به بانک ببریم؟»

دکتر باستیانی گفت: «بهتر است همین الان این کار را بکنیم.»

در آسانسور باز شد و ما پیاده شدیم. من کوله‌پشتی خود را به دوش داشتم. الیزا کیف دستی خود را در یک دست داشت و با دست دیگر چمدان چرخ‌دارش را دنبال خود می‌کشید. دکتر باستیانی هم ساک و بزغاله خود را در دست داشت. ما از میان دو ماشین رد شدیم و الیزا به سمتی اشاره کرد: «ماشین را آن‌جا پارک کرده‌ام.»

ماشین او از دور پیدا بود. در خیابان میان دو ردیف طولانی ماشین‌ها به سمت راست رفتیم. پس از چند قدم متوجه شدم که از پشت سر ما ماشینی به‌آهستگی نزدیک می‌شود. پس از حدود بیست متر، وقتی دیگر فاصله چندانی با ماشین الیزا نداشتیم، ناگهان ماشینی که از پشت می‌آمد، به‌سرعت خود افزود و با ترمز شدیدی کنار ما توقف کرد و در آن سریع باز شد و یک نفر با اسلحه از آن بیرون پرید و در حالی که اسلحه‌اش را گاهی به سوی من و گاهی به سوی دکتر باستیانی یا الیزا می‌گرفت، فریاد کشید: «بی‌حرکت!»

البته من فریاد ایتالیایی او را این‌طور تعبیر کردم. چیز دیگری در آن موقع نمی‌توانست گفته باشد. ما هر سه سر جای خود خشک ماندیم؛ نه تنها به خاطر آن «بی‌حرکت»، بلکه همین‌طور به خاطر ترمز شدید ماشین و حرکات سریع آن مرد.

اکنون الیزا، دکتر باستیانی و من به همین ترتیب در کنار هم ایستاده بودیم و مرد مسلح میان ما و ماشین و نزدیک به الیزا بود. راننده ماشین را شناختم، او همان مرد ریشویی بود که صبح مرا تعقیب کرده بود. او هم یک دست روی فرمان ماشین داشت و با دست دیگر اسلحه‌ای از جیب بغل خود بیرون کشید و از همان داخل ماشینِ و از میان پنجره عقب که باز بود، آن را به سوی من نشانه گرفت. دهانم کاملاً خشک شده بود، ضربان خون را در شقیقه‌هایم احساس می‌کردم و قادر به حرکت دادن هیچ یک از عضلاتم نبودم.

مرد مسلحی که اسلحه‌اش را به سوی دکتر باستیانی گرفته بود، به او نزدیک‌تر شد. چمدان چرخ‌دار الیزا در راه او بود و وی احتمالاً بیشتر به خاطر هموار کردن راه خود، در حالی که اسلحه‌اش را متوجه الیزا می‌کرد، چمدان را از دست او گرفت و آن را از پنجره عقب به داخل ماشین پرتاب کرد. الیزا در مقابل او هیچ مقاومتی نکرد. مرد مسلح در حالی که اسلحه‌اش را باز از سوی الیزا متوجه دکتر باستیانی می‌کرد، دسته بزغاله را گرفت و کشید. رنگ دکتر باستیانی پریده بود، اما گویی انگشتانش به دور دسته کیف قفل شده بودند و آن را رها نمی‌کردند. آن مرد با خشونت چیزهایی گفت. الیزا نیز با همان خشونت به پدرش چیزی گفت. بی‌گمان از او می‌خواست که در مقابل این مردان مقاومت نکند. معلوم بود که او حضور ذهن خود را از دست نداده است. من در دست‌ها و انگشتان خود فشار عجیبی احساس می‌کردم، گویی این انگشتان من هستند که بزغاله را گرفته‌اند. اما انگشت‌هایی که به دور دسته کیف حلقه شده بودند، از اختیار من و گویی حتی از اختیار دکتر باستیانی بیرون بودند. گویی نیرویی ناشناخته از ورای تاریخ آن‌ها را به هم قفل کرده بود.

پای راننده ماشین روی کلاج بود و مرتب گاز می‌داد، انگار خود را برای آغاز یک مسابقه ماشین‌رانی آماده می‌کند. دکتر باستیانی کیف را رها نمی‌کرد. مرد مسلح اسلحه‌اش را به چهره او نزدیک کرد و چیزی گفت. در همین کشاکش، زنی از آسانسور خارج شد. از میان ماشین‌هایی که در کنار آسانسور پارک شده بودند گذشت و همین که وارد راه شد، با دیدن صحنه درگیری و اسلحه‌هایی که به سوی ما

نشانه رفته بودند، ناخودآگاه جیغ کشید. مردی که می‌کوشید بزغاله را از دست دکتر باستیانی بگیرد، در یک واکنش بی‌اختیار اسلحه‌اش را به سوی آن زن چرخاند. الیزا در یک آن، شاید بدون این‌که حتی لحظه‌ای فکر کند و به طور غیر ارادی و با نیرویی که تصورناپذیر نبود، مرد مسلح را که اکنون درست در مقابل او ایستاده بود، به سوی ماشین هل داد. مرد مسلح تعادل خود را از دست داد، بزغاله را رها کرد و به داخل ماشین افتاد. وقتی کیف رها شد، دکتر باستیانی هم که آن را با قدرت نگه داشته بود، از عقب به زمین افتاد و به ماشین پشت سرش خورد.

مرد مسلح که به داخل ماشین افتاد، کوشید با تکیه دادن دستی که اسلحه را در آن داشت، به صندلی راننده تعادل خود را حفظ کند و ناخواسته گلوله‌ای شلیک کرد. گلوله از داخل ماشین به پنجره پشت اصابت کرد. در یک آن پنجره ماشین به پرده‌ای توری با نقش‌های ریز تبدیل شد. محل اصابت گلوله به اندازه یک سیب سوراخ شد و خرده‌های شیشه پشت ماشین به پرواز درآمدند و چون دانه‌های الماس تا فاصله‌ای دور بر زمین ریختند.

همه ما از جمله راننده ماشین در یک واکنش غریزی سرهای خود را پایین کشیدیم و در همان لحظه ماشین پلیسی از انتهای پارکینگ پیدا شد. راننده ماشین فوراً متوجه او شد و ماشین را به‌سرعت به حرکت درآورد و من دیدم که مرد دوم پاهای خود را به‌زحمت به داخل ماشین کشید و در ماشین را بست. ماشین آن‌ها یک ماشین ب.ام.وی سری سه به رنگ آبی تیره بود. ماشین پلیس در همان لحظه آژیر خود را به صدا درآورد و به ما رسید و از جلوی ما رد شد. کارآگاه لورنزی را شناختم که دست راستش را با اسلحه‌ای از پنجره سمت شاگرد بیرون آورده بود، اما پیش از آن‌که هدف بگیرد، ماشین سارقان در انتهای پارکینگ به سمت چپ پیچید و از تیررس او خارج شد. چند لحظه بعد ماشین لورنزی هم از دید ما پنهان شد. نور آبی چراغ گردان ماشین پلیس تا چند لحظه از فراز ماشین‌های پارک شده بر دیوار مقابل ما می‌تابید.

من به خود آمدم و به اتفاق الیزا به دکتر باستیانی کمک کردم که بلند شود. او گفت: «چیزی نشده، چیزی نشده...»

من ساک دکتر باستیانی را که از دست او افتاده بود، برداشتم. خواستم زیر بازوی او را بگیرم، اما او به‌سرعت به طرف ماشین الیزا رفت و گفت: «سوار شوید.»

هر سه سریع سوار شدیم. الیزا بلافاصله ماشین را روشن کرد و به‌سرعت از همان مسیری که دو ماشین دیگر رفته بودند، حرکت کرد و ما از پارکینگ خارج شدیم. در مقابل پارکینگ، ماشینی که ظاهراً از خروج یک باره دو ماشین دیگر از پارکینگ غافلگیر شده بود، از خیابان خارج شده و با یک درخت تصادف کرده بود. اما از ماشین لورنزی و ماشین سارقان خبری نبود. نگاه الیزا به ماشین تصادف کرده بود که ناگهان از پارکینگ دیگری در سمت راست ماشینی خارج شد و بوق زد. الیزا ترمز شدیدی کرد و ایستاد. دکتر باستیانی با خشونت چیزی گفت. نفهمیدم مخاطب او ماشینی بود که با بی‌احتیاط از پارکینگ بیرون رانده بود یا الیزا. ناگهان الیزا شروع به گریه کرد. من گیج شده بودم و نمی‌توانستم فکر کنم. الیزا در میان هق‌هق گریه گفت: «ممکن بود هر سه ما کشته شویم. نزدیک بود شما را به کشتن بدهم.»

تازه متوجه شدم که حادثه‌ای که چند لحظه پیش اتفاق افتاده بود، می‌توانست به معنای پایان زندگی همه ما باشد. کاری که الیزا کرده بود، اگرچه بسیار شجاعانه، اما بسیار هم خطرناک بود. اگر سر و کله کارآگاه لورنزی ناگهان پیدا نشده بود، ما در مقابل دو مرد مسلح چه می‌توانستیم بکنیم؟ حادثه وحشتناکی را از سر گذرانده بودیم و عجیب بود که هر سه ما تا این لحظه آرامش نسبی خود را حفظ کرده بودیم؛ آرامشی که آن را تنها با غریزه حفظ بقا می‌توانم توضیح دهم. اکنون که به حالت عادی بازگشته بودیم، باز ترس و اضطراب وجود ما را فرا گرفته بود. عرق سردی بر تنم نشست. دکتر باستیانی می‌کوشید الیزا را به زبان مادریش تسکین دهد. الیزا از کیف خود دستمالی درآورد و چشمانش را پاک کرد.

گریه الیزا مرا بسیار اندوهگین کرد. اندوه من از این بود که وی باید در چنین روزهایی این حوادث ناملایم را از سر بگذراند. دلم می‌خواست من هم او را به گونه‌ای تسلی بدهم. لحن دکتر باستیانی بسیار ملایم بود. نمی‌فهمیدم چه می‌گویند، اما حدس آن برایم دشوار نبود. یک لحظه که سکوت برقرار شد، گفتم: «مهم این است که ما اکنون سالم هستیم.»

دکتر باستیانی به بزغاله که روی زانوهایش بود نگاه کرد و گفت: «ولی باید کاری کنیم که دیگر چنین اتفاقی برای ما نیفتد.»

چه کاری از دست ما برمی‌آمد؟

«پلیس حتماً آن‌ها را دستگیر می‌کند.» من این را گفتم بدون این که به آن باور داشته باشم. نمی‌دانستم دیگر چه بگویم. اصلاً من آن‌جا چه می‌کردم؟ در شهری غریب، با دو نفر که تازه دو روز بود با آن‌ها آشنا شده بودم و درگیر با افراد مسلح؟ زمان آن رسیده بود که رم را ترک کنم.

الیزا کمی آرام‌تر شد. اشک‌ها و بینی خود را تمیز کرد و پرسید: «حالا چه کار کنیم؟»

«برویم ایران!» به‌راستی این سخن از دهان من خارج شد؟ باورم نمی‌شد که این را من گفته باشم. می‌کوشیدم به این طریق دلخوری پیش از این الیزا را برطرف کنم؟ یا به‌راستی نیرویی ناشناخته در این‌جا حاکم بود که مرا به هر سو می‌راند و هر کلامی را که می‌خواست بر زبانم می‌نهاد؟

دکتر باستیانی و الیزا به یکدیگر و به من نگاه کردند. خواستم گفته خود را پس بگیرم و بگویم که فکر بیهوده‌ای است و نخواسته بر زبانم جاری شده که الیزا گفت: «همین امروز!»

دکتر باستیانی لحظه‌ای فکر کرد و باز به ماشینی که تصادف کرده بود و اکنون چند نفر دور آن جمع شده بودند، نگاه کرد و گفت: «چرا نه؟ اگر پرواز باشد. ما که روادید داریم.»

کوتاه به سوی من چرخید: «شما هم که ایرانی هستید.»

و بعد دوباره خطاب به الیزا ادامه داد: «برای مدتی از این شلوغی و از این حوادث دور می‌شویم. تو آن‌جا کمی استراحت و گردش می‌کنی، بعد هم برمی‌گردیم.»

باز رو به من کرد: «شما می‌توانید از همان جا به آلمان برگردید.»

و دوباره رو به الیزا گفت: «ما هم از آن‌جا به پاریس می‌رویم و چند روز هم آن‌جا می‌مانیم.»

الیزا دستمالش را در کیفش گذاشت و کوشید لبخند بزند، اما چندان موفق نبود. آیا به‌راستی دکتر باستیانی می‌خواست این سفر را وقف الیزا کند و از جست‌وجوی پَروَک

منصرف شده بود؟ او مرا زیاد در این توهم باقی نگذاشت و رو به من گفت: «آن‌جا می‌توانیم در کمال آرامش به تحقیقات خود ادامه دهیم.»

الیزا نگاهی به او و به من کرد و ماشین را روشن کرد: «بروم به فرودگاه؟»

دکتر باستیانی و من هر دو تنها با سر تأیید کردیم. الیزا به بزغاله نگاه کرد و پرسید: «بانک چی؟»

دکتر باستیانی به ساعت خود نگاه کرد: «فکر می‌کنم برای به بانک رفتن دیگر دیر است. برویم فرودگاه ببینیم پروازها کی هستند. حرکت کن!»

احساس کردم که او چندان مایل نیست از دست‌نویس‌های خود جدا شود. ماشین به حرکت درآمد و ما برای آخرین بار از مقابل هتل محل اقامت خود رد شدیم.

شهامت دکتر باستیانی و الیزا تحسین‌برانگیز بود. باورم نمی‌شد که کسی تصمیم به مسافرت به یک کشور خارجی بگیرد، آن هم به کشوری چون ایران و یک روز بعد به آن کشور پرواز کند. من هر بار که تصمیم می‌گرفتم به ایران بروم، از زمان تصمیم‌گیری تا ورودم به ایران چند ماه طول می‌کشید. اما اکنون من هم مایل بودم زودتر از این اوضاعی که هر گونه استقلال عمل و حرکت را از من سلب کرده بود، خارج شوم.

۶

در فرودگاه رم که چهل کیلومتر دورتر از شهر در ساحل دریای مدیترانه قرار دارد، به دفتر هواپیمایی آلیتالیا مراجعه کردیم. نخستین پرواز آلیتالیا به ایران که جا برای سه نفر هم داشت، ساعت نُه شب بود، ولی نه از رم بلکه از میلان. اگر ما بی‌درنگ به میلان پرواز می‌کردیم، موفق می‌شدیم با آن پرواز به تهران برویم. در مسیر فرودگاه در این مورد صحبت کرده بودیم و قرار گذاشته بودیم که اگر پروازی بود، همان شب به تهران برویم. در راه یک بار دیگر از الیزا پرسیده بودم: «مطمئن هستید که می‌خواهید همین امشب به ایران بروید؟ نمی‌خواهید خود را کمی آماده کنید؟»

الیزا پرسیده بود: «منظورتان چیست؟»

و من با اشاره به این‌که چمدان او به سرقت رفته بود، گفته بودم: «شما هیچ چیز همراه ندارید. نمی‌خواهید کمی لباس از فلورانس بیاورید یا بخرید؟»

و با شرمندگی از حجاب اجباری در ایران توضیح داده بودم: «به علاوه، شما به لباس اسلامی هم احتیاج دارید!»

و او با لحن گرفته‌ای گفته بود: «دلم می‌خواهد مدتی از ایتالیا دور باشم... لباس را همه جا می‌توان خرید. لباس اسلامی هم فکر کنم در ایران بهتر از هر جای دیگر پیدا می‌شود.»

به دلیل این‌که مایل نبودم احتمالاً از سوی مأموران جمهوری اسلامی برای الیزا مشکلی ایجاد شود، به او تذکر داده بودم که در فرودگاه و هنگام ورود به ایران باید لباس اسلامی داشت.

او گفته بود: «شاید بتوانیم در فری‌شاپ چیزی پیدا کنیم. به علاوه، فکر نمی‌کنم آن‌ها به خاطر لباس مرا به ایتالیا بازگردانند.»

دکتر باستیانی برای هر سه ما بلیت خرید و با چک پرداخت و پس از آن برای گرفتن پول از صندوق بانک با الیزا به قسمت دیگری از فرودگاه رفتند. من از این فرصت استفاده کردم که دو تلفن بزنم. نخست به همکارم ربه‌کا زنگ زدم. تازه از سر کار به خانه آمده بود. به او گفتم که راهی ایران هستم و نمی‌دانم مسافرتم چقدر به طول بیانجامد؛ یک یا حداکثر دو هفته. او بسیار متعجب شده بود و ابراز نارضایتی کرد از این‌که او را زودتر در جریان سفرم نگذاشته‌ام. کوشیدم تا آن‌جا که ممکن است برایش توضیح بدهم که این سفر ناشی از یک موقعیت بسیار اضطراری است و همان روز تصمیم به این سفر گرفته‌ام؛ یعنی مجبور شده‌ام این تصمیم را بگیرم. سرانجام، با ناخشنودی پذیرفت که مشکل را طوری با رئیس کتاب‌خانه حل کند.

بعد به خواهرم فروزان در تهران زنگ زدم. اتفاقاً مادرم هم پیش او بود. جای گفتن ندارد که آن‌ها چقدر تعجب کردند وقتی از این سفر ناگهانی من، آن هم از ایتالیا، آگاه شدند. از فروزان خواهش کردم که خانه را برای پذیرایی از من و دو مهمان خارجی که همراه دارم، آماده کند. فروزان پرسید چه کسانی همراهم هستند. گفتم یک محقق ایتالیایی و دخترش که برای کارهای تحقیقاتی به ایران می‌آیند. در ضمن، گفتم که ما نیمه‌شب به تهران می‌رسیم، اما احتیاجی نیست کسی به استقبال ما بیاید، ما با تاکسی به خانه می‌رویم. فروزان گفت که به هیچ وجه ممکن نیست و شوهرش رضا حتماً به فرودگاه خواهد آمد. می‌دانستم که بحث در این مورد سودی ندارد و او به هر حال نظر خود را اجرا می‌کند و به همین جهت پیشنهاد او را پذیرفتم.

در فرصت باقی‌مانده تا پرواز میلان، همراه دکتر باستیانی و الیزا به یکی از کافه‌های داخل فرودگاه رفتیم تا چیزی بخوریم و بنوشیم. الیزا و پدرش بعد از صبحانه دیگر چیزی نخورده بودند و اکنون دیگر چیزی به غروب آفتاب نمانده بود. هر کدام یک ساندویچ و یک نوشابه سفارش دادیم. کافه بزرگی بود با مبلمان مدرن، شامل

صندلی‌ها و میزهای فلزی و پلاستیکی با رنگ‌های شاد و طراحی‌های منحصربه‌فرد و چند تابلو از آثار کاندینسکی.

در بزرگ کافه به داخل سالن فرودگاه باز می‌شد و در سالن هم تعدادی میز و صندلی چیده شده بود. ما ترجیح دادیم در داخل بنشینیم. من در حال دادن توضیحاتی درباره هوای آلوده تهران بودم که ناگهان الیزا به پشت من و دکتر باستیانی که روبه‌روی او نشسته بودیم، اشاره کرد: «ببینید! ببینید!»

در پشت سر ما در انتهای کافه، تلویزیونی روی یک میز بلند قرار داشت. کارآگاه لورنزی را شناختم که در حال صحبت با میکروفون بود. پشت سر او یک ماشین پلیس پیدا بود که با یک دکه روزنامه‌فروشی تصادف کرده بود. الیزا ساندویچ خود را روی میز گذاشت و بلند شد و به سوی تلویزیون رفت تا سخنان کارآگاه لورنزی را بهتر بشنود. پس از مصاحبه با کارآگاه لورنزی یک ماشین ب.ام.وی سری سه به رنگ آبی و یک پلاک ماشین نشان داده شد.

الیزا به نزد ما برگشت و توضیح داد که سارقان موفق شده‌اند با مانور دادن در یک پیاده‌رو از دست لورنزی فرار کنند. لورنزی گفته است که این افرادِ که با ماشینی شبیه ماشین نشان داده شده فرار کرده‌اند، خطرناک هستند و احتمالاً از اعضای یک باند سرقت و قاچاق آثار هنری هستند. به‌زحمت لقمه‌ای را که در دهان داشتم، فرو بلعیدم.

دکتر باستیانی گفت: «بی‌عرضه‌ها! نمی‌دانم از روی چه سندی این ادعا را می‌کند. این‌ها اصلاً نمی‌دانند جریان از چه قرار است.»

و زیر لب اضافه کرد: «این‌ها در پی نابود کردن آن آثار هستند، نه قاچاق آن.»

من به نوبه خود از این‌که کارآگاه لورنزی سر بزنگاه ظاهر شده بود، سپاس‌گزار بودم. او به هر حال دلیلی برای آمدن به رم و برای حرف‌های خود داشت. خطرناک بودن این افراد را از نزدیک لمس کرده بودیم. هیچ کدام از ما حوصله صحبت بیشتر درباره این موضوع را نداشتیم. نگاهی به اطراف انداختم. در کافه‌ای که ما در آن بودیم و در سالن فرودگاه همه چیز آرام و طبیعی به نظر می‌آمد. فضای کافه و

فرودگاه حتی دنج و دوستانه بود، اما ترس من باقی بود و خوشحال بودم که رم را ترک می‌کنم. بی‌گمان الیزا و دکتر باستیانی هم همین احساس را داشتند.

۷

پرواز از رم به میلان خیلی کوتاه بود. وقتی در اوج ده هزار متری از آسمان فلورانس می‌گذشتیم، زمین و مردان مسلح آن را به کل فراموش کرده بودیم. در آن اوج به رؤیا و آرزو نزدیک‌تر بودیم. من به الیزا که روزنامه می‌خواند، نگاه می‌کردم و به او می‌اندیشیدم. دکتر باستیانی که میان من و او نشسته و بزغاله را در دامانش داشت، ترجمه نامه کُزیمو بنتونینی به خواجه نصیر را می‌خواند: «این‌طور که پیدا است، دست‌نویس نخست متعلق به جیلیانی بوده و دست‌نویس رمزگشا در اختیار کُزیمو بنتونینی بوده و می‌خواسته آن را به دست یاکوپو جیلیانی برساند که دست‌نویس دیگر را در اختیار داشته است.»

دکتر باستیانی مکثی کرد و ادامه داد: «اگر کُزیمو بنتونینی، نویسنده نامه، شاگرد جیلیانی بوده و به زبان فارسی آشنایی داشته است، پس آن‌ها هر دو اهل علم بوده‌اند و یقین دارم که می‌توانم در کتاب‌خانه دانشگاه اطلاعاتی درباره آن‌ها پیدا کنم.»

سپس مکثی کرد و ادامه داد: «آن‌ها شاید به ایران سفر کرده‌اند و فارسی را در آن‌جا آموخته‌اند.»

سپس گویی فکری به خاطرش رسیده باشد، انگشت اشاره‌اش را در فضای جلوی خود تکانی داد و گفت: «دوستی در دانشکده تاریخ دانشگاه بولونیا دارم که حتماً می‌تواند درباره این افراد اطلاعاتی به من بدهد. همین امشب از میلان به او زنگ می‌زنم.»

با شنیدن این جملات الیزا سرش را از روی مجله‌ای که می‌خواند، بلند کرد و نگاهی به او و سپس به من انداخت. وقتی نگاهش با نگاه من تلاقی کرد، لبخندی زد و باز سرگرم مجله خود شد. او آرامش طبیعی و روحانی خود را بازیافته بود.

دکتر باستیانی پرسید: «فکر می‌کنید بتوانیم در ایران محل زندگی مامطیری را پیدا کنیم؟»

«بعید نیست که از همکاران سابق من در کتاب‌خانه مجلس کسی چیزی درباره او بداند. می‌توانیم از همان کتاب‌خانه مجلس پژوهش‌های خود را شروع کنیم. یکی از همکاران سابقم نزدیک سی سال است که درباره کتاب‌های دست‌نویس تحقیق می‌کند و دانسته‌های زیادی در این مورد دارد. اگر خودش نتواند به ما کمک کند، بی‌شک می‌تواند به ما بگوید که کجا می‌توانیم به اطلاعاتی که نیاز داریم، دست پیدا کنیم.»

در پرواز دوم، از میلان به تهران، کوشیدم کمی بخوابم. اما با این‌که بسیار خسته بودم، تنها چند بار به کوتاهی خوابم برد و باز بیدار شدم. خوابیدن روی صندلی‌های کوچک و تنگ هواپیمای ایرباس آ۳۲۰ شرکت آلیتالیا آسان نبود.

در میلان، پیش از این‌که سوار هواپیمای خود به مقصد تهران شویم، دکتر باستیانی با همکار خود در بولونیا تماس گرفت. او هم چیزی درباره یاکوپو جیلیانی و کُزیمو بنتونینی نمی‌دانست، ولی به دکتر باستیانی قول داد روز بعد در کتاب‌خانه دانشگاه در این مورد تحقیق کند. او گفت این مسئله که وی در درگیری‌های زمان پاپ گرِگُوار یازدهم کشته شده کار را برای او بسیار راحت می‌کند؛ زیرا در این مورد اطلاعات زیادی موجود است.

در فرودگاه میلان هم مشکلی خاصی پیش نیامد، جز این‌که مأمور بازرسی پس از عبور دادن بزغاله از زیر دستگاه کنترل تقاضای باز کردن آن را کرد و قدری با تعجب به دست‌نویس‌ها نگاه کرد. دکتر باستیانی پیش از آن‌که او چیزی بپرسد، توضیحاتی درباره کتاب‌ها داد که ظاهراً او را قانع نکرد و ما را مجبور کرد به گمرک فرودگاه مراجعه کنیم. در آن‌جا، دکتر باستیانی پس از نشان دادن کارت شناسایی و کارت دانشگاه خود و پر کردن یک فرم، اجازه‌نامه‌ای برای خارج کردن دست‌نویس‌ها از کشور دریافت کرد. مأمور گمرک هنگام خداحافظی، آن‌طور که الیزا برایم ترجمه

کرد، به دکتر باستیانی توصیه کرد که در فرودگاه ایران وارد کردن کتاب‌ها را اعلام کند، وگرنه ممکن است برگرداندن آن‌ها از ایران با مشکل روبه‌رو شود. سپس، چیزی پرسید که الیزا پیش از دکتر باستیانی به او پاسخ داد و به من گفت: «گفتم این کتاب‌ها به خط فارسی کهن هستند.»

به ساعتم نگاه کردم. اندکی از ساعت سه بامداد گذشته بود. بیش از چهار ساعت بود که در این پرواز بودیم. تلویزیون‌های کوچکی که پشت صندلی‌های جلوی ما نصب شده بود، مسیر پرواز ما را نشان می‌داد. اکنون وارد فضای ایران شده بودیم. هنوز باور نمی‌کردم که به سوی تهران پرواز می‌کنم، در حالی که سه روز قبل هیچ به چنین سفری فکر نمی‌کردم. این سفر برای الیزا بی‌گمان خیلی غیر منتظره‌تر و هیجان‌انگیزتر بود. او کنار پنجره نشسته و چشمانش را بسته بود، اما خواب نبود. گاهی چشمانش را باز می‌کرد و از پنجره نگاهی به بیرون می‌انداخت. هوا تاریک بود و او به احتمال زیاد چیزی نمی‌توانست ببیند. دکتر باستیانی که بین ما نشسته بود، پس از سوار شدن اندکی مطالعه کرده و اکنون در حال چرت زدن بود. خواب‌آلودگی و خمودگی در هواپیما حاکم بود. صدای بم و ممتد موتور هواپیما و گرفتگی گوش‌ها بر اثر تغییر فشار هوا همه صداها را دور و نامفهوم می‌نمایاند.

در چند سال گذشته، زیاد پرواز کرده بودم؛ برای دیدار با عموزادگانم به سوئد، برای دیدار از اهرام به مصر و یک بار هم برای گذراندن تعطیلات به یونان. البته چند بار هم به ایران سفر کرده بودم. خروج از مرزهای یک کشور و وارد شدن از مرز کشوری دیگر همیشه برایم دلهره‌انگیز بوده است. اما ورود و خروج از مرزهای وطنم ایران برای من دلهره‌انگیزتر از عبور از هر مرز دیگری است. باز به تلویزیون کوچک جلوی خود نگاه کردم. معلوم بود که بسیار به تهران نزدیک شده‌ایم. در همان هنگام چراغ‌های داخل هواپیما روشن شدند و پس از چند لحظه از بلندگوها اعلام شد که ما در نزدیکی تهران هستیم و به‌زودی فرود می‌آییم. جنب و جوشی در داخل هواپیما آغاز شد. مردم یک‌یک از خواب بیدار می‌شدند و صندلی‌های خود را به حالت عمودی درمی‌آوردند. پچ‌پچ‌های خفه‌ای از هر سو شنیده می‌شد. به‌ویژه خانم‌ها که هیچ کدام از آن‌ها لباس‌هایشان با قوانین اسلامی ایران سازگار نبود، مانتوهای بلند و روسری‌های خود را از کیف‌های دستی یا چمدان‌های خود بیرون می‌آوردند و

روی لباس‌های دیگر خود می‌پوشیدند. الیزا باز هم مجله‌ای را که از میلان به همراه داشت، از کیف صندلی مقابل خود خارج کرد و مشغول ورق زدن آن شد.

خانمی که کنار من در سمت دیگر راهرو نشسته بود نیز بلند شد و کیفی را از کمدهای بالای سر خود برداشت و مشغول جست‌وجو در آن شد. وی چند بار به الیزا که همچنان بی‌خیال مشغول ورق زدن مجله ایتالیایی خود بود، نگاه کرد. من هم نگاه دیگری به الیزا انداختم، نه، لباس او به هیچ وجه اسلامی نبود! خانمی که کنار صندلی من ایستاده بود، مانتوی آبی رنگی را از کیف خود خارج کرد، کیف را روی صندلی خود گذاشت و مشغول پوشیدن مانتوی خود شد.

از فرصت استفاده کرده و پرسیدم: «ببخشید خانم، شما می‌دانید که آیا در فرودگاه تهران می‌توان مانتو خرید.»

نگاه تعجب‌زده او را که دیدم، با سر به الیزا اشاره کردم و گفتم: «این خانم ایتالیایی از دوستان من است و مانتو و روسری ندارد.»

البته این موضوع قبلاً توجه او را به خود جلب کرده بود. باز به الیزا و دکتر باستیانی نگاه کرد و در حالی که سرش را به اخطار و تأسف تکان می‌داد، گفت: «با این شلوار جین و این بلوز چسبان حتماً به او گیر می‌دهند.»

خود او هم که اندامش کمی پُرتر از الیزا بود، پیش از پوشیدن مانتو، شلوار و بلوز تنگی به تن داشت. وی دکتر باستیانی را که تازه از خواب بیدار شده بود، برانداز کرد و پرسید: «این آقا هم ایتالیایی هستند؟»

«بله، ایشان هم ایتالیایی هستند.»

«این طرف باجه کنترل گذرنامه که فروشگاهی نیست.»

با شنیدن این جمله به خاطر آوردم که به‌راستی چنین است. چطور خودم به این موضوع فکر نکرده بودم. خانم ایرانی باز دکتر باستیانی و الیزا را برانداز کرد و پرسید: «زن و شوهر هستند؟»

«نه پدر و دختر هستند.»

الیزا هم متوجه نگاه او شد و فهمید که ما درباره او صحبت می‌کنیم. خانم ایرانی گفت: «یک لحظه...»

و پشتش را به من کرد و باز داخل کیف خود مشغول جست‌وجو شد و سرانجام یک مانتو و یک شال از داخل آن بیرون آورد و گفت: «من همیشه یک مانتوی اضافی همراه دارم. از این شال هم می‌توان به عنوان روسری استفاده کرد.»

سپس، آن‌ها را به طرف الیزا دراز کرد و به فارسی گفت: «من این‌ها را به شما قرض می‌دهم. می‌توانید آن‌ها را در تهران به من پس بدهید.»

الیزا با تعجب به من نگاه کرد. دکتر باستیانی هم به دستی که تقریباً جلوی صورت او بود و به صورتی که در انتهای آن دست بود، نگاه کرد. منظور خانم ایرانی را برای الیزا توضیح دادم. خانم ایرانی وقتی دید من با الیزا انگلیسی صحبت می‌کنم، او هم به انگلیسی به او گفت: «در تهران به من پس می‌دهید.»

و از من پرسید: «گفتید ایتالیایی هستند؟»

«بله، اهل فلورانس هستند.»

خانم ایرانی باز رو به الیزا گفت: «بیایید من به شما نشان می‌دهم که چطور این‌ها را بپوشید.»

خوشحال شدم که راه حلی برای مشکل حجاب اسلامی الیزا پیدا شده بود. خانم ایرانی و الیزا به عقب هواپیما رفتند و وقتی برگشتند، الیزا را با شالی که دور سر خود پیچیده بود و مانتوی گشادی که به تن داشت، به‌سختی می‌شد شناخت. آن‌ها در میان راه ایستادند و مشغول گفت‌وگو درباره لباس اسلامی شدند. جایم را با الیزا عوض کردم تا آن‌ها بتوانند دقایق باقی‌مانده پرواز را با هم گفت‌وگو کنند. خانم ایرانی تا پس از باجه کنترل همراه ما بود. موقع خداحافظی الیزا باز از او تشکر کرد و از او نشانی و شماره تلفنش را در تهران گرفت تا بتواند با او تماس بگیرد و لباس‌هایش را پس بدهد. من هم شماره تلفن خانه مادرم را به او دادم. نام او پروین سرابی بود و بر حسب اتفاق او نیز ساکن مونیخ بود. اما فرصت نشد بیشتر در این مورد صحبت کنیم.

سه شنبه

۱

نزدیک ظهر از خواب بیدار شدم. شب را در اتاقی گذراندم که دوران نوجوانی و جوانیم را در آن سپری کرده بودم. سرحال بودم. با در نظر گرفتن زمان پرواز و تفاوت ساعت رم و تهران دیر از خواب بیدار نشده بودم. الیزا در اتاق فروزان و دکتر باستیانی در اتاق برادرم بهرام خوابیده بودند.

ساعت سه و نیم نیمه‌شب هواپیمای ما فرود آمده بود. با این‌که دیروقت بود، در فرودگاه تهران جنب و جوش زیادی وجود داشت. فروزان و شوهرش رضا برای استقبال از من و مهمانان خارجیم به فرودگاه آمده بودند. از دیدن فروزان خیلی خوشحال شدم. فروزان را بسیار دوست دارم. او با داشتن شوهر و دو بچه عملا سرپرستی مادرم را نیز بر عهده دارد و همه کارهای او را انجام می‌دهد. آن‌ها را با الیزا و دکتر باستیانی آشنا کردم. با این‌که دیروقت بود، فروزان مثل همیشه سرحال و خندان بود. بر عکس او، الیزا با لباس گشاد و خستگی راه که در چهره‌اش کاملا مشهود بود، بیمار و ترحم‌انگیز می‌نمود.

وقتی از فرودگاه بیرون آمدیم، هوا هنوز گرمای مطبوعی داشت، ولی آلودگی هوا بی‌درنگ احساس می‌شد. هوای تهران مرطوب‌تر از هوای رم است. انگلیسی فروزان تعریفی نداشت، اما رضا که پزشک است، انگلیسی خوب صحبت می‌کند. کمی درباره کار دکتر باستیانی از او پرسید، اما بعضی از پاسخ‌های دکتر باستیانی را باید برایش توضیح می‌دادم.

از تخت خود پایین آمدم. جلوی قفسه کتاب‌هایم ایستادم که بالای میز تحریرم نصب شده بود. کتاب‌هایم هنوز ترتیبی را که چند سال پیش به آن‌ها داده بودم، حفظ کرده بودند. دیوان حافظ را برداشتم، ورق زدم، غزلی خواندم و آن را روی میز گذاشتم. به سوی کمد رفتم و در آن را باز کردم. تنها در یک قسمت کوچک از آن هنوز مقداری از لباس‌هایم آویزان بود. بقیه کمد از همه نوع خرت و پرت، از وسایل آشپزخانه و ظرف گرفته تا چند قاب عکس، یک رادیو ضبط قدیمی و یک دسته ملحفه و مانند آن پر بود. چند تکه لباس برداشتم و لباسم را عوض کردم. لباس‌ها کمی برایم تنگ بودند. نه این‌که چاق شده باشم، بلکه چون پیش‌ترها لباس‌های تنگ بیشتر مرسوم بود یا من بیشتر آن‌ها را دوست داشتم.

در کمد را بستم و به سوی پنجره رفتم. پرده آن را کنار زدم و به خیابان نگاه کردم. هر بار که به ایران می‌آمدم، این خیابان به نظرم کهنه‌تر می‌آمد.

بی‌اختیار نگاهم متوجه ایوان و پنجره اتاقی در آن سوی خیابان شد. ایوان و پنجره‌ای که نسبت به سفر گذشته‌ام، نسبت به همه سفرهای گذشته‌ام، هیچ تغییری نکرده بود؛ همان سنگ‌های مرمر سفید، همان قاب آلومینیومی پنجره، همان پرده‌های توری سفید رنگ. پنجره‌ای که زمانی مهسا از آن‌جا برایم دست تکان می‌داد.

پرده را کشیدم و پایین رفتم. در اتاق نشیمن ما که اتاق غذاخوری هم است و با بار بزرگی از آشپزخانه جدا می‌شود، دکتر باستیانی روی صندلی راحتی نزدیک پنجره نشسته بود. مقداری از یادداشت‌های خود را روی میز عسلی جلوی خود پهن کرده و مشغول بازنگری و مرور آن‌ها بود. بزغاله‌اش کنار او روی زمین بود. الیزا و مادرم هنوز سر میز صبحانه نشسته بودند. فروزان با انگلیسی دست و پا شکسته

خود توانسته بود موضوع صبحانه را به شکلی حل کند. همه صبحانه خورده بودند و فروزان در حال جمع کردن میز بود.

فروزان گفت: «آقای دکتر و دخترشان زود بیدار شدند. گفتند تو را بیدار نکنیم...»

به الیزا نگاه کرد: «... مثل این‌که این‌جا راحت نبودند و نتوانسته‌اند خوب بخوابند... بیا بنشین تا برایت چای بیاورم.»

و به آشپزخانه رفت.

فروزان معمولاً پس از رفتن رضا به مطب و پسرانش به مدرسه به مادرم که خانه‌اش چندان از آن‌ها دور نبود، سر می‌زد و در کارهای خانه به او کمک می‌کرد.

سر میز کنار الیزا نشستم. الیزا لباس خوابی از فروزان به تن داشت. آستین‌های بالاتنه آن برای او کوتاه بودند. الیزا متوجه نگاه من به آستین‌هایش شد و لبخند زد: «خواهرت گفت لباس‌های اسلامی فقط برای بیرون از خانه هستند...»

و آستین کوتاه بلوز را کمی کشید: «... این‌ها را خواهرت به من داد.»

فروزان که از آن سوی بار میان اتاق نشیمن و آشپزخانه متوجه گفت‌وگوی ما بود، پرسید: «... چمدانش در پرواز گم شده است؟»

مادرم گفت: «مامان بپرس ببین یک چای دیگر می‌خورند؟»

پرسیدم که هر دو گفتند نه. الیزا به مادرم لبخند زد و مادرم گفت: «چه دختر خوبی! خبری است مامان؟»

نیمه‌شب دیشب هم همین را پرسیده بود: «نه مامان، دیشب که گفتم این آقا استاد دانشگاه است و برای یک سری تحقیقات به ایران آمده است. دخترش را هم آورده تا ایران را ببیند. من فقط مترجمشان هستم و در تحقیقات به آن‌ها کمک می‌کنم.»

در حالی که صبحانه خود را می‌خوردم، پرسش‌های مادرم و فروزان درباره الیزا و دکتر باستیانی را پاسخ دادم و بعضی گفته‌های آن‌ها را برای الیزا ترجمه کردم.

صبحانه‌ام را تقریباً تمام کرده بودم که دکتر باستیانی از جای خود بلند شد و به سوی ما آمد و سر میز نشست. فروزان که دید دکتر باستیانی پیش من نشسته، برای

هر دو ما چای آورد. دکتر باستیانی از او تشکر کرد و از من پرسید: «کی می‌توانید به آن دوستی که گفته بودید زنگ بزنید؟»

من هنوز کاملاً هشیار نبودم و یک لحظه متوجه منظور او نشدم.

او ادامه داد: «آن‌که گفتید در کتاب‌خانه کار می‌کند و شاید اطلاعاتی درباره مامطیری داشته باشد.»

هر بار که نام مامطیری را می‌شنیدم، می‌دانستم که جایی آن را خوانده‌ام. نگاهی به ساعتم انداختم، نزدیک دوازده بود. فکر کردم اگر الان به کتاب‌خانه مجلس زنگ بزنم، ممکن است بتوانم کسی را پیش از رفتن به ناهار گیر بیاورم: «الان زنگ می‌زنم.»

الیزا خطاب به پدرش گفت: «بابا بگذار بهروز صبحانه‌اش را بخورد.»

و دکتر باستیانی دستش را به علامت توقف در هوا بلند کرد: «بعد از صبحانه، صبحانه‌تان را راحت بخورید.»

چند لقمه دیگر به شتاب خوردم و برخاستم. تلفن و دفترچه تلفن را از لبه بار برداشتم و دوباره سر میز نشستم. دفترچه تلفن خانه ما حداقل بیست سال سن داشت. بسیاری از شماره‌های داخل آن به خط پدرم بودند. بعضی را نیز من نوشته بودم. چند شماره تلفن از کتاب‌خانه مجلس، از جمله تلفن بخشی که من در آن کار می‌کردم، در دفتر موجود بود. به همان شماره تلفن زنگ زدم. دکتر باستیانی چون کودکی که قرار است اسباب‌بازی جدیدی دریافت کند، شوق‌زده مرا زیر نظر داشت. خانمی پاسخ داد. او را نمی‌شناختم. بی‌شک پس از رفتن من استخدام شده بود.

گفتم: «ببخشید، می‌خواستم با آقای دکتر فضیلتی صحبت کنم.»

«دکتر فضیلتی؟...»

مکثی کرد و ادامه داد: «... آقا یک کمی دیر زنگ زدید.»

باز به ساعتم نگاه کردم: «رفته‌اند برای ناهار؟»

خانمی که پشت تلفن بود، خنده کوتاهی کرد: «ببخشید آقا، شوخی کردم. آقای فضیلتی شش ماه است بازنشسته شده‌اند.»

هیچ به این فکر نکرده بودم که در غیاب من هم زمان می‌گذرد و مردم مسن و بازنشسته می‌شوند: «می‌توانید تلفن یا نشانی ایشان را به من بدهید؟»

«نه من ایشان را به این خوبی نمی‌شناختم. جناب‌عالی؟»

«من بهروز رامتین هستم. من هم تا چند سال پیش آن‌جا کار می‌کردم و چند سال است که به آلمان مهاجرت کرده‌ام. می‌توانم با آقای حسینی صحبت کنم؟»

آقای حسینی هم در بخش ما کار می‌کرد و خیلی جوان‌تر از فضیلتی بود و بی‌شک هنوز بازنشسته نشده بود.

«آقای رامتین؟»

در آن سوی خط یک لحظه سکوت شد. مثل این‌که طرف مکالمه به چیزی فکر می‌کرد: «آهان، آره! اسم شما را زیر چند گزارش خوانده‌ام. آقای حسینی؟ آقای نعمت حسینی؟»

«بله!»

«ایشان هم که مدتی بعد از شما استعفا دادند!...»

آخ! راست می‌گفت. این را شنیده اما فراموش کرده بودم. پرسید: «... می‌خواهید با آقای کوشکی صحبت کنید.»

چرا به آقای کوشکی فکر نکرده بودم؟ اتفاقاً او آدم بسیار دلنشینی بود: «بله، اگر گوشی را به ایشان بدهید، ممنون می‌شوم.»

«چند لحظه گوشی خدمتتان باشد.»

از صداهایی که از پشت تلفن شنیدم، معلوم بود که گوشی روی میز گذاشته شد و طرف گفت‌وگوی من از اتاق خارج شد. میکروفون گوشی را کمی از جلوی دهان پایین آوردم و به دکتر باستیانی گفتم: «او بازنشسته شده، باید ببینم می‌توانم نشانی خانه‌اش را بگیرم؟»

پس از چند دقیقه، باز صداهایی در آن سوی خط تلفن شنیده شد و آقای کوشکی از آن طرف تلفن گفت: «سلام، آقای رامتین، شما کجا این‌جا کجا؟ حال شما چطور است؟»

پس از سلام و احوال‌پرسی و پاسخ دادن چند پرسش آقای کوشکی درباره وضع آلمان و شیوه مهاجرت به آن، به موضوع اصلی تلفن من رسیدیم: «گفتم حالا که ایران هستم، سلام و عرض ادبی خدمت ایشان بکنم که گفتند ایشان بازنشسته شده‌اند. شما تلفن منزل ایشان را دارید؟»

آقای کوشکی شماره تلفن دکتر فضیلتی را داشت و آن را در اختیارم گذاشت. همان موقع موفق شدم با او تماس بگیرم و به اصرار دکتر باستیانی وعده کردیم که همان شب به منزل ایشان برویم.

من هم مایل بودم پژوهش‌های دکتر باستیانی که بیش از چند گفت‌وگو با این و آن نمی‌توانست باشد، زودتر به پایان برسد و ما بتوانیم به قسمت‌های جالب‌تر سفرمان برسیم. در ذهن خود برنامه‌های متفاوتی برای این سفر آماده کرده بودم. از آن‌جا که الیزا به معماری علاقه‌مند بود، باید حتماً اصفهان را می‌دید؛ شهری که زیباترین آثار معماری اسلامی، معماری سده‌های میانه ایران، در آن‌جا بود. پس از آن، باید از شیراز و از باقی‌مانده‌های تخت جمشید که تقریباً هم‌زمان با کولوسئوم ساخته شده است، دیدار می‌کردیم.

فروزان پرسید: «گفتی آقای دکتر راجع به چی تحقیق می‌کنند؟»

«در حال حاضر، درباره یک گیاه که در قدیم مصرف دارویی داشته است. اما چون خود گیاه را نمی‌شود به این راحتی پیدا کرد، ابتدا درباره حکیمی تحقیق می‌کنند که چند صد سال پیش این گیاه را پرورش می‌داده است.»

مادرم گفت: «مادر بروید سراغ حاج صمد عطار یا مشهدی رضای عطار. آن‌ها همه داروهای گیاهی را می‌شناسند.»

و بعد توضیحی درباره بیماری فروزان در کودکی داد که با کمک داروهای حاج صمد درمان شده بود. از ترجمه این قسمت از گفته‌های او صرف نظر کردم، اما مراجعه به عطاری فکر بدی هم نبود. داروهایی که بعضی از عطاری‌های ایرانی

تجویز می‌کردند و خودشان هم می‌فروختند، از قدیم در طب سنتی ایران رواج داشته‌اند. بعید نبود کسی از همین عطارها که دانش خود را از پدران خود کسب می‌کردند، پَروَک را بشناسد. این موضوع را با دکتر باستیانی در میان گذاشتم و او گفت که حتماً باید این کار را بکنیم. مشغول گفت‌وگو در این مورد بودیم که تلفن زنگ زد. منتظر شدم تا فروزان تلفن را پاسخ دهد. از وقتی دیگر ساکن ایران نبودم، کسی در این‌جا به من زنگ نمی‌زد.

فروزان کسی را که تلفن می‌زد، نمی‌شناخت: «کی؟ به جا نمی‌آورم؟... با کی؟... آهان... یک لحظه لطفاً!»

فروزان دستش را روی میکروفون گوشی گذاشت و آهسته خطاب به من گفت: «پروین! می‌گوید با الیزا کار دارد!»

به الیزا گفتم که تلفن با او کار دارد و جریان آشنایی با پروین سرابی در هواپیما را برای فروزان توضیح دادم. الیزا گوشی را از فروزان گرفت. این‌طور که پیدا بود، پروین از الیزا دعوت کرد که همدیگر را ببینند تا هم در خرید لباس به او کمک کند و هم بازار تهران را به او نشان بدهد. الیزا پیش از این‌که پاسخ دهد، به پدرش و من نگاه کرد و چون واکنشی منفی از سوی ما ندید، با پروین قرار گذاشت.

۲

پروین با یک پژو ۵۰۴ آمده بود. وقتی به سوی بازار می‌رفتیم، از او پرسیدم که پژو او مدل چه سالی است. گفت: «پژو ۵۰۴ مدل سال ۷۶ است که پدرم چند سال پیش از انقلاب خرید.»

گفتم: «با این حال خیلی تر و تمیز است!»

پروین چند لحظه فکر کرد، بعد گفت: «پدرم تا دو سال پس از انقلاب از این ماشین استفاده می‌کرد، اما بعد سکته قلبی کرد و دیگر از آن استفاده نکرد.»

الیزا پرسید: «سکته خطرناکی بود؟»

پروین گفت: «از آن موقع یک طرف بدنش فلج شده است. مادرم خیلی خوب از او پرستاری می‌کرد، اما مادرم هم سه سال پیش فوت کرد. از آن موقع من سالی دو سه بار به ایران می‌آیم و به او سر می‌زنم. یک زن و شوهر پا به سن را هم استخدام کرده‌ام تا از او مراقبت کنند. خیلی آدم‌های خوبی هستند.»

الیزا گفت: «آه! خیلی متأسفم.»

پروین لبخند زد. سکوت غم‌انگیزی در ماشین حاکم شد. چند لحظه بعد پروین برای شکستن آن فضای دلگیر از من پرسید: «شما در مونیخ چه کار می‌کنید؟»

من درباره تحصیل و کارم در مونیخ مختصری توضیح دادم و متقابلاً از او پرسیدم که او چه کار می‌کند. پروین در مونیخ روان‌شناسی تحصیل کرده است و در سازمان حمایت از کودکان کار می‌کند.

ما دیگر به نزدیک بازار رسیده بودیم و من مایل به کنجکاوی بیشتر در زندگی خصوصی پروین نبودم.

پروین به‌زحمت در کوچه‌ای نزدیکی بازار جایی برای پارک پیدا کرد. نزدیک ساعت سه بعد از ظهر، در خیابان پانزده خرداد در مقابل یکی از ورودی‌های بازار تهران بودیم.

بازارهای سنتی ایران از جمله بازار تهران، بی‌شک نزدیک‌ترین واقعیت به تصویر ذهنی هر اروپایی از «شرق» است. بازار تهران یکی از قسمت‌های انگشت شمار شهر است که از قدیم به جا مانده و جلوه‌های اصیلش هرگز دگرگون نمی‌شوند. نوری که از روزنه‌های سقف بازار چون ستونی از میان گرد و خاک نمور و فضای دخمه‌گونه بازار می‌گذرد، بر پیش‌خوان مغازه‌ای می‌ایستد و دایره کوچکی از نقش‌های درخشنده پارچه‌های اطلسی را روشن می‌کند؛ صداهایی که هیچ سطح صافی برای منعکس شدن ندارند و پیش از آن‌که به‌درستی شنیده شوند، بر اشیایی که هر یک از دنیایی دیگرند می‌نشینند و محو می‌شوند؛ رنگ‌های غریبی که در ترتیب و ترکیبشان هیچ‌گونه تناسبی نمی‌توان یافت؛ بوهای ناآشنا که با این حال غریب نیستند و گویی درک آن‌ها را از اجداد فراموش شده خود به ارث برده‌ای، اجدادی که شاید در دوران خواجه نصیر مامطیری می‌زیسته‌اند و زمانی همچون او شاخه‌ای را که این بو از آن متصاعد می‌شده زیر بینی خود گرفته و عطر آن را بوییده‌اند.

به الیزا گفتم: «حتماً خیلی از بازار خوشت خواهد آمد.»

پروین حرف مرا تأیید کرد: «بازار تهران خیلی دیدنی است، اما برای خرید لباس به جای دیگری می‌رویم. من چند بوتیک خوب می‌شناسم.»

به پروین و الیزا گفتم: «پس ساعت پنج همدیگر را همین جا می‌بینیم.»

پروین که چشم به دکتر باستیانی دوخته بود، خطاب به من گفت: «بازار حتماً برای آقای دکتر هم جالب است. نمی‌خواهید اول با هم برویم بازار بعد برویم پیش عطاری‌ها؟»

قبلاً در ماشین قرار گذاشته بودیم که من و دکتر باستیانی به سراغ دو عطاری که مادرم آن‌ها را معرفی کرده بود و ظاهراً در نزدیکی بازار بودند برویم و پروین و الیزا از بازار دیدن کنند: «نه ما حتماً باید به این عطاری‌ها سر بزنیم. اگر کارمان زودتر تمام شد، ما هم به بازار می‌آییم. شاید اتفاقی همدیگر را ببینیم.»

البته خودم هم می‌دانستم که با توجه به وسعت بازار تهران این احتمال بسیار ضعیف است، اما نمی‌دانستم در مقابل اصرار پروین چه بگویم.

از هم جدا شدیم. الیزا و پروین وارد بازار شدند و من و دکتر باستیانی و بزغاله‌اش به سمت کوچه پامنار به راه افتادیم. اصرار من به دکتر باستیانی برای گذاشتن بزغاله در خانه سودی نداشت و وی گفت ممکن است دکتر فضیلتی مایل به دیدن دست‌نویس‌ها باشد. احساس می‌کردم که او دست‌نویس‌ها را در نزد خود بیشتر در امان می‌بیند.

من که خودم هم با این منطقه از تهران چندان آشنا نبودم، مجبور بودم از این و آن نشانی حاج صمد عطار و مشهدی رضای عطار را بگیرم. هیچ کس این افراد را نمی‌شناخت. به‌زودی متوجه شدم بیشتر کسانی که در خیابان در رفت و آمد بودند، اصلاً تهرانی نبودند یا اگر تهرانی بودند، از مناطق دیگر این شهر چند میلیونی به اینجا آمده بودند و مانند من این حوالی را درست نمی‌شناختند. بازار تهران مرکز تجاری ایران است و مردم از همه جای تهران و ایران برای خریدهای کوچک و بزرگ، تکی و عمده به آن مراجعه می‌کنند.

دکتر باستیانی گفت: «نمی‌شود در کتاب زرد یا از طریق شرکت تلفن نشانی آن‌ها را پیدا کرد؟»

از این پرسش او خنده‌ام گرفت و برایش توضیح دادم که چیزی شبیه کتاب زرد که در کشورهای اروپایی رایج است و در آن‌ها شماره تلفن و نشانی همه اداره‌ها، شرکت‌ها و واحدهای تجاری کوچک و بزرگ را می‌توان یافت، در ایران وجود ندارد.

به علاوه، در این مناطق بسیاری از مغازه‌ها، فروشگاه‌ها و خانه‌ها نه تنها هنوز تلفن ندارند، بلکه نشانی آن‌ها هم درست مشخص نیست.

تصمیم گرفتم فقط از مغازه‌دارها که باید بهتر منطقه را بشناسند، سراغ بگیرم. به اتفاق دکتر باستیانی وارد تعدادی از این مغازه‌ها که بیشتر خرازی بودند شدیم و از صاحبان آن‌ها جویای عطاری‌های مزبور شدیم. هیچ کدام از آن‌ها نام این دو عطار را نشنیده بودند. بعضی از آن‌ها نشانی تقریبی عطاری‌های دیگری را به من می‌دادند. اما پیدا کردن عطاری‌هایی که آن‌ها می‌گفتند، بی‌گمان به اندازه پیدا کردن حاج صمد عطار و مشهدی رضای عطار دشوار بود. سال‌ها بود که به این‌جا نیامده بودم. تعدادی از مغازه‌ها نو و تازه‌ساز به نظر می‌رسیدند. احتمالاً صاحبان آن‌ها هم از مهاجران جدید تهران بودند.

دکتر باستیانی کم کم در حال ناامید شدن بود که سر کوچه پامنار متوجه پیرمردی شدم که در پیاده‌رو کنار جعبه‌ای چوبی نشسته و روی آن تعدادی ساعت دست‌دوم، چند انگشتر عقیق، چند فندک، یک شیشه ادکلن و دو پیپ چوبی برای فروش گذاشته بود. مطمئن نبودم که این پیرمرد به‌راستی تهرانی باشد و این منطقه را بشناسد؛ با این حال، تصمیم گرفتم از او هم بپرسم. کنار بساط او ایستادم. دکتر باستیانی هم ایستاد. پیرمرد شاید نزدیک هفتاد سال داشت و کت و شلوار خاکستری بسیار کهنه اما کمابیش تمیزی پوشیده بود. سبیل باریک و کوچکی داشت و ریش خود را از ته تراشیده بود.

یکی از انگشترهای عقیق را از داخل بساط او برداشتم و پرسیدم: «این چند است؟» و فکر کردم شاید اگر از او چیزی بخرم، بیشتر راغب به کمک بشود.

دکتر باستیانی پرسید آیا واقعاً قصد خریدن انگشتر را دارم. پیرمرد که متوجه انگلیسی صحبت کردن ما شد، کمی ما را برانداز کرد و گفت: «دنبال چی می‌گردی آقا؟»

لهجه تهرانی او کاملاً اصیل بود. از این‌که او به این سرعت متوجه نیت من شده بود، از دست خودم عصبانی شدم. انگشتر را سر جایش گذاشتم و پرسیدم: «شما اهل پامنار هستید؟»

پیرمرد نگاهی به دکتر باستیانی انداخت و گفت: «اهل همین طرف‌ها هستم. دنبال کسی می‌گردی؟»

«شما می‌دانید عطاری حاج صمد کجا است؟»

پیرمرد سری تکان داد و گفت: «عطاری حاج صمد خدابیامرز طرف کوچه مروی بود. اما ده سال است که فوت کرده است.»

«عطاریش هنوز است؟»

پیرمرد چهره‌اش را در هم کشید و با انزجار گفت: «نه بابا، پسرهایش همان موقع مغازه را فروختند و همه پولش را دود کردند. هر دو حالا بساطی شده‌اند.»

بعد لحظه‌ای فکر کرد و گفت: «از حاج صمد چی می‌خواستید؟»

«ما دنبال یک داروی گیاهی هستیم. گفته‌اند یا پیش حاج صمد عطار پیدا می‌شود یا پیش مشهدی رضای عطار.»

پیرمرد بلند خندید: «کسی که به شما نشانی داده مثل این‌که خیلی بی‌خبر بوده است. حاج صمد که خیلی وقت پیش فوت کرده است. عطاری مشهدی رضا هم در کوچه امامزاده یحیا است.»

سپس دقیقاً برایم توضیح داد که چگونه می‌توانیم به عطاری مشهدی رضا برویم. نتیجه را برای دکتر باستیانی گفتم و او هم از این‌که حداقل یکی از عطاری‌ها پیدا شده است، خوشحال شد و پرسید انگشتر را نمی‌خرم. نگاهی دوباره به انگشتر انداختم؛ عقیق سرخ با ذرات طلایی روی رکاب برنجی. پیرمرد که توجه دوباره مرا به انگشتر دید، گفت: «عقیق دلربا است. خیلی کمیاب است، ده تومان.»

پس از کمی چانه انگشتر را به همان ده تومان خریدم و آن را در انگشت دوم دست راستم جا دادم. وقتی خواستیم از آن‌جا برویم، مرد اشاره‌ای به بزغاله دکتر باستیانی کرد و گفت: «اگر این کیف را بفروشید، من خریدار هستم.»

ما بدون این‌که بزغاله را بفروشیم، به سوی کوچه امامزاده یحیا راه افتادیم. به دکتر باستیانی تذکر دادم که بسیار مواظب کیف باشد، چون در تهران دزد و جیب‌بر بسیار زیاد است.

باید خیابان پانزده خرداد را مستقیم به سمت شرق می‌رفتیم. کوچه امامزاده یحیا پس از چهارراه سید مصطفی قرار داشت. وقتی ما از سر چهارراه رد می‌شدیم، به سوی میدان بهارستان اشاره کردم و به دکتر باستیانی گفتم: «کتاب‌خانه مجلس از این‌جا خیلی نزدیک است.»

دلم برای دست‌نویس‌های کتاب‌خانه تنگ شده بود.

آن سوی چهارراه سید مصطفی محله خیلی کثیف‌تر و شلوغ‌تر از اطراف بازار بود. دکتر باستیانی با کنجکاوی و احتیاط به زن‌های چادری که در رفت و آمد بودند، نگاه می‌کرد. با نشانی دقیق پیرمرد توانستیم به‌راحتی عطاری مشهدی رضا را در یکی از پس‌کوچه‌های امامزاده یحیا پیدا کنیم. عطاری مغازه‌ای یک‌دهنه با در فلزی و شیشه‌های گرد گرفته بود که به قسمتی از آن‌ها از داخل کاغذ روزنامه چسبانده بودند؛ احتمالاً به‌جای پرده و برای جلوگیری از تابش مستقیم نور آفتاب. از بیرون داخل مغازه به‌زحمت پیدا بود. وارد شدیم. مغازه عمق بسیار کمی داشت، طوری که مشتری‌ها بین پیش‌خوان و در و پنجره فقط می‌توانستند در یک ردیف بایستند. پشت پیش‌خوان یک مرد مسن با ته‌ریشی سفید و پسر جوانی ایستاده بودند. مرد مسن که کت بیش از اندازه بلندی بر تن داشت، مشغول گفت‌وگو با یک مشتری بود.

جوان با وارد شدن ما سلام کرد: «سلام، بفرمایید!»

نگاهی به دکتر باستیانی انداختم و تازه به خاطر آوردم که ما در جست‌وجوی گیاهی هستیم که شاید هرگز وجود خارجی نداشته است.

با این حال پرسیدم: «شما پَروَک دارید؟»

دکتر باستیانی محو تماشای مغازه بود. در پشت سر فروشنده‌ها چند کمد چوبی به ارتفاع حدود دو متر قرار داشت. همه کمدها پر از کشوهایی کاملاً یک‌شکل و یک‌اندازه بود. کشوهایی که طول و عرض آن‌ها تقریباً به اندازه اضلاع یک کتاب بود. روی کمدها، پشت کمدها، جلوی کمدها روی زمین و روی قسمتی از پیش‌خوان پر از کیسه‌ها و جعبه‌های کوچک و بزرگ حاوی انواع داروهای گیاهی بود. نوری که از میان پنجره‌های کوچک و گرد گرفته و از درز روزنامه‌هایی که

به پنجره چسبیده و بر اثر نور آفتاب زرد شده بودند، به داخل می‌تابید، به همه چیز سایه‌ای زرد قهوه‌ای می‌داد. برگ‌های رنگ‌باخته، گل‌برگ‌های خشک شده، ریشه‌ها، شاخه‌ها و ساقه‌های گیاهان که در کیسه‌ها و جعبه‌ها انباشته بودند، همه در زیر این نور حالتی غیر واقعی و کهن داشتند. گویی چند لحظه پیش چون تصویری از دوربین آقا رضای عکاس‌باشی خارج شده‌اند. از این گیاهان و داروها من چیزی را به‌جز گل گاوزبان، کاکل ذرت، دم گیلاس و سنبل‌الطیب که مادرم پیش‌ترها گاهی می‌خرید، نمی‌شناختم.

مرد جوان که گمان کرد حرف مرا درست نشنیده است، پرسید: «چی؟»

«پَروَک!»

مرد جوان به مرد مسن که بی‌گمان خود مشهدی رضا بود و اکنون او هم متوجه ما شده بود، گفت:«پَروَک می‌خواهند.»

مشهدی رضا هم از من پرسید: «چی می‌خواهید؟»

«پَروَک!»

«دارویی به این اسم نمی‌شناسم. کی آن را تجویز کرده است؟»

مشتری یا آشنای مشهدی رضا که تاکنون مشغول صحبت با او بود، خود را کمی کنار کشید، به پیش‌خوان تکیه داد و مشغول تماشای ما شد. من توضیح دادم که نام این گیاه را در یک کتاب طب قدیمی خوانده‌ایم. دکتر باستیانی که متوجه موضوع گفت‌وگوی ما بود، عکسی را که از پَروَک برایش کشیده بودند، از درون بزغاله درآورد و جلوی مشهدی رضا گرفت. مشهدی رضا عکس را گرفت و کمی نگاه کرد و پرسید: «کجا سبز می‌شود؟»

پیش از این‌که من فرصت پاسخ دادن پیدا کنم، ادامه داد: «برای چه دردی خوب است؟»

مشتری دیگر مشهدی رضا و مرد جوان هم با کنجکاوی گفت‌وگوی ما را دنبال می‌کردند.

به دکتر باستیانی اشاره کردم و گفتم: «این آقا درباره طب قدیم ایران تحقیق می‌کنند و ما هم دنبال پاسخ همین پرسش‌هایی هستیم که شما کردید!»

مشهدی رضا عکس را چند بار جلوی صورت خود عقب و جلو کرد: «آخر باید بدانید دارو مربوط به کدام منطقه است. هر منطقه‌ای دردهای خودش را دارد و داروهای خودش را.»

باز عکس را نگاه کرد و آن را به دست مرد دیگری که این سوی پیش‌خوان بود داد و گفت: «پدر من، پدربزرگم و پدرهای آن‌ها همه در ری و ورامین عطار و طبیب بوده‌اند. اگر چنین گیاهی این طرف‌ها وجود داشت، من حتماً آن را می‌شناختم.»

و سپس رو به مردی که این سوی پیش‌خوان بود، گفت: «... مشهدی حسن شما این گل را می‌شناسی؟»

و باز رو به ما گفت: «مشهدی حسن علف‌چی هستند و بیشتر علف‌های وحشی ما را ایشان می‌آورند.»

مشهدی حسن هم عکس را نگاه کرد و ابروها را بالا انداخت: «نه، من هم این گل را نمی‌شناسم.»

و عکس را به مشهدی رضا پس داد.

گفته‌های مشهدی رضا و مشهدی حسن را برای دکتر باستیانی ترجمه کردم. مشهدی رضا منتظر شد که ترجمه من تمام شود، بعد پرسید: «در کدام کتاب اسم این گیاه را خوانده‌اید؟ نویسنده آن کتاب کی و اهل کجا بوده؟»

گفتم: «اصل فارسی کتاب را نداریم. مثل این‌که نویسنده کتاب اسمش خواجه نصیر مامطیری بوده است.»

دکتر باستیانی که نام مامطیری را شنید، نگاه پرسش‌آمیزی به من انداخت. برایش توضیح دادم که مشهدی رضا چه پرسیده و همان لحظه متوجه نزدیکی عجیب منطق این عطار تهرانی با این دکتر ایتالیایی شدم که هر دو برای یافتن رد پَروَک به محل زندگی خواجه نصیر مامطیری ارجاع می‌دادند.

مشهدی رضا خندید و سر تکان داد و گفت: «این‌که یک معامله چند مجهوله شد؛ نه نویسنده را می‌شناسید، نه کتابش را، نه مکانش را و نه گیاهش را.»

بعد بلندتر خندید و گفت: «خوبیش این است که بیمار ندارید.»

اشتباه لپی و منطق مشهدی رضا مرا نخست به خنده انداخت، اما جمله آخرش الیزا و بیماری او را به یادم آورد و لبخند از لبانم محو شد. سخنان او به‌جز جمله آخرش را برای دکتر باستیانی ترجمه کردم. او هم بلند خندید که از خنده او مشهدی رضا و شاگرد جوانش و مشتری دیگر هم بیشتر به خنده افتادند.

دکتر باستیانی عکس پَروَک را از دست مشهدی رضا که به سوی او دراز شده بود گرفت و در جیب بزغاله جا داد. از عطاری خارج شدیم. وقتی از آن‌جا بیرون رفتیم، انگار من خیلی گرفته و دلگیر می‌نمودم؛ زیرا دکتر باستیانی ابرویش را بالا انداخت و گویا می‌خواهد چیزی را از جلوی خود پس براند، دستش را در هوا گرداند و گفت: «عیبی ندارد! معلوم بود که بی‌نتیجه است.»

در حالی که از میان کوچه‌های کثیف و خیابان‌های دود گرفته که مایه شرمساری من در مقابل دکتر باستیانی بود می‌گذشتیم، نمی‌دانستم این گفته دکتر باستیانی را چگونه تعبیر کنم. آیا من از این‌که ردی از پَروَک نیافته بودیم، غمگین بودم؟ من هم مانند او وجود پَروَک و قدرت جادویی آن را باور کرده بودم؟ آیا چون او ناگزیر از جست‌وجوی این دارو برای الیزا شده بودم؟ آیا آشنایی کوتاه ما چنین وظیفه‌ای بر گردن من نهاده بود؟ آشنایی؟ دوستی؟ الیزا برای من که بود؟ چون همیشه در زندگیم باز خود را به دست موجی که بی‌هشدار از جایی ناشناس آمده بود، سپرده بودم و این موج مرا با خود می‌برد. دست‌خوش و مغلوب موج نبودم، هر آن می‌توانستم به سوی ساحل نزدیکی شنا کنم، اما احساس می‌کردم که این موج مرا به جایی می‌برد که باید به آن‌جا بروم.

«این‌جا قرار داشتیم؟»

سخنان دکتر باستیانی مرا به خود آورد. همه راه را در حالتی از خود بی‌خود طی کرده بودم. به ساعت خود نگاه کردم: «بله! این‌جا قرار داریم، ولی هنوز کمی وقت داریم. آن‌ها ساعت پنج می‌آیند.»

انگشتر عقیق دستم را اذیت می‌کرد. به داشتن انگشتر عادت نداشتم. آن را درآوردم و در جیبم گذاشتم.

دکتر باستیانی پرسید: «کی قرار است پیش آن دوست شما برویم؟»

«دکتر فضیلتی از ساعت شش در خانه هستند. ساعت خاصی را مشخص نکردیم.»

خیابان پرسر و صدا بود. دکتر باستیانی سرش را نزدیک‌تر آورد و پرسید: «گفتید اسم ایشان چه بود؟»

«فضیلتی!» کوشیدم این نام را واضح و بلند ادا کنم.

هوای بهاری حتی در تهران آلوده بسیار دلنشین بود. در فضای باز مقابل ورودی بازار و مسجد شاه جایی نبود که بتوان چند دقیقه نشست: «می‌خواهید تا آمدن آن‌ها این مسجد را ببینید؟»

وقتی این جمله‌ها را ادا می‌کردم، برایم دشوار بود اندوهی را که دیدار از عطاری مشهدی رضا در من برانگیخته بود، پنهان نگه دارم.

دکتر باستیانی پرسید: «می‌شود جایی یک قهوه نوشید؟»

گفتم: «قهوه گمان نمی‌کنم، اما اگر چایی بخواهید...» و به اطراف نگاه کردم...

دکتر باستیانی به سمت مسجد شاه رفت: «برویم مسجد را ببینیم.»

دیدار ما از صحن مسجد در سکوت گذشت. دکتر باستیانی چیزهایی درباره قدمت مسجد و قسمت‌های مهم آن پرسید که کوتاه توضیح دادم.

تا آمدن الیزا و پروین روحیه خود را تا حدودی بازیافته بودم.

وقتی به هم رسیدیم، الیزا گفت: «خیلی جالب بود...»

و خطاب به پدرش گفت: «پدر حتماً باید بازار را ببینی. خیلی دیدنی است.»

دکتر باستیانی پرسید: «مسجد را هم دیدید؟»

«بله، خیلی قشنگ بود، باید حتماً چند تا عکس بگیرم. پروین گفت دوربینش را به من قرض می‌دهد.»

لبخند صمیمی و لحن شاد و رضایت‌آمیز او باعث شد که اندوه خود را در جا فراموش کنم. پروین از قرار من و دکتر باستیانی اطلاع داشت و اصرار کرد که الیزا را پس از خرید لباس نزد خود ببرد و ما هم پس از ملاقات با دکتر فضیلتی نزد او برویم. من اصلاً مایل نبودم که مزاحم پدر بیمار او بشوم: «نه، فروزان، خواهرم، برای شب تدارک دیده و منتظر ما است.»

پروین کمی دلگیر شد. به تعارف گفتم: «چرا شما نمی‌آیید پیش ما؟»

بی‌درنگ دعوت مرا پذیرفت. عجیب بود. بر خلاف هفتاد میلیون ایرانی دیگر او اهل تعارف نبود. به هر حال، او برای دیدار از پدر بیمارش به ایران آمده بود، نه برای وقت گذراندن با دیگران.

پروین خطاب به دکتر باستیانی و من گفت: «پس اول شما را می‌رسانم، بعد با الیزا می‌رویم خرید.»

پیش از آن‌که من چیزی بگویم، دکتر باستیانی گفت: «خیلی لطف دارید.» و از او تشکر کرد.

۳

دکتر فضیلتی در تهران نو زندگی می‌کرد. کمی از ساعت شش گذشته بود که به خانه او رسیدیم. او خود در را به روی ما باز کرد و ما را به اتاقی راهنمایی کرد که در آن به‌جز دو فرش، یک دست مبل کهنه و چند قفسه کتاب چیز دیگری نبود. دو نقاشی مینیاتوری بزرگ در قاب‌های خاتم در کنار هم به یکی از دیوارها آویزان بود. با آن‌که هوا هنوز تاریک نبود، پرده‌ها را کشیده بودند. روی میز یک ظرف آجیل و چند پیش‌دستی قرار داشت. دکتر فضیلتی مردی کوتاه‌قد و لاغر بود. موهای اندک باقی‌مانده در پشت سرش یک‌دست سفید بود. صورت تازه تراشیده‌اش بوی ادکلن دلپذیری را در هوا می‌پراکند. او کسی بود که من همیشه سرزندگی و روحیه شاد و مثبتش را ستایش می‌کردم. هرگز او را غمگین، دلسرد یا در اضطراب و تشویش ندیده بودم.

دکتر باستیانی را به او معرفی کردم و گفتم که او در ایتالیا در زمینه کتاب‌های دست‌نویس تحقیق می‌کند و به‌تازگی با چند متن فارسی در یک دست‌نویس لاتین برخورد کرده است که پرسش‌هایی برایش ایجاد کرده و امیدوار است که در ایران پاسخی برای آن‌ها بیابد. ترجیح دادم درباره رمزنگاری دست‌نویس‌ها چیزی نگویم؛ به هر حال، موضوع اصلی محتوای کتاب بود و نه شکل نگارش آن.

دکتر فضیلتی که از دانش‌آموختگان قدیمی بود، انگلیسی را خیلی کم می‌دانست، اما به زبان فرانسه مسلط بود و کوشید با دکتر باستیانی به فرانسه صحبت کند، اما

چون فرانسوی دکتر باستیانی زیاد خوب نبود، هر دو رضایت دادند که من ترجمه کنم.

دکتر فضیلتی از زندگی و کار من در آلمان پرسید و من درباره کار و موضوع پایان‌نامه دکتریم توضیحات کوتاهی دادم. مایل بودم زودتر به موضوع اصلی بپردازیم و گفتم که دکتر باستیانی در یک دست‌نویس ایتالیایی درباره طب قدیم با نام خواجه نصیر مامطیری برخورد کرده و مایل است بداند آیا ایشان این فرد را می‌شناسند.

دکتر فضیلتی ابروها را در هم کشید، دستی به سر بی‌موی خود کشید و انگشت اشاره دست راست را در هوا تکان داد. گویا به این طریق امواج نامرئی افکارش را به حرکت درمی‌آورد: «خواجه نصیر... خواجه نصیر... خواجه نصیر مامطیری...»

من بی‌اختیار حرکت انگشت او را دنبال می‌کردم که ناگهان از حرکت ایستاد. ابروهای دکتر فضیلتی از هم گشوده شد: «بله، بله، یادم آمد. داستان جالبی درباره این فرد خوانده‌ام.»

دکتر باستیانی از لحن و لبخند دکتر فضیلتی متوجه جواب مثبت او شد و در انتظار ترجمه به من نگاه کرد. من منتظر شدم که دکتر فضیلتی اصل داستان را شروع کند تا آن را برای دکتر باستیانی ترجمه کنم.

در همین هنگام، کسی که احتمالاً خانم دکتر فضیلتی بود، او را صدا کرد. او عذرخواهی کرد و از اتاق بیرون رفت و با یک سینی چای بازگشت. سینی را روی میز گذاشت و از من پرسید: «آقای دکتر چای هم می‌خورند یا بیشتر به قهوه عادت دارند؟»

گفتم که ایشان چای هم می‌خورند و دکتر باستیانی برای تأیید گفته من یک استکان چای برداشت. دکتر فضیلتی گفت: «آجیل هم میل کنید. باقی‌مانده ایام عید است.»

دکتر فضیلتی خود نیز یک استکان چای برداشت و پس از آن‌که نخستین جرعه را نوشید، داستان خواجه نصیر را شروع کرد: «البته نمی‌دانم که این همان خواجه نصیر مامطیری است که در کتاب شما آمده یا نه، اما در آن نوشته‌ای که من خواندم...»

لحظه‌ای فکر کرد: «... و الان هم درست به خاطر ندارم که کجا بود...»

باز لحظه‌ای فکر کرد: «... شاید بعداً یادم بیاید. بله در آن‌جا گفته شده بود که خواجه نصیر حکیمی بوده که گویا به اسرار فراطبیعی وقوف داشته و از علوم خفیه آگاه بوده است. چند سال پس از آن‌که فتحعلی شاه به حکومت می‌رسد، یکی از سوگلی‌های حرم‌سرای او بیمار می‌شود و حکیم‌باشی دربار و طبیب‌های دیگر پایتخت از عهده درمان او برنمی‌آیند. کسی فتحعلی شاه را از وجود خواجه نصیر که دور از پایتخت جایی در عزلت زندگی می‌کرده است، آگاه می‌کند و می‌گوید که او بی‌شک می‌تواند همسر شاه را مداوا کند. فتحعلی شاه دستور می‌دهد خواجه نصیر را به بارگاه او بیاورند. با دیدن خواجه نصیر که جوانی تقریباً هم‌سن خود بود، ابتدا امید زیادی پیدا نمی‌کند که او بتواند سوگلیش را درمان کند. اما خواجه نصیر موفق می‌شود همسر شاه را معالجه کند. فتحعلی شاه خیلی تحت تأثیر تبحر وی قرار می‌گیرد و منصب حکیم‌باشی دربار را به او اعطا می‌کند، اما خواجه نصیر مامطیری این منصب را رد می‌کند. این کار خشم فتحعلی شاه را برمی‌انگیزد. او دستور می‌دهد که خواجه نصیر را به سیاه‌چال بیفکنند. پس از آن دیگر کسی از خواجه نصیر چیزی نمی‌شنود تا این‌که در اواخر سلطنت فتحعلی شاه...»

دکتر فضیلتی ابروها را بالا انداخت و با لحن دیگری جمله معترضه‌ای به گفته‌های خود افزود: «می‌دانید که فتحعلی شاه ۳۶ سال سلطنت کرد!»

و باز با همان لحن داستان‌گویی ادامه داد: «بله، در اواخر سلطنتش، یعنی حدود سی سال بعد، دختر جوانی از نوه‌های او که عزیزکرده او بوده و شاه در مجالس خصوصی همیشه او را در کنار خود می‌نشانده است، به بیماری سختی مبتلا می‌شود. بیماری که ابتدا با درد خفیف در مفصل‌های دست‌ها شروع می‌شود و درد به‌تدریج شدت می‌یابد و به‌زودی به این منجر می‌شود که دست‌ها و پاهای بیمار فلج می‌شوند. پزشک دربار که آن زمان بیدل شیرازی بوده و سایر حکیمان مشهور و معروف ولایت از عهده درمان او برنمی‌آیند...»

می‌کوشیدم همه جزئیات را با امانت‌داری کامل برای دکتر باستیانی ترجمه کنم. او همین‌گوی خود را در دست داشت و گاهی به‌سرعت از گفته‌های من یادداشت‌هایی برمی‌داشت. از من خواست که گفته‌های دکتر فضیلتی درباره مشخصات بیماری نوه

178 * پَروَک، گلبرگ زندگی

فتحعلی شاه را برای او تکرار کنم. دکتر فضیلتی گاهی از استکان چای که همچنان در دستش بود، جرعه‌ای می‌نوشید.

«... شاه که دیگر امیدی به درمان عزیزکرده‌اش نداشته است، به یاد خواجه نصیر می‌افتد...»

دکتر فضیلتی ناگهان سخنش را قطع کرد. استکانی را که در دست راستش بود، به دست چپ داد و باز انگشت اشاره دست راست را بلند کرد: «یادم آمد. این را در کتاب اسرارالحکما خواندم. چند نسخه بیشتر از آن وجود ندارد. یکیش هم در کتاب‌خانه مجلس است.»

دکتر فضیلتی انگشتش را پایین آورد و باز دنباله داستان خود را گرفت: «... بله، اگرچه زمان درازی از به زندان افکندن خواجه نصیر گذشته بود و فتحعلی شاه که از وضع زندان‌ها و سیاه‌چال‌های مملکت خود آگاه بود، امیدی به زنده بودن او نداشت، فرمان می‌دهد که او را در سیاه‌چال‌ها بجویند و اگر زنده است، نزد او بیاورند.»

دکتر فضیلتی استکان خود را روی میز گذاشت، دستی به سر تاس خود کشید و ادامه داد: «دست بر قضا خواجه نصیر نه تنها نمرده بوده، بلکه وقتی او را نزد شاه می‌آورند، شاه می‌بیند خواجه نسبت به سی سال پیش که همدیگر را دیده بودند، هیچ تغییری نکرده است... نه چروکی بر چهره‌اش نشسته، نه تاری از موهایش سپید شده و نه کمرش از رنج سال‌ها و سیاه‌چال‌ها خم شده است. شاه مغرورتر از آن است که راز این جوان ماندگی را از کسی که زمانی به او پاسخ منفی داده بپرسد، اما به او وعده می‌دهد که اگر وی بتواند نوه او را مداوا کند، نه تنها آزادیش را به او برمی‌گرداند، بلکه یک خواسته او را هم، هرچه باشد، برآورده می‌کند.»

دکتر فضیلتی باز استکان خود را برداشت و آخرین جرعه چای خود را نوشید: «خواجه نصیر موفق می‌شود نوه شاه را مداوا کند و حیرت همه حکیمان دربار را برمی‌انگیزد. پس از بهبودی نوه شاه، خواجه نصیر درخواست خود را از طریق مادر آن دختر به عرض شاه می‌رساند و ناپدید می‌شود. تنها خواست او این بوده است که بگذارند از خاطره‌ها فراموش شود. فتحعلی شاه ابتدا به قول خود وفا می‌کند و دستور می‌دهد که در دربار و در بیرون از دربار هیچ کس درباره خواجه نصیر صحبت نکند. اما پس از چندی تسلیم خودپسندی خود می‌شود و برای پی بردن به راز جوانی

خواجه نصیر دستور می‌دهد او را پیدا کنند و نزد او بیاورند. مأموران او رد خواجه نصیر را دنبال می‌کنند و نمی‌توانند او را پیدا کنند. گویا او به هند رفته بوده است.»

وقتی این جملات را ترجمه می‌کردم، دکتر فضیلتی بلند شد، استکان‌های خالی را داخل سینی گذاشت و گفت: «اجازه بدهید که یک چای دیگر بیاورم.» و از اتاق خارج شد.

به دکتر باستیانی که در حال نوشتن بود، گفتم: «این خواجه نصیر یک خواجه نصیر دیگر است.»

دکتر باستیانی گفت: «نه این همان خواجه نصیر مامطیری است.»

«اما فتحعلی شاه در اواخر قرن هجدهم و اوایل قرن نوزدهم میلادی زندگی می‌کرده است، در حالی که دست‌نویس‌های شما به یقین متعلق به قرن چهاردهم هستند، یعنی حداقل چهارصد سال پیش از آن.»

دکتر فضیلتی با چای تازه برگشت و آن‌ها را با سینی روی میز نهاد و به ما تعارف کرد. دکتر باستیانی یک چای برداشت و از من خواست بپرسم آیا دکتر فضیلتی می‌داند خواجه نصیر مامطیری اهل کجا بوده است.

دکتر فضیلتی خود نیز یک چای برداشت و در پاسخ این پرسش گفت: «می‌دانید که در آن زمان‌ها مردم حتی درباری‌ها همه خرافاتی و بی‌سواد بودند. تا کسی کاری انجام می‌داد که برای آن‌ها قابل فهم نبود یا نیروی الهی به او نسبت می‌دادند یا نیروی شیطانی. اگر کسی جوان‌تر از سنش می‌نمود، می‌شد مثل پسر یا دختر چهارده ساله، اگر کمی مسن‌تر از سن خود می‌نمود، می‌شد فرتوت و ضعیف. می‌خواهم بگویم از آن‌جا که شما نام خواجه نصیر مامطیری را از منبع دیگری شنیده‌اید، ممکن است به‌راستی چنین فردی وجود داشته، اما او هم انسان و طبیبی معمولی بوده است. شاید در طب کمی حاذق‌تر از دیگر همکاران هم‌عصر خود بوده و از نظر قیافه هم کمی جوان‌تر از سن خود به نظر می‌رسیده است. من به‌جز در همین حکایت جای دیگری نام او را نخوانده‌ام و راجع به محل زندگی او چیزی نمی‌دانم. اما مامطیر همان‌طور که می‌دانید، نام قدیم شهر بابل است...»

می‌دانستم که این نام را قبلاً جایی خوانده بودم، حالا یادم آمد.

«... این خواجه نصیر شاید اهل آن‌جا بوده و همان جا زندگی می‌کرده است. هرچند این نسبت همیشه صدق نمی‌کرده است و گاهی پس از آن‌که کسی از دیار خود به جای دیگری کوچ می‌کرد یا شهرتی فراتر از محل زندگی خود پیدا می‌کرد، تازه نام زادگاهش را پسوند اسمش می‌کردند.»

وقتی این گفته‌های دکتر فضیلتی را ترجمه کردم، دکتر باستیانی از من پرسید: «شما می‌دانید شهر بابل کجا است؟»

«البته، بابل شهر بزرگی در شمال ایران در نزدیکی دریای خزر است.»

دکتر باستیانی یادداشت کرد و سپس از میان کاغذهای خود برگ ترجمه متن مربوط به پَروَک را بیرون آورد و به من داد: «لطفاً درباره پَروَک و رُکاآتِک هم از ایشان بپرسید.»

خطاب به دکتر فضیلتی گفتم: «آقای دکتر، در آن نسخه دست‌نویسی که گفتم، این نقل قول از خواجه نصیر آمده: **پَروَک شاخه هوم‌سپید به رُکاآتِک روید و عزلت پسندد هیچ دو پَروَک به یک فراز نبینی.**»

و پرسیدم: «دکتر باستیانی می‌خواهند بدانند شما نام گیاه پَروَک و محل رشد آن را که رُکاآتِک است، احتمالاً جایی خوانده‌اید؟»

دکتر فضیلتی یک جرعه چای نوشید، کمی فکر کرد. نام پَروَک و رُکاآتِک را چند بار زیر لب تکرار کرد، دستی به سر خود کشید و گفت: «نه، من این نام‌ها را برای اولین بار است که می‌شنوم.»

بعد دوباره چند لحظه فکر کرد، دستی به سر تاس خود کشید و ناگهان گویا معمایی را حل کرده باشد، چهره‌اش به لبخندی باز شد و باز انگشت اشاره‌اش را بلند کرد: «... آهان، لطفاً یک بار دیگر بخوانید...»

نوشته را دوباره خواندم: «**پَروَک شاخه هوم‌سپید به رُکاآتِک روید و عزلت پسندد هیچ دو پَروَک به یک فراز نبینی.**»

دکتر فضیلتی بلند خندید و گفت: «آهان، صبر کنید...»

از جا بلند شد و به پشت کاناپه‌ای که روی آن نشسته بود رفت، جلوی قفسه‌ای از کتاب ایستاد و در حالی که سرش را تکان می‌داد، کمی طبقه‌های بالایی را نگاه کرد و کتابی را از بالاترین طبقه قفسه بیرون کشید و به سر جای خود برگشت. نشست و شروع به ورق زدن کتاب کرد. من بی‌تاب منتظر بودم و احساس می‌کردم دکتر باستیانی هم به دقت حرکات دکتر فضیلتی را زیر نظر دارد و بیشتر از من هیجان‌زده است.

دکتر فضیلتی چند بار کتاب را به عقب و جلو ورق زد تا سرانجام آن‌چه را می‌خواست یافت و شروع به خواندن آن کرد: «درخت همه‌تخم را میان دریای فراخکرت بیافرید که همه نوع گیاهان از آن رویند و سیمرغ بر آن آشیان دارد و هربار که پرواز کند تخم آن درخت با آب به زمین بارد. در آن نزدیکی درخت هوم‌سپید را بیافرید که دشمن پیری، زنده‌گر مردگان و جاویدکننده زندگان است...»

دکتر فضیلتی قسمت‌هایی از کتابی را که در دست داشت، خواند. بعد با لذت فراوان توضیح داد که طبق افسانه‌های کهن ایرانی درخت همه‌تخم مادر همه گیاهان است و سیمرغ پرنده افسانه‌ای روی این درخت زندگی می‌کند و هر بار که از روی این درخت برمی‌خیزد، تخم‌های این درخت را در هوا پراکنده می‌کند. این تخم‌ها با باران بر زمین می‌بارند و از آن‌ها گیاهان مختلف می‌رویند. در کنار درخت همه‌تخم درخت دیگری به نام هوم‌سپید است. این درخت‌ها و خود سیمرغ نیروهای خارق‌العاده و فراطبیعی دارند. آن‌ها درمان همه بیماری‌ها هستند، پیران را جوان می‌کنند و عمر جاودان می‌بخشند و «پَروَک شاخه هوم‌سپید» هم باید اشاره به این افسانه‌ها باشد. گفته‌های دکتر فضیلتی را برای دکتر باستیانی ترجمه می‌کردم. وی با دقت به سخنانم گوش می‌داد.

دکتر فضیلتی ادامه داد: «سیمرغ، همه‌تخم و هوم‌سپید اسطوره‌هایی هستند که عرفان و فلسفه ایرانی از دیرباز از آن‌ها به شکل‌های مختلف برای تبیین جهان استفاده می‌کرده‌اند.»

پس از ترجمه این سخنان، دکتر باستیانی به کتابی که در دست دکتر فضیلتی بود نگاهی کرد و پرسید: «این چه کتابی است؟»

از دکتر فضیلتی پرسیدم و او در پاسخ گفت: «این بُندَهِشن، یکی از کتاب‌های مقدس زرتشتیان است که سیصد سال پیش از میلاد مسیح نوشته شده است.»

دکتر باستیانی کمی نوشته‌های خود را نگاه کرد و پرسید: «این دریای فراخکرت کجا است؟»

از دکتر فضیلتی پرسیدم و او پاسخ داد: «بسیاری از محققان معتقدند منظور از دریای فراخکرت همان دریای خزر است. اما عده‌ای هم نظرشان این است که منظور از آن اقیانوس هند است. باز عده‌ای دیگر می‌گویند، فراخکرت تنها یک افسانه و اسطوره است و ربطی به آب‌های واقعی ندارد. می‌دانید، اسطوره‌ها معمولاً تصورات انسان‌های پیشین و بازتاب آرزوهای آن‌ها هستند.»

وقتی این سخنان را ترجمه کردم، دکتر باستیانی که در حال نوشتن بود، سر از روی همینگوی خود برداشت و گفت: «به نظر من اسطوره‌ها حقایق گم شده یا فراموش شده هستند. آن‌ها کشف‌های بزرگ انسان‌های عهد عتیق هستند، همان‌هایی که آهن و آتش را کشف کردند و بناهایی ساختند که انسان مدرن قادر به ساختن آن‌ها نیست.»

سخنان او را برای دکتر فضیلتی ترجمه کردم و از دکتر باستیانی پرسیدم: «منظورتان این است که سیمرغ و درخت هوم‌سپید هم وجود خارجی داشته‌اند؟ با همان خصوصیات فراطبیعی که به آن‌ها نسبت داده شده است؟»

دکتر باستیانی لحظه‌ای اندیشید و گفت: «مفاهیم طبیعی یا فراطبیعی ساخته ذهن ما هستند. درخشیدن کرم شب‌تاب طبیعی است یا فراطبیعی؟ اگر نسل کرم شب‌تاب از میان رفته بود، ما وجود حشره‌ای را که نور از خود متصاعد می‌کند، فراطبیعی می‌انگاشتیم. اثبات وجود کرم شب‌تاب، اگر روزی نسل آن منقرض شود، چگونه ممکن است؟ اگر مارماهی‌هایی که شوک الکتریکی تولید می‌کنند نسلشان منقرض شده بود، چه کسی وجود ماهی‌های صاعقه‌پران را می‌پذیرفت؟»

گفته‌های دکتر باستیانی را برای دکتر فضیلتی ترجمه کردم و از قول خود اضافه کردم: «... دکتر باستیانی نظرات خاصی دارند.»

نمی‌دانم چرا این حرف آخر را به ترجمه خود اضافه کردم. آیا می‌خواستم بگویم که من آدم عالم‌تری هستم؟ یا فکر می‌کردم دکتر فضیلتی انتظار گفت‌وگوی عارفانه‌تر یا فیلسوفانه‌تری را دارد؟ به هر حال، حرف بیهوده‌ای بود که خودم از گفتن آن پشیمان شدم و دکتر فضیلتی هم با واکنش خود مرا شرمنده‌تر کرد. وی کتابی را که در دست داشت بست، دستی به سر تاس خود کشید و گفت: «شاید قدرت اروپایی‌ها در همین است که می‌توانند بدون ترس از چماق کیفر نظرات خاص و نامتعارف داشته باشند و برای اثبات آن‌ها بکوشند. راه پیشرفت همین است. یک چای دیگر می‌خورید؟»

چون چای نخواستیم دکتر فضیلتی گفت: «پس آجیل بفرمایید.»

به ساعتم نگاه کردم و به دکتر باستیانی گفتم: «اگر دیگر پرسشی ندارید، می‌توانیم برویم.»

دکتر باستیانی لحظه‌ای فکر کرد و گفت: «چرا یک سؤال دیگر هم دارم. لطفاً بپرسید آیا ایشان نام یاکوپو جیلیانی یا کُزیمو بنتونینی را هرگز شنیده‌اند.»

دکتر فضیلتی این نام‌ها را نمی‌شناخت و پرسید که این‌ها کی هستند. توضیح دادم که یاکوپو جیلیانی ظاهراً حکیم یا داروِگری ایتالیایی بوده که به اعتقاد دکتر باستیانی در سده‌های میانه همراه شاگردش کزیمو بنتونینی برای تحصیل به ایران آمده است.

دکتر فضیلتی گفت: «خب! زمانی ایران مرکز علم و دانش بود و اهل علم از همه جا برای کسب دانش به این‌جا می‌آمدند. اروپایی‌ها البته به دلیل بعد جغرافیایی و دشواری‌های سفر در آن دوران در میانشان اندک بودند. استاد شمایلی...»

مکثی کرد تا جمله معترضه‌ای وارد گفته خود کند: «... او را باید بشناسید. او استاد دانشگاه تهران است و اغلب به کتاب‌خانه مجلس می‌آمد... اگر یادتان باشد...»

من تأیید کردم که او را به خاطر می‌آورم و او ادامه داد: «... بله، ایشان مدتی درباره دانش‌پژوهان سده‌های میانه تحقیق می‌کردند. اگر کسی افراد مورد نظر شما را بشناسد، باید همان ایشان باشند.»

و سپس گفت: «صبر کنید، فکر کنم شماره تلفن ایشان را دارم.»

بلند شد. از داخل یکی از قفسه‌ها دفتر قطوری را برداشت. اندکی ورق زد و شماره‌ای پیدا کرد و روی کاغذ کوچکی نوشت و به من داد: «شما که در زمینه تبادل فرهنگی ایران و اروپا کار می‌کنید، باید حتماً با ایشان آشنا شوید.»

وقتی از دکتر فضیلتی خداحافظی می‌کردیم، او رو به دکتر باستیانی با انگلیسی شکسته خود گفت: «آقای رامتین، کتاب‌شناس خوب...»

و به فارسی اضافه کرد: «حیف شد که شما رفتید. کم هستند کسانی که مثل شما از عهده این دست‌نویس‌ها برآیند.»

من آدم خودپسندی نیستم، اما باید بگویم از تمجید دکتر فضیلتی غرور و افتخاری ناب در خود احساس کردم.

وقتی از در بیرون می‌رفتیم، او به سخنان خود اضافه کرد: «همه جوان‌های تحصیل‌کرده از این کشور رفتند...»

۴

خیابان‌ها از منزل دکتر فضیلتی در تهران نو تا خانه ما در نارمک بر خلاف انتظار من چندان هم شلوغ نبودند. ما روی صندلی عقب تاکسی نشسته بودیم و بزغاله دکتر باستیانی در دامنش بود.

کوشیدم نتیجه گفت‌وگو با دکتر فضیلتی را حلاجی و جمع‌بندی کنم: «حداقل یک چیز را اکنون می‌دانیم...»

دکتر باستیانی که در فکر فرو رفته بود، به من نگاه کرد: «... و آن این‌که مامطیری یعنی بابلی و خواجه نصیر ما هم مثل خواجه نصیر دکتر فضیلتی شاید اهل بابل بوده است.»

دکتر باستیانی آهسته، طوری که گویا با مخاطبی پنهان که از من به او نزدیک‌تر است صحبت می‌کند، گفت: «این همان خواجه نصیر است.»

فکر کردم دکتر باستیانی به دلیل ناآشنایی با تاریخ ایران دچار اشتباه شده است: «ولی داستانی که دکتر فضیلتی تعریف کرد، مربوط به چهارصد سال پس از نوشته شدن دست‌نویس‌های شما بود.»

«می‌دانم.»

«می‌خواهید بگویید که... یعنی... منظور شما این است که این همان خواجه نصیر است و بیش از چهارصد سال زندگی کرده است؟»

«شاید خیلی هم بیشتر!»

بایست می‌خندیدم یا تعجب می‌کردم؟ آیا دکتر باستیانی قصد شوخی داشت: «شوخی می‌کنید!»

دکتر باستیانی همینگوی خود را از جیب بغلش درآورد و شروع به ورق زدن آن کرد. همینگوی را قدری به سمت پنجره سمت چپ و قدری به سمت پنجره پشت گرفت تا از نور چراغ‌های خیابان روشن شود. نمی‌دانستم در نوشته‌های خود دنبال چه می‌گردد. از راننده خواهش کردم چراغ داخل ماشین را روشن کند. وی چراغ را روشن و در آینه ما را نگاه کرد.

دکتر باستیانی تشکر کرد و باز صفحات همینگوی را پس و پیش کرد و سرانجام گفت: «این قسمت از دست‌نویس رمزنگاشته را برای شما نخوانده بودم؛ زیرا حدس می‌زدم که شما آن را نپذیرید: **چون به نزد او رسیدم عمر او افزون از شصت بود و چون جوانی سی ساله می‌نمود و به سال‌هایی که من نزد او بودم او تغییری نکرد چه او از پَروَک داروی جوانی ساخته بود.**»

با ناباوری به او نگاه کردم. دکتر باستیانی همینگوی را بست و ادامه داد: «فکرش را بکنید، جیلیانی می‌گوید که او پیر نمی‌شده و داروی جوانی را کشف کرده است. در حکایتی که دکتر فضیلتی تعریف کرد نیز خواجه نصیر پس از سی سال زندان هیچ تغییری نکرده است. به علاوه، او موفق می‌شود بیماری نوه شاه را که عوارضِ آن بسیار شبیه ای.اِل.اِس. بوده و شاید حتی همان بیماری بوده، معالجه کند. احتمالاً با کمک دارویی که از پَروَک ساخته است.»

چگونه دکتر باستیانی، فردی چنین فرهیخته و دانشمند، می‌توانست به چنین فرضیه‌ای معتقد باشد؟

گفتم: «با وجود شباهت‌هایی که این دو نفر به هم دارند، به نظر من آن‌ها افراد متفاوتی هستند. شاید حتی خواجه نصیر دکتر فضیلتی از بازماندگان خواجه نصیر دیگر باشد، شاید عدم تغییر زیاد در چهره با بالا رفتن سن یا به قول معروف...»

چه بود آن واژه‌ای که به دنبالش می‌گشتم؟ «...بی‌سنی یک خصوصیت ارثی در این خانواده بوده است...»

دکتر باستیانی انگار سخنان مرا نشنیده است، به توجیه فرضیه خود ادامه داد: «فکرش را بکنید، درخت هوم‌سپید داروی همه دردها، داروی جوانی و زندگی جاودان و پَروَک قلمه‌ای از آن است.»

مایل به صحبت دوباره درباره تفاوت اسطوره و واقعیت نبودم؛ زیرا نظر دکتر باستیانی درباره کرم شب‌تاب و مارماهی الکتریکی را تازه شنیده بودم. به نظرم آن‌چه را تاکنون یافته بودیم، می‌شد به‌خوبی به شیوه‌ای منطقی توضیح داد: «اگر هر دو خواجه نصیر یکی بوده‌اند، پس شاید در حدس تاریخ نگارش دست‌نویس‌ها اشتباه کرده باشیم یا شاید دکتر فضیلتی اشتباه کرده باشد و داستان او به دوره‌ای دیگر و شاه دیگری مربوط بوده است یا این‌که اشتباه در کتاب اسرارالحکما بوده است.»

دکتر باستیانی دیگر پاسخی نداد، اما من می‌دانستم سکوت او به معنای پذیرش نظر من نیست، بلکه تنها نشان‌دهنده این است که او به متقاعد کردن من امیدی ندارد.

۵

در خانه را که باز کردیم، بوی قرمه‌سبزی مشام مرا پر کرد. پیش از این‌که دکتر باستیانی درباره این بو احتمالا نظری منفی بدهد، توضیح دادم که بوی گیاهی است به نام شنبلیله که در یکی از غذاهای مورد علاقه ایرانیان از آن استفاده می‌شود.

صحنه‌ای که در اتاق نشیمن با آن روبه‌رو شدم، از زیبایی مضحک به نظر می‌آمد. در نظر یک غریبه، این جمع می‌توانست یک خانواده بزرگ در حال گذراندن یک روز تعطیل باشد. با خود فکر کردم اگر کسانی که در اتاق هستند، از سرنوشت غم‌انگیز الیزا آگاه بودند، بی‌گمان فضای دیگری بر این‌جا حاکم بود.

به‌جز فروزان و پروین که از ورای بار میان آشپزخانه و اتاق نشیمن به ما سلام کردند، بقیه در اتاق نشیمن پراکنده بودند. الیزا و مادرم کنار هم نشسته و مشغول تماشای یک آلبوم بودند. فوراً حدس زدم کدام آلبوم است. رضا روی صندلی کنار بار میان آشپزخانه و اتاق نشسته بود و روزنامه می‌خواند و دوقلوهای نه ساله فروزان با دیدن من به طرفم دویدند. تازه با دیدن آن‌ها به خاطر آوردم که هر بار که به ایران می‌آمدم، برای آن‌ها هدیه‌ای می‌آوردم، اما این بار چیزی برای آن‌ها نیاورده بودم. به آن‌ها قول دادم سفر آینده سوغاتی آن‌ها را فراموش نکنم. به دکتر باستیانی تعارف کردم که بنشیند. بلافاصله پس از نشستن او پروین از آشپزخانه به اتاق نشیمن آمد و کنار او نشست. او لباس عجیبی به تن داشت؛ یک پیراهن سه دکمه سفید با گل‌های کوچک زرد که آستین‌هایش از کنار مچ تا روی شانه‌ها و یقه شکافی داشتند که با

دکمه‌های کوچک نارنجی رنگی بسته شده بود. بازوها و شانه‌های او در فاصله میان دکمه‌ها پیدا بود. به‌راستی رفتار این زن عجیب و غیر عادی بود. طوری از دیدار دکتر باستیانی و من ابراز شادی می‌کرد که گویی ما همدیگر را از کودکی می‌شناسیم.

کنار الیزا و مادرم نشستم. الیزا لباس نویی به تن داشت؛ یک شلوار جین و یک تی‌شرت صورتی ساده. حتی در این لباس ساده نیز جذابیت او توصیف‌ناپذیر بود. مادرم در حال نشان دادن آلبوم محبوب خود به او بود و با انگلیسی درخشان خود می‌گفت: «من، لندن...»

بعد عکس دیگری را نشان می‌داد و می‌گفت: «من، پاریس...»

اگر مهمانی در خانه ما حوصله‌اش سر می‌رفت، نخستین چیزی که برای رفع کسالت او به فکر مادرم می‌رسید، نشان دادن این آلبوم‌ها به او بود. تور ده روزه‌ای که مادرم سال‌ها پیش، در دوران پیش از انقلاب اسلامی، به لندن و پاریس داشت، زیباترین و مهم‌ترین خاطره زندگی او محسوب می‌شد. ده روزی که هشت روز آن را به خرید لباس و سوغاتی گذرانده بود و دو روز دیگرش را به گرفتن عکس در جاهای عجیب و غریبی که به فکر کسی نمی‌رسید. مثلاً عکسی در یک خیابان پر از ماشین در لندن که اگر گوشه یک اتوبوس دو طبقه در انتهای خیابان پیدا نبود، عکس می‌توانست در هر خیابانی در اروپا یا جای دیگر گرفته شده باشد یا عکسی در کنار مغازه‌ای در پاریس که ویترین آن پر از عروسک‌های کوچک و بزرگ بود و عکسی در کنار یک درختچه بزرگ رُدودِندْرُن با گل‌های صورتی درشت در یک پارک ناشناس.

«من، شوهر من، ایفل...»

این عکس همیشه مایه شوخی من و بهرام بود. در این عکس که شب‌هنگام بر فراز برج ایفل گرفته شده بود، به‌جز یک نرده زنگ‌زده در پشت پدر و مادرم و چند نقطه روشن که از دور دیده می‌شدند، چیز دیگری پیدا نبود. هر بار که مادرم این عکس را نشان می‌داد، ما می‌پرسیدیم او چگونه می‌تواند ثابت کند که این عکس به‌راستی روی برج ایفل گرفته شده است و نه روی بالکن خانه همسایه.

وقتی نشستم، مادرم گفت: «مادر به این دختر بگو که تور ما ده روزه بود.»

الیزا مرا نگاه کرد و منتظر بود که گفته‌های مادرم را برایش ترجمه کنم. وقتی که سخنان او را ترجمه کردم، الیزا لبخندی زد و به مادرم نگاه کرد. مادرم با لحن معناداری گفت: «مامان چه دختر خوبی است.»

و بعد با لحن دیگری گفت: «راستی مامان وقتی که نبودی یکی از دوستانت زنگ زد...»

«کی؟ کسی خبر ندارد که من این‌جا هستم. از آلمان؟»

«نمی‌دانم از کجا...»

مادر کمی فکر کرد: «... مثل این‌که گفت آقای احمدی!... آره گفت آقای احمدی.»

من کسی به اسم احمدی نمی‌شناختم. به علاوه، نه در ایران و نه در آلمان کسی به‌جز همکارم ربه‌کا از سفرم به ایران اطلاع نداشت.

الیزا که تازه از سفر اروپای مادرم برگشته بود، پرسید: «بهروز، چیزی شده؟»

موضوع کمی مشکوک بود. کوشیدم نگرانی خود را نشان ندهم و خطاب به الیزا گفتم: «نه، اتفاقی نیفتاده...»

و از مادرم پرسیدم: «حالا چی می‌خواست؟»

مادرم گفت: «هیچ چیز، می‌خواست بداند تو کی به ایران می‌آیی. من هم گفتم که دیشب آمده‌ای. همین!»

در همان هنگام دکتر باستیانی در میان پرسش‌های پروین که نمی‌دانم راجع به چه بودند، به من گفت: «آقای رامتین می‌شود لطفاً به آن استاد دانشگاه تلفن بزنید؟»

منظورش استاد شمایلی بود. این موضوع که دکتر باستیانی یک لحظه به من تنفس نمی‌داد، کمی مرا اذیت می‌کرد. هرچند او پول سفر مرا پرداخته و سایر مخارج را هم به عهده گرفته بود، ولی شایسته بود کمی سرعت و روش کار خود را با من هم تطبیق بدهد. از پیش الیزا بلند شدم و به کنار بار رفتم تا تلفن بزنم. باید اقرار کنم که زندگی یاکوپو جیلیانی بسیار جالب بود و من هم مایل بودم درباره این فرد خارق‌العاده که گویا رنج سفری بسیار دشوار و شاید خطرناک را بر خود هموار کرده تا به ایران بیاید و علم بیاموزد، اطلاعات بیشتری به دست بیاورم. مایل بودم بدانم

اگر او واقعاً به ایران آمده است، آیا ایران او را به شکلی در ذهن تاریخی خود ثبت کرده است یا نه.

به استاد شمایلی تلفن زدم و خود را معرفی کردم و گفتم که شماره تلفن ایشان را از دکتر فضیلتی گرفته‌ام. ایشان مرا به خاطر داشتند. این مرا بسیار خرسند کرد. برای ایشان تعریف کردم که اکنون یک پژوهش‌گر ایتالیایی را همراهی می‌کنم که برای تحقیق درباره افرادی به نام‌های یاکوپو جیلیانی و کُزیمو بنتونینی به ایران آمده است. گویا آن‌ها در حدود قرن چهاردهم میلادی از فلورانس به ایران سفر کرده‌اند.

استاد شمایلی گفت: «ببخشید، من امشب مهمان دارم، شما هم گویا مهمان دارید و سر و صدا در منزل شما هم زیاد است. لطفاً فردا بین ساعت ده تا یازده به دفترم در دانشگاه تشریف بیاورید تا با هم در این باره صحبت کنیم.»

دکتر باستیانی نتوانست زیاد در کنار پروین دوام بیاورد و هنگامی که من تلفنی صحبت می‌کردم، به کنار من آمد و پس از آن هم به بهانه تلفن زدن به ایتالیا همان جا ماند.

۶

وقتی در اتاقم را بستم، رضا پرسید: «ببینم بین تو و الیزا خبری است؟»

پس از شام که خوشبختانه با ذائقه الیزا و دکتر باستیانی سازگار بود، از رضا خواهش کرده بودم برای چند دقیقه با من به اتاقم بیاید.

گفتم: «نه، من مشاور دکتر باستیانی در تحقیقات او در ایران هستم و الیزا هم پدرش را در این تحقیقات همراهی می‌کند و تنها به این دلیل چند روزی مهمان ما است.»

رضا نیشخند زد: «اما نگاه‌ها و رفتار شما با همدیگر جور دیگری است!»

ایرانی‌هایی که در خارج از کشور نبوده‌اند، رفتار خارجی‌ها و رفتار ما را که در خارج از کشور زندگی می‌کنیم، همیشه جور دیگری تعبیر می‌کنند: «نه، ما همان‌طوری با هم رفتار می‌کنیم که در اروپا همه با هم رفتار می‌کنند؛ با احترام و محبت متقابل.»

نیشخند رضا نه تنها چهره او را ترک نکرد، بلکه پهن‌تر هم شد.

گفتم: «رضا، یک سؤال پزشکی داشتم.»

رضا مانند همیشه که نظر پزشکی از او پرسیده می‌شود، جدی شد. او پزشک بسیار قابلی است و طی سال‌های گذشته شهرت خاصی در تهران پیدا کرده است. روی تنها مبل راحتی اتاق نشست. من هم لبه تخت نشستم و پرسیدم: «کمی اطلاعات درباره بیماری ای.اِل.اِس می‌خواستم.»

رضا نگاه نگرانی به من کرد و پرسید: «تو حالت خوب است؟ مریض که نیستی؟...»

و نگاهش به من دقیق شد: «... به نظر نمی‌آید...»

گفتم: «نه، من حالم خوب است. یکی از دوستانم شاید این بیماری را داشته باشد. برای همین می‌خواستم درباره این بیماری اطلاعاتی داشته باشم.»

«از دوستان نزدیک تو؟ من می‌دانم که تو آدم خیلی حساسی...»

این آقای نیشخند هنوز هم مثل بچه‌ها با من رفتار می‌کرد.

سخنش را قطع کردم: «نه، دوست که نه، از آشناهای دور من است. منتها گاهی با او سر و کار دارم. این بیماری موجب مرگ مادرش شده است.»

رضا کمی سکوت کرد. مرا خوب برانداز کرد و گفت: « ای.اِل.اِس یکی از بدترین انواع اسکلروز است. بیماری بسیار وحشتناکی است که آن را برای دشمنم هم نمی‌خواهم. تشخیص سریع آن ممکن نیست و وقتی که بیماری را تشخیص می‌دهند، معمولاً بیمار دیگر فرصت زیادی ندارد. علت مبتلا شدن به این بیماری هم هنوز معلوم نیست. در اثر این بیماری که به طور معمول در سنین جوانی به آن مبتلا می‌شوند و شیوع آن در میان زن‌ها بیشتر از مردان است...»

آب گلوی خود را فرو دادم و احساس کردم رنگ از صورتم پرید. این‌ها مشخصات الیزا و مادر او به هنگام بروز بیماری بودند.

«... اعصاب حرکتی بدن به‌تدریج از کار می‌افتند. بیماری با دردهای خفیف و گه‌گاهی شروع می‌شود و به‌تدریج به مرحله‌ای می‌رسد که بیمار دیگر قادر به حرکت دادن عضلات خود نیست. این بی‌حرکتی به نوبه خود باعث از میان رفتن ماهیچه‌ها می‌شود. یکی از بدترین عوارض ناشی از این بیماری این است که حتی حرکت‌های غیر ارادی بدن مثل حرکت ماهیچه‌های ریه‌ها و دستگاه گوارشی نیز می‌تواند از کار بیفتد و بیمار که حضور ذهن و هشیاری خود را در تمام طول بیماری از دست نمی‌دهد، در کمال آگاهی دچار مرگ تدریجی و سرانجام خفگی می‌شود، بدون این‌که بتواند کاری علیه آن...»

رضا مکث کرد. چند لحظه به چشمانم خیره شد. احساس سرگیجه می‌کردم. رضا ادامه داد: «... البته این بیماری بسیار نادر است و بیماری‌های درمان‌پذیر دیگری هم هستند که عوارضی شبیه به آن...»

من می‌کوشیدم مستقیم به رضا نگاه نکنم؛ زیرا طوری مرا نگاه می‌کرد که انگار خود من دچار این بیماری هستم.

«... البته این بیماری ارثی نیست؛ یعنی، چنین چیزی ثابت نشده است. به علاوه، در اروپا و امریکا در این زمینه تحقیقات زیادی می‌شود و بعید نیست به‌زودی درمان آن پیدا شود...»

رضا از جا بلند شد و به سوی من آمد. دست روی شانه‌ام گذاشت و گفت: «می‌خواهی برایت کمی آب بیاورم؟»

دیروقت بود و من خیلی احساس خستگی می‌کردم: «نه، خیلی خسته هستم. فکر می‌کنم بهتر است بیایم پایین، شب به خیر بگویم و برگردم بخوابم.» و از جا بلند شدم.

رضا گفت: «می‌خواهی یک قرص والیوم به تو بدهم که شب راحت بخوابی؟»

«نه، احتیاج ندارم.»

وقتی از اتاق خارج می‌شدیم، رضا گفت: «می‌خواهی فردا برای چک‌آپ به مطب من بیایی؟»

«نه! گفتم که فقط خیلی خسته هستم. چند روز گذشته مدام در راه بوده‌ام و فرصت استراحت درست نداشته‌ام.»

چهارشنبه

۱

هنوز ساعت هشت نشده بود که بیدار شدم. حالم بسیار خوب بود. اگرچه به‌سختی خوابم رفته بود، اما خوابم عمیق و نیروبخش بود. برخاستم، به سوی پنجره رفتم و آن را باز کردم. هوای تهران بوی دود می‌داد. لحظه‌ای به پنجره خانه مهسا نگاه کردم و باز پنجره را بستم. به دور و بر اتاقم نگاه کردم. کتاب حافظ از دیروز هنوز روی میز بود. پشت میز تحریرم نشستم و کتاب را باز کردم، دو سطر از غزلی را خواندم و باز کتاب را بستم. بلند شدم و کتاب را در قفسه کتاب‌ها گذاشتم. به یاد تلفن ناشناس دیروز افتادم. چه کسی می‌توانست باشد؟ شاید کسی در مونیخ با من کار داشته، به کتاب‌خانه مراجعه کرده است و ربه‌کا شماره تلفن مرا... اما نه، ربه‌کا شماره تلفن ایران مرا ندارد. فکر کردم هر کس که بوده حتماً دوباره زنگ می‌زند.

از آشپزخانه صدای شیر آب و به هم خوردن چند لیوان را شنیدم. لباسم را عوض کردم و پایین رفتم. الیزا در آشپزخانه بود. وقتی من رسیدم، کپسولی را در دهان گذاشت و از لیوانی که در دست داشت، جرعه‌ای آب نوشید و تازه متوجه من شد: «صبح به خیر.»

به خاطر آوردم که روز نخست در فلورانس نیز الیزا را هنگام مصرف این کپسول دیده بودم، اما آن موقع چون از بیماری او آگاه نبودم، به آن چندان توجه نکرده بودم. اکنون از بیماریش اطلاع داشتم و مایل بودم در این مورد صحبت کنم، اما نمی‌دانستم صحبت را چگونه آغاز کنم. او در این مورد چیزی نگفته بود، شاید مایل نبود حرفی بزند. طوری رفتار کردم، گویا دارو مصرف کردن او را ندیده‌ام: «صبح به خیر. دکتر باستیانی هنوز خواب است؟»

الیزا کتری آب را روی اجاق گاز گذاشته و منتظر بود که جوش بیاید تا برای خود از قهوه‌ای درست کند که فروزان دیروز آورده بود. او هنوز در لباس خواب بود: «نه، فکر می‌کنم بیدار است. حدس می‌زنم مادرت هم برای خرید نان بیرون رفت. چیزی گفت که من درست نفهمیدم.»

«دیشب تا کی بیدار بودید؟»

«کمی پس از این‌که تو رفتی بخوابی فروزان و بچه‌ها هم رفتند. پروین هم زیاد نماند. وقتی که آن‌ها رفتند، ما هم رفتیم خوابیدیم. خیلی دیر نبود.»

دیروز الیزا بیشتر وقت خود را با پروین سپری کرده بود. پرسیدم: «امروز هم پروین را می‌بینی؟»

«آره، پروین به بابا گفت می‌آید و شما را به دانشگاه می‌برد. بعد با هم می‌رویم تهران را کمی تماشا کنیم.»

حدس می‌زدم که پروین دیگر خود را جزئی از سفر ما به ایران کرده است. از آلمان برای دیدن خانواده‌اش به ایران آمده است و تمام وقتش را با ما سپری می‌کند. یک لیوان از سبد ظرف‌های شسته کنار ظرف‌شویی برداشتم و نزدیک لیوان الیزا روی بار گذاشتم: «من هم پیش از صبحانه یک قهوه می‌خورم.»

الیزا دو قاشق قهوه در لیوان من ریخت و کتری را از روی اجاق گاز برداشت و داخل لیوان‌ها آب‌جوش ریخت: «پروین خیلی زن مهربانی است. گفت اگر خواستیم به بابل برویم، او ما را می‌برد.»

«بابل؟»

حدس می‌زدم که دکتر باستیانی ممکن است بخواهد به بابل برود، اما فکر نمی‌کردم که به این زودی چنین تصمیمی بگیرد. نمی‌دانم چرا در حضور دکتر فضیلتی یک لحظه امیدوار شده بودم که دکتر باستیانی بپذیرد پَروَک جز افسانه‌ای بیش نیست و از پیگیری آن دست بشوید.

«بابا گفت نویسنده آن متن‌های فارسی در بابل زندگی می‌کرده و او می‌خواهد محل زندگی او را پیدا کند، شاید آن گیاه... اسمش چی بود... پَروَک هم آن‌جا رشد کند. پروین گفت برای ما هتل رزرو می‌کند.»

واقعاً که دکتر باستیانی در این مورد هیچ ظرافتی از خود نشان نمی‌داد. البته من هم آرزو می‌کردم افسانه زیبای پَروَک حقیقت می‌داشت، اما آیا برانگیختن چنین امیدی در الیزا درست بود: «اما ما هنوز هیچ مدرکی نداریم که خواجه نصیر مورد نظر ما به‌راستی در بابل زندگی می‌کرده است. به علاوه، بابل شهر بزرگی است و ما آن‌جا بدون سرنخ کاری نمی‌توانیم انجام بدهیم. در یک شهر بزرگ که زندگی مدرن بر آن حاکم است، چطور می‌توان دنبال یک...»

خواستم بگویم موجود افسانه‌ای، اما فکر کردم شاید درباره دکتر باستیانی بیش از اندازه سخت‌گیر هستم. حتی من هم که از آشناییم با الیزا چند روز بیشتر نمی‌گذشت، حاضر بودم به خاطر او هر افسانه‌ای را باور کنم: «... دنبال... دنبال طبیب گمنامی که چند صد سال پیش زندگی می‌کرده است و دنبال گیاهی که هیچ کس آن را نمی‌شناسد، گشت؟»

الیزا قهوه خود را برداشت، اما چون خیلی داغ بود باز آن را سر جایش گذاشت و گفت: «تو حق داری. من هم اغلب فکر می‌کنم پدرم تنها یک رؤیا را دنبال می‌کند. اما هر رؤیایی به یک پایان نیاز دارد. هر رؤیایی را باید تا انتهای آن، چه خوب چه بد، تصور کرد، وگرنه هرگز نمی‌توان از آن رهایی پیدا کرد.»

آن‌چه الیزا می‌گفت، بسیار عمیق و نشان‌دهنده فکر روشن او بود، اما من دلم می‌خواست که او قدری هم به خود بیندیشد. اکنون او بود که باید در مرکز توجه قرار می‌گرفت و نه پدرش: «اما من فکر می‌کنم اصفهان و شیراز برای تو جالب‌تر باشند. این شهرها هرچه باشد، مراکز فرهنگی و هنری ایران بوده‌اند و همه هنرهای کهن ایرانی از معماری تا نقاشی و شعر در این شهرها به اوج تکامل خود رسیده‌اند.»

الیزا با چشمان افسونگر خود به من نگریست و گفت: «پروین می‌گفت خیلی از ایرانی‌ها برای تفریح به بابل و شهرهای دیگر آن منطقه که بین کوه‌های بلند و دریای خزر است می‌روند و آن‌جا طبیعت بسیار زیبایی دارد. اگر پدرم مایل است به آن‌جا برویم، من هم مخالفتی ندارم. خوشحال می‌شوم که طبیعت ایران را ببینم.»

این ایثار او ستودنی بود؛ با این حال، من اصرار کردم: «ساحل دریای خزر برای ایرانی‌ها جالب است، چون بیشتر قسمت‌های ایران خشک و بی‌آب و علف است. برای کسی که سواحل دریای مدیترانه و کوه‌های سرسبز آلپ را دیده است، شمال ایران چیز خاصی نیست. می‌ترسم آن‌جا به تو... به شما... به تو و آقای باستیانی سخت بگذرد.»

الیزا لبخندزنان گفت: «نگران من نباش. من قوی‌بنیه‌تر از آن هستم که به نظر می‌رسد. همان گردش دیروز در بازار کافی بود که رویدادهای ایتالیا را فراموش کنم.»

سپس، مکث کوتاهی کرد و در حالی که به قهوه خود خیره شده بود، گفت: «امیدوارم پدرم بتواند در این سفر به انتهای رؤیای دیرینه خود برسد، چه خوب چه بد.»

بعد شاید برای تسلی من همچنان لبخند بر لب افزود: «پس از برگشتن از بابل به اصفهان و شیراز می‌رویم.»

اصرار من بیهوده و بی‌اساس بود: «هر جور که تو بخواهی...»

قهوه‌ام را برداشتم و یک جرعه نوشیدم، زبانم سوخت.

الیزا پرسید: «تو بابل را دیده‌ای؟ چقدر با تهران فاصله دارد؟»

من هم بابل را ندیده بودم: «بابل زیاد دور نیست، حدس می‌زنم چهار یا پنج ساعت راه باشد، اما من متأسفانه تاکنون آن طرف‌ها...»

در همین هنگام کسی زنگ زد. مادرم نمی‌توانست باشد؛ زیرا او کلید داشت. به راهرو رفتم و گوشی آیفون را برداشتم و پرسیدم کیست. پروین بود، صبح به این زودی! در را باز کردم و به الیزا گفتم پروین است.

او به طرف پله‌ها رفت و گفت: «من می‌روم لباسم را عوض کنم.»

۲

پروین و الیزا در آستانه در ایستاده بودند و بی‌تابانه منتظر بودند تا تلفن دکتر باستیانی به پایان برسد. دکتر با همکار خود در دانشگاه بولونیا صحبت می‌کرد که دیشب موفق به تماس گرفتن با او نشده بود. همکار وی که با تلفن دکتر باستیانی بیدار شده بود، نتایج تحقیقات خود درباره یاکوپو جیلیانی را به آگاهی او می‌رساند. دکتر باستیانی هنگام گفت‌وگوی طولانی خود با او بسیار خوشحال بود و مرتب می‌خندید. سؤال می‌کرد، دست‌هایش را در هوا تکان می‌داد، با آهنگ تند ایتالیایی سخن می‌گفت، لحظه‌ای جدی می‌شد و باز می‌خندید. به نظر می‌آمد پژوهش‌های همکارش موفقیت‌آمیز بوده است. الیزا بی‌صبرانه او را نگاه می‌کرد و یک بار چیزی گفت که دکتر باستیانی سر تکان داد.

وقتی او سرانجام گوشی تلفن را گذاشت، پرسیدم: «چیزی پیدا کرده است؟»

او نگاهی به پروین و الیزا کرد و گفت: «در راه درباره آن صحبت می‌کنیم!»

و خطاب به الیزا و پروین گفت: «یک لحظه!»

و با شتاب به طبقه بالا رفت و پس از چند لحظه با بزغاله‌اش برگشت و از خانه خارج شدیم.

در خیابان به دقت به اطراف نگاه کردم. در فاصله دوری از ما دو موتورسوار در کنار پیاده‌رو ایستاده بودند. گویا از جوان‌های محل بودند. پس از اطلاع از تلفن ناشناس

دیروز کمی نگران بودم. هرچند هیچ دلیل منطقی برای این نگرانی وجود نداشت. حتی بهترین سازمان مافیایی ایتالیا هم موفق نمی‌شد در این فاصله زمانی کوتاه رد ما را پیدا کند و مزدوران خود را به ایران بفرستد.

در ماشین، دکتر باستیانی که عقب ماشین کنار من نشسته بود، با اشتیاق از گفت‌وگوی تلفنی خود تعریف کرد: «همکارم در خاطرات یک راهبه شرح کوتاهی درباره زندگی یاکوپو جیلیانی پیدا کرده است. خود یاکوپو جیلیانی هم راهبه بوده و با صاحب خاطرات دوستی نزدیکی داشته است. آن‌ها با هم در یک صومعه در نزدیکی فلورانس زندگی می‌کرده‌اند. آن راهبه نوشته که یاکوپو جیلیانی به طب بسیار علاقه داشته و بیشتر وقت خود را در شفاخانه صومعه به سر می‌برده است. او همیشه این احساس را داشته که آن‌چه او در صومعه درباره علم طب می‌آموزد، برای او کافی نیست و آرزو داشته برای آموزش بیشتر علم طب به ایران سفر کند.»

«در آن زمان سفر به ایران اگر غیر ممکن نبود، بسیار دشوار بود، آن هم برای یک راهبه تهی‌دست. اما بر حسب اتفاق یاکوپو جیلیانی با یک بازرگان دارا به نام آلامانو دِ مِدیچی آشنا می‌شود.»

الیزا برگشت و چیزی درباره مِدیچی از پدرش پرسید و او توضیح داد: «خانواده و نوادگان این بازرگان بعدها نقش مهمی در فلورانس و کل ایتالیا بازی کردند.»

من از فرصت استفاده کردم و از پنجره عقب به پشت نگاه کردم. تعدادی ماشین با فاصله دورتر از ما در خیابان در حرکت بودند. پروین برای رساندن ما به دانشگاه، مسیری را در شمال شهر انتخاب کرده بود که از خیابان‌های مرکزی شهر خلوت‌تر بود.

دکتر باستیانی ادامه داد: «آلامانو دِ مِدیچی سال‌ها از یک بیماری ارثی رنج می‌برده است. او نه تنها خود دردهای شدیدی را متحمل می‌شده، بلکه از کودکی شاهد رنج شدید پدر و عمویش از این بیماری نیز بوده است. پزشکان ایتالیایی و شفاخانه‌هایی که در آن زمان کم کم در فلورانس رایج می‌شدند، از درمان یا تسکین دردهای او عاجز بودند. آلامانو دِ مِدیچی که به شفاخانه صومعه جیلیانی می‌رفته گاهی با او هم‌صحبت می‌شده است. یاکوپو جیلیانی با چنان شیفتگی درباره طب و پزشکان ایرانی مانند ابن‌سینا و رازی که آن زمان در اروپا معروف بودند صحبت می‌کرده

است که آلامانو دِ مِدیچی هم به‌تدریج باور می‌کند که اگر کسی راه درمان درد او را بداند، پزشکان ایرانی هستند. او به یاکوپو جیلیانی قول می‌دهد، او را به خرج خود و همراه بازرگانانی که برای او از شرق پارچه می‌آوردند، برای آموزش طب ایرانی به ایران بفرستد، به شرط این‌که درمان بیماری او را بیابد...»

این داستان همانند همه داستان‌های تاریخی دیگر مرا مجذوب خود کرده بود. الیزا و پروین هم با علاقه گوش می‌دادند. پروین هنگام رانندگی گاهی برمی‌گشت و به دکتر باستیانی نگاه می‌کرد.

«... جیلیانی این شرط را می‌پذیرد، اما متأسفانه آلامانو دِ مِدیچی پیش از وعده به عمل خود می‌میرد. ولی او پسری داشته است به نام...»

الیزا هم‌زمان با او گفت: «سالوِسترو...»

دکتر باستیانی با سر تأیید کرد و ادامه داد: «... سالوِسترو که از این وعده پدر آگاه بوده است، وفای به آن را به عهده می‌گیرد. او چند سال پس از مرگ پدرش یاکوپو جیلیانی را به ایران می‌فرستد.»

پروین سر چهارراهی ایستاد و به سمت چپ پیچید. من باز پشت‌سر و اطراف را نگاه کردم. هرچه به دانشگاه نزدیک‌تر می‌شدیم، تراکم ماشین‌ها و موتوری‌ها بیشتر می‌شد. اگر هم کسی ما را تعقیب می‌کرد، محال بود بتوان فهمید.

دکتر باستیانی همچنان در حال تعریف کردن بود: «آن راهبه نوشته است که سفر یاکوپو جیلیانی بیش از ده سال به طولِ می‌انجامد و او زمانی به وطن بازمی‌گردد که جنگ شدیدی بین فلورانس و پاپ گرِگوار یازدهم در جریان بوده است.»

دکتر باستیانی لحظه‌ای سکوت کرد. گویا تمام رنجی را که شهر فلورانس آن زمان متحمل شده است، احساس می‌کند: «و آن‌چه را پس از آن به سر یاکوپو جیلیانی آمده می‌دانیم. کشیشی از طرف‌داران پاپ پس از دستگیری و شنیدن سرگذشت او، وی را به ارتداد و جادوگری متهم می‌کند و دستور می‌دهد همه کتاب‌ها، داروها و وسایلی را که او به همراه داشته و در نظر وی شیطانی و وسایل جادوگری بوده‌اند، بسوزانند.»

دکتر باستیانی باز برای توضیح اضافه کرد: «در آن دوران متعصب‌های کلیسا معتقد بودند طب کفر است، چون بیماری جزای گناهان فرد از طرف خدا است و تنها از راه توبه و طلب بخشش از سوی خدا درمان می‌شود.»

پرسیدم: «ولی اگر همه وسایل یاکوپو جیلیانی را سوزانده‌اند، پس چطور این کتاب دست‌نویس که ظاهراً نزد او بوده، جان سالم به در برده است؟»

دکتر باستیانی لحظه‌ای فکر کرد و گفت: «نمی‌دانم. شاید آن را قبل از این‌که به دست مأموران کلیسا بیفتد، به کسی داده است. یا شاید کسی حتی خود آن کشیش بعضی از وسایل یاکوپو جیلیانی را به طمع سودی از آتش نجات داده‌اند...»

دکتر باستیانی لحظه‌ای فکر کرد و گفت: «... کُزیمو بنتونینی هم در نامه‌اش نوشته بود که بعضی از وسایل جیلیانی را به غنیمت برده‌اند.»

سرگذشت جیلیانی برای من جالب بود. او و کُزیمو بنتونینی در کجای ایران بوده و چه چیزی در ایران تجربه کرده‌اند؟

از دکتر باستیانی پرسیدم: «در مورد کُزیمو بنتونینی هم اطلاعات جدیدی به دست آورده‌اید؟»

«طبق نوشته‌های آن راهبه کُزیمو بنتونینی هم راهبه جوانی بوده که یاکوپو جیلیانی او را همراه خود به ایران می‌برد. اما او هرگز از ایران برنمی‌گردد.»

«اما ما می‌دانیم که او بازگشته است!»

«بله، اما او نامه خود را در بولونیا نوشته و شاید به دلیل جنگ موفق نشده است خود را به فلورانس برساند. شاید هم در جای دیگری به سرنوشتی شبیه یاکوپو جیلیانی مبتلا شده است...»

دکتر باستیانی پس از لحظه‌ای سکوت اضافه کرد: «... شاید هرگز نتوانیم به سرنوشت او پی ببریم.»

هنوز ساعت ده نشده بود که پروین دکتر باستیانی و مرا نزدیک دانشکده ادبیات دانشگاه تهران در خیابان قدس پیاده کرد. قرار شد دو ساعت دیگر همدیگر را در مقابل تئاتر شهر در پارک دانشجو ببینیم و برای خوردن ناهار به رستورانی در آن

نزدیکی برویم که پروین می‌شناخت. در این فاصله، پروین می‌خواست کاخ گلستان را که فتحعلی شاه دویست سال پیش در آن زندگی کرده بود و اکنون به موزه تبدیل شده است، به الیزا نشان بدهد. وی دوربین خود را همراه آورده بود تا الیزا بتواند عکس بگیرد.

وقتی از ماشین پیاده شدیم، دکتر باستیانی بزغاله حاوی دست‌نویس‌ها را به همراه داشت. در اطراف ما همه چیز آرام و عادی بود و به نظر نمی‌آمد که تحت تعقیب باشیم. با این حال، وقتی وارد پیاده‌رو شدیم، به دکتر باستیانی گفتم: «لطفاً خوب مواظب کیفتان باشید!»

دکتر باستیانی کمی از خیابان فاصله گرفت و به اطراف نگاه کرد و گفت: «کسی نمی‌داند داخل کیف چیست... مواظب هستم.»

۳

هنگام ورود به دانشگاه باید از سد مرد ریشویی که در دربانی دانشگاه ایستاده بود،
می‌گذشتیم. احساس کردم از سده‌های میانه فلورانس به قرون وسطای تهران منتقل
شده‌ام. او جوان بود، شاید کمی بیشتر از بیست سال سن داشت. ابتدا پرسید ما کی
هستیم و با کی کار داریم. سپس، به استاد شمایلی تلفن زد. او هم تأیید کرد که
ما با او قرار داریم. اما شاید چون تاکنون با مهمان خارجی روبه‌رو نشده بود، برای
اطمینان با دایره حفاظت و بعد با بخش‌های دیگر دانشگاه تماس گرفت و مشخصات
ما را برای همه توضیح داد و پس از این‌که به نظر می‌آمد کسی مخالف ورود ما
به دانشگاه نیست، دوباره از ما پرسید با استاد شمایلی چه کار داریم؟ توضیحات ما
را نفهمید. بعد مشخصات ما را یادداشت کرد و سرانجام خواست محتوای بزغاله را
ببیند. دکتر باستیانی خواست مقاومت کند. من توصیه کردم با نگهبان همکاری کند.
او در اتاق نگهبانی بزغاله را روی میز نگهبان نهاد و با احتیاط قاب چرمی کتاب‌ها
را درآورد و روی میز گذاشت. کتاب‌ها را از داخل آن بیرون آورد و روی قاب قرار
داد. نگهبان خواست به آن‌ها دست بزند که دکتر باستیانی با دست او را از این کار
منع کرد.

من گفتم: «این‌ها کتاب‌های خیلی قدیمی و باارزشی هستند و نباید به آن‌ها دست
زد.»

دکتر باستیانی با احتیاط لای کتاب‌ها را اندکی باز کرد و نگهبان که نمی‌دانست چه چیزی را باید کنترل کند، خطوط عجیب و تعدادی از تصاویر گیاهان را یک نظر دید و سرانجام گفت: «بفرمایید!» بعد توضیح کوتاهی به ما داد که چگونه به دفتر استاد شمایلی برویم.

مطمئن بودم اگر دکتر باستیانی با من رودربایستی نداشت، شروع به نکوهش نگهبان و شرایط دانشگاه کرده بود.

به او توضیح دادم: «دانشگاه‌های ایران همیشه سنگر روشن‌فکران بوده است. به همین دلیل، دانشگاه‌ها به‌شدت از سوی رژیم کنترل می‌شوند، اما برای ما مشکلی پیش نمی‌آید.»

اتاق استاد شمایلی در طبقه دوم بود. وقتی در زدیم و وارد شدیم، استاد شمایلی از پشت میز خود که رو به در و پشت به پنجره بزرگی مشرف به محوطه دانشگاه بود، بلند شد و با قیافه جدی به استقبال ما آمد: «بفرمایید داخل، بفرمایید داخل...»

خوشحال شدم از این‌که استاد شمایلی به انگلیسی صحبت می‌کرد. وارد اتاق او شدیم و او پشت سر ما نگاهی به راهرو انداخت و در اتاقش را بست. یک قدم به سوی ما آمد، اما پیش از این‌که چیزی بگوییم، به طرف در برگشت، آن را باز کرد و دوباره داخل راهرو را نگاه کرد. باز در را بست و به سوی ما آمد. پس از این‌که دکتر باستیانی را معرفی کردم، روی کاناپه بزرگی نشستیم که در سمت راست اتاق بود. در مقابل ما یک میز کوتاه و دراز و در سمت چپ اتاق یک کمد و یک قفسه باریک با تعدادی کتاب بود.

استاد شمایلی صندلی خود را از پشت میز به کنار قفسه راند و روبه‌روی ما نشست: «مثل این‌که شما را کمی جلوی در معطل کردند، واقعاً شرمنده‌ام. در کشور ما با اهل علم مثل...»

استاد شمایلی سخن خود را قطع کرد و بلند رو به در گفت: «بفرمایید...»

و چون خبری نشد، گفت: «...فکر کردم در زدند.»

و به تابلوی عکس یک روحانی که بالای پنجره نصب شده بود، نگاه کرد و حرف خود را نیمه‌کاره گذاشت. پس از مکث کوتاهی خطاب به دکتر باستیانی گفت: «در ایران به شما خوش می‌گذرد؟»

دکتر باستیانی گفت که تازه روز پیش وارد ایران شده و هنوز نتوانسته است شهر را ببیند. سپس، اندکی درباره زمینه کاری خود و دانشگاه محل کار خود توضیح داد.

استاد شمایلی که سن او را نزدیک شصت تخمین می‌زدم، با ریش تراشیده و موهایی که بر فرق سر بلند و در کنار گوش‌ها کوتاه‌تر بودند و هنوز تارهای سپید در آن‌ها در اقلیت بودند، با عینک قاب فلزی و کت و شلوار خوش‌دوخت و پیراهن چهارخانه زرد و آبی خیلی شیک‌پوش می‌نمود و با الگوی رایج اسلامی هم‌خوانی نداشت. به خاطر آوردم که قبلاً نیز وقتی به کتاب‌خانه مجلس می‌آمد، شیک‌پوشی او مورد تحسین همگان بود.

پس از این‌که صحبت‌های دکتر باستیانی تمام شد، استاد شمایلی از من پرسید: «شما دیشب گفتید نام آن کسی که از ایتالیا... منظورم فلورانس است، آن موقع ایتالیا به معنای امروزی وجود نداشته، چه بوده است؟»

«نام او یاکوپو جیلیانی بوده و یکی از شاگردان خود به نام کُزیمو بنتونینی را نیز همراه داشته است.»

دکتر باستیانی در ادامه گفته‌های من توضیح داد: «من کتابی در اختیار دارم که معتقدم اثر این فرد است. اما قسمت‌هایی از کتاب به خط فارسی هستند که...»

به من نگاه کرد: «... آقای رامتین توانستند آن‌ها را بخوانند و ترجمه کنند.»

سپس، کتاب یاکوپو جیلیانی را از کیف خود بیرون آورد و روی میز گذاشت و ادامه داد: «قسمت اعظم این کتاب طبی به رمز نوشته شده است.»

استاد شمایلی کتاب را با احتیاط برداشت و ورق زد: «جالب است، جالب است.»

دکتر باستیانی ادامه داد: «اطلاعات ما در مورد این فرد بسیار اندک است. می‌دانیم که او به خرج یکی از توانگران فلورانسی به ایران آمده و این‌جا گویا نزد کسی به نام

خواجه نصیر مامطیری طب آموخته است. اما پس از بازگشت به فلورانس در جریان درگیری‌های میان فلورانس و کلیسا به قتل رسیده است.»

استاد شمایلی همچنان دست‌نویس جیلیانی را ورق می‌زد: «جالب است، بسیار جالب است.»

و من نمی‌دانستم منظور او دست‌نویس است یا سخنان دکتر باستیانی.

استاد شمایلی دست‌نویس را روی میز جلوی ما گذاشت و برخاست. به سوی میز خود رفت و اگرچه چند بار نام‌ها را از ما شنیده بود، باز پرسید: «گفتید نام این افراد چه بود؟»

باز گفتم: «یاکوپو جیلیانی و کُزیمو بنتونینی.»

«و کی به ایران آمده بودند؟»

دکتر باستیانی گفت: «ما می‌دانیم که آن‌ها حدود سال ۱۳۷۵ میلادی که پاپ گرِگوار فلورانس را تحریم و تکفیر کرده بود، به فلورانس بازگشته‌اند. طبق مدارکی که بعداً به دست آمده بیش از ده سال در ایران بوده‌اند؛ یعنی، پیش از ۱۳۶۵ میلادی به ایران آمده‌اند.»

استاد شمایلی کمی فکر کرد و گفت: «یعنی... حدود ۷۶۰ قمری... خیلی جالب است.»

آن‌گاه روی میز کار خود خم شد، یک کلاسور و یک خودکار از روی آن برداشت، برگشت و باز نشست: «من از مدت‌ها پیش در مورد دانش‌پژوهان ایرانی و خارجی سده‌های میانه تحقیق می‌کنم. به‌خصوص آن‌ها که برای کسب علم به ایران آمده‌اند یا از ایران به کشورهای دور سفر کرده‌اند، برایم جالب هستند.»

استاد شمایلی لحظه‌ای سکوت کرد. خودکارش را روی میز گذاشت و کلاسوری را که در دست داشت، باز کرد: «جالب است... می‌دانید من این کار را بیشتر از سر تفنن انجام می‌دهم. تحقیقات اصلی من در زمینه دیگری است. دانش‌پژوهان سده‌های میانه از دوران جوانی مورد علاقه من بوده‌اند و به‌تدریج مطالب زیادی در مورد آن‌ها گرد آورده‌ام. این یک قسمت از آن است...»

کلاسور را کمی بلند کرد: «... اما هنوز فرصت آن را پیدا نکرده‌ام که از یادداشت‌هایم کتابی منتشر کنم.»

به نوک درخت کاجی که از پنجره پیدا بود، نگاه کرد: «تعداد دانش‌پژوهان خارجی که توانسته‌ام در مورد آن‌ها مطالبی پیدا کنم، بسیار اندک هستند. بیشتر آن‌ها برای آموختن علم طب، نجوم یا کیمیاگری و برخی نیز برای آموختن فلسفه به ایران می‌آمدند. منظورم ایران آن زمان است که از بخارا تا بغداد را شامل می‌شد.»

عینک خود را روی بینی جابه‌جا کرد و پرسید: «گفتید جیلیانی و بنتونینی؟»

دکتر باستیانی گفت: «بله، یاکوپو جیلیانی و کُزیمو بنتونینی.»

استاد شمایلی در حالی که سرش را آرام به علامت تأیید بالا و پایین می‌کرد، خودکار خود را از روی میز برداشت و در کاغذهای خود چیزی یادداشت کرد. بعد برگ سفیدی را به سوی دکتر باستیانی دراز کرد و گفت: «می‌توانید لطفاً این نام‌ها را به ایتالیایی برای من بنویسید؟»

دکتر باستیانی نام‌ها را نوشت و کاغذ را به او پس داد. دکتر شمایلی نام‌ها را از روی کاغذ خواند و کاغذ را روی میز گذاشت: «این افراد همیشه برای من یک معما بودند.»

دکتر باستیانی و من به یکدیگر نگاه کردیم و نمی‌دانستیم منظور او چیست. دکتر باستیانی پرسید: «شما آن‌ها را می‌شناسید؟»

استاد شمایلی کلاسور خود را ورق زد و مطلبی را پیدا کرد و از من خواهش کرد آن‌چه را می‌خواند، برای دکتر باستیانی ترجمه کنم. دکتر باستیانی با شتاب همینگوی خود را از جیب بغل بیرون کشید و آماده یادداشت شد. استاد شمایلی شروع به خواندن کرد:

«چون چلاویانِ نکبت‌آثار از خطه آمل متفرق گشتند، مردم آن دیار از صغار و کبار جوق‌جوق و فوج‌فوج می‌آمدند و با سید سعادت‌آثار بیعت می‌کردند. چون من به محضر ایشان درآمدم یعقوب گیلانی و کاظم ابن تونینی از حکما و علمای روم که عازم ماطیر بودندی هم به حضور درآمدند و تحفه‌ها نمودند و در حق چلاویان مذمت‌ها کردند.»

استاد شمایلی نگاه خود را از نوشته‌ای که در دست داشت برگرفت و منتظر شد تا من ترجمه‌ام را تمام کنم و گفت: «با نام‌های یعقوب گیلانی و کاظم ابن تونینی در دو سند برخورد کرده‌ام. با این‌که این نام‌ها به‌جز تونینی که من تاکنون فکر می‌کردم یک واژه قدیمی گیلکی باشد به فارسی هستند، اما در هر دو سند گفته شده که این افراد رومی هستند. این برای من قابل فهم نبود. دیشب که شما آن نام‌ها را به من گفتید، فوراً احساس کردم رابطه‌ای بین این نام‌ها وجود دارد. حالا می‌فهمم که یعقوب گیلانی و کاظم ابن تونینی فارسی شده...»

استاد شمایلی کاغذی را که روی میز بود برداشت و خواند: «... یاکوپو جیلیانی و کُزیمو بنتونینی هستند...»

و برای نخستین بار از وقتی که ما آن‌جا بودیم لبخند زد: «... بسیار جالب است.»

اما بلافاصله ساکت شد و گوش‌ها را تیز کرد. گویا چیزی شنیده است و پس از چند لحظه دوباره خندید و باز نگاهی به کاغذی که متن را از آن خوانده بود، انداخت و ادامه داد: «در این‌جا صحبت از میر بزرگ است که در همان سال‌هایی که شما گفتید، حکومت چلاویان را در مازندران سرنگون و حکومت اسلامی مرعشیان را در آمل بنیان‌گذاری کرد. بعد همراه پسران خود شروع به تصرف شهرهای دیگر مازندران و گیلان و غارت اموال حکومت‌های محلی آن‌ها کرد. از جمله بابل، ساری و فیروزکوه را تصرف کرد.»

من برای دکتر باستیانی توضیح دادم که این شهرها همه در نزدیکی دریای خزر هستند.

استاد شمایلی خطاب به دکتر باستیانی گفت: «من خودم هم مازندرانی هستم و به تاریخ آن‌جا بسیار علاقه دارم. در آن دوران در ایران چنین رسم بود که وقتی حکومتی عوض می‌شد، مردم برای این‌که مورد غضب حکومت جدید قرار نگیرند، می‌آمدند و با آن به اصطلاح بیعت می‌کردند؛ یعنی، وفاداری خود را به آن اعلام می‌کردند. به علاوه، مسافرانی که از منطقه‌ای می‌گذشتند و در آن‌جا غریب بودند، معمولاً به نزد حاکمان وقت می‌رفتند و هدیه‌هایی برای آن‌ها می‌بردند و در عوض برای مدتی که آن‌جا بودند یا از آن‌جا عبور می‌کردند، مورد حمایت آن‌ها قرار می‌گرفتند. جیلیانی و بنتونینی هم به همین دلیل نزد میر بزرگ رفته بوده‌اند. مذمت

چلاویان را هم به احتمال زیاد نویسنده این متن برای تکریم میر بزرگ به آن‌ها نسبت داده است.»

دکتر باستیانی سر از روی همینگوی خود برداشت و خندید و رو به من گفت: «می‌دانستم که ما رد پای آن‌ها را بالاخره پیدا می‌کنیم.»

پرسیدم: «استاد، این نوشته را از چه منبعی گرفته‌اید؟»

استاد شمایلی توضیح داد: «این قسمتی از خاطرات یکی از بزرگان آمل است که بلافاصله پس از کسب قدرت توسط میر بزرگ با او بیعت می‌کند. نسخه اصلی دست‌نویس در کتاب‌خانه دانشگاه ملی است.»

دکتر باستیانی خطاب به استاد شمایلی گفت: «شما گفتید که نام یاکوپو جیلیانی و کُزیمو بنتونینی را در دو سند خوانده‌اید. در آن سند دیگر در مورد آن‌ها چه گفته شده است؟»

استاد شمایلی دوباره کلاسوری را که در دست داشت، ورق زد تا به صفحه دیگری رسید و توضیح داد: «نام این افراد در یک دست‌نویس دیگر نیز آمده است. از آن دست‌نویس که ظاهراً در مورد علم طب بوده بدبختانه فقط چند برگ اول که در حقیقت مقدمه کتاب بوده به جا مانده است. این برگ‌ها چندی پیش بر حسب تصادف در میان برگ‌های یک کتاب خطی شاهنامه در کتاب‌خانه مجلس پیدا شد. نویسنده در این مقدمه قدری از سابقه خود تعریف می‌کند. از جمله از این‌که در مازندران علم طب آموخته است و کمی هم از خاطرات مازندران خود را نقل می‌کند...»

استاد شمایلی باز شروع به خواندن کرد و من برای دکتر باستیانی ترجمه می‌کردم: «مریدانی چند از اولاد سید بعضی را به وهم انداختند که اینان کفر کنند و مُلک ضایع گردانند و سبب خروج از ایشان شود...»

استاد شمایلی توضیح داد که منظور از خروج ناآرامی و شورش است: «... و دین از آن‌ها خلل افتد. چون این تشویش پیدا شدی و ایذای بسیار کردند و کسی از تلامذه بکشتند به‌ناچار ترک آن دیار کرده هر کس به موضعی رفتیم. خواجه مرا فرمود تا یعقوب گیلانی و ابن تونینی به گیلان رسانم تا سوی روم روند و خود عزیمت ترکستان نمود و ما از مقامی به مقامی می‌گریختیم و هیچ جا ساکن

نمی‌توانستیم بود و بعضاً جمعی در عقب آمدندی تا به انزلی رسیده عزیمت روم کردند و من سفر عراق اختیار کردم.»

استاد شمایلی سرش را تکان داد: «جالب است...»

و در توضیح آن‌چه خوانده بود، گفت: «ظاهراً آن‌جا مکتب یا مدرسه‌ای بوده که افراد در آن تحصیل علم طب می‌کرده‌اند. اما عده‌ای از وابستگان به همان میر بزرگ که این‌جا منظور از سید او است، آن‌ها را به کفر و زندقه محکوم می‌کنند و مورد اذیت و آزار قرار می‌دهند، حتی به قتل می‌رسانند. تا جایی که آن افراد را از محلی که در آن بوده‌اند، فراری می‌دهند و این دو نفر به کمک نویسنده این سطرها موفق می‌شوند از طریق انزلی که آن هنگام محل تجارت با باکو در مسیر جاده ابریشم و از آن طریق با غرب بوده است، به وطن خود بازگردند. مثل این‌که تاریخ...»

استاد شمایلی سخن خود را قطع کرد، گوش‌ها را تیز کرد و پرسید: «در زدند؟»

گفتم: «من چیزی نشنیدم.»

استاد شمایلی به تابلویی که بالای پنجره بود نگاه کرد و صحبت خود را نیمه‌تمام گذاشت و به ما خیره شد: «جالب است.»

من بسیارِ تحت تأثیر قرار گرفته بودم و به زندگی پرخطر و پرماجرای یاکوپو جیلیانی و کزیمو بنتونینی می‌اندیشیدم. دکتر باستیانی پس از آن‌که یادداشت‌های خود را به پایان رساند، رو به من کرد و گفت: «این بیچاره‌ها نه این‌جا در امان بوده‌اند و نه در وطن خود.»

سپس از استاد شمایلی تشکر کرد: «واقعاً متشکرم. ما اکنون اطلاعات نسبتاً دقیقی در مورد جیلیانی و بنتونینی داریم، منظورم دقیق در حدی است که از این تحقیقات می‌توان انتظار داشت. اما یک سؤال دیگر هم داشتم.»

استاد شمایلی سری تکان داد: «بفرمایید!»

«در مورد خواجه نصیر چه می‌دانید؟»

استاد شمایلی گویا متوجه منظور او نشده باشد، پرسید: «بله؟ کدام خواجه نصیر؟»

«خواجه‌ای که از او یاد شده و به ترکستان رفته است. مگر او خواجه نصیر مامطیری نیست؟»

استاد شمایلی گفت: «بله؟... نه... نمی‌دانم... نویسنده در هیچ کجا از خواجه نصیر مامطیری نام نبرده است. او فقط گفته است؛ خواجه»

باز به نوشته داخل کلاسور نگاه کرد: «... که خواجه هم به معنای سرور و آقا است، کسی که احتمالاً استاد او... یا آن‌ها بوده است.»

دکتر باستیانی گفت: «از نوشته‌هایی که ما داریم معلوم است جیلیانی و بنتونینی با کسی به نام خواجه نصیر مامطیری در ارتباط بوده‌اند.»

«جالب است، جالب است. به این ترتیب قطعه‌های این معما یکدیگر را تکمیل می‌کنند. صبر کنید...»

استاد شمایلی شروع به پس و پیش کردن برگ‌های داخل کلاسور کرد. وقتی صفحه مورد نظر خود را پیدا کرد، نگاهش را از کلاسور برگرفت: «من به دو نفر با این نام برخورده‌ام.»

باز به مطالب داخل کلاسور نگاه کرد: «یکی از آن‌ها طبیبی بوده که مدتی تیمور لنگ را در لشکرکشی‌هایش همراهی می‌کرده و شاید همان کسی باشد که منظور شما است و به قول نویسنده فوق به ترکستان رفته است. تیمور لنگ در همان زمان زندگی می‌کرده و جنگ‌های خود را نیز همان سال‌ها شروع کرده است.»

به دنبال این گفته‌ها استاد شمایلی به‌سرعت مشغول نوشتن مطالبی در همان کاغذی شد که دکتر باستیانی نام جیلیانی و بنتونینی را در آن نوشته بود.

دکتر باستیانی پرسید: «آن خواجه نصیر دیگر کیست؟»

استاد شمایلی گفت: «او کس دیگری است که ربطی به این افراد ندارد. او هم گویا کیمیاگری بوده که در عهد شاه عباس اول یعنی حدود...»

کمی فکر کرد: «... ۲۵۰ سال بعد... در قرن هفدهم میلادی زندگی می‌کرده است. این تشابه نام‌ها جالب است.»

قدری فکر کرد. سپس ابروها را در هم کشید و اضافه کرد: «هوم... عجیب است!»

من و دکتر باستیانی به هم نگاه کردیم و استاد شمایلی که متوجه نگاه ما شده بود، توضیح داد: «تاکنون به این موضوع فکر نکرده بودم. نام مامطیر در همان دوران میر بزرگ به‌تدریج تغییر کرد، به بارفروش‌ده و بعدها به بابل.»

بعد کمی فکر کرد. من هنوز متوجه منظور او نشده بودم.

او ادامه داد: «عجیب است که این خواجه نصیر دوم ۲۵۰ سال بعد از تغییر نام مامطیر لقب مامطیری گرفته است.»

سپس، ابروها را بالا انداخت و گفت: «جالب است، شاید از نوادگان مامطیری دیگر بوده است.» و بلند خندید.

دکتر باستیانی مایل بود اطلاعات بیشتری درباره این دو خواجه نصیر کسب کند. استاد شمایلی شماره و اطلاعات مربوط به چند دست‌نویس را که منبع دانسته‌های او بودند، در اختیار ما گذاشت. دکتر باستیانی متن مربوط به پَروَک را از میان دفترچه خود درآورد و به من داد و از من خواست که آن را برای استاد شمایلی بخوانم تا او نظر خود را در این مورد به ما بگوید.

من خواندم: «پَروَک شاخه هومسپید به رُکاآتِک روید و عزلت پسندد هیچ دو پَروَک به یک فراز نبینی...»

و پرسیدم آیا ایشان گیاهی به نام پَروَک یا مکانی به نام رُکاآتِک در اطراف بابل می‌شناسند.

استاد شمایلی چیزی درباره پَروَک نمی‌دانست، اما او هم اسطوره هومسپید را می‌شناخت.

درباره رُکاآتِک گفت: «در مازندرانی قدیم رُکا به معنای بلند و آتِک به معنای دشت و صحرا است. اگر شما فکر می‌کنید رُکاآتِک نام مکانی است شاید جایی در کوه‌های مازندران باشد. خود بابل جای بلندی که نیست هیچ خیلی هم کم‌ارتفاع است، اما کوه‌های مازندران از بابل فاصله‌ای ندارند.»

دکتر باستیانی پرسید: «فکر می‌کنید اگر ما به بابل برویم، می‌توانیم محل زندگی خواجه نصیر مامطیری یا رُکاآتِک را پیدا کنیم؟»

«درباره محل زندگی خواجه نصیر بعید می‌دانم، چون از بافت قدیم بابل چیزی باقی نمانده است. به علاوه، در مورد محل زندگی او که سندی در دست نیست.»

سپس، لحظه‌ای فکر کرد و ادامه داد: «رُکاآتِک را هم نمی‌دانم، شاید واقعاً دهی یا محله‌ای به این نام وجود داشته است و جایی پیرمردی یا پیرزنی باشد که آن را بشناسد.»

دکتر باستیانی از نتیجه دیدار بسیار راضی بود و از استاد شمایلی به خاطر این‌که وقت خود را در اختیار ما قرار داده است، تشکر کرد.

۴

پارک دانشجو، جایی که ما با الیزا و پروین قرار داشتیم، در نزدیکی دانشگاه تهران است. دکتر باستیانی و من در پیاده‌رو خیابان انقلاب بودیم. من که نگران بزغاله زیر بغل دکتر باستیانی بودم، از وقتی از دانشگاه خارج شدیم و در مسیر خود تا پارک مواظب اطراف بودم. خیابان بسیار شلوغ و پررفت و آمد بود، اما همه چیز معمولی به نظر می‌رسید و چیزی نشان‌دهنده اختلال یا توقف در حرکت عادی خیابان نبود و پیاده‌رو هم اگرچه در قسمت‌هایی کمی شلوغ بود، اما امن به نظر می‌رسید. پیدا بود که تلفن ناشناس دیروز افکار و ترس بیهوده‌ای در من ایجاد کرده بود.

دکتر باستیانی گفته‌های شمایلی را تأییدی بر نظرات خود می‌دید: «متوجه شدید که خواجه نصیر مامطیری در ادوار مختلف حضور داشته است. هنگام ورود جیلیانی به بابل، سال‌ها بعد همراه تیمور لنگ، باز چند سال بعد در عهد شاه عباس و باز چند سال بعد در دوران فتحعلی شاه و شاید هنوز هم زنده باشد!»

دکتر باستیانی باز مطلبی را عنوان می‌کرد که باعث می‌شد، من او را از نظر علمی در ردیف مادرم قرار دهم که به انواع خرافات و جن و تقدیر و مانند آن معتقد بود. می‌دانستم که بحث با دکتر باستیانی سودی ندارد، با این حال گفتم: «فکر نمی‌کنید این فقط یک تشابه نام باشد و آن‌ها افراد مختلفی بوده‌اند که نامشان نصیر بوده است؟»

«یعنی شما واقعاً فکر می‌کنید این تعداد نصیر وجود داشته که همه اهل مامطیر بوده‌اند و همه طبیب و کیمیاگر بوده‌اند و همه توانایی‌های غیر عادی داشته‌اند؟ شما کس دیگری را به این نام می‌شناسید که کار دیگری داشته است.»

در حال گفت‌وگو با دکتر باستیانی کوشیدم، توجیهی برای این طرز تفکر او پیدا کنم. تنها نتیجه‌ای که به آن رسیدم این بود که مرگ همسرش در اثر بیماری ای.اِل.اِس. و مبتلا شدن الیزا به همان بیماری و ناتوانی و درماندگی او در کمک به آن‌ها که نزدیک‌ترین افراد در زندگی او بوده‌اند، باعث شده که ذهن او برای مقابله با تألمات شدید به این تخیلات میدان بدهد.

گفتم: «هر کدام از این خواجه نصیرها در عصر دیگری زندگی می‌کرده است. اگر قبول کنیم که همه آن‌ها یک فرد واحد بوده‌اند؛ یعنی، آن فرد چند صد سال زندگی کرده است. فکر نمی‌کنید که این نظر خیلی از واقعیت دور باشد؟»

به نظر می‌رسید دکتر باستیانی هم مایل به بحث بیشتر نیست؛ چون می‌دانست که نمی‌تواند مرا قانع کند: «فرض کنید... فقط فرض کنید که همه این خواجه نصیرها یک نفر بوده‌اند، یک کیمیاگر و طبیب بزرگ که در جایی در نزدیکی بابل جمعی شاگرد داشته و در کمال آرامش به آن‌ها کیمیاگری و طب می‌آموخته است. او دارویی کشف می‌کند که با آن می‌توان بسیاری از دردها را درمان کرد. اما پیش از آن‌که بتواند طرز ساختن آن دارو را به شاگردان خود بیاموزد، زیر فشار شریعت‌مداران پیرو میر بزرگ و فرزندانش مجبور به ترک بابل می‌شود. نخست به سوی ترکستان می‌رود و به خدمت تیمور لنگ درمی‌آید و او را در جنگ‌هایش همراهی می‌کند. شاید حتی همراه او که در جنگ‌هایش تا اروپا هم پیشروی کرده بود، اروپا را هم دیده باشد. شاید حتی مدتی در اروپا مانده باشد. بعد دوباره به ایران بازمی‌گردد و احتمالاً دوباره در وطن خود بابل ساکن می‌شود تا این‌که فتحعلی شاه او را فرا می‌خواند و به زندان می‌افکند. او سال‌های طولانی که معادل عمر متوسط یک انسان در آن دوره است، در سیاه‌چال‌های فتحعلی شاه می‌ماند و پس از آزادی به هند می‌رود. شاید زمانی باز به ایران بازگشته است و شاید هنوز جایی در نزدیکی بابل زندگی می‌کند...»

ما وارد پارک دانشجو شده بودیم. دکتر باستیانی لبخندی حاکی از رضایت بر لب داشت و پیدا بود از داستانی که خود بافته است، لذت می‌برد: «... فکر می‌کنید چنین فردی چگونه انسانی باشد؟»

بحث علمی با دکتر باستیانی بیهوده بود. من هم کوشیدم در خیال‌بافی او شرکت کنم: «... اگر کسی چنین سرنوشت و توانایی‌های داشته باشد، باید وجود و چهره‌اش سراسر رضایت و آرامش باشد. تجربیات بی‌نظیر و بیکران باید او را خوشبخت و بی‌نیاز از هر چیز و هر کس کرده باشد. او فرصت داشته تا همه علوم را بیاموزد و هر کلام او باید دانش مطلق باشد...»

من بی‌اختیار خندیدم.

دکتر باستیانی هم خندید و گفت: «چنین کسی باید واقعاً همین‌طور باشد.»

در داخل پارک آرامش دلنشینی حکم‌فرما بود و خیال‌بافی را بر انسان راحت می‌کرد. قسمت‌هایی از راه‌های داخل پارک را تازه شسته بودند و زمین خیس بود. از دور الیزا و پروین را نزدیک حوضی که در جلوی تئاتر شهر بود، دیدم و آن‌ها را به دکتر باستیانی نشان دادم. اگر من آن‌ها را که هر دو مانتوهای آبی‌رنگی به تن داشتند، به دکتر باستیانی نشان نمی‌دادم، او بی‌گمان متوجه آن‌ها نمی‌شد. الیزا هم ما را دید و دست تکان داد. باید بگویم که هر بار که پس از چند ساعت الیزا را باز می‌دیدم، شوق و شادی غیر منتظره‌ای مرا فرا می‌گرفت که نمی‌توانستم آن را برای خود توضیح دهم. گویی همه جهان و پیرامون خود را فراموش می‌کردم و همه حواسم تنها معطوف به او می‌شد. اکنون هم محو تماشای او بودم که مشغول گرفتن عکس از ساختمان گرد و کوچک تئاتر شهر بود که نمونه زیبایی از معماری مدرن ایران است. خوشحال بودم که من هم سهمی در این داشتم که او می‌توانست برای ساعاتی یا برای چند روز رویدادهای ناگوار روزهای گذشته در ایتالیا را فراموش کند و در این‌جا وقت خود را صرف چیزهایی کند که برایش جالب هستند.

من در خیال‌بافی‌های دکتر باستیانی و در احساس شادی از دیدار الیزا غرق بودم که صدای موتوری را از فاصله نزدیکی پشت سر خود شنیدم و به صورت غریزی خود را کمی کنار کشیدم و به عقب برگشتم. اما پیش از این‌که متوجه شوم چه اتفاقی افتاده است، موتورسواری که از عقب به ما نزدیک شده بود، بزغاله را از زیر بغل

دکتر باستیانی ربود و به سرعت خود افزود و درست در جهتی راند که پروین و الیزا ایستاده بودند. من در یک واکنش سریع به دنبال او دویدم. دکتر باستیانی که این بار هم مانند آن شب که کتش را دزدیده بودند، کاملاً غافلگیر شده بود، بی‌حرکت سر جای خود ماند. در همین لحظه، پروین و الیزا هم متوجه موتورسوار شدند و الیزا به سوی موتوری دوید و ناگهان ترس از این‌که موتوری با او تصادف کند، مرا فرا گرفت و ناخودآگاه فریاد زدم: «نه!...»

موتورسوار در یک قدمی الیزا به راست پیچید، اما با الیزا برخورد کرد و الیزا به‌شدت به زمین خورد، اما دوربینی که در دست داشت به زمین نیفتاد. باز بی‌پروایی الیزا برای او خطرساز شده بود و من یک لحظه از خود پرسیدم، آیا این بی‌پروایی ناشی از بیماری او و سرنوشت گره‌خورده به آن است؟ ناشی از بی‌اهمیت دانستن زندگی؟ موتورسوار توانست تعادل موتور را حفظ کند و از کنار یک سطل زباله و از میان چند درخت گذشت و در حالی که بزغاله و دست‌نویس‌های داخل آن را جلوی خود نگاه داشته بود، از روی پلی که روی جوی کنار خیابان بود، به خیابان ولی‌عصر وارد شد. الیزا بی‌درنگ از جا بلند شد و به دنبال او دوید و من هم چند قدم عقب‌تر به دنبال او بودم. وقتی وارد خیابان شدیم، هنوز موتوری که به سوی شمال می‌راند، پیدا بود. بر حسب اتفاق همان لحظه از سمت جنوب یک ماشین نیروی انتظامی سر رسید. من دست بلند کردم و ماشین جلوی پای من توقف کرد. شیشه‌های ماشین پایین بودند و من تا جایی که ممکن بود خیلی سریع و کوتاه موضوع را برای پلیس‌های ریشوی داخل ماشین توضیح دادم و موتوری را که هنوز در میدان دید بود، به آن‌ها نشان دادم. الیزا نیز به‌سرعت چیزهایی به انگلیسی و گاه به ایتالیایی می‌گفت و می‌خواست در عقب ماشین را باز کند و سوار شود که پلیس پشت فرمان به انگلیسی گفت: «نه، نه!»

پلیس آژیر ماشین را به صدا درآورد و حرکت کرد. من فقط توانستم ببینم که موتوری و سپس ماشین نیروی انتظامی تقاطع خیابان‌های ولی‌عصر و انقلاب را رد کردند و پس از چند لحظه دیگر نمی‌شد آن‌ها را دید.

در همین هنگام، پروین و دکتر باستیانی هم به من و الیزا که هنوز نفس‌نفس می‌زدیم، رسیدند.

الیزا به دوربینی که در دست داشت نگاه کرد و با عصبانیت گفت: «اصلاً حواسم نبود که از او یک عکس بگیرم، از صورت موتورسوار یا حداقل از پلاک موتور او.»

مانتوی الیزا خاکی و خیس شده بود. پروین مانتوی او را تکاند و پرسید: «طوری نشدی؟»

گفتم: «فکر نمی‌کنم که عکس هم می‌توانست کمکی بکند.»

و به دکتر باستیانی گفتم که ماشین پلیسی در تعقیب موتورسوار است. رنگ صورت دکتر باستیانی کاملا پریده بود. به حدی افسرده به نظر می‌رسید که گمان کردم هر لحظه ممکن است به گریه بیفتد. الیزا هم که متوجه حالت او شده بود، دستش را گرفت و او را از کنار خیابان به پیاده‌رو کشید.

من و پروین هم همراه آن‌ها به داخل پارک و مقابل تئاتر شهر برگشتیم و روی سکوهای روبه‌روی تئاتر نشستیم. چند لحظه‌ای همه چون لشکر شکست‌خورده‌ای ساکت بودیم.

پروین گفت: «من قیافه راننده موتور را خوب دیدم و می‌توانم او را شناسایی کنم.»

الیزا به ایتالیایی با دکتر باستیانی صحبت می‌کرد. من نمی‌دانستم چه بگویم. هم شرمنده بودم از این‌که در ایران چنین اتفاقی برای مهمانان من افتاده بود و هم متأسف از این‌که الیزا در ایران هم از این ناگواری‌ها در امان نبود و در تعجب بودم از این‌که چگونه ممکن است کسی در زمانی چنین کوتاه و در مکان‌هایی دور از هم دچار بدبیاری‌های مشابهی بشود.

پروین هم می‌کوشید دکتر باستیانی را دلداری دهد: «نگران نباشید، پلیس حتماً موفق می‌شود او را دستگیر کند.»

دکتر باستیانی سرش را تکان داد. به نظر نمی‌آمد که زیاد به این گفته باور داشته باشد.

الیزا پرسید: «حالا چه کار کنیم؟»

تنها چیزی که به نظر من رسید این بود که به اداره پلیس مراجعه کنیم؛ زیرا گمان نمی‌کردم پلیس‌هایی که در تعقیب موتورسوار بودند، در صورت دستگیر کردن او به این محل برگردند.

۵

در کلانتری ۱۴۸ تهران، من و دکتر باستیانی مقابل میز سروان ابراهیمی افسر نیروی انتظامی نشسته بودیم. الیزا و پروین هم روی دو صندلی از چهار صندلی کنار دیوار نشسته بودند. از بالای سر سروان ابراهیمی تابلوهای دو تن از رهبران مذهبی کشور به ما خیره شده بودند. سروان ابراهیمی مردی کوتاه‌قد با ریشی کوتاه اما تو‌پر و موهای کوتاه بود که تقریباً به بلندی ریش‌هایش بودند.

او نگاهی به یادداشت‌های خود کرد و گفت: «تهران شهر خیلی ناامنی است...»

گفته‌های او را گاهی من و گاهی پروین برای دکتر باستیانی و الیزا ترجمه می‌کردیم: «... به‌خصوص خارجی‌ها همیشه در خطر هستند. چون کیف‌قاپ‌ها و جیب‌برها فکر می‌کنند که آن‌ها ارز خارجی یا چیزهای گران‌قیمت همراهشان دارند.»

سروان ابراهیمی اگرچه ریش داشت، اما رفتار مؤدبانه و دوستانه‌اش با ما به‌ویژه با الیزا و پروین که حجاب اسلامی درست و حسابی نداشتند، نشان می‌داد که او از آن متعصب‌های مذهبی نیست که به خاطر اعتقاد و وفاداری خود به جمهوری اسلامی پست‌های مهم در اداره‌ها به آن‌ها واگذار می‌شود و نه به خاطر لیاقت شغلیشان.

به او گفتم: «اما مهمان‌های من خیلی شبیه به ایرانی‌ها هستند و تا وقتی صحبت نکرده‌اند، کسی نمی‌تواند بفهمد که آن‌ها ایرانی نیستند.»

سروان ابراهیمی گفت: «شما شاید خودتان متوجه نباشید، اما خارجی‌ها و ایرانی‌های مقیم خارج این‌جا خیلی زود جلب توجه می‌کنند. از طرز لباس پوشیدن، صحبت کردن و حتی از طرز حرکت و رفتار می‌توان خارجی‌ها را تشخیص داد.»

وی نگاهی به الیزا و پروین انداخت و ادامه داد: «من هم فوراً تشخیص دادم که شما خارجی یا ایرانی مقیم خارج هستید. این دزدها آدم‌شناسی‌شان خیلی از ما بهتر است.»

و گوشی تلفن روی میزش را برداشت و شماره‌ای گرفت و گفت: «گروهبان حسینی، یک ساعت پیش نزدیک پارک دانشجو یکی از واحدهای ما یک موتوری را تعقیب کرده، لطفاً با همه واحدها تماس بگیرید، ببینید کدام واحد بوده است.»

وقتی گوشی را گذاشت، الیزا از پروین خواست به سروان ابراهیمی بگوید که او می‌تواند راننده موتور را شناسایی کند. پروین این گفته را برای سروان ابراهیمی ترجمه کرد و گفت که خود او هم راننده را به‌وضوح دیده است و می‌تواند در صورت لزوم وی را شناسایی کند. سروان ابراهیمی از آن‌ها خواست که چهره سارق را توصیف کنند و الیزا گفت که موتورسوار مردی جوان و لاغر با سبیلی باریک و موهای مجعد بوده است. پروین هم گفت که همین تصویر را از سارق در ذهن دارد.

سروان ابراهیمی گفت: «چنین قیافه‌ای را می‌توان راحت شناسایی کرد.»

و چیزی نوشت و رو به من پرسید: «محتوای کیف چه بوده است؟»

گفتم: «داخل کیف دو کتاب دست‌نویس خیلی باارزش ایتالیایی بوده‌اند، همراه با یادداشت‌های آقای دکتر.»

و با سر به دکتر باستیانی اشاره کردم.

او پرسید: «می‌توانم بپرسم برای چه این کتاب‌ها را همراه داشتید و در پارک دانشجو چه کار می‌کردید؟»

موضوع دیدار با استاد شمایلی و قرار ملاقات در پارک دانشجو را برایش توضیح دادم و شماره تلفن استاد شمایلی را نیز در اختیارش گذاشتم.

وی در حالی که گفته‌های مرا در برگه‌ای یادداشت می‌کرد، گفت: «البته این دزدها بیشتر به دنبال پول نقد هستند یا چیزهایی که بشود زود آن‌ها را به پول نقد تبدیل کرد؛ مثل زینت‌آلات، ساعت مچی، دوربین عکاسی...»

و گویا چیزی را به یاد آورده باشد، پرسید: «گذرنامه یا مدارک دیگری در کیف نبوده است؟»

گفته‌های او را برای دکتر باستیانی ترجمه کردم. او دستی در جیب بغل خود فرو برد و گذرنامه و همینگوی خود را از آن درآورد و گفت: «نه، فقط کتاب‌های دست‌نویس و یک کتاب دیگر و مقداری از یادداشت‌هایم در کیف بودند.»

و از من خواست بپرسم که آیا امیدی به یافتن کیف است.

سروان ابراهیمی گفت: «اگر خوش‌شانس باشید و واحد مزبور توانسته باشد موتوری را متوقف کند که کیف را گرفته‌اند و همین امروز تحویلتان می‌دهیم، وگرنه...»

سروان ابراهیمی دست از نوشتن کشید و به دکتر باستیانی نگاه کرد: «... معلوم نیست. اگر دزدها کمی فهمیده و با سواد باشند و بتوانند ارزش این کتاب‌ها را حدس بزنند، دیر یا زود این کتاب‌ها سر از یک عتیقه‌فروشی درمی‌آورند و شاید بتوان گیرشان آورد. دستور می‌دهم که مأموران ما در روزهای آینده عتیقه‌فروشی‌های اطراف را زیر نظر داشته باشند.»

پرسیدم: «اگر دزدها از ارزش کتاب‌ها بی‌خبر باشند، چی؟»

سروان ابراهیمی ابروها و شانه‌ها را بالا انداخت: «آن وقت موضوع خیلی سخت‌تر می‌شود. نمی‌خواهم امید بی‌خودی به شما بدهم.»

گفته‌های او را برای دکتر باستیانی ترجمه کردم و او گفت: «لطفاً بگویید که این سرقت تصادفی نبوده، بلکه از پیش برنامه‌ریزی شده است و در رم و فلورانس هم سعی شد، کتاب‌ها را از ما بدزدند.»

من و الیزا به هم نگاه کردیم. به نظرم آمد او هم با من هم‌نظر است که دزدی و کیف‌قاپی ایران ربطی به رویدادهای ایتالیا ندارد، بلکه فقط نوعی تصادف و بدشانسی

است. با این حال، گفته‌های دکتر باستیانی را همان‌گونه برای سروان ابراهیمی ترجمه کردم.

برای یک لحظه لبخندی بر لب‌های سروان ابراهیمی نشست، اما پیش از آن‌که من بفهمم این لبخند تمسخر است یا لبخند معمولی، او باز چهره جدی خود را بازیافت: «این کیف‌قاپی‌ها به‌تازگی در تهران خیلی افزایش یافته است. احتمال این‌که کیف‌قاپ عضو باندهای بین‌المللی باشد، خیلی کم است. کیف‌قاپ‌ها بیشتر افراد معتاد یا بی‌کار هستند و از روی درماندگی دست به دزدی می‌زنند.»

با این حال، گویا گفته‌های دکتر باستیانی کنجکاوی او را برانگیخته باشد، پرسید: «مگر قیمت کتاب‌ها چقدر بوده است؟»

بدون این‌که از دکتر باستیانی چیزی بپرسم، پاسخ دادم: «این کتاب‌ها هنوز قیمت‌گذاری نشده‌اند، ولی بی‌شک چند هزار یا شاید حتی چند ده‌هزار دلار ارزش دارند.»

ترسیدم اگر مبلغ بیشتری بگویم، کتاب‌ها را حتی اگر پیدا هم بشوند، کسی به ما پس ندهد. گویا حتی همین قیمت‌گذاری نازل هم سروان ابراهیمی را نسبت به موضوع حساس‌تر کرد. او باز هم چیزی یادداشت کرد و پرسید: «شما خیلی بی‌احتیاطی کرده‌اید. حالا چرا محل قرار خود را در پارک دانشجو گذاشتید؟»

گفتم: «دلیل خاصی نداشت... چون به دانشگاه نزدیک بود.»

به پروین نگاه کردم: «پیشنهاد خانم سرابی بود.»

پس از پاسخ من سروان ابراهیمی درباره شکل آشنایی من و پروین با دکتر باستیانی و آخرین دیدارهای ما از ایران و دلیل سفر ما به ایران پرسید. از پروین بیشتر سؤال کرد. از جمله از او پرسید چرا از طریق میلان به تهران پرواز کرده است. پروین از این‌که مورد پرس‌وجو قرار گرفته بود، نگران به نظر می‌رسید.

پس از یادداشت کردن گفته‌های ما، سروان ابراهیمی قدری فکر کرد و پرسید: «از محتوای کیف چه کسانی اطلاع داشته‌اند؟»

من گفتم: «خوب به‌جز دکتر باستیانی و دخترش و من، تنها یک نفر دیگر از محتوای کیف اطلاع داشته، آن هم استاد شمایلی که ما امروز صبح پیشش بودیم.»

بعد یادم آمد و اضافه کردم: «نگهبان دم در دانشگاه هم کیف دکتر باستیانی را بازرسی کرد و کتاب‌ها را دید.»

سروان ابراهیمی از پروین پرسید: «شما هم از محتوای کیف اطلاع داشتید؟ خانم باستیانی چیزی در این مورد به شما نگفته بودند؟»

با این پرسش رنگ از چهره پروین پرید: «نه به خدا! یعنی شما فکر می‌کنید...»

سروان ابراهیمی لبخند دوستانه‌ای زد و گفت: «من برای تکمیل پرونده باید این چیزها را بپرسم.»

و از من پرسید: «آیا در ایتالیا یا آلمان کسی می‌داند که شما به ایران آمده‌اید و این کتاب‌ها را هم همراه خود دارید؟»

گفتم: «نه، هیچ کس... فقط یکی از همکارانم می‌داند که من به ایران آمده‌ام، اما او هم از وجود دست‌نویس‌ها هیچ اطلاعی ندارد.»

و در همان لحظه به خاطر آوردم که ریشوی ایتالیایی که می‌خواست دست‌نویس‌ها را بدزدد، در آسانسور شنیده بود که من و الیزا درباره آمدن به ایران صحبت می‌کنیم. پس از این‌که این موضوع را به سروان ابراهیمی گفتم و الیزا هم گفته مرا تأیید کرد، مجبور شدیم رویدادهای رم و سرقت از خانه دکتر باستیانی را هم تعریف کنیم. در حین همین گفت‌وگوها، به ذهنم رسید که اگر دزد خانه دکتر باستیانی هم همان مرد ریشو بوده باشد، می‌تواند از طریق نامه‌هایی که من در کیف سرقت شده‌ام داشتم، هویت مرا کشف کند و بداند که من که هستم و کجا زندگی می‌کنم. یعنی ممکن است رویدادهای ایتالیا و سرقت کیف در تهران همان‌طور که دکتر باستیانی تصور می‌کند، به هم مربوط باشند؟ وقتی آدمی شروع به گمانه‌زنی کند، هر سناریویی ممکن به نظر می‌رسد. اما این خیلی دور از ذهن به نظر می‌رسید. حتی اگر سارقان ایتالیا به هویت من پی برده بودند، گرفتن روادید و سفر به ایران به برنامه‌ریزی و وقت نیاز داشت. روز سه‌شنبه هم که به دلیل یک کنفرانس سفارت تعطیل بوده

و امکان گرفتن روادید وجود نداشته است. نه این دزدی نمی‌توانست ربطی به آن حوادث داشته باشد.

گفتم: «الان یادم آمد که دیروز کسی به خانه ما زنگ زده و سراغ مرا گرفته بود. اگرچه همان‌طور که گفتم، کسی از سفر من به ایران اطلاع نداشته است.»

همان موقع تلفن سروان ابراهیمی زنگ زد. او گوشی را برداشت و پس از کمی پرسش و پاسخ گوشی را گذاشت و گفت: «متأسفانه، موتورسوار موفق شده است از دست واحد ما فرار کند...»

و پوزش‌طلبانه اضافه کرد: «موتورسوارها امکان مانور بیشتری دارند. وارد پیاده‌رو یا کوچه‌های باریک می‌شوند و ماشین نمی‌تواند آن‌ها را تعقیب کند. آن موقع از مأموران موتورسوار ما هم کسی در نزدیکی نبوده است. اما مأموران ما توانسته‌اند قسمتی از پلاک موتور را بخوانند. پلاک موتور مربوط به مازندران است...»

با شنیدن نام مازندران دکتر باستیانی نگاه معناداری به من کرد. گویا می‌خواست بگوید: «باز هم مازندران!»

این تلاقی آن‌چنان غیر منتظره بود که من هم تعجب کردم.

از سروان ابراهیمی پرسیدیم: «خوب حالا ما چه کار کنیم؟»

«من برای شما یک شکایت‌نامه تنظیم کردم.»

وی برگه شکایت‌نامه را به سوی من راند: «لطفاً امضا کنید. ما پیگیر قضیه خواهیم بود.»

برگه را امضا کردم.

پیش از این‌که اتاق سروان ابراهیمی را ترک کنیم، الیزا باز تأکید کرد که می‌تواند موتورسوار را شناسایی کند. سروان ابراهیمی از ما خواست یک لحظه صبر کنیم. دوباره گوشی را برداشت و به جایی تلفن زد و بعد خطاب به پروین گفت: «لطفاً شما فردا همراه خانم باستیانی به مرکز پلیس آگاهی بروید. پرونده‌های کیف‌قاپ‌ها و جیب‌برهای تهران آن‌جا نگهداری می‌شود. می‌توانید عکس‌های آن‌ها را نگاه کنید. شاید کسی که کیف شما را دزدیده سابقه‌دار باشد و بتوانید او را شناسایی کنید.»

از کلانتری خارج شدیم و چند لحظه در پیاده‌روی خیابان ایستادیم و نمی‌دانستیم چه کنیم. باد خنک و فرح‌بخشی می‌وزید و مراجعانِ فراوان کلانتری توجهی به ما نداشتند.

توضیحات سروان ابراهیمی، مشخص شدن این‌که پلاک موتور متعلق به مازندران بوده است و این‌که قرار بود عکس‌های کیف‌قاپ‌های تهران را نگاه کنیم، همه احساس مثبتی در من ایجاد می‌کرد. اما گویا دیگران چنین احساسی نداشتند.

دکتر باستیانی با ناامیدی سری تکان داد: «از دست پلیس تهران هم کاری ساخته نیست!»

پروین هم گویی همین نظر را داشت: «اگر پلیس موفق می‌شد این‌جور دزدها را بگیرد، تعدادشان این‌قدر زیاد نمی‌شد.»

الیزا خطاب به پدرش گفت: «ما دست‌نویس‌ها را پیدا می‌کنیم. این دست‌نویس‌ها چیزی نیستند که بتوان سر هر خیابان برای آن‌ها یک مشتری پیدا کرد و چیزی هم نیستند که بتوان مدت زیادی پنهان نگه داشت.»

سخنان الیزا اگرچه گرایش مثبت او را نشان می‌داد، در عین حال بدون این‌که او بخواهد حاکی از بی‌اعتمادی او به موفقیت کار پلیس تهران بود.

گفتم: «البته پلیس تهران پلیس چندان موفقی نیست، اما شاید این بار به خاطر ما شانس بیاورند.»

و از حرف خودم خنده‌ام گرفت.

الیزا هم بلند خندید و گفت: «به خاطر ما فقط بدشانسی می‌توان آورد.»

ناگهان احساس کردم که پس از چند روز برای نخستین بار احساس بسیار خوبی دارم. خود را سبک و رها احساس می‌کردم. اگرچه از دزدیده شدن دست‌نویس‌ها بسیار متأسف بودم، اما اکنون که آن‌ها دزدیده شده بودند، احساس آرامش و آزادی می‌کردم. آن دست‌نویس‌ها گویی تمام لحظات روزهای مرا از مونیخ تا آن هنگام کنترل و هدایت کرده بودند و اکنون که آن‌ها نبودند، می‌توانستم باز اختیار سرنوشت خود را به دست بگیرم. گویا بار تعهد و مسئولیتی بزرگ از شانه من برداشته شده

بود. الیزا هم شاید همین احساس را داشت که می‌توانست این‌گونه بخندد. نمی‌دانم چرا اما به نظرم می‌رسید که حتی در چهره دکتر باستیانی هم آن اندوه دقایقی پیش دیگر دیده نمی‌شود.

به سوی ماشین پروین که در نزدیکی کلانتری پارک شده بود، به راه افتادیم. پروین برای دلجویی از دکتر باستیانی گفت: «آقای باستیانی البته پلیس تهران وقتی که پای خارجی‌ها در میان باشد، تلاش خیلی بیشتری می‌کند.»

دکتر باستیانی لبخند تشکرآمیزی زد و گفت: «من خیلی گرسنه هستم. برویم جایی غذا بخوریم.»

سپس مکث کوتاهی کرد و آرام‌تر ادامه داد: «به هر حال، ما در بابل احتیاجی به دست‌نویس‌ها نداریم. اطلاعات لازم برای پیدا کردن پَروَک و محل زندگی مامطیری را داریم.»

دکتر باستیانی با دست روی جیبی زد که همینگوی خود را در آن داشت.

گویا احساس رهایی من کمی زودرس بود. دکتر باستیانی، الیزا و پروین دیشب تصمیم خود را برای رفتن به بابل در غیاب من گرفته بودند و به نظر می‌رسید این سفر با یا بدون دست‌نویس‌ها باید اجرا می‌شد. البته الیزا و پروین نمی‌دانستند منظور دکتر باستیانی به‌راستی پیدا کردن یک انسان چند صد ساله است و نه جست‌وجوی آثار باقی‌مانده از یک نفر که قرن‌ها پیش می‌زیسته است.

هراس من تنها از دل‌شکستگی و یأس دکتر باستیانی پس از سفر به بابل بود؛ پس از پی بردن به این‌که نه خواجه‌ای وجود دارد و نه پَروَکی. و اگر پَروَکی است، گیاهی معمولی بیش نیست. پَروَک هوم‌سپید داروی همه دردها نیست، زداینده پیری و ارمغان‌آور جوانی جاوید نیست. پَروَک شاید گیاهی است که هر روزه بابلی‌ها قدم بر آن می‌گذارند و می‌گذرند یا آن را از کنار گل‌های باغچه خود می‌کَنند و به دور می‌اندازند تا از جلوه گل‌هایشان نکاهد. من فقط از احساس شکست دکتر باستیانی می‌ترسیدم. نگران الیزا نبودم. سرنوشت او مرا بی‌نهایت اندوهگین می‌ساخت، اما او به دنبال پَروَک نبود. به دنبال زندگی ابدی نبود. او خوشبختی را در دیدن دریای خزر و کوه‌های البرز، در دیدن بازار تهران، مسجدهای اصفهان و باغ‌های شیراز

می‌دید. اما همان‌طور که او گفته بود، برای دکتر باستیانی راه دیگری وجود نداشت. او باید تا انتهای رؤیای خود می‌رفت. باید پایان تلخ آن را تجربه می‌کرد. الیزا او را همراهی می‌کرد تا زیبایی باغ‌های واقعی را که رؤیاهای دکتر باستیانی از میان آن‌ها می‌گذشت، به جای او احساس و تجربه کند و در لحظه پایانی و تلخ رؤیا، آن‌ها و خوشبختی خود از دیدن آن‌ها را به پدر خود نشان دهد. من او را می‌فهمیدم و می‌خواستم در باغ‌های زندگی کوتاه او در کنارش باشم. به دلیل این‌که او خواهان سفر بابل بود، من نیز مایل به آن بودم. بودن در کنار او این ارزش را داشت که بار دیگر هدایت زندگی خود را به دست سرنوشت بسپارم.

پس از کمی گفت‌وگو ترجیح دادیم ماشین پروین را همان جا بگذاریم و برای صرف غذا به رستورانی در همان نزدیکی در خیابان ولی‌عصر برویم. رستورانی که با شیشه‌های تیره از بیرون بسیار شیک و مدرن به نظر می‌رسید، اما در داخل بیشتر به غذاخوری یک بیمارستان شباهت داشت. خوشبختانه غذایش بد نبود. هنگام خوردن غذا موضوع صحبت فقط به بابل مربوط بود. پروین با شوق زیادی از بابل و از علاقه خود به کوه‌نوردی و از تجربیات خود از کوه‌نوردی در کوه‌های آلپ صحبت می‌کرد و فرصت حرف زدن به دیگران نمی‌داد. الیزا از او درباره کوه‌های ایران و دریای خزر می‌پرسید، اما پاسخ‌های او به نظر من هیچ کدام مفید نبودند. سرانجام، تصمیم گرفتیم که روز بعد، پس از مراجعه به مرکز پلیس آگاهی، با ماشین پروین در واقع ماشین پدر او راهی بابل شویم.

۶

عصر آن روز من و الیزا باز در پارک دانشجو، در مقابل تئاتر شهر بودیم. چند قدم دورتر از جایی که چند ساعت پیش بزغاله بینوای دکتر باستیانی طعمه سرقتی ناجوانمردانه شده بود. پس از ترک رستوران، در ماشین پروین الیزا گفته بود: «تئاتر شهر خیلی زیبا بود.»

به دلیل سرقت دست‌نویس‌ها در آن محل هیچ کدام از ما گویا شهامت اظهار نظری در این مورد را نداشتیم. الیزا ادامه داده بود: «خیلی دلم می‌خواهد که آن را از داخل هم ببینم.»

من گفته بودم: «می‌توانیم امشب سری به آن‌جا بزنیم. شاید اجازه بدهند پیش از آغاز برنامه امشب ما از داخل آن دیدار کنیم.»

«چه خوب! حتماً باید این کار را بکنیم.»

به این ترتیب، پس از کمی استراحت در خانه من و الیزا با تاکسی به پارک دانشجو آمدیم. دکتر باستیانی همان موقع در ماشین پروین گفته بود که میل ندارد دوباره به پارک دانشجو بیاید. پروین بلافاصله از فرصت استفاده کرده و او را به شام در رستورانی در دربند دعوت کرده بود.

کمی پیش از این‌که من و الیزا خانه را ترک کنیم، پروین که پس از رساندن ما او هم به خانه رفته بود، آمد و با دکتر باستیانی راهی دربند، گردش‌گاه زیبای تهران در کوه‌پایه‌های البرز شد.

جلوی تئاتر شهر شلوغ بود. بیشتر کسانی که در جلوی باجه برای خرید بلیت صف کشیده و دیگرانی که در بیرون و در فضای سنگ‌فرش جلوی تئاتر در هوای خنک و بهاری پارک منتظر بودند، جوان بودند؛ هم‌سن و سال الیزا و من یا حتی کمی جوان‌تر.

با دربان تئاتر صحبت کردم و گفتم که الیزا یک معمار ایتالیایی است و ما اگر ممکن باشد می‌خواهیم ساختمان تئاتر را از درون ببینیم و برای دیدن نمایش نیامده‌ایم. دربان گفت که اجازه ندارد کسی را بدون بلیت راه دهد و برای دیدن ساختمان تئاتر باید روزهنگام مراجعه و با مدیر تئاتر صحبت کنیم. کمی با او چانه زدم. فایده‌ای نداشت. به الیزا گفتم برای این‌که اطمینان نداشتم در روز هم بشود به‌راحتی وارد آن‌جا شد، تصمیم گرفتیم بلیت بخریم و به داخل برویم.

فکر کنم الیزا بیشتر به خاطر من گفت: «می‌نشینیم نمایش را هم تماشا می‌کنیم.»

«جدی می‌گویی؟ نمایش به فارسی است. حتماً حوصله تو سر می‌رود.»

«نه، برایم جالب است.»

بلیت خریدم و وارد تئاتر شهر شدیم. هنگام ورود از دربان پرسیدم آیا اجازه است داخل ساختمان عکس گرفت که او جواب مثبت داد: «بله! فقط موقع اجرای نمایش عکس گرفتن ممنوع است.»

الیزا محو تماشای معماری داخل ساختمان شد. کاشی‌کاری‌های رنگین و بسیار ظریف دیوارها و ستون‌ها، گچ‌بری سقف‌ها، پنجره‌های مشبک، همه چیز رنگ شرقی و برای او بی‌گمان تازگی داشت. ساختمان تئاتر شهر ترکیبی از معماری مدرن و معماری سنتی ایران است. الیزا با دوربین پروین که اکنون نزد او بود، از گوشه‌های خاصی از سالنِ انتظار تماشاخانه عکس می‌گرفت.

احساس می‌کردم نگاه‌های کنجکاوی را به خود جلب می‌کردیم و به یاد گفته‌های سروان ابراهیمی افتادم که خارجی‌ها زود جلب نظر می‌کنند. البته عکس گرفتن الیزا

و انگلیسی صحبت کردن ما هم می‌توانست دلیل این کنجکاوی باشد. باید اقرار کنم که این توجه و کنجکاوی دختران و پسران جوان درباره ما و به همراه داشتن دختر زیبایی چون الیزا غرور غیر منتظره‌ای در من برانگیخت.

تماشاگرانی که اکنون منتظر به صدا درآمدن صدای زنگ و باز شدن در تالار بزرگ بودند، همه شیک‌پوش بودند و از رفتارشان هم پیدا بود که به قشر خاصی از جامعه تهرانی‌ها تعلق داشتند. دخترها اگرچه همه به اجبار روسری و مانتو بر تن داشتند، اما لباس‌های خود را با زبردستی تحسین‌برانگیزی به گونه‌ای ترکیب کرده و پوشیده بودند که زیبایی و جلوه‌های شخصی هر کدام از ورای این پوشش اسلامی به‌خوبی نمایان بود.

الیزا گفت: «دخترهای ایرانی خیلی زیبا هستند.»

به دخترانی که در اطرافم بودند، نگاه کردم.

الیزا پرسید: «چطور تو عاشق هیچ کدام از آن‌ها نشدی؟»

انتظار این پرسش را نداشتم و پس از لحظه‌ای تفکر گفتم: «چرا، من هم زمانی عاشق یک دختر ایرانی بودم.»

الیزا دوربینی را که در دست داشت پایین آورد و چشم به دهان من دوخت. گویا زمان آن فرا رسیده بود که برای نخستین بار درباره مهسا با کسی بی‌پیرایه حرف بزنم: «اسم او مهسا بود. مدت کوتاهی پس از به روی کار آمدن رژیم اسلامی با مادرش به خانه‌ای روبه‌روی خانه ما نقل مکان کردند. پدر او از افسران ارشد رژیم پیشین بود که در جریان انقلاب اعدام شده بود...»

لحظه‌ای انسان‌ها و مکان پیرامون خود را فراموش کردم و به آن دوران وصف‌ناپذیر بازگشتم: «... دوران عجیبی بود. مردم به مهسا و مادرش به چشم بیماران طاعونی نگاه می‌کردند. مهسا و من هر روز تقریباً هم‌زمان از خانه خارج می‌شدیم و به سر کار می‌رفتیم. گاهی او هم سوار همان اتوبوسی می‌شد که من با آن سر کار می‌رفتم. به هر حال، یک بار سر صحبت باز شد و از آن به بعد هر وقت همدیگر را می‌دیدیم، کمی صحبت می‌کردیم. او که می‌دانست مردم از سرنوشت پدر او اطلاع دارند، هیچ لزومی نمی‌دید که پنهان‌کاری کند. خیلی صریح و صادق بود و من خیلی زود همه

جزئیات زندگی او را فهمیدم. بیشتر اقوام و آشنایان او و مادرش ایران را ترک کرده بودند و او خیلی تنها بود. هنوز هم وقتی به او فکر می‌کنم، ابتدا چشمان غمگین و تنهایش در ذهنم مجسم می‌شوند...»

وقتی این جملات را بیان می‌کردم، احساس می‌کردم مهسا در کناری ایستاده و با همان چشمان غمگین منتظر اعتراف من است: «... او خیلی کوشش کرد که با ما، با من و فروزان، رابطه نزدیک‌تری برقرار کند. اما ما چنان دچار روشن‌فکری‌های تنگ‌نظرانه و باورهای سیاسی ابلهانه بودیم که نمی‌توانستیم دوستی او را بپذیریم.»

الیزا دوربین را از دستی به دست دیگر داد و پابه‌پا شد. به نظر می‌آمد که رنگش کمی پریده باشد.

ادامه دادم: «پس از چند هفته من دیگر صبح‌ها فقط به امید دیدار او از خانه بیرون می‌رفتم. صبح‌ها از پنجره اتاقم خانه آن‌ها را می‌پاییدم و بیرون رفتنم را طوری تنظیم می‌کردم که هم‌زمان با او از خانه خارج شوم. تمام روزها و شب‌هایم در فکر او می‌گذشت، اما شهامت و توانایی این را نداشتم که بر تلقین جامعه، بر جوّی که بر خانواده ما حاکم بود و پیش از همه بر بندهایی که بر ذهن خودم پیچیده بود، غلبه و عشقم را به او اعتراف کنم.»

الیزا باز روی پا جابه‌جا شد. دستی به پیشانی خود کشید و تقریباً با بی‌حوصلگی و آرام پرسید: «خوب بعد چه شد؟»

«تقریباً یک سال پس از این‌که مهسا به محله ما نقل مکان کرده بود، یک روز وقتی که از سر کار به خانه آمدم، مادرم پاکت نامه‌ای به من داد که مهسا صبح آن روز به او داده بود...»

این نامه اکنون در مونیخ در جعبه‌ای بود که نامه‌هایم را در آن نگه می‌داشتم.

«... پاکت حاوی عکس و نامه کوتاهی از مهسا بود. او نوشته بود که آن‌ها که ممنوع‌الخروج بودند، امکانی برای خروج از ایران پیدا کرده بودند و باید همان روز ایران را ترک می‌کردند. همچنین، نوشته بود که می‌داند من او را دوست دارم و دو شماره تلفن که مربوط به خارج از ایران بودند، برایم نوشته و از من خواسته بود پس از مدتی با آن شماره‌ها تماس...»

الیزا باز کمی پابه‌پا شد. اکنون رنگ او کاملاً پریده و چهره‌اش در عرض چند دقیقه حالتی بسیار ضعیف و بیمارگونه یافته بود. طوری که من نگران شدم و صحبت خود را قطع کردم: «الیزا حالت خوب است؟»

الیزا دوربین را به دست من داد و با صدای لرزانی گفت: «نه، حالم زیاد خوب نیست بهروز. دست‌شویی کجا است؟»

«می‌خواهی یک دکتر خبر کنم؟»

«دست‌شویی... خواهش می‌کنم...»

هراسان به این طرف و آن طرف نگاه کردم تا تابلوی دست‌شویی را پیدا کردم. الیزا را به سوی دست‌شویی هدایت کردم. پیش از این‌که داخل دست‌شویی شود، به دختر جوانی که او نیز همان لحظه می‌خواست به دست‌شویی برود، گفتم: «ببخشید خانم، این مهمان خارجی من حالش خیلی بد است. ممکن است لطفاً او را همراهی کنید.»

دختر جوان لبخندی زد. دست الیزا را گرفت و به انگلیسی به او گفت: «شما خوبی؟ بیا!»

آن‌ها به داخل دست‌شویی رفتند. من در مقابل دست‌شویی خانم‌ها منتظر ماندم. بسیار نگران و مضطرب بودم. نمی‌دانستم چه اتفاقی افتاده است و آیا الیزا به پزشک احتیاج دارد یا نه. آیا باید او را به بیمارستان می‌رساندم؟ اسم بیماری او چه بود؟ اگر حال او بدتر می‌شد، او را به کدام بیمارستان باید می‌بردم؟ دکتر باستیانی در خانه نبود که با او تماس بگیرم. تنها چیزی که به ذهنم رسید، این بود که به رضا زنگ بزنم. اما از کجا؟ به دربان مراجعه کردم. گفتم که حال خانمی که همراه من است، خوب نیست و باید یک تلفن اضطراری بزنم. او کسی را صدا کرد که مرا به دفتری هدایت کرد. از آن‌جا توانستم به رضا زنگ بزم. رضا هنوز در مطب بود. وقتی که گفتم برادرزن او هستم، منشیش وی را صدا کرد.

من جریانٍ را برایش توضیح دادم و او گفت: «نگران نباش، احتمالاً چیز مهمی نیست. فعلاً الیزا کجا است؟»

کوشش رضا برای تسکین دادن من بدون آگاهی از بیماری الیزا مرا قدرِی عصبانی کرد. یک بار دیگر برای او توضیح دادم که رنگ صورت الیزا کاملاً پریده و از

قیافه‌اش مشخص است که حال خیلی بدی دارد و مدتی طولانی است که در دست‌شویی است و من هم نمی‌توانم وارد آن‌جا شوم. گفتم فقط می‌خواهم به من بگوید اگر حال الیزا بدتر شد، چه باید بکنم.

رضا گویا چندان به سخنان من گوش نمی‌داد: «تو خونسردی خودت را حفظ کن. این از همه چیز مهم‌تر است. خبر کردن اورژانس با وضع خیابان‌های تهران فایده‌ای ندارد، بیمارستان بردن او هم همین‌طور. بهترین کاری که می‌توانی بکنی این است که وقتی او از دست‌شویی برگشت، اگر هنوز حالش بد بود، او را با تاکسی به این‌جا بیاوری.»

فکر بسیار خوبی بود. سریع به مقابل دست‌شویی خانم‌ها برگشتم. الیزا هنوز داخل دست‌شویی بود. خانم‌هایی که از دست‌شویی خارج می‌شدند، با تعجب مرا نگاه می‌کردند. خواستم از یکی از آن‌ها بپرسم حال الیزا چطور است که الیزا همراه همان دختر جوان از دست‌شویی بیرون آمد. یک دستش را روی شکم خود گذاشته بود و کمی خمیده راه می‌رفت. به نظرم آمد که چهره او رنگ‌پریده‌تر از پیش است.

به سوی او رفتم و گفتم: «به رضا زنگ زدم، پیش او می‌رویم.»

الیزا با تکان سر موافقت خود را نشان داد: «حالت تهوع دارم.»

دختر جوان ما را تا نزدیک در همراهی کرد و پرسید که آیا می‌خواهیم او ما را تا ماشین همراهی کند.

گفتم: «نه! لازم نیست. خیلی ممنون که کمک کردید.»

دختر جوان کوشید جمله‌ای به انگلیسی به الیزا بگوید: «من امیدوارم...» اما نتوانست جمله‌اش را به پایان برساند و از من خواهش کرد به الیزا بگویم که او برایش بهبودی سریع آرزو می‌کند.

۷

اگرچه از ساعت معمولی کار مطب گذشته بود، اما هنوز یک بیمار آنجا بود. من به خواهش الیزا از اتاق معاینه خارج شدم و در اتاق انتظار کنار خانمی نشستم که منتظر بود. حدود یک ربع بعد، الیزا همراه منشی رضا از اتاق معاینه خارج شد و به اتاق مخصوص تزریقات رفت. چند لحظه بعد، رضا هم از اتاق خارج شد و تا من خواستم چیزی بپرسم، گفت: «کمی صبر کن، الان کارم تمام می‌شود.» و بیمار دیگر را به اتاق معاینه برد.

لحظاتی بعد از داخل اتاق تزریقات صداهایی شنیدم. گویا الیزا بالا می‌آورد. پس از حدود ده دقیقه، بیماری که نزد رضا بود، از اتاق معاینه خارج شد و مطب را ترک کرد. رضا دوباره از اتاقش بیرون آمد و به اتاق تزریقات رفت.

پس از چند دقیقه که خبری از داخل اتاق نشد، پشت در اتاق تزریقات رفتم و در زدم. رضا از داخل گفت: «بهروز، چند لحظه صبر کن، الان کارمان تمام می‌شود.»

از اینکه نمی‌دانستم الیزا چه مشکلی دارد و نیز از اینکه رضا هم هیچ اطلاعاتی در اختیار من نمی‌گذاشت، هم نگران و هم عصبانی بودم. بالاخره پس از نیم ساعت آنها بیرون آمدند. الیزا دستمالی جلو دهان خود گرفته بود. رنگ چهره‌اش کمی بهتر شده بود. حدس زدم که رضا به او دارویی داده است.

رضا به الیزا گفت: «لطفاً بنشینید...»

صندلی کنار مرا به او نشان داد: «... و این‌جا کمی صبر کنید، من شما را به خانه می‌رسانم.»

الیزا نشست و رضا برای عوض کردن لباسش به دفتر خود رفت.

از الیزا پرسیدم: «بهتر هستی؟»

«آره خیلی بهترم.»

گفتم: «من الان می‌آیم.»

و به اتاق رضا رفتم. رضا در حال جابه‌جا کردن وسایل روی میز خود بود.

از او پرسیدم: «لازم نیست به بیمارستان برویم؟»

رضا گفت: «بیمارستان برای چی؟ حالت خوب نیست؟» و خندید.

باز از دست او عصبانی شدم. رضا وقتی که با فروزان ازدواج کرد، من هفده سال داشتم و با من همچون بچه‌ای رفتار می‌کرد. هنوز هم رفتارش با من عوض نشده بود و حتی در بدترین شرایط هم مرا جدی نمی‌گرفت: «رضا لطفاً شوخی نکن!»

رضا لبخندی زد و گفت: «چیز مهمی نیست. احتمالاً چیز بدی به خوردش داده‌ای، مسمومش کرده‌ای. حالا که معده‌اش خالی شد، حالش بهتر می‌شود. ناهار کجا خوردید؟»

«فقط همین؟ مسمومیت غذایی؟ چیز دیگری نیست؟»

«مگر چی قرار بود باشد؟»

رضا لحظه‌ای فکر کرد و گفت: «بالا آوردن می‌تواند علت دیگری هم داشته باشد...»

بعد نیشخند زد: «مگر خبری بوده است؟»

من عصبانیت خود را فرو خوردم: «من و الیزا و پروین امروز ظهر هر سه یک نوع غذا خوردیم. یعنی ما هم مسموم می‌شویم؟»

«سیستم دفاعی بدن افراد با هم فرق دارد...»

آقای نیشخند لحظه‌ای فکر کرد و ادامه داد: «... ولی بعید نیست شما هم مریض بشوید. خانه که رفتی نصف استکان آب‌لیمو بخور...» و باز خندید.

گفتم: «رضا، ما قرار است فردا به بابل برویم. فکر می‌کنی با این وضعی که الیزا دارد، کار درستی باشد؟»

آقای نیشخند به‌جای این‌که به پرسش من پاسخ بدهد، گفت: «بابل؟ من می‌خواستم خودت را هم یک چک‌آپ بکنم. کی از بابل برمی‌گردی؟»

«رضا، خواهش می‌کنم، یک بار هم که شده جواب مرا درست بده!»

رضا چند لحظه سکوت کرد و بعد به‌راستی کمی جدی شد: «زندگی کوتاه‌تر از آن است که آدم وقت خود را در تخت‌خواب بگذراند. اگر فردا صبح حال الیزا خوب بود، اشکالی ندارد...»

و دوباره لبخندی معنادار زد: «تو هم مثل این‌که کمی استرس داری. بروید شمال کمی تفریح و استراحت کنید. برای هر دو شما خوب است... در ضمن پانسمان دستش را هم عوض کردیم.»

۸

دکتر باستیانی نزدیک ساعت دوازده به خانه آمد و خیلی سرحال بود. مادرم و الیزا خوابیده بودند، اما من بیدار مانده بودم که در را برای دکتر باستیانی باز کنم.

پیش از آمدن او به ربه‌کا زنگ زدم. مسئله غیبت من خوشبختانه مشکلی ایجاد نکرده بود و او توانسته بود برایم مرخصی بگیرد. قدری با او صحبت کردم و قسمتی از ماجراهایی را که برایم پیش آمده بود، برایش تعریف کردم. او خیلی افسوس می‌خورد که هرگز در ایران نبوده است و گفت که مایل است حتماً یک بار به ایران سفر کند.

دکتر باستیانی از دربند خیلی خوشش آمده بود. وقتی که وارد شد، گفت: «خیلی جای قشنگی بود. فقط یک کمی سرد بود و جایی هم نمی‌شد شراب خورد. باید یک بار هم با الیزا به آن‌جا برویم.»

گفتم: «الیزا در تئاتر حالش بد شد. من او را بردم به مطب رضا معاینه‌اش کند.»

دکتر باستیانی با چهره‌ای نگران گفت: «چی شه بود؟ رضا چی گفت؟»

«رضا گفت مسمومیت غذایی بوده است. پروین حالش بد نشد؟ او هم همان غذایی را خورده بود که الیزا خورده بود.»

«نه، حال پروین خوب بود. حالا الیزا کجا است؟»

به بالای پله‌ها اشاره کردم: «خوابیده است.»

دکتر باستیانی کنار بار آشپزخانه رفت و نشست. من هم پیش او نشستم.

گفت: «الیزا این اواخر خیلی ضعیف شده است و خیلی زود مریض می‌شود.»

«فکر نمی‌کنید بهتر است سفر بابل را لغو کنیم؟»

«خیلی حال الیزا بد بود؟»

«رضا گفت باید ببینیم فردا حالش چطور است.»

کوشیدم او را قانع کنم که از سفر بابل صرف نظر کند: «بهتر نیست این‌جا بمانیم و دنبال پیدا کردن دست‌نویس‌ها باشیم؟»

دکتر باستیانی کمی فکر کرد و گفت: «من آن‌قدر خوش‌باور نیستم که امیدی به پیدا کردن دست‌نویس‌ها داشته باشم.»

سپس مکثی کرد و گفت: «در اداره پلیس گفتند که موتورسوار از بابل است. من اطمینان دارم که این اتفاقی نیست. به نظر من سرقت دست‌نویس‌ها به شکلی به بابل و به مامطیری مربوط است. اگر امیدی به یافتن دست‌نویس‌ها باشد، فقط از این طریق است.»

گفتم: «مگر شما معتقد نبودید که تفتیش عقاید کلیسا به دنبال دست‌نویس‌ها است؟»

«اول این‌طور فکر می‌کردم، اما اکنون دیگر از این بابت زیاد مطمئن نیستم.»

با این‌که انتظار نظری علمی و دقیق نداشتم، پرسیدم: «پس اکنون چه فکر می‌کنید؟»

دکتر باستیانی باز وارد دنیای خیالی خود شد: «به نظر من کس یا کسان دیگری هم به خاصیت‌های پَروَک، به این‌که پَروَک نه تنها درمان دردهای متفاوت بلکه اکسیر جوانی و درازکننده زندگی نیز است پی برده‌اند و می‌کوشند به هر شکلی شده آن را به دست بیاورند. این فرد یا افراد هر کس که هستند نه تنها در ایتالیا بلکه در ایران هم قدرت دارند. شاید واقعاً کلیسا در پشت این قضیه باشد یا مافیا یا یک سازمان فراماسونری... نمی‌دانم...»

احساس می‌کردم هر بار که پیش‌آمد ناگواری رخ می‌دهد، فکر دکتر باستیانی بیشتر به سوی مامطیری و پَروَک منحرف می‌شود. اکنون هم دلیل این‌گونه فکر کردن او بی‌شک بد شدن حال الیزا بود: «ولی...»

«... من هم نمی‌دانم آن‌ها از کجا به راز پَروَک پی برده‌اند. تنها نسخه دیگر کتاب جیلیانی، یعنی دست‌نویس ووینیچ، بدون کلید رمز بنتونینی قابل خواندن نیست.»

«... ولی کلیسا یا مافیا... چطور... اگر هم کسی از وجود پَروَک آگاه باشد، برای پیدا کردن آن نیازی به دست‌نویس جیلیانی ندارد. در این دست‌نویس هم اطلاعات خاصی در مورد محل رشد پَروَک وجود ندارد.»

«شاید منابع دیگری هم در مورد پَروَک وجود دارند که ما از آن‌ها اطلاع نداریم... من خودم هم نمی‌دانم... اما احساسم به من می‌گوید که سرقت دست‌نویس‌ها، پَروَک و مامطیری همه به شکلی به هم مربوط هستند و اگر ما یکی از آن‌ها را پیدا کنیم، بقیه را نیز پیدا خواهیم کرد.»

«شما به‌راستی معتقدید که مامطیری هنوز زنده است؟»

«ما تاکنون چند سند تاریخی در مورد زندگی او پیدا کرده‌ایم، اما هنوز سندی درباره مرگ او پیدا نکرده‌ایم...»

وقتی دکتر باستیانی وارد این مرحله می‌شد، بحث با او دیگر سودی نداشت: «همه چیز خیلی منطقی‌تر و قابل توضیح‌تر نیست، اگر بپذیریم سرقت دست‌نویس‌ها، یعنی در واقع سرقت کیف شما به طمع پول یا چیزهای دیگر بوده و ربطی به مامطیری و پَروَک و پیش‌آمدهای ایتالیا ندارد؟...»

«منطقی‌ترین توجیه نباید صحیح‌ترین توجیه باشد.» دکتر باستیانی همیشه جمله قصاری آماده داشت.

«... یا حداقل بپذیریم که دست‌نویس‌ها به خاطر عتیقه بودنشان پرارزش هستند و کسی به این دلیل آن‌ها را دزدیده است؟ در این صورت باید دزد را در ایتالیا بجوییم.»

«نه... نه... ما باید به بابل برویم. اگر...»

باقی سخنان دکتر باستیانی را درست گوش ندادم. به نظر من این کمی یا خیلی خودخواهانه بود که دکتر باستیانی حتی در این لحظه هم که الیزا بیمار در تخت خود خوابیده بود، به وضعیت او نمی‌اندیشید و به دنبال پیدا کردن موجودات افسانه‌ای خیالات خود بود. این خودخواهانه بود، حتی اگر او این خیالات را با دارو و درمان برای الیزا پیوند می‌زد.

پنج شنبه

۱

وقتی بیدار شدم، همچنان نگران الیزا بودم. زود لباسم را عوض کردم و پایین رفتم. مادرم و دکتر باستیانی بیدار بودند. مادر در آشپزخانه مشغول تدارک صبحانه بود و دکتر باستیانی سر میز غذاخوری نشسته بود و همینگوی خود را نگاه می‌کرد.

پرسیدم: «الیزا هنوز بیدار نشده است؟»

دکتر باستیانی گفت: «چرا بیدار است.»

بعد سرش را از روی همینگوی بلند کرد و گفت: «حالش خوب است، اما صبحانه میل ندارد. در اتاقش است. گفت وقتی خواستیم برویم، صدایش کنیم.»

قصد داشتیم طوری تهران را ترک کنیم که حوالی ظهر در بابل باشیم. اما تا آمدیم تهران را ترک کنیم، از ظهر هم گذشته بود. می‌خواستیم صبح زود به اداره آگاهی برویم، اما به دلیل تأخیر پروین، موفق نشدیم پیش از ساعت ده آنجا باشیم. در اداره آگاهی، هر چهار نفر ما یک ساعت تمام عکس‌های کیف‌قاپ‌های تهران را

که خیلی هم زیاد بودند، نگاه کردیم، اما نتوانستیم کسی را شناسایی کنیم. وقتی از اداره آگاهی بیرون آمدیم، نزدیک ظهر بود و پروین پیشنهاد کرد ناهار بخوریم و بعد حرکت کنیم و اصرار کرد برای خوردن غذا به رستورانی در ونک برویم که او می‌شناسد. باید اقرار کنم رستوران خوبی بود. دکتر باستیانی و الیزا که شب پیش و آن روز صبح چیزی نخورده بود، از چلوکباب آن‌جا خیلی خوششان آمد، اما رفتن از اداره آگاهی تا ونک در خیابان‌های شلوغ تهران خیلی وقت ما را تلف کرد.

مدت کوتاهی پس از ترک تهران، وارد جاده هراز شدیم که از میان رشته کوه البرز می‌گذرد و تهران را در کوه‌پایه‌های جنوبی آن به استان مازندران در شمال آن وصل می‌کند. وقتی به کوه‌ها رسیدیم، پروین سخنرانی طولانی درباره زیبایی کوه‌های البرز، خشکی آن‌ها در جنوب، سرسبزی آن‌ها در شمال، بلندی و مقایسه آن‌ها با کوه‌های آلپ شروع کرد. من حوصله گوش دادن به حرف‌های او را نداشتم. احساس خستگی می‌کردم. تمام شب را به الیزا فکر کرده بودم و نتوانسته بودم درست بخوابم. دیشب وقتی رضا ما را به خانه رساند، به نظر می‌آمد که حال الیزا بهتر باشد. از ماشین رضا که پیاده شدم، الیزا دستش را به سوی من دراز کرد. من دست او را گرفتم و کمک کردم از ماشین پیاده شود.

رضا هم پیاده شد: «من هم یک نوک پا می‌آیم بالا تا به مامان سلامی بکنم.»

چند قدمی دست الیزا در دست من بود. انگشتان ظریفش به دور انگشتانم حلقه شده بودند و گرمی دل‌انگیزی در آن‌ها می‌پراکندند. من فردی نیستم که زود تحت تأثیر نوازش‌های دیگران قرار بگیرم، اما آن‌طور که الیزا انگشتان مرا در دست خود می‌فشرد، ناگهان شوق و عشق آتشین و بی‌سابقه‌ای وجودم را فرا گرفت. نیاز شدیدی به بوسیدن دستی که این‌گونه نوازش‌گرانه دست مرا در خود داشت، در من زبانه کشید. آقای نیشخند به ما نگاه کرد و لبخند مخصوصش بر لبانش نشست و به اطراف نگاه کرد. پیاده‌رویی که ما در آن بودیم، خالی از رفت و آمد بود، اما ناگهان به خاطر آوردم که ما در ایران هستیم و در جمهوری اسلامی مرد و زن در خیابان اجازه ندارند دست یکدیگر را بگیرند، تا چه رسد به این‌که بوسه بر دست هم بزنند. دست خود را آرام از دست الیزا بیرون کشیدم. وقتی وارد خانه شدیم، الیزا که از نگاه کردن به چشمان من پرهیز می‌کرد، گفت که میل به شام خوردن ندارد و ترجیح می‌دهد زودتر به بستر برود و استراحت کند. سپس از رضا تشکر کرد و شب به خیر

گفت تا به طبقه بالا برود. پیش از بالا رفتن، از او پرسیدم آیا فکر می‌کند فردا بتواند به سفر بابل برود و او بدون این‌که به من نگاه کند و بیشتر رو به رضا گفت که به هیچ وجه حاضر به تغییر برنامه سفر بابل نیست.

تمام شب را به او فکر کرده بودم. آیا الیزا از این‌که من دست خود را ــ اقرار می‌کنم قدری زبونانه ــ از دست او بیرون کشیده بودم، از من رنجیده بود؟ آیا دست او به‌راستی با زبان عشق با دست من سخن گفته بود یا این احساس اشتباه و ناشی از آرزویی پنهان در قلب من بود؟ چرا هر بار که چند ساعتی از او دور می‌شدم، احساس دلتنگی می‌کردم؟ آیا عاشق او بودم؟ آیا چنین عشقی اصلاً واقع‌بینانه است؟ آیا کسی در شرایط او مایل به دل بستن به دیگری و حاضر به پذیرش دشواری‌های یک عشق بود؟ آیا دل بستن به کسی در شرایط او درست بود؟ آیا راهی برای درمان بیماری او وجود داشت؟ شاید پَروَک به‌راستی می‌توانست به او کمک کند. برای کمک به او از هیچ کوششی از هیچ امیدی، هر چقدر کوچک، نباید صرف نظر کرد.

احساس می‌کردم الیزا از من کناره‌گیری می‌کند و با من سرد است. موقع ناهار هم همین احساس را داشتم. باید به شکلی با او راجع به دیشب صحبت می‌کردم. او در ماشین هم خیلی کم‌حرف بود. طوری که پروین پس از سخنرانیش از او پرسید: «الیزا، هنوز حالت بد است؟»

«نه، بهتر هستم. می‌شود جایی توقف کنیم و چیزی بنوشیم؟»

پروین گفت: «می‌ترسم اگر جایی توقف کنیم تا به بابل برسیم شب بشود. من چند تا نوشابه همراهم آورده‌ام.»

و رو به من گفت: «بهروز خان، نوشابه‌ها داخل آن جعبه سبز هستند...»

از زنبیلی که موقع حرکت پروین جلوی پای من جا داده بود، جعبه سبز را درآوردم. پروین در آینه به دکتر باستیانی نگاه کرد و گفت: «سانتینو، تو هم چیزی می‌نوشی؟»

سانتینو! از کی تا حالا پروین این‌قدر با دکتر باستیانی خودمانی شده بود؟! دکتر باستیانی با تشکر پذیرفت. به دکتر باستیانی و الیزا نوشابه دادم. الیزا نوشابه را از دستم گرفت و بدون این‌که به من نگاه کند، تشکر کرد.

ما از دره‌ای می‌گذشتیم که در دو طرفش کوه‌های سرسبز و بلند البرز سر کشیده بودند و این‌جا و آن‌جا قله‌ها از برف پوشیده بود. من مناظر به‌راستی بدیع و زیبای البرز را می‌دیدم و افسوس می‌خوردم که در گذشته، وقتی که هنوز ساکن ایران بودم، هرگز به این مناطق نیامده بودم. زیبایی آن‌ها کاملاً متفاوت از کوه‌های آلپ بود. من تنها دو بار از راه چالوس که جاده دیگری از تهران به سوی دریای خزر است، به گیلان رفته بودم، اما این نخستین بار بود که به مازندران می‌رفتم. فاصله کمتر از دویست کیلومتری تهران تا آمل، نخستین شهر مازندران در آن سوی البرز، بیشتر به سکوت گذشت. از آمل تا بابل هم چهل کیلومتر بیشتر نبود. در راه تنها یک بار در پمپ بنزینی پس از آمل توقف کردیم و نزدیک غروب به بابل رسیدیم.

۲

وارد بابل که شدیم، پروین در کنار خیابانی شیشه ماشین را پایین کشید تا نشانی هتل رویان را بپرسد که از تهران به او توصیه کرده بودند. با پایین کشیدن شیشه، بوی دل‌انگیز شکوفه‌های نارنج و پرتقال مشام ما را پر کرد. پس از چند بار نشانی پرسیدن به هتلی رسیدیم که پروین قبلاً با آن تماس گرفته بود؛ یک هتل سه طبقه در نزدیکی مرکز شهر بابل. البته این هتل با هتلی که در رم ساکن آن بودیم، بسیار تفاوت داشت. ساختمان هتل قدیمی و کهنه به نظر می‌رسید، اما وسایل داخل اتاق‌ها چندان کهنه نبودند و خوش‌بختانه تمیز بودند. ما سه اتاق در طبقه سوم گرفتیم. پروین و الیزا مایل بودند در یک اتاق باشند. من و دکتر باستیانی هر کدام اتاق جداگانه‌ای داشتیم. در طبقه سوم هشت اتاق بیشتر نبود. اتاق‌های ما همه در یک سمت بودند و از پنجره‌هایمان قسمتی از کوه‌های البرز دیده می‌شد.

وسایلم را در اتاق گذاشتم و به سالن پذیرش هتل برگشتم. سالن هتل اتاق کوچکی بود؛ شامل سه صندلی راحتی یک‌نفره، یک میز کوچک و کوتاه و البته پیش‌خوان پذیرش. پروین مشغول صحبت با مدیر پذیرش هتل بود. وقتی از پله‌ها پایین رفتم، لبخند زد و به سوی من آمد: «نشانی چند تا رستوران خوب را از مدیر هتل گرفتم.»

به ساعتم نگاه کردم: «هنوز که برای شام زود است.»

«می‌توانیم پیش از شام کمی در شهر قدم بزنیم.»

حوصله صحبت‌های پروین را نداشتم: «من خیلی خسته هستم. دیشب خیلی کم خوابیدم.»

پروین لبخند مرموزی زد و گفت: «بین تو و الیزا کدورتی پیش آمده است؟»

این پرسش پروین مرا کاملاً غافلگیر کرد. از یک سو متأسف بودم که رفتار من یا شاید الیزا به گونه‌ای بوده که چنین ظنی را در پروین برانگیخته است و از سوی دیگر انتظار نداشتم پروین حتی اگر چنین موضوعی هم وجود داشته و او متوجه آن شده است، این‌طور با صراحت درباره آن با من صحبت کند: «نه، چطور مگر؟...»

آیا دکتر باستیانی هم متوجه این کدورت شده بود؟

پروین ابروها را بالا انداخت و لبخند خود را فرو خورد.

من ادامه دادم: «... نمی‌دانم. مثل این‌که الیزا از دست من دلخور است.»

«می‌خواهی من...»

در همین لحظه، دکتر باستیانی از پله‌ها پایین آمد و پروین سخن خود را قطع کرد. دکتر باستیانی لباس خود را عوض کرده بود و به‌جای پیراهن و کتی که قبلاً به تن داشت، یک بلوز بافتنی و یک کاپشن پوشیده بود. وقتی به ما که هنوز کنار پله‌ها ایستاده بودیم رسید، گفت: «مغازه‌ها این‌جا تا کی باز هستند؟ اگر هنوز فرصتی است، سری به بازار بزنیم، شاید یک عطاری پیدا کنیم.»

دکتر باستیانی یک لحظه به چیز دیگری جز پَروَک و مامطیری فکر نمی‌کرد. من مایل بودم حداقل یک روز یا یک عصر را به‌جای مامطیری و پَروَک با الیزا طی کنم: «من...»

پروین سخن مرا قطع کرد و خطاب به دکتر باستیانی گفت: «سانتینو، بگذار من و تو با هم به بازار برویم. بهروز امروز خیلی خسته است.»

به من نگاه کرد و ادامه داد: «مثل این‌که در این نزدیکی یک پارک خیلی قشنگ است. بهروز و الیزا می‌توانند اگر خواستند کمی آن‌جا گردش کنند.»

از این نوع دخالت کردن دیگران در کارهایم اصلاً خوشم نمی‌آید، اما گردش در پارک فکر بدی نبود. دکتر باستیانی هم با پیشنهاد پروین موافقت کرد.

پروین به او گفت: «پس صبر کن من هم کاپشنم را بردارم.»

و به بالا رفت و پس از چند لحظه با کاپشنی قرمز که روی مانتوی آبی خود پوشیده بود، برگشت و به دکتر باستیانی گفت: «الیزا دوش می‌گرفت. گفتم ما تا ساعت نُه برمی‌گردیم و با هم می‌رویم شام بخوریم.»

پیش از این‌که آن‌ها از در هتل خارج شوند، پروین به من گفت: «اگر خواستید بیرون بروید، حتماً لباس گرم بپوشید. عصرها کمی سرد می‌شود. من یک کاپشن هم برای الیزا آورده‌ام.»

واقعاً که این پروین می‌خواست برای همه مادری کند. همراه آن‌ها چند قدمی رفتم و بعد به داخل هتل برگشتم. تصمیم گرفتم پیش الیزا بروم و بپرسم آیا او مایل است کمی گردش کند. قصد داشتم هنگام گردش کمی با او صحبت کنم. شاید بتوانم سوء تفاهم شب پیش را برطرف کنم. به طبقه بالا رفتم، اما وقتی که به جلوی در اتاق رسیدم، با خود فکر کردم شاید هنوز زیر دوش یا در حال پوشیدن لباس باشد و ترجیح دادم کمی صبر کنم. به اتاق خودم رفتم. روی تخت نشستم. مبلمان اتاق کیفیت مرغوب ایرانی داشت، اما در مقایسه با هتل‌های اروپایی شاید به‌زحمت سه ستاره می‌گرفت. بلند شدم و به کنار پنجره رفتم. از پنجره اتاق من کوه‌های سرسبز البرز از فراز خانه‌های بابل پیدا بودند. فکر کردم شاید الیزا هم اکنون کنار پنجره اتاق خود ایستاده است و البرز را تماشا می‌کند. کمی صبر کردم و از اتاقم خارج شدم. در اتاق الیزا را زدم. جوابی نشنیدم. چند لحظه صبر کردم و باز در زدم: «الیزا!»

باز هم پاسخی نشنیدم. عجیب بود. به پذیرش هتل رفتم. از مدیر پذیرش که مردی میان‌سال با موهای جوگندمی و سبیل کوچکی بود، سراغ خانمی را که هم‌سفرم بود گرفتم و او با لهجه مازندرانی گفت که او دقایقی پیش از هتل خارج شده است.

من هم از هتل خارج شدم. نزدیک غروب بود و صدای اذان مغرب از مسجدی در نزدیکی به گوش می‌رسید. هوا کمی خنک بود، اما نسیم ملایمی که گاهی از شمال می‌وزید، خنکی آن را تخفیف می‌داد و آن را فرح‌بخش می‌ساخت. در خیابان‌های اطراف کمی قدم زدم. بیشتر مغازه‌ها هنوز باز بود. خیابان‌های بابل پررفت و آمدتر

از آن بود که حدس می‌زدم. در پیاده‌روها نیز جنب و جوش فراوانی وجود داشت. به دنبال الیزا گشتن در این رفت و آمد به نظرم بیهوده آمد.

به هتل برگشتم. مدیر هتل آن‌جا نبود، اما جوانی در پشت پیش‌خوان پذیرش نشسته بود و اوراقی را دسته‌بندی می‌کرد و در دفتر بزرگی چیزهایی می‌نوشت. با دیدن من سلام کرد. گویا کارهای حساب‌داری هتل را انجام می‌داد. نمی‌دانستم چه بکنم. مانند بیگانه‌ای در یک کشور غریب احساس تنهایی می‌کردم، آن هم در وطن خود و تنها پس از دقایقی دوری از هم‌سفرانم. در سالن کوچک هتل نشستم. رفت و آمدی وجود نداشت. نگران الیزا بودم. اگر مشکلی برای او پیش می‌آمد، به دشواری می‌توانست در این شهر کسی را پیدا کند که قادر به مکالمه به زبان انگلیسی باشد. چند لحظه بعد صدای دری در طبقه بالا شنیده شد و مدیر پذیرش از پله‌ها پایین آمد و به پشت پیش‌خوان پذیرش رفت. من هم بلند شدم و به سوی او رفتم: «ببخشید آقا، یک سؤال داشتم.»

مدیر پذیرش قلمی را که تازه از کشویی درآورده بود، روی پیش‌خوان گذاشت: «بفرمایید!»

«شما تاکنون اسم رُکاآتِک را شنیده‌اید؟ باید نام محله‌ای در بابل یا اطراف آن باشد.»

مرد چشم‌ها را تنگ کرد و پس از چند لحظه فکر گفت: «رُکاآتِک... نه، تا حالا این اسم را نشنیده‌ام.»

و به جوان حساب‌دار نگاه کرد. او هم گفت: «من هم آن را نمی‌شناسم.»

مدیر پذیرش پرسید: «این چه اسمی است؟ خیلی غریب به نظر می‌رسد.»

«مثل این‌که به زبان مازندرانی قدیمی است. شاید هم اسم روستایی در جنوب بابل به طرف البرز باشد. کسی یا سازمانی را نمی‌شناسید که بتواند درباره مازندران به ما اطلاعات بدهد؟»

مدیر هتل گفت: «چرا به سازمان جهانگردی مراجعه نمی‌کنید؟ بیشترین اطلاعات در مورد مازندران را در ساری، مرکز استان می‌توان پیدا کرد.»

«نه، من دنبال دیدنی‌ها یا گردش‌گاه‌ها نیستم که به سازمان جهانگردی بروم. بیشتر دنبال کسی یا سازمانی هستم که محله‌های قدیمی شهر و منطقه را بشناسد... نمی‌دانم، مثلاً دانشگاه، شهرداری یا موزه... یا یک کسی که با این اطراف... با اطراف بابل خوب آشنا باشد.»

«بابل یک دانشگاه صنعتی و یک دانشگاه پزشکی دارد. همچنین، یک دانشگاه آزاد که تازه افتتاح شده است. فکر نمی‌کنم آن‌جا کسی بتواند به شما کمک کند.»

سرش را تکان داد: «شهرداری را هم فراموش کنید؛ فقط چهار تا مهندس دارد و یک مشت عمله. شما به همان سازمان جهانگردی باید مراجعه کنید. اگر خودشان هم ندانند، شاید کسی را به شما معرفی کنند که این اطلاعات را داشته باشد.»

یادم آمد که فردا جمعه است: «فردا هم که جمعه است و همه جا تعطیل است.»

مدیر پذیرش به ساعت خود نگاه کرد و گفت: «صبر کنید...»

و تلفن روی پیش‌خوان را به سوی خود کشید: «من یک نفر را در سازمان جهانگردی ساری می‌شناسم. اهل بابل است و خودش هم راهنمای گردش‌گری است. شاید هنوز در دفتر باشد.»

حساب‌دار پرسید: «مازیار را می‌گویی؟»

مدیر پذیرش با سر گفته او را تأیید کرد و شماره گرفت و پس از چند لحظه کسی از آن سوی خط پاسخ داد و وی قدری به مازندرانی با او صحبت کرد که من فقط سلام و علیکش را فهمیدم. سپس گوشی را به سوی من دراز کرد: «هنوز در دفتر است.»

گوشی را گرفتم و با فرد آن سوی خط صحبت کردم. نامش مازیار به‌آور بود. همچون سایر مردم آن دیار برخورد محترمانه‌ای داشت. اندکی درباره همراهانم و علت سفرمان به بابل برای او توضیح دادم. وی بسیار مهربان و صمیمانه مایل به کمک بود، اما نام رُکاآتِک را هرگز نشنیده بود. گفت که هر آخر هفته به بابل می‌آید و فردا هم خواهد آمد و می‌کوشد تا فردا اطلاعاتی برایم جمع‌آوری کند و سری به هتل ما می‌زند. از او تشکر کردم و گوشی را گذاشتم.

مدیر پذیرش پرسید: «توانست به شما کمک کند؟»

«رُکاآتِک را نمی‌شناخت، اما گفت سعی می‌کند تا فردا اطلاعاتی جمع کند.»

حساب‌دار چیزی به تبری گفت و خندید. مدیر پذیرش هم خندید و چون نگاه پرسش‌گر مرا دید، گفت: «شوخی می‌کند. این مازیار که الان با او صحبت کردید، یک پدربزرگ نود ساله دارد که یک زمانی سورچی بوده و هر وقت مازیار به این‌جا می‌آید، قصه‌های خنده‌داری از او تعریف می‌کند. این همکارمان می‌گوید شما را سراغ او بفرستم.»

و باز خندید.

به یاد توصیه استاد شمایلی که گفته بود ممکن است پیرمردی یا پیرزنی این نام را بشناسد، افتادم: «خوب فکر بدی هم نیست. این پیرمردها حتماً این‌جا را بهتر از هر کس دیگری می‌شناسند.»

مدیر هتل خندید و گفت: «نه،این شوخی بود. پدربزرگ مازیار دچار فراموشی است و سواد هم ندارد.»

بعد با لحن ناصحانه‌ای اضافه کرد: «مازیار هم همه جا را خوب می‌شناسد. کمی پول به او بدهید، همه جا را نشانتان می‌دهد.»

بعد با لبخند گفت: «شما که خدا را شکر وضعتان خوب است!»

متوجه شدم که اگرچه می‌خواستم امشب را بدون پَروَک و مامطیری طی کنم، اما باز بی‌اختیار در جست‌وجوی رُکاآتِک بودم. بیمار واگیر پَروَک‌جویی از دکتر باستیانی به من هم منتقل شده بود. تشکر کردم و به اتاقم رفتم. تلویزیون را روشن کردم، اما شبکه‌های انگشت‌شماری که در دسترس بودند، برنامه درست و حسابی نداشتند. فکر کردم شاید الیزا برگشته باشد. باز به پشت در اتاقش رفتم و در زدم. باز هم جوابی نیامد. به اتاقم رفتم. کیفی را که امروز صبح بسته بودم باز کردم و یکی از کتاب‌هایی را که همراه داشتم درآوردم و چند صفحه‌ای خواندم، اما هیچ چیز نفهمیدم. نمی‌توانستم فکرم را متمرکز کنم. به‌تدریج نگرانیم درباره الیزا افزایش می‌یافت. اگر راه هتل را گم کرده باشد، چطور می‌تواند دوباره هتل را پیدا کند؟ اگر دوباره حالش بد شده باشد چه؟ کتاب را بستم و دوباره به پشت در اتاق الیزا رفتم و در زدم. باز هم جوابی نیامد.

یعنی ممکن بود که به اتاق بازگشته باشد و نخواهد در را به روی من باز کند؟ اما نه، از کجا می‌توانست بداند من هستم که در می‌زنم؟ از پله‌ها پایین رفتم. مدیر پذیرش و حساب‌دار مشغول گفت‌وگو بودند. به سوی آن‌ها رفتم و پرسیدم: «خانم باستیانی برگشته‌اند؟»

مدیر هتل نگاهی به تابلوی کلیدها در پشت سر خود انداخت: «نه، هنوز برنگشته‌اند.»

«نگرانم، مبادا راه را گم کند.»

«وقتی می‌خواستند بیرون بروند، کارت ویزیت هتل را از من گرفتند. آن کارت را به هر کسی که نشان بدهند، به این‌جا راهنماییشان می‌کند.»

«آخر می‌دانید او کمی مریض احوال است. می‌ترسم یک موقع حالش بد شود.»

مدیر هتل به ساعت خود نگاه کرد و گفت: «نگران نباشید، ایشان هنوز خیلی وقت نیست که بیرون رفته‌اند.»

«یک کلمه فارسی هم بلد نیست... پول ایرانی هم ندارد!»

مدیر هتل سر خود را خاراند و گفت: «این‌جا خیلی‌ها چند کلمه انگلیسی صحبت می‌کنند. نگران نباشید. بچه که نیستند.»

۳

هوا تاریک شده بود. در جلوی هتل قدم می‌زدم. البته مدیر هتل نمی‌توانست
وضعیت الیزا را درک کند. با خود فکر کردم، اگر من به‌جای الیزا بودم، به کدام سمت
می‌رفتم؟ و سمت چپ را که به نظر می‌آمد رفت و آمد بیشتر است و همان سمتی
بود که پروین و دکتر باستیانی رفته بودند، انتخاب کردم و به آن سو رفتم. پس از
حدود دویست متر به خیابانی رسیدم که گویا از خیابان‌های مهم شهر بود. مردم
با شتاب‌زدگی پیش از غروب مشغول خرید بودند. خیابان پر از مغازه‌های گوناگون
بود؛ از میوه‌فروشی گرفته تا بوتیک لباس و فروشگاه لوازم یدکی ماشین همه در
کنار هم. پیاده‌روها از نور چراغ‌های خیابان و چراغ‌های مغازه‌ها کمابیش روشن
بود. می‌توانستم در پیاده‌روی آن سوی خیابان که چندان عریض نبود نیز چهره‌ها
را تشخیص دهم. اگر الیزا از آن سوی خیابان رد می‌شد، با وجود لباس اسلامیش
بی‌شک متوجه‌اش می‌شدم.

به یک چهارراه رسیدم که در یک سوی آن یک پارک بود. احتمالاً همان پارکی
بود که پروین گفته بود. حدس زدم الیزا باید در پارک باشد. وارد پارک شدم. راه‌های
پارک همه با چراغ روشن بود. شاید این تنها چیزی باشد که پارک‌های ایران را
نسبت به پارک‌های آلمان برای من جذاب‌تر می‌کند: همه راه‌ها و گوشه‌کنارها
چراغان است و شب‌ها آدم در آن‌ها غرق ظلمت نمی‌شود. افراد زیادی در پارک
نبودند و کسانی هم که آن‌جا بودند، به نظر می‌آمد بیشتر در حال عبور از آن‌جا
هستند تا گردش در آن. هوا کمی خنک بود. فراموش کردم کاپشنی را که از تهران

آورده بودم، همراهم بردارم. در میان پارک ساختمان بزرگی بود که یک بار دور آن گشتم. نه! الیزا نمی‌توانست در این‌جا باشد. پارک بیش از آن خلوت بود که زن جوانی در این موقع در آن گردش کند. کمی سردم شده بود. از پارک بیرون رفتم، اما از سمت دیگری از آن. کافی بود در امتداد پارک به سمت چپ بروم تا به همان خیابان مرکز خرید برسم و جست‌وجوی الیزا را در آن‌جا ادامه دهم.

قدری که در آن سمت جلو رفتم، متوجه شدم که گویا در جهت اشتباهی در حال حرکت هستم؛ زیرا در آن سمت به‌تدریج از تعداد عابران پیاده کاسته می‌شد و بر عکس تعداد ماشین‌ها بیشتر بود. به داخل پارک برگشتم تا خروجی درست را پیدا کنم. قدری که قدم زدم باز به ساختمان بزرگ میان پارک رسیدم. آن را دور زدم و از سمت دیگر پارک خارج و وارد خیابانی شدم که باریک‌تر از خیابان‌های پیشین و برایم ناآشنا بود. از یک نفر که از مقابلم می‌آمد، سراغ هتل رویان را گرفتم؛ زیرا اسم خیابان مرکز خرید را نمی‌دانستم. او هتل را نمی‌شناخت و نتوانست به من کمک کند.

افراد پیاده در آن خیابان بسیار کم بودند. باید خود را به خیابان مرکز خرید می‌رساندم و جست‌وجوی الیزا را که اکنون احتمال زیاد می‌دادم راهش را گم کرده باشد، در آن‌جا ادامه می‌دادم. دیدم کسی از روبه‌رو می‌آید. وقتی که به هم رسیدیم، پرسیدم: «ببخشید آقا! شما هتل رویان را می‌شناسید؟»

مرد لبخند دوستانه‌ای زد و با لهجه مازندرانی گفت: «راهتان را گم کرده‌اید؟ همین خیابان را مستقیم بروید و سر چهارراه دوم به راست بپیچید. مستقیم که بروید، به هتل رویان می‌رسید.»

در مسیری که او گفته بود، رفتم. حدود دویست متر که از چهارراه اول رد شده بودم، حدس زدم که نشانی آن فرد باید اشتباه باشد؛ زیرا خیابان خیلی خلوت بود و به نظرم کاملاً ناآشنا می‌آمد و شبیه به خیابان‌های اطراف هتل نبود. برگشتم و در جهت مخالف تا چهارراهی رفتم که تازه از آن گذشته بودم. وقتی به آن‌جا رسیدم، نمی‌دانستم از کدام طرف بروم. چند بار همان خیابان را بالا و پایین رفتم. حسابی سردم شده بود و تصمیم گرفتم با تاکسی به هتل برگردم. اگر الیزا برنگشته بود، باید جست‌وجو را به نحو دیگری ادامه می‌دادم. شاید لازم بود از طریق پلیس اقدام کنم.

سر خیابان ایستادم تا سرانجام یک تاکسی جلوی پایم توقف کرد. به راننده گفتم که می‌خواهم به هتل رویان بروم. او گفت احتیاج به تاکسی ندارم. کافی است سر چهارراهی که حدود صد متر جلوتر است، به سمت راست بروم. هتل رویان آن‌جا است. تشکر کردم و به پیاده‌رو برگشتم و همان‌طور که او گفته بود، تا سر چهارراه رفتم. وقتی به سمت راست پیچیدم، هتل رویان را از دور دیدم. ظاهراً نشانی که آن عابر پیاده داده بود، درست بود. فقط مسیر بازگشت من با مسیر رفتنم تفاوت داشت. از سمت چپ رفته و از سمت راست برگشته بودم.

وارد هتل که شدم، دیدم پروین و دکتر باستیانی در سالن هتل نشسته‌اند و مشغول گفت‌وگو هستند. با نگرانی پرسیدم: «الیزا برگشته است؟»

دکتر باستیانی گفت: «بله، رفت بالا الان برمی‌گردد.»

پروین به ساعت خود نگاه کرد و گفت: «مثل آلمانی‌ها وقت‌شناس هستی. درست ساعت نُه است.»

سپس با لحن خرده‌گیرانه‌ای گفت: «اما کجا بودی؟ چرا منتظر الیزا نشدی؟»

«منتظر الیزا! من پیش از بیرون رفتن چند بار در اتاقتان را زدم، ولی او پیش از من بیرون رفته بود.»

«مثل این‌که پذیرش هتل به الیزا گفته بود که تو بیرون رفتی.»

نمی‌دانستم ما کی همدیگر را گم کرده‌ایم، ولی مهم این بود که او گم نشده بود: «حالا مگر اتفاقی افتاده است؟»

پروین که منتظر این پرسش بود، با اشتیاق تعریف کرد: «در خیابان درست جلوی الیزا کمیته‌ای‌ها یک دختر و پسر را که داشته‌اند در کنار هم راه می‌رفته‌اند، دستگیر می‌کنند. بیچاره پسر را هم حسابی کتک می‌زنند. الیزا خیلی ترسیده بود.»

پروین سری تکان داد و به فارسی گفت: «واقعاً آبروی ایرانی‌ها را پیش خارجی‌ها می‌برند. من سعی کردم به الیزا توضیح بدهم که این‌جا روابط آزاد مرد و زن پیش از ازدواج ممنوع است و از این نظر باید خیلی محتاط بود.»

دکتر باستیانی گفت: «راستی الیزا به کارآگاه لورنزی زنگ زده است.»

پرسیدم: «توانسته‌اند دزدها را بگیرند؟»

دکتر باستیانی با لحن تمسخرآمیزی گفت: «نه، فعلاً پرونده را راکد گذاشته‌اند؛ چون در فلورانس دو مورد قتل پیش آمده است و پیگیری قتل برای پلیس فلورانس اولویت بیشتری دارد!»

در همین هنگام، الیزا از پله‌ها پایین آمد و وقتی مرا دید لبخند زد و با سرزنشی دوستانه گفت: «مرا تنها می‌گذاری و می‌روی؟»

احساس کردم تمام خستگی روز از تنم به در رفته است.

جمعه

۱

سرشار از خوش‌بینی و نیرو از خواب بیدار شدم. از تخت بیرون آمدم. به سوی پنجره رفتم و آن را باز کردم. دیشب کمی باران آمده بود. باد سردی از سمت البرز به داخل وزید و حس تازگی و زندگی را در من افزود. شب پیش با فکر الیزا به تخت رفته بودم و صبح هم با فکر او بیدار شدم. برایم دشوار بود، حتی یک لحظه تصویر او را از ذهنم دور کنم. اکنون هم با بی‌قراری منتظر دیدار او بودم.

دیشب هنگام صرف غذا در رستورانی که نشانی آنٍ را از مدیر پذیرش هتل گرفته بودیم، رفتار و لحن گفت‌وگوی الیزا با من کاملاً تغییر کرده بود. نگاه‌های تیز او گاهی چندان به چشمان من ثابت می‌ماندند و به جست‌وجوی اعماق وجودم می‌پرداختند که از شرم نگاهم را از او می‌دزدیدم.

در رستوران که چند نوع غذا با ماهی به سبک مازندرانی داشت و بر خلاف تصور من مورد پسند الیزا و دکتر باستیانی واقع شد، جریان گفت‌وگوی تلفنی خود با مازیار به‌آور و قرار فردا با او را برای دکتر باستیانی توضیح دادم. پروین و دکتر باستیانی

برای ما تعریف کردند که با سراغ گرفتن از این و آن، نشانی یک عطاری را در محله‌ای قدیمی از بابل یافته و به او مراجعه کرده بودند. او هم هرگز نام پَروَک را نشنیده بود، اما چند نوع گیاه را که به گمان او شبیه عکس پَروَک بودند، به آن‌ها نشان داده بود. هیچ کدام از آن‌ها واقعاً پَروَک نبودند و موجودی فراوان آن‌ها نزد عطار نشان می‌داد که آن‌ها نمی‌توانند پَروَک باشند؛ زیرا طبق توصیف‌های جیلیانی این گیاه باید نادر و کمیاب باشد. عطار نشانی یک نفر دیگر را به نام رمضان علف‌چی در دهی در نزدیکی بابل به آن‌ها داده بود که قبلاً برای وی داروهای گیاهی می‌آورده است. به گفته آن عطار رمضان بهتر از هر کس دیگری با گیاهان دارویی منطقه آشنا است. وی از چند سال پیش که پسرش بیمار شده و در پی آن درگذشته بود، دیگر به‌ندرت به شهر می‌آمد.

الیزا با بی‌تفاوتی به سخنان پدرش درباره نتیجه منفی تلاش‌هایش گوش می‌داد و وانمود می‌کرد که شکست‌های پدرش در خوش‌بینی و سرزندگی او هیچ خللی ایجاد نمی‌کنند. به‌جای او این من بودم که از این بابت غمگین و متأثر بودم. تصور دنیایی بدون الیزا برایم دشوار بود؛ دنیایی بدون لبخند آرامش‌بخش او، بدون سادگی و بی‌پیرایگی رفتارش و بدون مهربانی بی‌نهایتش.

سرما کم کم تا اعماق وجودم نفوذ کرده بود. پنجره را بستم و از پشت شیشه بیرون را نگاه کردم. ساختمان‌ها، درختان و تپه‌هایی که در دوردست پیدا بودند، از باران دیشب درخشش و شفافیتی یافته بودند که من هرگز ندیده بودم؛ شفافیت و درخششی نیروبخش و امیدبرانگیز. جست‌وجوی ما ادامه داشت. هنوز امید باقی بود. شاید موفق می‌شدیم رُکاآتِک را پیدا کنیم. شاید رُکاآتِک روی یکی از تپه‌های نزدیکی بود که من از پنجره اتاقم می‌دیدم. شاید بر این تپه‌ها در کنار سنگی، شب پیش پس از توقف باران گلی به رنگ آبی آسمانی روییده بود؛ گلی با دانه‌هایی به رنگ چشمان زیتونی الیزا. گلی فقط به خاطر چشمان او تا نگاه‌های او همچنان به من خیره بمانند و در اعماق وجودم شعله خاموش شده‌ای را باز برافروزند. گلی به خاطر من. گلی برای ما.

۲

قرار گذاشته بودیم نخست به سراغ رمضان علف‌چی برویم که در جایی به نام دیوا زندگی می‌کرد. نشانی او را دکتر باستیانی و پروین از عطار بابلی گرفته بودند. شاید او نه تنها پَروَک را می‌شناخت، بلکه می‌دانست رُکاآتِک کجا است. اگر هم از او نتیجه‌ای نمی‌گرفتیم، شاید مازیار به‌آور اطلاعاتی جمع کرده بود که می‌توانست به ما کمک کند. اگر اطلاعات او هم کافی نبود، بی‌گمان راه‌های دیگری برای یافتن رُکاآتِک وجود داشت.

وقتی پایین رفتم، متوجه حضور مرد جوانی در کنار پذیرش هتل شدم. مدیر پذیرش که دید من از پله‌ها پایین می‌روم، به مرد جوان چیزی گفت و با سر به من اشاره کرد. مرد جوان به سوی من آمد و در حالی که بالاتنه را به حالت تعظیم اندکی خم کرده بود، دستش را به سوی من دراز کرد: «سلام آقای رامتین، من مازیار به‌آور هستم.»

مازیار به‌آور مردی قدبلند با موهای کوتاه فرفری بود که مانند یک نیمه‌مستطیل قسمت بالای صورت کشیده‌اش را احاطه کرده بود. وی چانه‌ای بزرگ داشت و دو چین طولانی از بالای بینی تا دو سمت دهانش کشیده شده بود که به صورتش حالتی جدی و خشن می‌داد. سنش را کمی بیش از سی سال حدس می‌زدم. کت و شلواری قهوه‌ای رنگ به تن داشت. در زیر کت خود یک بلوز بافتنی خردلی رنگ پوشیده بود و کیف کوچکی را حمل می‌کرد.

انتظار نداشتم که صبح به این زودی به سراغ ما بیاید: «سلام آقای به‌آور. خیلی ممنون که تشریف آوردید. واقعاً نمی‌خواستم صبح روز تعطیل مزاحم شما بشوم.»

آقای به‌آور لبخندی زد که تمام چهره‌اش را فرا گرفت: «ما شمالی‌ها به سحرخیزی عادت داریم. من هر جمعه سری به این هتل می‌زنم.»

سپس، زیپ کیف خود را باز کرد و تعدادی بروشور، چند برگ و یک کتابچه کوچک از آن درآورد و به سوی من دراز کرد: «این‌ها را از انتشارات سازمان جهانگردی برایتان آوردم که در مورد بابل و مازندران است.»

آن‌چه را او به سویم دراز کرده بود، گرفتم. او به کتابچه اشاره کرد و گفت: «این یکی کتابی است در مورد تاریخ و جغرافیای بابل، چاپ همین مازندران است. قابل شما را ندارد.»

اگرچه امیدی به یافتن مطلب مفیدی در نشریات سازمان جهانگردی نداشتم، از او تشکر کردم. وجود کسی چون او که با منطقه آشنا است، می‌توانست کمک بزرگی برای ما باشد: «آقای به‌آور یک خواهش دیگر هم از شما دارم!»

او سرش را تکان داد و گفت: «بفرمایید، هر خدمتی از دست من برآید با کمال میل.»

«به ما نشانی یک علف‌چی را داده‌اند که جایی در اطراف بابل... جایی به اسم دیوا زندگی می‌کند. ما قصد داشتیم پس از صبحانه نزد ایشان برویم. اگر شما وقت داشته باشید و ما را راهنمایی کنید، بسیار ممنون می‌شویم...»

نمی‌دانستم موضوع دستمزد او را چگونه مطرح کنم: «... البته نه به طور مجانی...»

«هر موقع بفرمایید من در خدمت شما هستم.»

آقای به‌آور تعیین دستمزد خود را به من واگذار کرد و مبلغی را که من گفتم و شاید کمی بیش از اندازه سخاوتمندانه بود، پذیرفت و گفت: «دیوا چیزی با بابل فاصله ندارد، حدود سی کیلومتر. کی تصمیم دارید حرکت کنید؟»

«ما تصمیم داشتیم بعد از صبحانه حرکت کنیم.»

«پس من همین جا پیش آقای جعفری...» آقای به‌آور به مدیر هتل اشاره کرد: «می‌مانم. شما سر فرصت صبحانه خودتان را میل کنید.»

من به رستوران کوچک و بدون پنجره هتل که هشت میز بیشتر نداشت، رفتم و جایی نشستم و دستور چای دادم. چند لحظه بعد یکی از کارکنان هتل یک قوری چینی چای داغ و یک استکان و نعلبکی برایم آورد. یک چای برای خودم ریختم و مشغول مرور بروشورهایی شدم که از آقای به‌آور گرفته بودم. همان‌طور که حدس زده بودم، بروشورها تنها تبلیغاتی بود؛ درباره آثار تاریخی شهرهای استان مازندران و نیز زیبایی‌های طبیعی این استان. بروشورها حاوی عکس‌های زیبایی از ساحل دریای خزر و کوه‌های مازندران بود، اما اکثراً بدون ذکر محل دقیق آن‌ها. کتابچه‌ای که درباره تاریخ و جغرافیای بابل بود، ۱۱۰ صفحه داشت و عکس‌های بسیاری از بابل و اطراف آن داشت. البته خواندن تمام کتاب وقت بیشتری نیاز داشت، اما در فهرستی که در ابتدای کتاب آمده بود و نیز در فهرست نام‌ها در پایان کتاب، نه نام رُکاآتِک و نه نام خواجه نصیر یا یعقوب گیلانی یا کاظم ابن تونینی را یافتم. تنها نام آشنایی که یافتم نام میر بزرگ مرعشی بود.

تازه چای دوم را برای خود ریخته بودم که دکتر باستیانی آمد: «خانم‌ها هنوز نیامده‌اند؟»

به ساعتم نگاه کردم. نزدیک هشت و نیم بود: «هنوز دیر نکرده‌اند.»

برای دکتر باستیانی قهوه سفارش دادیم که همان خدمتکار هتل برای او هم یک قوری اما با آب داغ و چند پاکت کوچک نسکافه و یک استکان و نعلبکی آورد. دکتر باستیانی لبخندی زد و گفت: «همین هم بهتر از چای است.»

به او گفتم که مازیار به‌آور آمده است و ما را در پیدا کردن محل زندگی علف‌چی یاری می‌کند. دکتر باستیانی یک پاکت نسکافه در استکان خود خالی کرد و آب داغ روی آن ریخت و بدون مقدمه گفت: «آقای رامتین، از شما خیلی متشکرم که این‌قدر برای من زحمت می‌کشید...»

این نخستین بار بود که او از من تشکر می‌کرد و ادامه داد «... من متوجه این هستم که زحمات شما کمکی معمولی نیست. شما حتی جان خود را به خاطر

خواسته‌های من به خطر انداختید. احتمال این‌که تلاش‌های ما نتیجه‌ای نداشته باشد زیاد است. اما به هر حال، من به زحمات شما واقفم و از شما خیلی متشکرم.»

سپس لحظه‌ای مکث کرد و دوباره گفت: «خواستم این را بدانید.»

تشکر صادقانه و صمیمانه دکتر باستیانی مرا بسیار تحت تأثیر قرار داد. از این‌که توانسته بودم تاکنون رضایت خاطر او را جلب کنم، احساس شادمانی می‌کردم. مایل بودم او به آن‌چه می‌خواهد دست یابد. اگرچه باورهای دکتر باستیانی درباره خواجه نصیر مامطیری خیال‌بافی و دور از واقعیت بود، اما آیا پَروَک هم به‌راستی تنها یک رؤیا بود؟ وجود یک گیاه با خصوصیات استثنایی از نظر علمی توجیه‌پذیر بود. شاید هم خواجه نصیر مامطیری به‌راستی موفق شده بود از پَروَک دارویی خارق‌العاده بسازد. شاید او پیش از این‌که قربانی تعصبات میر بزرگ یا قربانی لشکرکشی‌های تیمور شود، دستور ساختن آن دارو را در دست‌نویسی ثبت کرده بود. دست‌نویسی که اکنون در انبار خانه‌ای در روستایی در نزدیکی بابل زیر لایه ضخیمی از خاک پنهان بود. آیا من نیز دچار توهمات و خیال‌بافی شده بودم؟ آیا الیزا باعث شده بود که من نیز در مرز میان تخیل و واقعیت سرگردان شوم؟ یعنی این امکان وجود نداشت که به خاطر دکتر باستیانی، نه، به خاطر الیزا یک بار هم که شده، در زندگی من، در زندگی ما مرز میان تخیل و واقعیت فرو ریزد یا شکاف بپذیرد و عنصری از دنیای خیال به جهان تحمل‌ناپذیر واقعیت پرتاب شود و زندگی ما را دگرگون کند؟

۳

همه ما از تسلط آقای به‌آور به زبان انگلیسی و لهجه بسیار بریتانیایی او متعجب شده بودیم. وقتی که خود را به دکتر باستیانی و الیزا معرفی کرد، الیزا با اشتیاق پرسید: «شما انگلیسی را کجا یاد گرفته‌اید؟»

و من اطمینان دارم که او انتظار شنیدن نام یکی از شهرهای انگلستان را داشت، اما به‌آور جواب داد: «در دانشگاه ساری!» و بی‌درنگ توضیح داد که ساری مرکز استان مازندران است.

پس از صبحانه با ماشین پروین و به راهنمایی آقای به‌آور به سوی دیوا در جنوب بابل حرکت کردیم. بابل شهر بزرگی نیست و ما خیلی زود بیرون از شهر و در دامن طبیعت زیبای مازندران بودیم. تمام استان مازندران نوار باریکی میان دریای خزر در شمال آن و رشته کوه‌های البرز در جنوبش است. در طی مسیر، پروین توضیحاتی درباره طبیعت مازندران می‌داد که گویا چندان صحیح نبودند و آقای به‌آور در کمال احترام آن‌ها را تصحیح می‌کرد. پس از طی کردن مسیری طولانی در کنار شالیزارها و تپه‌هایی سرسبز، به دیوا در کوه‌پایه‌های البرز رسیدیم.

آقای به‌آور گفت: «می‌توان گفت دیوا مرز میان دشت و کوه است. آن طرف دیوا جنگل و کوه شروع می‌شود.»

دیوا با کوچه پس‌کوچه‌های زیادش روستای بزرگی به نظر می‌رسید. طبق نشانی که پروین و دکتر باستیانی روز پیش از عطار بابلی گرفته بودند، باید پس از رسیدن

به آبادی وارد جاده‌ای می‌شدیم که از میان آن می‌گذشت و باید آن را تا جایی که ماشین می‌توانست می‌رفتیم و سپس در نزدیکی رودخانه‌ای ماشین را پارک می‌کردیم و پیاده در امتداد رودخانه بالا می‌رفتیم تا به کلبه تنهایی در میان چند درخت در سمت راست برسیم.

کوچه‌های آبادی گلی و پر از دست‌انداز و در بعضی جاها بسیار تنگ بودند، طوری که ماشین از بعضی از آن‌ها به‌زحمت رد می‌شد. کودکانی که در کوچه‌ها مشغول بازی بودند، با دیدن ما بازی خود را متوقف و با کنجکاوی ما را تماشا می‌کردند. افراد بالغ خیلی کمتر دیده می‌شدند. احتمالاً مشغول کار در شالیزارها یا کارهای زراعی دیگر بودند. در مرکز آبادی به یک دوراهی رسیدیم و نمی‌دانستیم به کدام طرف باید برویم. مجبور شدیم توقف کنیم. آقای به‌آور در خانه‌ای را زد و قدری با زنی که دم در آمده بود، صحبت کرد و دوباره سوار شد و گفت که باید از راه سمت چپ برویم. در آن مسیر پیش رفتیم. به‌تدریج از تراکم خانه‌ها کم شد. از میان جنگلی رد شدیم تا به جایی رسیدیم که راه ماشین‌رو از رودخانه رد می‌شد. در رودخانه آب کمابیش زیادی در جریان بود، اما از رد ماشین‌ها پیدا بود که ماشین‌های بزرگ‌تر می‌توانند از رودخانه رد شوند.

همان‌طور که عطار بابلی گفته بود، ماشین را همان جا پارک کردیم و پیاده شدیم و در راهی که در امتداد رودخانه به سمت بالا می‌رفت، به حرکت درآمدیم. زمین خیس و گلی بود و شیب بسیار تندی داشت. هیچ کدام از ما کفش مناسبی نداشتیم. با وجود این‌که هوا خنک بود، خیلی زود همه شروع به عرق ریختن کردیم. هنوز چندان از ماشین فاصله نگرفته بودیم که دکتر باستیانی گفت: «شاید پَروَک جایی در همین اطراف می‌روید.»

این مثبت‌اندیشی دکتر باستیانی کمی مایه ترس من بود. می‌ترسیدم از این‌که این احساس او به‌زودی به یأسی بزرگ‌تر تبدیل شود. شاید الیزا هم چنین احساسی داشت؛ زیرا چهره‌اش که تا لحظه‌ای پیش خندان بود، ناگهان جدی شد و با لحن خسته‌ای گفت: «پدر، اگر مخالفتی نداشته باشی من ترجیح می‌دهم برگردم و کنار ماشین منتظر شما بمانم. همه لباس‌هایم گلی شد.»

من که از دیشب مایل بودم کمی در تنهایی با الیزا صحبت کنم، فرصت را مناسب دیدم که با او به پایین برگردم و قدری با هم تنها باشم. اما پیش از آن‌که من یا دکتر باستیانی چیزی بگوییم، پروین گفت: «من هم با تو می‌آیم، کفش‌های من خیلی برای این راه نامناسب است.»

دکتر باستیانی کمی دلخور گفت: «آره، شما پیش ماشین برگردید. کار ما هم گمان نمی‌کنم زیاد طول بکشد.»

الیزا به من نگاه کرد و من ناگهان تأثر عجیبی در چشمان او دیدم. او و پروین همان جا ایستادند و الیزا چند لحظه با همان نگاه ما را تعقیب کرد. نگاهی که برایم بسیار غریب بود. آیا متأثر بود از این‌که با این عمل خود بی‌اعتقادیش را به کاری که پدرش انجام می‌داد، برملا می‌کرد؟ یا شرمنده بود از این‌که در تلاشی که به خاطر او داشتیم، ما را همراهی نمی‌کرد؟ آیا افسرده بود از این‌که شاید با وجود میلی باطنی نمی‌توانست همچون پدرش به وجود پِروَک، به وجود درمانی برای بیماری خود باور داشته باشد؟

افسردگی او به من نیز سرایت کرد. چرا من چنین پرورش یافته بودم که برای هر چیز به یک اثبات ریاضی نیاز داشتم؟ چرا نمی‌توانستم همچون بسیاری از انسان‌های دیگر به اندیشه‌ای فقط به خاطر زیباییش، فقط به خاطر انسانی بودنش اعتقاد داشته باشم؟ مگر همین اعتقاد و همین کوشش برای یافتن یک رؤیا به زندگی مفهوم نمی‌بخشید و کوشش‌های ما را مدلل نمی‌ساخت؟ مگر همین باور به رؤیا از رنج زندگی نمی‌کاست؟ چرا من آن را از خود دریغ می‌کردم؟ نگاهی به عقب انداختم و دیدم که چگونه الیزا و پروین در پیچ راه در میان درختان ناپدید شدند. آیا این‌ها اندیشه‌های من بودند یا اندیشه‌های الیزا؟ به راه خود ادامه دادم. دکتر باستیانی چند قدم جلوتر از من بود و هیچ کوششی نمی‌کرد که کفش‌ها یا شلوارش گلی نشوند. من هم که تاکنون می‌کوشیدم طوری در راه قدم بگذارم که لباس‌هایم کثیف نشوند، این کوشش بیهوده را رها کردم.

به‌تدریج از شیب راه کاسته شد و من باز سردی باد ملایمی را که از کوه‌ها و از میان درختان می‌وزید، احساس کردم. پس از دو پیچ خانه تنهایی در میان درختان پیدا شد. به‌آور و باستیانی که چند قدم جلوتر از من بودند، به سوی آن رفتند و من

هم به دنبال آن‌ها. خانه کوچکی با دیوارهای خشتی و سقفی شیروانی از حلبی بود. تکه کوچکی از زمین جلوی خانه، شاید کمی بیشتر از یک متر مربع با سنگ و آجر فرش شده بود و جلوی در ورودی که کمی بالاتر از سطح زمین بود، دو سنگ بزرگ به‌جای پله گذاشته شده بود. ما تا روی سنگ‌فرش رفتیم. به‌آور تا پای پله‌ها رفت و چند بار با مشت به در زد: «یاالله، کسی خانه است؟»

چند لحظه منتظر ماندیم. چون خبری نشد، آقای به‌آور باز به در زد و صدا کرد. از داخل خانه صدایی شنیده شد، کمی طول کشید و سرانجام در باز شد و در میان آن پیرزنی پیدا شد. پیرزن که لباس و روسری رنگینی به تن و به سر داشت، چشمانش را تنگ کرد تا آقای به‌آور را بهتر ببیند و چیزی به مازندرانی گفت. ما که یک قدم پشت سر آقای به‌آور بودیم، گویا کلاً از میدان دید او بیرون بودیم؛ زیرا هیچ توجهی به ما نکرد. آقای به‌آور کمی با او صحبت کرد. من چیزی به‌جز نام رمضان از آن گفت‌وگو نفهمیدم. پس از پایان گفت‌وگویشان به‌آور از پیرزن تشکر کرد و گفت: «برویم.»

پیرزن گویا تازه متوجه ما شد و به فارسی لهجه‌داری پرسید: «از تهران آمده‌اید؟»

به‌آور به او گفت: «بلی!» و باز تشکر کرد.

من پرسیدم: «چه گفت؟»

به‌آور گفت: «گفت خانه علف‌چی کمی جلوتر است. باید بالاتر برویم.»

دکتر باستیانی پرسید: «این زن به چه زبانی صحبت می‌کرد؟»

برایش توضیح دادم که زبان بومی این منطقه زبان مازندرانی است که با فارسی هم‌خانواده است، اما برای فارسی‌زبان‌ها به‌راحتی قابل فهم نیست.

دوباره به راه برگشتیم و به حرکت خود به سمت بالا ادامه دادیم. آقای به‌آور جلو می‌رفت و ما به دنبال او. بعد از آن کلبه، راه به‌تدریج از رودخانه فاصله گرفت و دوباره شیب تندی پیدا کرد، به طوری که دکتر باستیانی کمی به نفس‌نفس افتاد. من که کمی جلوتر از او بودم، ایستادم تا به من برسد. کفش‌ها و شلوارهای هر دو ما پر از گل شده بود. فاصله به‌آور از ما بیشتر شد. ما چند دقیقه سر جای خود ایستادیم.

باد ملایمی که تا لحظاتی پیش می‌وزید، آرام گرفته بود. آفتاب قدری بالا آمده و هوا کمی گرم‌تر شده بود.

به دکتر باستیانی گفتم: «می‌خواهید کمی بنشینیم؟»

او نفس عمیقی کشید و به راه افتاد: «نه، این تکه آخر را کمی تند آمدیم، از نفس افتادم.»

کمی آرام‌تر به حرکت خود ادامه دادیم تا به جایی رسیدیم که شیب راه پایان یافت و زمین کمی هموار شد و همان جا خانه دیگری را در فاصله اندکی از راه دیدیم. به‌آور در کنار پرچینی چوبی که دور خانه را فرا گرفته بود، ایستاده و مشغول گفت‌وگو با زنی بود. زن تقریباً پنجاه ساله می‌نمود. یک روسری صورتی بر سر داشت و چادری را دور کمر خود پیچیده بود. یک جفت چکمه پلاستیکی سیاه بر پا و بیلی در دست داشت. شیار کوچکی که از کنار پرچین می‌گذاشت، معلوم بود که تازه کنده شده است. زن با دیدن ما روسری خود را کمی پایین کشید، دسته مویی را که از زیر روسری بیرون آمده بود، به زیر روسری راند و بیل را از دستی به دست دیگر داد.

به آن‌ها که نزدیک شدیم، زن سلام کرد. من هم سلام کردم و دکتر باستیانی هم سرش را به علامت سلام تکان داد و دستش را روی پرچین نهاد. چون پرچین خیس بود، او دوباره دستش را برداشت.

به‌آور به انگلیسی گفت: «این زنِ علف‌چی است. می‌گوید که او برای جمع‌آوری علف صبح زود بیرون رفته است و کم کم باید برای ناهار برگردد.»

زن گفت: «بفرمایید داخل، علف‌چی الان می‌آید.»

به‌آور حرف او را برای دکتر باستیانی ترجمه کرد. من به دکتر باستیانی گفتم: «اگر می‌خواهید، می‌توانیم همین جا منتظر شویم.»

دکتر باستیانی گفت: «نه، برویم داخل کمی بنشینیم.»

زن پیش رفت و ما به دنبال او وارد اتاقی شدیم که در بالای آن یک فرش و در پایین آن چند گلیم پهن شده بود. در بالای اتاق یک پتوی تاشده و چند پشتی و نزدیک در یک صندوق چوبی قرار داشت. کنار صندوق در یک جعبه چوبی چند

دسته گیاه که من نمی‌شناختم، پیدا بود. در یک طرف اتاق روی یک میز کوچک یک سماور قرار داشت که از آن بخار برمی‌خاست. کنار همان میز، یک سینی مسین بزرگ، پر از دانه‌هایی قهوه‌ای رنگ روی زمین بود. دانه‌ها در دو سمت سینی انباشته بودند و میان آن‌ها خالی بود. روی رفی که بالای میز سماور قرار داشت، دو کیسه کتانی قرار داشت که سر آن‌ها با نخ قهوه‌ای رنگی بسته شده بود.

به‌آور پیش از ما وارد اتاق شد و با لبخند به دکتر باستیانی گفت: «جای مهمان‌ها در صدر اتاق، روی پتو و کنار پشتی‌ها است.»

دکتر باستیانی به صندوق کنار در اشاره کرد: «می‌توانم روی این صندوق بنشینم؟» و به‌آور بدون این‌که از صاحب‌خانه بپرسد، گفت: «اگر راحت هستید، همان جا بنشینید.»

دکتر باستیانی روی صندوق نشست. زن که او را دید، یکی از پشتی‌ها را برداشت و به سوی او آمد و گفت: «بگذارید روی صندوق تا راحت بنشینید.»

من برای دکتر باستیانی ترجمه کردم. او پشتی را گرفت و آن را زیر خود گذاشت و تشکر کرد. زن سری تکان داد و از اتاق بیرون رفت. من بالای اتاق روی پتو نشستم.

به‌آور که هنوز ننشسته بود، جلوی پنجره کوچک اتاق متوقف ماند و گفت: «آمد!»

دکتر باستیانی بلند شد و به کنار پنجره رفت. بیرون را نگاه کرد و دوباره برگشت و سر جای خود نشست. چند لحظه بعد صداهایی از بیرون خانه شنیده شد و علف‌چی و همسرش وارد اتاق شدند. همسر علف‌چی یک سینی پلاستیکی با چند استکان در دست داشت.

علف‌چی ریش کوتاه سپید و موهایی کم‌پشت و جوگندمی داشت. کمرش قدری خمیده بود و یک بافتنی به رنگ سبز تیره بر تن داشت که قدری برایش بزرگ می‌نمود. وی چهره خندانی داشت و با هر سه ما دست داد و هر بار هنگام دست دادن کمر خمیده‌اش را بیشتر به علامت تعظیم خم کرد. سپس، اندکی به اطراف اتاق نگاه کرد. گویا نمی‌دانست کجا بنشیند. کنار صندوقی که دکتر باستیانی روی آن نشسته بود، روی زمین نشست. همسرش هم کنار میزی که سماور روی آن بود نشست و دست‌به‌کار چای ریختن شد.

به علف‌چی گفتم: «ما از خارج آمده‌ایم. من در آلمان زندگی می‌کنم و این آقا ایتالیایی است.»

علف‌چی به دکتر باستیانی نگاه کرد و به حالت نشسته باز تعظیم کوچکی کرد.

ادامه دادم: «ایشان محقق هستند و به دنبال یک گیاه دارویی هستند که احتمالاً در این منطقه می‌روید و عطاری در بابل به ما گفته است که پیش شما بیاییم، شاید شما این گیاه را بشناسید.»

همسر علف‌چی که استکان‌های داخل سینی را از چای پر کرده بود، از جا بلند شد و سینی را جلوی ما گرفت. علف‌چی هم یک چای برداشت و باز کمرش را خم کرد و گفت: «همه پدران من علف‌چی بوده‌اند. من این کار را از پدرم یاد گرفته‌ام و او از پدرش. شما بگویید برای چه دردی دنبال دارو هستید، من می‌گویم چه دارویی برای آن خوب است.»

من گفتم: «نه، ما دنبال یک گیاه به‌خصوص هستیم. گلی به اسم پَروَک.»

علف‌چی آشکارا از این پرسش یکه خورده بود: «پَروَک؟»

واکنش او چنان بارز بود که حتی دکتر باستیانی هم که زبان ما را نمی‌فهمید، متوجه آن شد. هر دو ما با اضطراب چشم به دهان علف‌چی دوختیم. این نخستین باری بود که به نظر می‌رسید کسی جز ما این نام را شنیده است. دکتر باستیانی از من پرسید: «پَروَک را می‌شناسد؟»

از علف‌چی پرسیدم: «بله، پَروَک، شما آن را می‌شناسی؟»

وی به همسرش که دوباره کنار سماور نشسته بود نگاه کرد و گفت: «پَروَک...» و صدایش قدرت و استواری خود را از دست داد: «... پَروَک وجود ندارد.»

من گفتم: «ولی شما مثل این‌که آن را می‌شناسید.»

دکتر باستیانی هم که متوجه حالت غیر معمولی او شده بود، پرسید: «چه می‌گوید؟»

و همین‌گوی خود را از جیبش درآورد و تصویر پَروَک را از میان آن بیرون کشید و به سوی علف‌چی دراز کرد.

«می‌گوید پَروَک وجود ندارد!»

دکتر باستیانی ابروهایش را در هم کشید. علف‌چی به او نگاه کرد، سرش را به علامت تأیید تکان داد و پرسید: «این عکس را از کجا آورده‌اید؟ پَروَک را کجا پیدا کرده‌اید؟»

من برایش توضیح دادم که این تصویر از روی توصیف‌های کتاب یعقوب گیلانی کشیده شده است و او پرسید: «یعنی پَروَک در گیلان رشد می‌کند؟»

من که نام گیلانی را عنوان کرده بودم، فقط به خاطر این‌که ببینیم آیا او این نام را شنیده است یا نه برایش توضیح دادم که گیلانی و ابن تونینی و خواجه نصیر مامطیری در بابل یا اطراف آن زندگی می‌کرده‌اند و در کتاب‌های چند صد سال پیش پَروَک را توصیف کرده‌اند و از او پرسیدم: «شما پَروَک را از کجا می‌شناسید؟»

علف‌چی نفس عمیقی کشید و گفت: «چند سال پیش پسر یکی یک‌دانه‌ام خیلی سخت مریض شد. هرچه خودمان دوادرمان کردیم، نتیجه‌ای نداد...»

به همسرش نگاه کرد: «تا ساری هم بردیمش، اما دکترهای آن‌جا هم نتوانستند به او کمک کنند و گفتند کاری از دستشان برنمی‌آید. دوباره به این‌جا آوردیمش. پدرم به من گفت فقط پَروَک می‌تواند او را نجات بدهد.»

به‌آور گفته‌های او را ترجمه می‌کرد. علف‌چی به تصویر پَروَک که در دست داشت، نگاه کرد: «این درست مثل همان گلی است که او می‌گفت. من هیچ‌وقت چنین گلی ندیده بودم.»

وی همین‌طور به تصویر پَروَک خیره ماند و آهسته و با لحنی شکست‌خورده ادامه داد: «همه کوه‌ها و دشت‌های مازندران را گشتم؛ تا فیروزآباد تا سنگ‌چال تا گلوگاه تا مَرزی‌کُلا... همه جا را گشتم، ولی این گل را پیدا نکردم...»

قطره اشکی را که از گوشه چشمش بیرون زده بود، با پشت دستش پاک کرد: «پسر یکی یک‌دانه‌ام...»

به دکتر باستیانی نگاه کردم، چشمان او نیز مرطوب بودند.

به‌آور در پایان ترجمه‌هایش گفت: «خدا بیامرزدش.»

علف‌چی آه بلندی کشید، به سوی به‌آور نیمه تعظیمی کرد و صدایش باز کمی قوت گرفت: «... شما می‌دانید پَروَک کجا سبز می‌شود؟»

من گفتم: «ما هم فقط از همان نوشته‌های گیلانی می‌دانیم که پَروَک در مازندران رشد می‌کند.»

به یاد الیزا افتادم: «ما هم برای یک مریض دنبال آن می‌گردیم. گیلانی نوشته است که پَروَک در رُکاآتِک سبز می‌شود. شما می‌دانید رُکاآتِک کجا است؟»

علف‌چی گفت: «رُکاآتِک؟ نه تا حالا این اسم را نشنیده‌ام.»

مکثی کرد و ادامه داد: «اگر پدرم حواسش جمع بود، همه جا را می‌شناخت.»

از این‌که پدر او هنوز در قید حیات بود، تعجب کردم. سن خود او را بالای شصت حدس می‌زدم. گفته‌هایش را برای دکتر باستیانی ترجمه کردم.

او گفت:«بپرسید پدرش کجا زندگی می‌کند.»

پرسیدم.

علف‌چی گفت: «همین جا، کمی پایین‌تر، سر راه. موقع آمدن حتماً از کنار خانه‌اش رد شدید.»

پرسیدم: «می‌توانیم با او صحبت کنیم؟»

علف‌چی گفت: «پدرم خیلی پیر است و چند سال است دیگر هوش و حواس ندارد.»

به دکتر باستیانی گفتم و او اصرار کرد: «با این حال، من خیلی مایل هستم این مرد را ببینم. گاهی این افراد خیلی بیشتر از آن‌چه ما فکر می‌کنیم حواسشان جمع است... جدی می‌گویم.»

۴

علف‌چی با کمر خمیده‌اش جلوی ما حرکت می‌کرد و کاسه‌ای را که غذایی مانند هلیم در آن بود، در دست داشت. به آسمان نگاه کردم، چند تکه ابر سفید در آسمان دیده می‌شد، اما آن‌ها در مسیر خورشید نبودند. از همان راه گل‌آلودی که رفته بودیم، به سمت پایین برگشتیم. در سراشیبی تندی که قبلاً ما را از نفس انداخته بود، یک بار لیز خوردم و اگر آقای به‌آور مرا نگرفته بود، به زمین می‌خوردم.

خانه پدر علف‌چی همان خانه‌ای بود که ما پیرزنی را در مقابل آن دیده بودیم. اکنون همان پیرزن کنار پیرمردی روی پله‌های سنگی جلوی خانه در زیر نور آفتابی که از میان درختان بر آن‌ها می‌تابید، نشسته بودند. پیرمرد ریشی سفید داشت و یک کلاه نمدی سیاه بر سر داشت و به جایی در میان درختان روبه‌رو خیره شده بود.

ما به سوی آن‌ها رفتیم و با آن‌ها سلام و علیک کردیم. پیرمرد بدون این‌که به ما نگاه کند، پس از پیرزن سلام کرد و همان‌طور به میان درخت‌ها خیره ماند. علف‌چی قدری با آن‌ها به تبری صحبت کرد و کاسه غذایی را که همراه داشت، به پیرزن داد. پیرزن کاسه را کنار خود روی پله گذاشت.

علف‌چی به پدر خود توضیح داد که ما که هستیم و از کجا آمده‌ایم. پیرزن به آقای به‌آور نگاه کرد و گفت: «می‌شناسمشان.»

پیرمرد هم سرش را تکان داد و گفته پیرزن را تکرار کرد: «می‌شناسمشان.»

پیرزن گفت: «بیایید داخل یک چای بخورید!»

پیرمرد هم پس از یک مکث کوتاه قسمتی از گفته او را تکرار کرد: «چای بخورید.»

ما تشکر کردیم و من که نمی‌دانستم صحبت را از کجا شروع کنم، گفتم: «چه آفتاب قشنگی.»

پیرزن گفت: «دیشب خیلی باران آمد.»

پس از مکث کوتاهی پیرمرد هم گفت: «خیلی باران آمد.»

من از پیرمرد پرسیدم: «پدر، شما چند سال دارید؟»

پیرمرد واکنشی نشان نداد. علف‌چی به‌جای او پاسخ داد: «من ۶۳ سال دارم. دو برادر و یک خواهر داشتم که برادر بزرگم فوت کرده است. اگر او الان زنده بود، ۷۵ سالش هم بیشتر بود. پدرم صد سالی دارد.»

گفته او را برای دکتر باستیانی ترجمه کردم.

«صد سال دارم.» پیرمرد این بار حرف پسرش را تکرار کرد و پس از لحظه‌ای مکث گفت: «طبیب دویست سال هم بیشتر دارد.»

دکتر باستیانی از به‌آور پرسید: «پیرمرد چه می‌گوید؟»

من با تعجب از پیرمرد پرسیدم: «کی دویست سال دارد؟»

به‌آور هرجا من ترجمه نمی‌کردم، سخنان ما را برای دکتر باستیانی ترجمه می‌کرد.

پیرمرد جوابی نداد و علف‌چی گفت: «حافظه پدرم دیگر درست کار نمی‌کند. از چند سال پیش، از همان موقع که پسرم مریض شد، شروع به هذیان گفتن کرد. آن موقع می‌گفت زمانی که بچه بوده است، یک بار با پدرش به دیدن طبیبی می‌روند و پدرش پس از دیدار با طبیب به او می‌گوید که این طبیب مسن‌ترین مرد جهان است و بیش از دویست سال سن دارد.»

پیرمرد گفت: «دویست سال هم بیشتر دارد.»

علف‌چی گفت: «ظاهراً این طبیب خودش می‌خواسته پیر شود و بمیرد، اما نمی‌توانسته است.»

پس از آن کوشیدیم، از پیرمرد اطلاعات بیشتری درباره آن طبیب و محل زندگی او کسب کنیم، اما تلاش ما بیهوده بود. پیرمرد گاهی وقتی بقیه صحبت می‌کردند، چیزی می‌گفت یا گفته‌های کسی را تکرار می‌کرد، اما هر گونه گفت‌وگوی مستقیم با او غیر ممکن بود. درباره پَروَک نتوانستیم هیچ اطلاعی از او به دست بیاوریم.

به درخواست ما علف‌چی از پدرش پرسید: «بابا می‌دانی رُکاآتِک کجا است؟»

پدرش پاسخی نداد. پیرزن به‌جای او گفت: «موسی همه جا را می‌شناسد.»

پس از چند لحظه پیرمرد گفت: «همه جا را می‌شناسم.»

علف‌چی پرسید: «رُکاآتِک کجا است بابا؟ می‌دانی رُکاآتِک کجا است؟»

چون پدرش پاسخ نداد، گفت: «زمانی همه این منطقه را مثل کف دستش می‌شناخت. اما الان دست‌شویی را هم باید هر بار نشانش داد.»

پیرمرد گفت: «همه جا را می‌شناسم.» و برای نخستین بار حرکتی کرد و با دست کوه‌ها را نشان داد و گفت: «بالای فیل‌بند است.» و باز تعجب ما را برانگیخت.

پسرش پرسید: «بابا رُکاآتِک بالای فیل‌بند است؟...» پیرمرد جواب نداد.

«... بابا چی بالای فیل‌بند است؟»

پیرمرد باز هم جواب نداد و پس از آن هرچه علف‌چی گفت، پدرش تنها قسمت‌هایی از گفته‌های او را تکرار کرد.

آقای به‌آور توضیح داد: «فیل‌بند روستایی در کوه‌های البرز و بلندترین آبادی مازندران است. از جاده هراز می‌توان به آن‌جا رفت.»

و از علف‌چی به فارسی پرسید: «می‌توان از این‌جا به فیل‌بند رفت؟»

علف‌چی گفت: «بله، نصف روز بیشتر راه نیست...»

وی بعد از قدری تأمل اضافه کرد: «فیل‌بند از این‌جا راه ماشین‌رو ندارد.»

ما که امیدی به کسب اطلاعات بیشتر از علف‌چی و پدرش نداشتیم، با آن‌ها خداحافظی کردیم تا به پایین برگردیم. وقتی حرکت کردیم، پیرزن گفت: «بمانید غذا بخورید...»

و پس از چند قدم شنیدیم که پیرمرد هم گفت: «غذا بخورید...»

۵

وقتی به جایی که پروین ماشین را پارک کرده بود رسیدیم، پروین و الیزا که کمی دورتر از ماشین در کنار رودخانه روی تخته‌سنگی نشسته بودند و برای ما دست تکان دادند. کفش‌های الیزا که ظاهراً آن‌ها را در آب رودخانه تمیز کرده بود، در کنارش روی سنگ دیگری بودند. از روی تخته‌سنگ‌های کنار رودخانه به سوی آن‌ها رفتم و وقتی به آن‌ها رسیدم، الیزا پرسید: «پَروَک را پیدا کردید؟»

من گفتم: «هم آره و هم نه!»

پروین منتظر ادامه گفت‌وگوی ما نشد، بلکه برخاست و به سوی دکتر باستیانی و آقای به‌آور رفت که کنار ماشین ایستاده بودند.

الیزا پرسید: «هم آره و هم نه؟»

کنار او روی سنگ دیگری نشستم. آب شفاف و فراوان رودخانه با شتاب از میان سنگ‌ها می‌گذشت و با صدای خود فضا را می‌انباشت. الیزا باز پرسید: «چی شد بالاخره؟»

برای نخستین بار احساس کردم که او هم اگرچه می‌کوشید نشان دهد که به وجود پَروَک اعتقاد ندارد و پیدا کردن یا نکردن آن برایش بی‌اهمیت است، اما با دقت کوشش‌های پدرش را زیر نظر داشت. چه بسا در دل آرزو می‌کرد که پَروَک وجود واقعی داشته باشد، با تمام آن خصوصیاتی که دکتر باستیانی برای آن قائل

بود. البته چنین اعتقادی از سوی او را کاملاً درک می‌کردم. من نیز متأسف بودم که از آغاز اعتقادی به موفقیت این سفر نداشتم. اکنون با شنیدن داستان علف‌چی دیگر می‌توانستم وجود پَروَک را احساس کنم.

«علف‌چی هم نام پَروَک را قبلاً شنیده بود و به خصوصیات استثنایی آن باور داشت و خودش هم مدتی به دنبال آن گشته بود، اما آن را در هیچ کجای مازندران نیافته بود.»

الیزا کمی غمگین به سوی پدرش و پروین که در کنار ماشین صحبت می‌کردند نگاه کرد و آرام گویی با خودش صحبت می‌کند، گفت: «اگر پَروَک را پیدا نکرد، حداقل پروین را پیدا کرد.»

و بعد بلندتر گفت: «حالا چه کار می‌کنیم؟ برمی‌گردیم بابل؟»

گفتم: «نه پدر تو به این سادگی تسلیم نمی‌شود.»

الیزا گفت: «این را می‌دانم، ولی حالا می‌خواهد چه کند؟»

«به‌جز علف‌چی پیش پدر صد ساله او هم رفتیم. پیرمرد دچار فراموشی و اختلال حواس بود، اما از چیزهایی که گفت پدرت این‌طور برداشت کرد که رُکاآتِک، جایی که پَروَک می‌روید، نزدیک دهی به نام فیل‌بند است و اکنون مایل است که به آن‌جا برود.»

صادقانه باید بگویم من هم از این‌که سفر و جست‌وجوی ما ادامه داشت، خوشحال بودم. احساس می‌کردم خواستار چیزی بودن و کوشش برای رسیدن به آن به زندگی مفهومی عمیق‌تر می‌بخشد. بی‌هدف بودن دردآورتر از به هدف نرسیدن است. شاید به همین دلیل دکتر باستیانی هر بار از هر شکستی هدفی نو می‌ساخت.

من و الیزا چند لحظه بی‌گفت‌وگو به صدای آب گوش دادیم. الیزا گفت: «راستی...» اما همان هنگام پروین ما را از دور صدا کرد: «بیایید، می‌خواهیم حرکت کنیم!»

من از جای خود بلند شدم، اما الیزا از جای خود حرکت نکرد. به او نگاه کردم و او پرسید: «به او زنگ زدی؟»

متوجه منظور او نشدم. او گفت: «به مهسا زنگ زدی؟ گفتی او یک شماره تلفن برای تو گذاشته بود.»

هیچ فکر نمی‌کردم که الیزا گفت‌وگوی آن روز ما را با وجود بیماریش به خاطر سپرده باشد و انتظار صحبت دوباره درباره آن را نداشتم. چند لحظه طول کشید تا افکارم را مرتب کنم و به خاطر بیاورم که چه چیزهایی برای الیزا تعریف کرده بودم: «مهسا دو شماره تلفن در خارج از کشور گذاشته و نوشته بود که احتمالاً مدتی طول می‌کشد که او به مقصد برسد و من می‌توانم پس از مدتی با او تماس بگیرم.»

«خوب! با او تماس گرفتی؟»

«تا زمانی که در ایران بودم، نه توانستم بر خشک‌اندیشی خود غلبه کنم و نه توانستم به عشق خود نسبت به مهسا اعتراف کنم.»

از این‌که این‌طور صریح از عشق خود به زن دیگری با الیزا حرف می‌زدم، احساس ناخوشایندی داشتم و می‌ترسیدم او را برنجانم. به جریان آب خیره شده بودم و شهامت نگاه کردن به الیزا را نداشتم. با این حال، از صمیم قلب می‌خواستم که داستان مهسا را برای کسی بازگو کنم و از الیزا رازی پنهان نداشته باشم: «در آلمان به‌تدریج توانستم خودم را از قید آن افکار خشک رها کنم. اما دیگر آن احساسی را که به مهسا داشتم، در خود نمی‌دیدم. ولی لازم می‌دیدم برای عذرخواهی از رفتار اشتباه و به نظر خودم بسیار غیر انسانیم با او تماس بگیرم. اما چند سال از آن ماجرا گذشته بود و شماره تلفن‌هایی که او به من داده بود، دیگر وجود نداشتند.»

باز چند لحظه سکوت شد. دزدانه به الیزا نگاه کردم. او کفش‌هایش را از روی تخته‌سنگ کنارش برداشت و مشغول پوشیدن آن‌ها شد. مایل بودم بیشتر با الیزا صحبت کنم، اما پروین باز ما را صدا کرد. الیزا که کفش‌هایش را پوشیده بود، بلند شد: «برویم!»

وقتی از سنگ‌های کنار رودخانه بالا می‌رفتیم، الیزا پرسید: «باید او را پیدا کنی و اشتباهی را که کرده‌ای تلافی کنی!»

«نه! فکر می‌کنم دیگر چنین کاری لازم نیست. او بی‌شک زندگی نویی را شروع کرده است و احتیاج به عذرخواهی من ندارد....»

این تصمیم نتیجه مدت‌ها فکر کردن درباره این موضوع بود: «فکر می‌کنم بیشتر اشتباه نکردن بهتر از جبران اشتباهات گذشته است.»

۶

از راه‌های شوسه‌ای که از میان شالیزارها و باغ‌های میوه می‌گذشتند و روستاها و شهرک‌های مازندران را به یکدیگر متصل می‌کردند، به سوی جاده هراز حرکت کردیم. آقای به‌آور با همه جای منطقه آشنا بود. در پاسخ الیزا درباره فیل‌بند گفت: «فیل‌بند روستای ییلاقی بسیار زیبایی است. در ارتفاع بسیار بالایی واقع شده و در واقع بام مازندران محسوب می‌شود و بالاتر از آن دیگر روستایی نیست. وقتی هوا خوب است، از آن‌جا می‌توان همه مازندران را تا دریای خزر دید.»

از شیشه ماشین بیرون را نگاه کردم. هوا صاف و آفتابی بود.

پروین بدون این‌که نگاهش را هنگام رانندگی از جاده برگیرد، پرسید: «خیلی دور است؟ چقدر وقت می‌گیرد تا به آن‌جا برسیم؟»

آقای به‌آور گفت: «نه، خیلی دور نیست. در جاده هراز یک راه فرعی به سمت شرق وجود دارد که از چند آبادی در میان کوه‌ها می‌گذرد و در فیل‌بند به پایان می‌رسد.»

بعد لحظه‌ای فکر کرد و ادامه داد: «البته قسمتی از راه سربالایی شدید و پرپیچ و خم است. دو سه ساعت طول می‌کشد تا به آن‌جا برسیم.»

به ساعتم نگاه کردم. نزدیک دوازده بود. به دکتر باستیانی گفتم: «فقط برای رفت و برگشت باید پنج تا شش ساعت حساب کنیم. آن‌جا هم وقت احتیاج داریم...»

اگرچه خودم هم به‌درستی نمی‌دانستم آن‌جا چه می‌خواهیم بکنیم و برای چه در آن‌جا به وقت احتیاج داریم: «... تا بخواهیم برگردیم خیلی دیر می‌شود. می‌خواهید به بابل برگردیم و فردا صبح زود به فیل‌بند برویم؟»

دکتر باستیانی بدون این‌که فکر کند، گفت: «ما که در بابل کاری نداریم. اگر کارمان طول کشید، شب را همان جا می‌مانیم.»

پروین گفت: «من یک ساک لباس در صندوق عقب دارم...» و در آینه به آقای به‌آور نگاه کرد و پرسید: «می‌شود شب آن‌جا ماند؟»

آقای به‌آور پاسخ داد: «فیل‌بند یک روستای ییلاقی کوچک است. از هتل یا مسافرخانه در آن‌جا خبری نیست. اما چون آن‌جا مسیر بسیاری از کوه‌نوردان است، مردمش به غریبه‌ها عادت دارند و بسیار مهمان‌نواز هستند و بعضی از آن‌ها اتاق یا خانه خود را به کوه‌نوردان کرایه می‌دهند.»

و بعد از مکث کوتاهی به فارسی اضافه کرد: «آدم بی‌سرپناه و گرسنه نمی‌ماند.»

پروین که حاضر بود به خاطر همراهی با دکتر باستیانی هر کاری انجام دهد، به الیزا که جلو کنار او نشسته بود نگاه کرد و گفت: «یک شب را می‌شود به شکلی گذراند، نه؟»

الیزا گویا مشکلی با این تصمیم نداشت. من اطمینان داشتم که وضع بهداشت و غذای آن‌جا با مزاج و عادت الیزا و دکتر باستیانی سازگار نخواهد بود.

به آقای به‌آور گفتم: «ما اصلاً از شما نپرسیدیم که شما خودتان وقت دارید؟ مگر شما فردا نباید سر کار باشید؟»

آقا به‌آور گفت: «نگران کار من نباشید. از میان راه به یکی از همکارانم زنگ می‌زنم و می‌گویم که فردا سر کار نمی‌آیم.»

سپس، رو به دکتر باستیانی لبخند زد و گفت: «در ایران این مسائل خیلی راحت می‌شود.»

من دیگر چیزی نگفتم. پیش از ورود به جاده هراز توقف کوتاهی در یک رستوران میان راه داشتیم و در آن‌جا غذا خوردیم. حدود یک ساعت و نیم پس از ترک

دیوا به جاده فرعی فیل‌بند رسیدیم. رفت و آمد ماشین‌ها در این جاده پرپیچ و خم بسیار کم بود و هرچه بیشتر در آن پیش می‌رفتیم، کوه‌ها سرسبزتر می‌شدند. مایه خوشحالی بود که ماشین پدر پروین بدون مشکل از عهده سراشیبی‌های تند این مسیر برمی‌آمد. همه شیشه‌های ماشین را پایین داده بودیم و هوای پاک و خنک کوهستان را استنشاق می‌کردیم. آقای به‌آور درباره هر منطقه‌ای که از آن رد می‌شدیم، چیزی تعریف می‌کرد. گاهی در میان گفته‌های خود توقف می‌کرد و از من یا پروین معادل انگلیسی واژه‌ای فارسی را می‌پرسید که اغلب ما هم نمی‌دانستیم و خود به هر حال منظورش را به شکلی بیان می‌کرد و آشکارا از این‌که فرصتی یافته بود تا از زبان انگلیسی خود استفاده کند، خوشحال بود.

به‌تدریج گفت‌وگوی الیزا و پروین که جلو نشسته بودند، به زندگی در آلمان و ایتالیا کشیده شد و آقای به‌آور همچنان درباره مازندران صحبت می‌کرد. دکتر باستیانی درباره قدمت روستاها و تاریخ آن‌ها از او پرسید. به گفته آقای به‌آور عمر بعضی از شهرها و روستاها از هزار سال هم بیشتر بود. دکتر باستیانی درباره تاریخ فیل‌بند پرسید که آقای به‌آور هیچ سند تاریخی نمی‌شناخت. دکتر باستیانی از او درباره خواجه نصیر، جیلیانی و بنتونینی پرسید. به‌آور این نام‌ها را هم هرگز نشنیده بود. وقتی گفت‌وگو به خواجه نصیر کشید، دکتر باستیانی در ادامه فرضیات پیشین خود گفت: «فرض کنید، فقط فرض کنید طبیبی که پدر علف‌چی دیده است، همان خواجه نصیرِ ما باشد. یعنی وی پس از این‌که از دست فتحعلی شاه فرار می‌کند و به هند می‌رود، سال‌ها آن‌جا می‌ماند و با فرهنگ و علوم آن دیار آشنا می‌شود، اما سرانجام روزی دلتنگ وطن خود می‌شود و به مازندران بازمی‌گردد و در گوشه دورافتاده‌ای ساکن می‌شود و باز طبابت را در پیش می‌گیرد و همان موقع است که پدربزرگ علف‌چی با او آشنا می‌شود. اما از آن‌جا که پدر علف‌چی فقط در دوران کودکی او را دیده است، پس خواجه نصیر به دلیلی نتوانسته مدتی طولانی در مازندران بماند و باز وطن خود را ترک کرده است و پس از آن دیگر اطلاعی از او در دست نیست.»

من که دیگر از وجود گیاهی به نام پَروَک مطمئن بودم، تصمیم داشتم در جست‌وجوی آن از هیچ کمکی دریغ نکنم، اما مایل نبودم در خیال‌بافی‌های دکتر باستیانی درباره خواجه نصیر شرکت کنم. به همین جهت گفتم: «به نظر من بهتر بود

برای پیدا کردن پَروَک به ساری می‌رفتیم و آن‌جا یک زیست‌شناس پیدا می‌کردیم که در این زمینه به ما کمک کند.»

دکتر باستیانی گفت: «اول فیل‌بند را ببینیم، بعد به ساری می‌رویم.»

آخرین آبادی که پیش از رسیدن به فیل‌بند از آن گذشتیم، روستای بزرگی به نام سنگ‌چال بود که جاده از میان آن رد می‌شد و کوچه پس‌کوچه‌های زیادی داشت. پس از سنگ‌چال بر انبوه درختانی که راه را در میان گرفته بودند افزوده شد، اما کمی بالاتر باز از تراکم آن‌ها کاسته شد. ساعت سه بعد از ظهر به فیل‌بند رسیدیم. فیل‌بند روستای کوچکی متشکل از مشتی خانه‌های روستایی بود که در دامنه کوه در ارتفاعات متفاوت ساخته شده بودند. روستا بسیار خلوت بود و تقریباً هیچ کس جایی دیده نمی‌شد. بعد از سنگ‌چال ما ماشین دیگری هم ندیده بودیم.

الیزا پرسید: «پس مردم روستا کجا هستند؟»

آقای به‌آور پاسخ داد: «این‌جا در زمستان از سرما قابل سکونت نیست و ساکنان آن تازه در این فصل به‌تدریج از روستاهای پایین‌تر به این‌جا می‌آیند.»

پروین پرسید: «خوب حالا چه کار کنیم؟»

چند لحظه سکوت شد. گویا چیزی به ذهن کسی نمی‌رسید. من خطاب به آقای به‌آور گفتم: «اول باید جایی را برای اقامت خود پیدا کنیم. اگر می‌خواهیم تحقیقاتی در مورد رُکاآتِک انجام دهیم، باید به شکلی با مردم محل وارد رابطه شویم.»

و سپس رو به پروین گفتم: «پروین خانم لطفاً جایی پارک کنید. فکر می‌کنم پیاده بهتر بتوانیم کسی را پیدا کنیم.»

پروین ماشین را پارک کرد و همه پیاده شدیم. من و آقای به‌آور کمی در مسیر جاده بالا رفتیم و به هر سو سرک کشیدیم و وارد تعدادی از کوچه‌ها شدیم و هر بار مقداری جلو رفتیم و چون کسی را ندیدیم، برگشتیم. گویا هیچ کس در فیل‌بند نبود. بالاخره در داخل یکی از کوچه‌ها از دور زنی را دیدیم که در حیاط خانه‌ای مشغول پهن کردن لباس روی بند بود. به سوی او رفتیم و آقای به‌آور به تبری با او صحبت کرد. پس از قدری گفت‌وگو زن از حیاط خانه خارج شد و کمی جلوتر آمد و به جایی

آن طرف جاده اشاره کرد. به جایی که او اشاره کرده بود، نگاه کردم و چیزی جز چند خانه کوچک ندیدم.

به‌آور از او تشکر کرد و گفت: «رُکاآتِک را نمی‌شناسند. پرسیدم کجا می‌توانیم چیزی بنوشیم و شب را بمانیم و او گفت که در آن خانه سبز می‌توانیم بمانیم.»

آقای به‌آور همان سمتی را که زن به آن اشاره کرده بود، نشان داد. در میان خانه‌های پراکنده آن سوی جاده خانه‌ای را با دیوارهای سبز رنگ دیدم که کمی بزرگ‌تر از خانه‌های دیگر به نظر می‌آمد.

به سوی ماشین برگشتیم. بقیه کنار ماشین ایستاده بودند. پروین به ماشین تکیه داده بود. خانه سبز رنگ را به آن‌ها نشان دادیم و گفتیم که می‌خواهیم آن‌جا اتراق کنیم.

پروین سوار ماشین شد و ما پیاده تا نزدیک آن خانه رفتیم. دیوار کوتاهی که از دو ردیف بلوک سیمانی تشکیل شده بود، خانه سبز رنگ را احاطه کرده بود. در قسمتی از دیوار دری فلزی قرار داشت که در دو طرف آن دیوار سیمانی بلندتر بود و به لبه بالایی در می‌رسید. آقای به‌آور با پشت انگشت چند تقه به در زد و صدا کرد: «صاحب‌خانه!»

پس از چند لحظه زنی که مانند زنان دیگری که در این‌جا دیده بودم، لباسی گل‌دار بر تن داشت، از ساختمان بیرون آمد و در را باز کرد. آقای به‌آور اندکی با او صحبت کرد. پروین هم ماشین را روبه‌روی خانه پارک کرد و پیاده شد. آقای به‌آور به ما اشاره کرد و ما به سوی خانه رفتیم و وارد شدیم. خانه ایوان زیبایی داشت که مشرف به جاده و دشتی بود که آن سوی آن تا اعماق دره ادامه داشت. ایوان که حدود یک متر از سطح زمین بالاتر و با نرده‌ای چوبی احاطه شده بود، با چند پله در گوشه‌ای از آن به داخل حیاط راه داشت. از روی ایوان و از فراز دیوار سیمانی کوچک قسمت بزرگی از خیابان تا جایی که حدود صد متر جلوتر به پایین پیچ می‌خورد، پیدا بود.

آقای به‌آور گفت: «دو اتاق دارد که می‌تواند در اختیار ما بگذارد.»

زن گفت می‌توانیم در ایوان بنشینیم تا برایمان چای بیاورد. از پله‌های ایوان بالا رفتیم و روی تخت کوتاهی در ایوان نشستیم. در اتاقی که به ایوان وصل بود و

تنها اثاث آن یک فرش و چند پشتی بود، پیرزنی نشسته بود و برنج پاک می‌کرد. میزبان ما، زن جوانی که شاید کمی بیشتر از سی سال سن داشت، برایمان چای آورد. وقتی که سینی چای را جلوی پروین گرفت، پروین پرسید: «خواهر، پس مردم ده کجا هستند؟»

زن گفت: «هنوز نیامده‌اند. ما اولین کسانی هستیم که بالا می‌آییم. اگر یک ماه دیگر بیایید، همه این‌جا هستند.»

او فارسی را می‌فهمید، اما پاسخ‌هایش به دلیل لهجه غلیظ تبری گاهی به‌درستی قابل فهم نبود.

آقای به‌آور که گویی دکتر باستیانی تب رُکاآتِک خود را به او هم سرایت داده بود، از او پرسید: «شما جایی به اسم رُکاآتِک می‌شناسید؟»

زن گفت: «نه نمی‌شناسم به خدا.»

و به سوی اتاق نگاه کرد و با صدای بلند از پیرزنی که برنج پاک می‌کرد، ظاهراً همان را پرسید و پس از این‌که پرسش خود را چند بار تکرار کرد، پیرزن چیزهایی گفت و میزبان ما گفت: «مادرم هم آن‌جا را نمی‌شناسد.»

الیزا لب تخت نشسته بود، کوه‌ها را تماشا می‌کرد و چای می‌نوشید. دکتر باستیانی که حواسش متوجه گفت‌وگوی ما و صاحب‌خانه بود، دست به سوی جیب خود برد و من فهمیدم که اکنون همینگوی و تصویر پَرَوَک از جیب او خارج می‌شوند. همین‌طور هم شد. نقاشی را از میان دفتر خود بیرون آورد و به سوی زن دراز کرد. من به‌جای او پرسیدم: «شما این گل را می‌شناسید؟»

زن نقاشی را از دستم گرفت، قدری نگاه کرد و گفت: «نه، از این گل‌ها این طرف‌ها نیست. شاید پایین‌تر باشد. این‌جا هوا سرد است، هر گلی این‌جا سبز نمی‌شود.»

پرسیدم: «کی این منطقه را خوب می‌شناسد؟»

زن گفت: «همه ما این‌جا را خوب می‌شناسیم. ییلاق به فیل‌بند می‌آییم. سرد که می‌شود، به دیوا برمی‌گردیم.»

آقای به‌آور به او گفت: «ریش‌سفیدهای فیل‌بند کی هستند؟»

زن گفت: «شاید کدخدا عُمرونی بهتر بداند، ولی کوه‌نوردها بیشتر پیش ما می‌آیند.»

آقای به‌آور پرسید: «خانه کدخدا عُمرونی کجا است؟»

زن که همچنان با سینی کنار تخت ایستاده بود، به سوی خیابان برگشت و خانه‌ای را در همان سوی جاده نشان داد: «آن خانه را می‌بینید؟ همان که یک درخت بزرگ گیلاس کنارش است؟...»

من چند خانه با درخت‌های مختلف دیدم، اما از این فاصله تشخیص درخت گیلاس برایم دشوار بود.

او ادامه داد: «... آن‌جا خانه کدخدا عُمرونی است، اما او هنوز از ییلاق نیامده است.»

۷

در جاده‌ای که از جلوی خانه می‌گذشت، هیچ رفت و آمدی نبود. در تمام مدتی که آن‌جا نشسته بودیم، تنها یک ماشین وانت از جاده رد شد. از ساکنان یا مهمانان فیل‌بند هم خبری نبود. فقط یک بار دو مرد که هر کدام یک گونی به دست داشتند، از مقابل خانه گذشتند. فیل‌بند همچون شهر ارواح بود. هنوز از روز بسیار باقی بود، اما خمودگی و خواب بر فیل‌بند سایه افکنده بود و به‌تدریج وجود ما را نیز فرا می‌گرفت.

دکتر باستیانی از نشستن روی تخت چوبی خسته شده بود. برخاست، کمی در ایوان قدم زد و از پله‌ها پایین رفت. من هم برخاستم و به دنبال او رفتم. ما از راه آجرفرش کوچکی که ساختمان را دور می‌زد، به سمت دیگر ساختمان رفتیم. در آن سمت ساختمان، حیاط سرسبزی با چند درختچه قرار داشت و منظره زیبایی از تپه‌ها و کوه‌های مجاور دیده می‌شد. هوا بسیار صاف بود و در دوردست قله‌های برف‌گرفته‌ای دیده می‌شد. سکوت سحرآمیزی بر فیل‌بند حاکم بود. تنها گاهی جیک آرام پرنده‌ای شنیده می‌شد. حتی باد هم سکوت کامل اختیار کرده بود. این سکوت مطلق و این شفافیت کامل فضا ذهن مرا کند می‌کرد. شاید این ناشی از عادت شهری من بود، اما این فضا از قدرت تفکر و تجسم من می‌کاست.

سکوت را شکستم: «بیشتر ساکنان ده هنوز از قشلاق خود بازنگشته‌اند و تعداد اندکی که این‌جا هستند همه کشاورز و دامدارند و نمی‌توانند اطلاعات مفیدی در

اختیار ما بگذارند. شاید در همان بابل یا ساری بتوانیم اطلاعات بیشتری به دست بیاوریم.»

دکتر باستیانی در مرز باغچه داخل حیاط ایستاده و به منظره روبه‌روی خود خیره شده بود و پاسخی نداد. نمی‌دانستم او به چه فکر می‌کند. شاید او پیوند نزدیک‌تری با سکوت داشت. شاید این فضا که قدرت اندیشیدن را از من گرفته بود، او را در خلسه‌ای بدوی فرو می‌برد، آن‌جا که همه چیز عیان است و رازها همه گشوده‌اند. جایی که وسعت آشکار دید هر انسان شجاعی را به وحشت می‌افکند. کوشیدم دکتر باستیانی را از فضای دردآور سکوت و حقیقت محض بیرون بکشم: «ماندن در این‌جا وقت‌کشی بیهوده است. اگر زود راه بیفتیم، می‌توانیم پیش از تاریک شدن هوا در بابل باشیم.»

دکتر باستیانی بی‌گمان در فضای اثیری سکوت خود به دنبال رایحه ناآشنای پَروَک و رد پای گم‌شده خواجه نصیر بود. شاید در آن فضا وجود آن‌ها را به‌خوبی احساس و لمس می‌کرد، اما آن‌جا نشانه آشکاری که بتواند پلی به دنیای واقعیت باشد نمی‌یافت و به این نتیجه رسیده بود که ما به انتهای مسیر خود رسیده‌ایم و جست‌وجوی بیشتر ثمری ندارد. خواجه نصیر و پَروَک با ویژگی‌هایی نزدیک به آن‌چه او تصور می‌کند بی‌گمان وجود داشته‌اند، اما همچون هر چیز دیگری در مصاف با زمان شکست خورده‌اند و راز آن‌ها زیر لایه‌های سنگینی از فراموشی مدفون شده است. تنها زلزله‌ای عظیم می‌تواند این لایه‌ها را پس بزند و حقیقت را از میان آن‌ها بیرون بکشد...

سکوت زیبای فیل‌بند از صدای بم موتوری که از دوردست نزدیک می‌شد، بر هم خورد. دکتر باستیانی تکانی خورد و به سوی من بازگشت و به من خیره شد. موتوری که از دور می‌آمد، اکنون گویا به جلوی خانه محل سکونت ما رسیده بود و از آن‌جا رد شد. دکتر باستیانی خواست چیزی بگوید که ناگهان صدای فریاد الیزا شنیده شد: «بابو!... بابو!...»

ناگهان وحشت چهره دکتر باستیانی را فرا گرفت و الیزا باز فریاد زد: «بهروز! بهروز!... بابو!...»

چه اتفاقی می‌توانست افتاده باشد؟ سراسیمه به جلوی خانه دویدیم. الیزا با رنگ پریده و هیجان‌زده بر لب ایوان ایستاده بود و در حالی که به سمت پایین جاده اشاره می‌کرد، گفت: «موتوچیکلیستا... موتوچیکلیستا...»

پدرش پرسید: «کِه‌چه؟ کِه‌چه؟»

پروین و به‌آور هم در کنار الیزا ایستاده بودند و به نظر می‌آمد که آن‌ها هم نمی‌دانند جریان از چه قرار است. الیزا به ایتالیایی چیزهایی به پدرش گفت و بعد به انگلیسی گفت: «موتوری... همان بود که کیف بابا را دزدید.»

درست فهمیده بودم؟ موتورسواری که کیف دکتر باستیانی را در تهران دزدیده بود، اکنون این‌جا در فیل‌بند بود؟!

دکتر باستیانی رو به پروین گفت: «کیاوه دو ماکینا... کلید ماشین... کلید ماشین...»

از الیزا پرسیدم: «همان که تهران بود؟ همان که کیف را دزدید؟»

«بله خودش.»

پروین به‌سرعت و با دستپاچگی از جیب مانتوی خود کلید ماشین خود را درآورد و به سوی ما که پایین ایوان ایستاده بودیم، پرتاب کرد. دکتر باستیانی کلید را در هوا گرفت و به سوی ماشین دوید.

من از الیزا پرسیدم: «مطمئنی؟» و به پروین هم نگاه کردم.

الیزا گفت: «مطمئنم، مطمئنم...»

پروین گفت: «من درست ندیدم.»

به سوی ماشین دویدم. خواستم به دکتر باستیانی بگویم اجازه بدهد که من برانم، اما تا من به ماشین برسم، او ماشین را روشن کرده و دور زده بود. توقف کوتاهی کرد که من سوار شوم و به حرکت ادامه داد. به عقب نگاه کردم و متوجه شدم که الیزا هم از حیاط خانه خارج شده است: «مثل این‌که الیزا هم می‌خواهد با ما بیاید!»

دکتر باستیانی از سرعت خود نکاست: «اگر صبر کنیم، گمش می‌کنیم.»

او به‌سرعت به سمت پایین می‌راند، اما از موتوری هیچ اثری نبود. اگر توقف می‌کردیم و از لبه دره که جاده در دامنه آن با پیچ و خم پایین می‌رفت، نگاه می‌کردیم شاید می‌توانستیم موتورسوار را ببینیم یا صدای موتور او را بشنویم.

گفتم: «هیچ راه ماشین‌رویی از این جاده جدا نمی‌شود. موتوری حتماً به سنگ‌چال می‌رود.»

دکتر باستیانی گفت: «می‌دانستم که دزدیدن دست‌نویس‌ها با پَروَک و خواجه نصیر در ارتباط است.»

من می‌کوشیدم توجیهی برای آمدن سارق دست‌نویس‌ها به فیل‌بند پیدا کنم. شاید او در تعقیب ما بوده است. یعنی این موتورسوار واقعاً همان موتورسوار است؟ الیزا هنگام دزدیده شدن دست‌نویس‌ها گفته بود که موتورسوار را به‌خوبی دیده است و می‌تواند او را شناسایی کند. گمان نمی‌کردم او اشتباه کرده باشد. اما چه چیز خاصی در فیل‌بند او را به این‌جا کشانده بود؟ پیوند دادن موضوع با رُکاآتِک و خواجه نصیر بی‌معنا بود. او بی‌شک در تعقیب ما بوده است و اکنون ما او را تعقیب می‌کردیم. آیا این کار عاقلانه‌ای بود؟

دکتر باستیانی بر سرعت ماشین افزود و گفت: «اگر به آبادی برسیم، پیدا کردن او سخت‌تر می‌شود.»

سرعت ماشین آن‌چنان زیاد بود که می‌ترسیدم در پیچ‌های تند و خطرناک راه سانحه بدی برای ما اتفاق بیفتد. با این حال، چیزی نگفتم. گاهی تکه‌هایی از راه در پایین دامنه در برابرمان دیده می‌شد، اما از موتورسوار خبری نبود. قسمت جنگلی راه را هم پشت سر گذاشتیم و به سنگ‌چال رسیدیم. سنگ‌چال روستای بزرگ‌تری بود، اما آن‌جا هم رفت و آمد کم بود. ما جاده را که از میان روستا می‌گذشت، به‌آرامی طی کردیم و سر هر کوچه‌ای از سرعت خود کاستیم و داخل کوچه را نگاه کردیم. هیچ اثری از موتورسوار نبود. به انتهای سنگ‌چال رسیدیم و از آن خارج شدیم.

کمی بیرون از سنگ‌چال یک دو راهی بود. دکتر باستیانی توقف کرد و پرسید: «از کدام طرف برویم؟»

«اگر موتورسوار مستقیم به سمت جاده تهران رفته باشد، پیدا کردن او غیر ممکن است.»

دکتر باستیانی لحظه‌ای فکر کرد، بعد ماشین را خاموش کرد و به‌سرعت از ماشین پیاده شد. من هم پیاده شدم. از روی صندوق موتور روی سقف ماشین رفت و هر دو جاده راه نگاه کرد: «چیزی پیدا نیست.»

از روی ماشین پایین آمد، یک لحظه گوش‌ها را تیز کرد و گفت: «صدای موتور هم شنیده نمی‌شود، سوار شو.»

سوار شدیم و دکتر باستیانی ماشین را روشن کرد و در جاده دور زد: «فکر نمی‌کنم از این طرف رفته باشد.»

باز وارد سنگ‌چال شدیم. دو پسربچه کنار کوچه‌ای بازی می‌کردند. بار اول هم که از آن‌جا رد شده بودیم، آن‌ها توجه مرا جلب کرده بودند. دکتر باستیانی توقف کرد. بدون این‌که از ماشین پیاده شوم، از بچه‌ها پرسیدم آیا آن‌ها یک موتورسوار را دیده‌اند که از آن‌جا عبور کند. آن‌ها سرشان را به علامت نفی تکان دادند.

دکتر باستیانی گفت: «اگر موتورسوار از این روستا خارج می‌شد، آن‌ها او را می‌دیدند.»

گفتم: «بچه‌ها بازیگوش هستند و هنگام بازی توجهی به پیرامون خود ندارند.»

«اما در این‌جا که رفت و آمد ماشین و موتور این‌قدر کم است، یک موتورسوار حتماً جلب توجه می‌کند.»

جاده اصلی و تعدادی از کوچه‌های اطراف را چند بار بالا و پایین رفتیم و از چند نفر هم سراغ گرفتیم. هیچ کس موتورسوار را ندیده بود.

زنی گفت: «صدای موتورش را شنیدم. از بالا آمد و پایین رفت. این‌جا توقف نکرد.»

هوا در حال تاریک شدن بود و جست‌وجوی بیشتر بی‌نتیجه به نظر می‌رسید. به‌ناچار به سوی فیل‌بند بازگشتیم. همچنان که دامنه کوه را به سمت بالا می‌راندیم، هیجان تعقیب در ما فروکش کرد.

دکتر باستیانی گفت: «می‌دانستم که اگر به دنبال پَروَک برویم، دست‌نویس‌ها و دزد آن را پیدا می‌کنیم.»

دچار حالت عجیبی شده بودم. تا ساعتی قبل اطمینان داشتم که دزدی دست‌نویس‌ها ربطی به پَروَک و داستان آن ندارد، اما اکنون دیگر دچار تردید شده بودم: «شاید الیزا در شناسایی موتورسوار اشتباه کرده...»

قبل از این‌که جمله‌ام به پایان برسد، دکتر باستیانی حرف مرا قطع کرد: «شما هنوز نمی‌خواهید باور کنید که همه این‌ها با هم ارتباط دارند؛ اتفاقات فلورانس و رم، دزدی دست‌نویس‌ها در تهران، پَروَک، خواجه نصیر...»

گفتم: «آخر چه ارتباطی؟ یعنی در تمام مدتی که ما به گمان خود در پی دزد دست‌نویس‌ها بوده‌ایم، او در تعقیب ما بوده و ما را زیر نظر داشته و ما را از فلورانس تا این‌جا تعقیب کرده است؟»

«نه، او ما را تعقیب نکرده است. او به خاطر پَروَک به فیل‌بند آمده است. من یقین دارم که کس دیگری هم از طریق دست‌نویس‌ها از راز پَروَک آگاه شده و برای پیدا کردن پَروَک به این‌جا آمده است. ما باید ببینیم چه کسانی در روزهای اخیر به فیل‌بند آمده‌اند.»

با این‌که نظرات دکتر باستیانی چند بار اشتباه از آب در آمده بودند، اما او هر بار می‌گفت که یقین دارد: «اما در دست‌نویس‌ها نامی از فیل‌بند نیست و رُکاآتِک را هم که هیچ کس نمی‌شناسد.»

«آن‌ها یک قدم از ما جلو هستند. آن‌ها حتماً منابع دیگری برای اطلاعات خود دارند، منابعی که ما نمی‌شناسیم. منابعی که به آن‌ها کمک کرده زودتر از ما به این‌جا برسند...»

من هم به دشواری می‌توانستم بپذیرم که حضور دزد دست‌نویس‌ها در فیل‌بند تنها یک اتفاق بوده است. گمان هم نمی‌کردم الیزا در شناسایی دزد اشتباه کرده باشد. او همیشه دقیق بود و در غیر عادی‌ترین شرایط حضور ذهن خود را از دست نمی‌داد.

دکتر باستیانی پس از چند لحظه سکوت ادامه داد: «حداقل حالا می‌دانیم که به هدف خود خیلی نزدیک شده‌ایم. باید در فیل‌بند بمانیم تا موضوع روشن شود.»

دکتر باستیانی لحظه‌ای فکر کرد و گفت: «تا پَروَک را پیدا کنیم.»

با ناباوری به او نگاه کردم.

او ادامه داد: «شاید حتی خواجه نصیر را هم...»

دکتر باستیانی به من نگاه کرد و نگاهش چون آذرخشی بود که حقیقت تفکر او را برایم روشن کرد. اکنون ناگهان برایم روشن شد که چرا او به دیرزیستی خواجه نصیر حتی به بقای ابدی او اعتقاد داشت. در نظر او تجربه‌ای چند صد ساله لازم بود تا بتوان از پَروَک آن داروی شفابخش، آن اکسیر زندگی‌بخش را برای الیزا ساخت. او برای برپا نگاه داشتن امید خود نه فقط به پَروَک بلکه به خواجه نصیری دیرزی نیز نیاز داشت. دکتر باستیانی پَروَک و خواجه نصیر را آن‌گونه شکل می‌داد که بتوانند نیاز او، نیاز انسانی و مقدس او به نجات الیزا را برآورند.

چراغ‌های انگشت‌شمار فیل‌بند در گرگ و میش کوهستان نمایان شدند و من در صندلی خود فرو رفتم.

۸

وقتی به محل اتراق خود در فیل‌بند رسیدیم، الیزا لب ایوان ایستاده و به خیابان چشم دوخته بود. پروین و آقای به‌آور روی تخت نشسته بودند. پروین با دیدن ما بلند شد و به کنار الیزا آمد. دکتر باستیانی ماشین را پارک کرد. ما پیاده و وارد حیاط خانه شدیم. پیش از این‌که کسی چیزی بپرسد، دکتر باستیانی بلند گفت: «او را گم کردیم.»

و در حالی که از پله‌ها بالا می‌رفت، کلید ماشین پروین را به سوی او دراز کرد و ادامه داد: «باید ببینیم که او این‌جا چه می‌کرده است.»

روی ایوان که رسیدیم، خطاب به آقای به‌آور گفت: «لطفاً از صاحب‌خانه بپرسید آیا در روزهای گذشته افراد غریبه‌ای به فیل‌بند آمده‌اند.»

الیزا گفت: «صاحب‌خانه موتوری را می‌شناسد.»

دکتر باستیانی و من هر دو از این خبر جا خوردیم. هرچند در چنین روستای کوچکی همه همدیگر را می‌شناسند و چنین چیزی عجیب نیست. اگر دزد دست‌نویس‌ها اهل این‌جا بوده معلوم است که صاحب‌خانه باید او را بشناسد.

پرسیدم: «موتوری اهل فیل‌بند است؟»

الیزا در پاسخ توضیح داد که پس از فریادهای او و رفتن ناگهانی و هیجان‌زده من و پدرش میزبان ما که در آشپزخانه بوده سراسیمه به ایوان می‌آید تا ببیند جریان

از چه قرار است. آقای به‌آور، خود نیز دچار بهت و حیرت، از پروین و الیزا جریان را می‌پرسد. آن‌ها برای او توضیح می‌دهند که این موتورسوار در تهران کیف دکتر باستیانی را دزدیده است. جریان را برای میزبانمان توضیح می‌دهند و او می‌گوید که یکی دو موتورسواری که در روزهای اخیر چند بار به فیل‌بند آمده‌اند، از کسانی هستند که برای یکی از اهالی ده، یک دکتر، کار می‌کنند.

بار دیگر از الیزا پرسیدم: «تو اطمینان داری که این همان موتوری تهران بود؟»

الیزا با تأکید گفت: «آره، گفتم که صددرصد مطمئن هستم.»

پروین گفت: «من صورتش را ندیدم، اما از نظر قد و هیکل می‌توانست همان فرد باشد.»

و گویا کمی سردش شده بود، گفت: «برویم داخل...» اما کسی به داخل نرفت.

آقای به‌آور گفت: «واقعاً اتفاق باورنکردنی است.»

دکتر باستیانی گفت: «اتفاق نیست...»

به‌آور نگاهی پرسان به او انداخت که دکتر باستیانی متوجه آن نشد و به من گفت: «شما که گفتید در این‌جا فقط عده‌ای کشاورز و دامدار زندگی می‌کنند...»

از این برخورد دکتر باستیانی کمی جا خوردم و نفهمیدم شوخی بود یا جدی. او رو به آقای به‌آور گفت: «می‌شود از خانم میزبان بپرسید این دکتر چه کاره است.»

آقای به‌آور گفت: «ظاهراً یکی از خان‌زادگان قدیمی فیل‌بند است که بیشتر اوقات خود را در تهران به سر می‌برد و هر از چندی سری به این‌جا می‌زند و با مردم فیل‌بند کمتر ارتباط دارد. وی از معدود کسانی است که در زمستان هم گاهی در فیل‌بند است.» و صاحب‌خانه را صدا کرد.

پروین و الیزا روی تخت نشستند. الیزا کاپشنی را که پروین در اختیارش گذاشته بود و کمی برایش بزرگ بود، به تن داشت و لبه‌های آن را روی هم کشید.

چند لحظه بعد خانم میزبان از داخل اتاق به ایوان آمد.

آقای به‌آور از او پرسید: «این دکتر که گفتید اسمش چیست و چه کاره است؟»

«اسمش؟ دکتر...» چند لحظه فکر کرد: «... چی... خان... یادم رفته به خدا. به او می‌گویند دکتر.»

آقای به‌آور پرسید: «دکتر چی هست؟ چه کاره است؟»

زن ابروهایش را در هم کشید. گویا منظور به‌آور را نمی‌فهمید.

به‌آور ادامه داد: «... پزشک است؟»

و زن لحظه‌ای فکر کرد و گفت: «دکتر است... نمی‌دانم به خدا. خیلی کم به فیل‌بند می‌آید. بیشتر وقت‌ها تهران است. خارج هم می‌رود.»

من انتظار این را نداشتم که در فیل‌بند به کسی که گاهی هم در خارج از کشور است، برخورد داشته باشم و تحت تأثیر فرضیه توطئه بین‌المللی دکتر باستیانی پرسیدم: «به کجا می‌رود؟»

زن باز ابروها را در هم کشید و من ادامه دادم: «... به کدام کشور؟ به ایتالیا هم می‌رود؟»

«می‌گفتند یک جایی... کجا بود... نمی‌دانم به خدا... فقط می‌دانم که به خارج هم می‌رود.»

به کلی گیج شده بودم و احساس می‌کردم دیگر هیچ چیز را درک نمی‌کنم. یعنی فرضیه توطئه بین‌المللی دکتر باستیانی حقیقت داشت؟ یعنی من این‌قدر ساده بوده‌ام؟ اما دیگران هم مانند من سرگشته و حیران بودند. آیا کسی ما را تعقیب نکرده بود، بلکه آن کس که سر رشته حوادث را در دست داشت، ساکن فیل‌بند بود و ما بر حسب اتفاق او را یافته بودیم؟ یا او ما را با فریب‌کاری ظریفی به این‌جا کشانده بود؟ به پای خویش به کنام شیر درآمده بودیم؟ تپش خون در شقیقه‌هایم را احساس کردم. شاید بهتر بود هرچه زودتر فیل‌بند را ترک می‌کردیم.

پس از ترجمه گفته‌های میزبانمان برای دکتر باستیانی، وی گفت: «بپرسید که خانه این دکتر کجا است. فکر می‌کنم ما باید سری به این دکتر بزنیم.»

الیزا با لحن هشدارآمیزی گفت: «پدر این شخص دزد دست‌نویس‌ها را می‌شناسد...»

من گفتم: «اگر وی با چنین کسی در ارتباط است، می‌تواند خودش هم آدم خطرناکی باشد.»

دکتر باستیانی گفت: «اگر ما به دیدن او نرویم، تمام تلاش‌های ما تاکنون بی‌ثمر بوده است. ما باید بفهمیم چرا او از فلورانس دنبال ما است...»

نگاهی به الیزا انداخت و ادامه داد: « و چه چیزی در مورد پَروَک و دست‌نویس‌ها می‌داند.»

من گفتم: «شاید بهتر باشد که به پلیس خبر دهیم و به اتفاق پلیس به دیدن او برویم.»

دکتر باستیانی گفت: «به پلیس چه می‌توانیم بگوییم؟ ما هیچ مدرکی در دست نداریم که این فرد واقعاً با دزدی دست‌نویس‌ها در ارتباط بوده است...»

و بعد از قدری تأمل اضافه کرد: «... اگر دزد دست‌نویس‌ها می‌خواست بلایی سر ما بیاورد تاکنون این کار را کرده بود. او هر کسی که هست، فقط به دنبال پَروَک است.»

باید به دکتر باستیانی حق می‌دادم. از طریق پلیس هیچ اقدام قانونی نمی‌توانستیم بکنیم. من مایل بودم که راز پَروَک و دست‌نویس‌ها حل شود و رفتن به نزد این فرد شاید تنها راه گشودن این راز بود. کار خطرناکی بود، اما باید به آن تن می‌دادیم. نشانی خانه آن دکتر مرموز را از میزبانمان گرفتیم و قرار شد دکتر باستیانی، الیزا و من به دیدار او برویم.

پروین و آقای به‌آور هم مایل بودند ما را همراهی کنند، اما دکتر باستیانی گفت: «این موضوع به ما مربوط است و ما باید آن را حل کنیم. اگر تا یک ساعت دیگر برنگشتیم، احتمالاً اتفاقی برای ما افتاده است و شما لطفاً به شکلی به پلیس اطلاع دهید.»

۹

    ما در جاده فیل‌بند به طرف بالا می‌رفتیم. نگاه‌های نگران پروین و آقای به‌آور را که در ایوان خانه ایستاده بودند، بر پشت خود احساس می‌کردم. پس از طی مسافتی، آن‌طور که میزبانمان نشانی داده بود، به داخل دومین راه خاکی که از جاده اصلی جدا می‌شد پیچیدیم و آرام در میان راهی که از میان درختان می‌گذشت، بالا رفتیم.

    آفتاب تازه غروب کرده بود، اما هوا هنوز روشن بود و به‌تدریج سرد می‌شد. زیپ کاپشنم را بالا کشیدم. پس از آن که حدود دویست متر در میان درختان پیش رفتیم، در انتهای راه ساختمان دوطبقه بزرگی را دیدیم که از پشت دیوارهای آجری حیاطی پیدا بود. در اطراف حیاط و خانه درختان بلندی قرار داشتند. معماری ساختمان، به‌جز سقف شیروانیش، هیچ شباهت دیگری به خانه‌های فیل‌بند نداشت. من ترسو نیستم، اما باید بگویم احساس چندان خوبی نداشتم. شخصی که ما به دیدارش می‌رفتیم، می‌توانست عضو یا حتی رهبر یک باند تبهکار باشد. کسی که برای جلوگیری از لو رفتن خود از هیچ جنایتی روی‌گردان نیست. وحشت وجود مرا فرا گرفته بود، اما گریزی از این حادثه نداشتیم و باید آن را تا انتها تجربه می‌کردیم.

    به پشت در فلزی خانه رسیدیم. خانه پلاک نداشت، نامی روی در آن نوشته نشده بود و زنگ هم نداشت. چند لحظه بی‌حرکت و بی‌صدا پشت در ایستادیم. الیزا به من نگاه کرد. تمام شهامتی را که در خود سراغ داشتم جمع کردم و چند بار با مشت به در کوبیدم. لحظاتی گذشت و هیچ صدایی شنیده نشد. از فراز دیوار آجری پیدا بود

که چراغی در خانه روشن است. پس از چند لحظه دکتر باستیانی قدری محکم‌تر با مشت بر در کوبید. باز چند لحظه گذشت و ما واکنشی از داخل خانه ندیدیم.

الیزا گفت: «شاید کسی در خانه نیست!»

در همان لحظه، در بدون صدا باز شد و مرد میان‌سال اما تنومند و قدبلندی در آستانه آن ظاهر شد. سن او را بیش از پنجاه حدس می‌زدم، اما اندامش چون ورزشکاری راست و ورزیده بود. گفتم: «ما با آقای دکتر کار داریم.»

مرد با صدای گرفته و آرامی گفت: «شما کی هستید و با آقای دکتر چه کار دارید؟»

وی فارسی بسیار سلیس و بدون لهجه‌ای داشت و چهره و صدای آرام و غمگینش به گونه‌ای بود که ترس پیشین من به تمامی فرو ریخت. البته نمی‌توانستم بگویم ما به دنبال یک دزد می‌گردیم و به آقای دکتر مشکوک هستیم.

گفتم: «من و این دوستانم که ایتالیایی هستند محقق هستیم و چند سؤال راجع به این منطقه داشتیم. گفتیم شاید ایشان بتوانند به ما کمک کنند.»

مرد بدون این‌که تحت تأثیر گفته‌های من یا خارجی بودن همراهانم قرار گیرد، انگار که چنین ملاقاتی برای او چیزی روزمره و عادی است، با همان لحن آرام و غمگینش پرسید: «چه سؤالاتی؟»

چه می‌توانستم بگویم؟ از میان در باغچه بزرگی پیدا بود، با گل‌های رنگارنگ که در زیر نور بی‌رنگ پس از غروب سرد و بی‌جان به نظر می‌رسیدند: «ما راجع به گیاهانی که در این منطقه می‌رویند، تحقیق می‌کنیم.»

مرد غمگین و افسرده به نظر می‌رسید. با نگاهی بی‌تفاوت و خسته پرسید: «اسم شما چیست؟»

«من بهروز رامتین هستم و ایشان دکتر باستیانی و دخترشان هستند.»

مرد به الیزا و دکتر باستیانی نگاه کرد و با حالتی بی‌تفاوت کنار رفت و به انگلیسی گفت: «بیایید داخل...»

ما داخل حیاط خانه شدیم.

«... لطفاً همین جا منتظر باشید.»

و از راه سنگ‌فرشی که از در حیاط به ساختمان منتهی می‌شد، به سوی ساختمان رفت و وارد آن شد. انتظار نداشتم که کسی این‌جا به انگلیسی صحبت کند. این خانه به نظرم بسیار اسرارآمیز می‌آمد.

در دو طرف راه سنگ‌فرش چند باغچه باریک و بلند به موازات یکدیگر قرار داشتند. در این باغچه‌ها گل‌ها و گیاهان گوناگونی کاشته شده بودند. گیاهانی که من هرگز ندیده بودم. چشمان من ناخودآگاه به دنبال گلی به رنگ آبی آسمانی بود که می‌توانست پَروَک باشد. کمی در میان باغچه‌ها قدم زدیم. دکتر باستیانی تعداد کمی از گیاهان را می‌شناخت. گل‌های زیبای باغچه‌ها الیزا را تحت تأثیر فراوان قرار داده بودند و ما برای لحظاتی گویا فراموش کردیم کجا هستیم و برای چه به آن‌جا آمده‌ایم.

الیزا روی گل سفید و پربرگی خم شد تا آن را بو کند که کسی به انگلیسی گفت: «محل اصلی رشد این گل هُونْشُوی ژاپن است...»

ما هر سه متوجه مرد جوانی شدیم که از ساختمان بیرون آمده بود.

«... در دامنه‌های جنوبی فوجی‌یاما...»

سن مرد را اوایل سی حدس می‌زدم. او شلوار جین و بلوزی پوشیده بود که اگر او را چند روز پیش در رم دیده بودم، او را یک ایتالیایی خوش‌پوش به حساب می‌آوردم. به الیزا نزدیک شد و چاقوی سوییسی کوچکی را از جیب شلوارش بیرون آورد و قیچی کوچکی از آن خارج کرد: «... آب و هوای سخت فیل‌بند را خوب تحمل می‌کند...»

با قیچی گل را چید و به آن نگاه کرد: «... عجیب است که این موجودات ظریف چقدر تحمل دارند...»

و گل را به الیزا داد: «... هر کدام از گل‌هایی را که در این‌جا می‌بینید، از جایی آورده‌ام. از مناطق مختلف جهان اما از جاهایی با آب و هوای شبیه به این‌جا.»

الیزا لبخند زد و مرد جوان که احتمالاً همان دکتر مرموز بود، بدون توجه به لبخند الیزا اضافه کرد: «هیچ دو منطقه‌ای در جهان آب و هوای کاملاً یکسان ندارند، اما

هُونْشُو و فیل‌بند شباهت‌های زیادی به هم دارند و این گل کمتر حساس است. بعضی از گل‌های دیگر خیلی حساس هستند و با یک روز آفتاب شدیدتر یا یک باد تندتر برای همیشه می‌خشکند.»

الیزا گلی را که در دست داشت بویید و دکتر مرموز همچون کسی که از روی نوشته‌ای می‌خواند، گفت: «متأسفانه بویش همان بوی اصلی نیست، اگرچه زیباییش همان است. همین که گلی را از وطن خود دور کنید، قسمتی از خصوصیات خود را از دست می‌دهد.»

در کلام او ذره‌ای احساس شنیده نمی‌شد. جمله‌ای به ایتالیایی ادا کرد و به سوی ساختمان رفت. الیزا هم چیزی به ایتالیایی گفت. گمان کنم پرسید آیا او ایتالیایی است و دکتر مرموز بدون این‌که به او پاسخ دهد، به انگلیسی رو به من گفت: «شما مثل این‌که ایتالیایی نمی‌فهمید! گفتم برویم داخل هوا الان سرد می‌شود.»

پرسیدم: «شما از کجا می‌دانید که من ایتالیایی نمی‌فهمم؟»

و به دکتر باستیانی نگاه کردم. او هم به اندازه من از صحبت کردن ایتالیایی این مرد و از این‌که گویا او مرا می‌شناخت، دچار تعجب شده بود. دیگر شکی در این نبود که این مرد به شکلی با سرقت دست‌نویس‌ها در رابطه بود. گمان کنم هر سه ما دیگر به این موضوع یقین داشتیم، اما هیچ یک از ما در آن لحظه شهامت گفت‌وگو درباره این موضوع را نداشت. شاید وحشت ما بیشتر از آن بود که در صورت بروز عملی اشتباه از سوی ما رازی که در شرف گشایش بود، برای همیشه ناگشوده بماند.

به دنبال دکتر مرموز رفتیم. مرد تنومندی که در را به روی ما گشوده بود، در آستانه در ورودی ساختمان ایستاده بود. وی به داخل رفت و قدری خود را کنار کشید تا دکتر مرموز بتواند وارد شود. در داخل راهرو دکتر مرموز لحظه‌ای در مقابل آینه بزرگی با قاب آب‌طلا ایستاد و سرش را جلو برد و با انگشت اشاره و انگشت میانه روی موهای کوتاه شقیقه‌اش کشید، سپس به فارسی اما با همان لحن بی‌احساس خطاب به مرد تنومند گفت: «دیدی احسان؟ دو تا موی سفید.»

مرد تنومند که معلوم شد نامش احسان است، چیزی نگفت و سر به زیر افکند. متوجه شدم که پرده نازکی از اشک چشمانش را فرا گرفت. موضوع چه بود؟ مرد

تنومند از نظر سنی می‌توانست پدر دکتر مرموز باشد. اما اشکی که چشمان او را فرا گرفته بود، هیچ واکنشی در چهره و رفتار دکتر مرموز برنیانگیخت.

ما هم از کنار آینه رد شدیم. هنگام عبور در آینه به خودم نگاه کردم. می‌دانستم که من هم چند تار موی سپید دارم، اما بدون دقت نمی‌شد آن‌ها را دید. در آینه متوجه الیزا شدم که پشت سرم بود. در چهره‌اش ترس و کنجکاوی به یکسان به چشم می‌خورد. از راهرو گذشتیم و وارد اتاق بزرگی شدیم.

تعدادی مبل راحتی با بدنه چوبی و کلاسیک و دو فرش ساده اتاق را آراسته بود. در کنار یکی از مبل‌های راحتی یک میز کوتاه چوبی قرار داشت. اتاق از نور زرد یک چراغ آویز سه‌شاخه که در انتهای شاخه‌های مسین آن حباب‌های مات نقاشی شده‌ای قرار داشتند، روشن شده بود. در سمت راست دو پنجره به سمت حیاط باز می‌شد و از آن‌ها می‌شد باغچه‌های گل را دید که اکنون نور چراغی در حیاط بر آن‌ها می‌تابید. در سمت دیگر اتاق، روبه‌روی در ورودی یک کمد چوبی با درهای شیشه‌ای به چشم می‌خورد. در پشت درهای شیشه‌ای کمد چند ردیف کتاب با جلد چرمی، شاید کتاب‌های دست‌نویس و عتیقه چیده شده بود.

با دیدن قفسه کتاب‌ها همه چیز برای من روشن شد. دکتر مرموز احتمالاً یک کلکسیونر کتاب‌های دست‌نویس بود. این افراد معمولاً روابط زیادی دارند و به‌سرعت از پیدا شدن آثار جدید آگاه می‌شوند. او به شکلی از یافتن کتاب‌های دست‌نویس جیلیانی و بنتونینی آگاه شده و اقدام به سرقت آن‌ها کرده بود. اما هنوز نمی‌دانستم که این دست‌نویس‌ها چه ارزش خاصی برای او داشتند.

دکتر مرموز به سوی قفسه کتاب‌ها رفت: «شما اولین ایتالیایی‌هایی نیستید که به فیل‌بند آمده‌اید.»

و با دست به مبل‌های راحتی اشاره کرد تا بنشینیم. در چهره او هیچ احساسی را نمی‌توانستم تشخیص دهم؛ نه دوستی یا دشمنی، نه خشونت یا تشویش، نه نگرانی یا شادی. این موضوع خود دهشت‌انگیز بود. کسی که به هیچ وجه نمی‌شد حرکت بعدیش را حدس زد.

دکتر باستیانی به سوی یکی از کاناپه‌ها که نزدیک پنجره بود رفت، نشست و گفت: «یاکوپو جیلیانی و کُزیمو بنتونینی هم این‌جا بوده‌اند. درست است؟»

من و الیزا از کنار در چند قدم جلوتر آمدیم و نزدیک به کاناپه ایستادیم. احسان، مرد تنومند، در آستانه در ایستاده و دکتر مرموز را زیر نظر داشت. او به کمد کتاب‌ها نزدیک شد و کوشید داخل درِ شیشه‌ای آن بازتاب چهره خود را ببیند و باز انگشتان اشاره و میانه را روی موهایِ شقیقه خود کشید. احسان که گویا ما را نمی‌دید و فقط به او نظر داشت، باز سر به زیر افکند. دکتر مرموز در کمد را گشود، کتابی از میان کتاب‌های دیگر بیرون کشید، آن را باز کرد، به صفحه‌ای از آن خیره شد و بدون این‌که سر بلند کند، گفت: «یاکوپو یک روستایی به تمام معنا بود؛ جان‌سخت، مهربان، ساده‌دل و تا مرز نادانی وفادار. نباید آن زمان به فلورانس بازمی‌گشت. سال‌ها بود که همه او را فراموش کرده بودند و دیگر کسی منتظر بازگشت او نبود.»

با این سخنان انگیزه او برای سرقت دست‌نویس‌ها برای من مشخص شد. او به سرنوشت و زندگی کسانی که زمانی در فیل‌بند که شاید زادگاه او باشد بوده‌اند، علاقه‌مند بود و به این دلیل مایل به داشتن دست‌نویس‌های یاکوپو جیلیانی و کُزیمو بنتونینی بود که گویا واقعاً زمانی گذارشان به فیل‌بند افتاده بود. اگرچه او مانند دکتر باستیانی از یاکوپو جیلیانی صحبت نمی‌کرد و علاقه یا بی‌علاقگی آشکاری نسبت به یاکوپو جیلیانی در گفتارش احساس نمی‌شد.

دکتر باستیانی از پنجره به بیرون نگاه کرد. هوا تاریک شده بود. دکتر مرموز کتابی را که در دست داشت، بست و رو به دکتر باستیانی ادامه داد: «کزیمو اما بسیار زیرک و باهوش بود.»

سپس، نگاهی به کتاب‌های داخل قفسه انداخت و ادامه داد: «زبان فارسی را بهتر از یک اصفهانی صحبت می‌کرد. او در راه فلورانس با شنیدن اخبار جنگ و خبر مرگ یاکوپو و سوزاندن باروبنه‌اش از میان راه به اسپانیا گریخت و در آن‌جا پس از چند سال تاجر بزرگی شد و تا مرگ خود در ناز و نعمت زندگی کرد.»

الیزا پرسش‌گرانه به من نگاه کرد. معلوم بود که دکتر مرموز این اطلاعات وسیع و نادر درباره یاکوپو جیلیانی و کُزیمو بنتونینی را از کتاب‌هایی به دست آورده که در مجموعه شخصی خود جمع‌آوری کرده بود. بی‌شک در کتاب‌هایی که او داشت،

اطلاعات بیشتر و دقیق‌تری درباره رُکاآتِک و پَروَک موجود بود. سرنوشت یاکوپو جیلیانی و کزیمو بنتونینی برای من چندان مهم نبودند. بیشتر مایل بودم اطلاعاتی درباره پَروَک به دست بیاورم. پَروَک اگر نمی‌توانست بیماری الیزا را درمان کند، شاید می‌توانست دردهایی را که او در پیش داشت، کاهش دهد.

پرسیدم: «رُکاآتِک کجا است؟ شما می‌دانید پَروَک را کجا می‌توان پیدا کرد؟»

دکتر مرموز در شیشه‌ای کمد را بست و در حالی که به‌آرامی از پیش کمد به طرف پنجره می‌رفت، گویا شعری را دکلمه می‌کند، گفت: «پَروَک! داروی زندگی و داروی مرگ. شوخی طبیعت یا شاهکار آفرینش. آن زندگی که پَروَک می‌بخشد تنها پَروَک می‌ستاند...»

من نمی‌فهمیدم او می‌کوشید پَروَک را ریشخند کند یا بستاید، اما لحن او باز یکنواختی بی‌روح خود را باز یافت: «نیروی نادر و خدایی پَروَک در تخم آن بود و هر گل جز دو تخم نمی‌آورد و هر گیاه تنها هرچند سال گلی می‌آورد و به همین دلیل بوته‌های پَروَک در همه دامنه‌های البرز یا به قول یاکوپو رُکاآتِک انگشت‌شمار بودند و برای یافتن یک گل سال‌ها صبر و انتظار لازم بود.»

دکتر مرموز وقتی به کنار میز چوبی کنار کاناپه رسید، کتابی را که در دست داشت روی آن گذاشت و از پشت سر دکتر باستیانی رد شد. احسان هم از پشت من و الیزا رد شد و تا نزدیک پنجره رفت. دکتر مرموز در کنار پنجره صورتش را به آن نزدیک کرد و به تصویر خود در آن خیره شد. انگشت اشاره و انگشت میانه را بر پیشانی خود کشید، سپس پیشانی خود را به سوی احسان پیش آورد و به فارسی به او گفت: «ببین! یک چین.»

و من برای نخستین بار در چهره او نشان کوچکی از یک لبخند دیدم.

احسان نفس عمیقی کشید و به‌جای او به من و الیزا نگاه کرد. الیزا گلی را که در دست داشت بویید.

دکتر مرموز صحبت خود را پی گرفت: «چند سال پی‌درپی این ناحیه دچار گرمایی شدید و غیر معمولی شد و به دنبال آن همه بوته‌های پَروَک برای همیشه از میان رفتند. کمی از تخم‌های آن در نزد کسانی که نمی‌دانستند چگونه از آن استفاده کنند

باقی بود و برخی کوشیدند پَروَک را در جاهای دیگر بپرورند، اما پَروَک هیچ جا را به‌جز رُکاآتِک برای زندگی کردن دوست نداشت.»

من مانند کودکانی که به قصه‌های سحرآمیز مادربزرگ خود گوش می‌دهند، به سخنان دکتر مرموز گوش می‌دادم و توانایی جدا کردن حقیقت و افسانه را نداشتم.

گفتم: «یعنی پَروَک واقعاً...»

دکتر مرموز گفت: «پَروَک همان‌گونه بود که یاکوپو نوشته است.»

دکتر باستیانی کمر خود را روی مبلی که درون آن فرو رفته بود، راست کرد و بدون مقدمه گفت: «دست‌نویس‌های من پیش شما هستند. درست است؟»

این پرسش او مرا به وحشت انداخت. پرسش نابه‌جا و خطرناکی بود و الیزا هم با وحشت به من نگاه کرد. دکتر مرموز با سر به احسان اشاره‌ای کرد و وی از اتاق خارج شد. چه قصدی در سر داشتند؟

دکتر مرموز گفت: «باید اقرار کنم که شما مرا قدری غافلگیر کردید. فکر نمی‌کردم که شما تا این حد از خود سماجت نشان دهید و بتوانید مرا پیدا کنید.»

پس او به‌خوبی همه ما را می‌شناخت. وی دوباره از پشت سر دکتر باستیانی آرام به سوی کمد کتاب‌ها رفت. دکتر باستیانی ابتدا از روی یک شانه و سپس از روی شانه دیگر به او نگاه کرد. احسان هم از پشت سر ما به‌جای خود کنار در و روبه‌روی دکتر مرموز برگشت.

دکتر مرموز وقتی که از کنار میز چوبی رد می‌شد، کتابی را که قبلاً روی آن گذاشته بود، باز برداشت: «من امید خود را برای یافتن آخرین دانه‌های پَروَک از دست داده بودم تا این‌که نوشته شما را در مجله تحقیقات کلاسیک یل خواندم و فهمیدم کتاب یاکوپو پیدا شده است.»

در همین لحظه، احسان به اتاق بازگشت. او بزغاله دکتر باستیانی را در دست داشت و به سوی دکتر مرموز رفت. الیزا با دیدن کیف پدر خود گلی را که در دست داشت به سوی دکتر مرموز که اکنون باز کنار قفسه کتاب ایستاده بود، پرتاب کرد و فریاد کشید: «دزد کثیف...»

و به سوی او حمله کرد، اما احسان چون سدی در مقابل او قرار گرفت و الیزا به سینه او خورد. دکتر باستیانی از جای خود بلند شد. احسان با پنجه درشت دست آزادش بازوی راست الیزا را محکم گرفت. الیزا در حالی که می‌کوشید خود را رها کند، گفت: «به خاطر شما می‌خواستند ما را بکشند!»

دکتر باستیانی با لحن آمرانه‌ای که برای نخستین بار از او می‌شنیدم و به ایتالیایی خطاب به الیزا چیزی گفت. معلوم بود او را دعوت به آرامش می‌کند.

دکتر مرموز به الیزا نگاه کرد و با خونسردی کامل، بدون این‌که ذره‌ای عصبانیت یا خشونت در آن مشاهده شود، با همان لحن بی‌روح خود گفت: «باور کنید مرگ بدترین حادثه زندگی نیست. مرگ حتی تنها قسمت لازم زندگی است.»

احسان به دکتر مرموز نگاه کرد و به اشاره او بازوی الیزا را رها کرد. الیزا با دست چپ بازوی راست خود را کمی مالید و کمی آرام‌تر از پیش در پاسخ دکتر مرموز گفت: «برای آدم‌کش‌ها مرگ لازم‌ترین چیز است...»

و رو به من کرد: «باید پلیس را خبر کنیم. این مرد قصد کشتن ما را داشت.»

و باز رو به او کرد: «دزد جنایتکار!»

دکتر باستیانی باز هم به ایتالیایی به الیزا چیزی گفت. من بازوی الیزا را از پشت گرفتم و او را کمی عقب کشیدم و آرام گفتم: «خونسرد باش الیزا!»

دکتر مرموز لحظه‌ای تأمل کرد تا الیزا ساکت شود. سپس به همان آرامی گفت: «کاش من هم می‌توانستم مانند شما خشمگین شوم...»

و به من نگاه کرد و ادامه داد: «... یا متأثر یا شاد. اما مدت‌ها است که خشم یا محبت دیگران، زیبایی و زشتی همه بر من بی‌اثر است.»

به‌راستی که او عاری از هر حس انسانی می‌نمود. او چون مجسمه‌ای سنگی بود که هیچ چیز حالت چهره و به یقین حالت درونیش را تغییر نمی‌داد. سکوت برقرار شد. تنها الیزا زیر لب چیزهایی به ایتالیایی می‌گفت.

دکتر باستیانی باز سر جای خود نشست و پس از لحظه‌ای گفت: «آخرین دانه‌های پَروَک پیش من بودند. درست است؟»

الیزا با شنیدن این جملات پدرش ساکت شد و به من نگاه کرد. من هم مانند او متوجه منظور دکتر باستیانی نشدم. با حیرت به یکدیگر نگاه کردیم و منتظر پاسخ دکتر مرموز شدیم. به اشاره دکتر مرموز احسان بزغاله را به سوی دکتر باستیانی برد و کنار او روی مبل راحتی گذاشت.

دکتر مرموز گفت: «یاکوپو از معدود کسانی بود که موفق شده بود چند گل پَروَک بیابد. او قصد داشت با دانه‌هایی که یافته بود، پَروَک را در فلورانس پرورش دهد و ارباب‌های خود را با آن‌ها درمان کند. برای بردن دانه‌ها به فلورانس آن‌ها را در جلد کتاب خود پنهان کرد تا هم گم نشوند و هم به دست کسی نیفتند.»

تازه فهمیدم چرا جلد کتاب یاکوپو جیلیانی بیش از حد معمول ضخیم بود. اگرچه متوجه آن شده بودم، اما ظنی در من برنیانگیخته بود. دکتر باستیانی بزغاله را گشود و دست‌نویس یاکوپو جیلیانی را از آن خارج کرد. جلد چرمی دست‌نویس از میان بریده شده و قسمت پایینش از آن جدا شده بود.

دکتر مرموز انگشتان نشانه و میانه خود را آرام روی پیشانی خود کشید، گویا می‌خواست چینی را که بر پیشانیش بود، لمس کند و ادامه داد: «یاکوپو اطلاعاتی را که درباره پَروَک و گیاهان دیگری که خواص غیرِ معمولی و اسرارآمیز داشتند، جمع‌آوری کرده بود و به رمزی که در ابداعش کُزیمو هم سهم بزرگی داشت، در کتاب خود نگاشته بود. برای این‌که در صورت پیش آمدن حادثه‌ای درِ سفر بازگشتشان که قدری غیر منتظره بود، اسرار نوشته‌های یاکوپو برملا نشود، کزیمو پیشنهاد کرد کتاب رمزگشایی نزد او باشد و او از راه دیگری به فلورانس برود.»

دکتر مرموز کمیِ فکر کرد و گفت: «پیشنهاد عاقلانه‌ای که هم دانه‌ها را نجات داد و هم زندگی خود کزیمو را.»

چقدر مایل بودم دست‌نویس‌های دکتر مرموز را که منبع این اطلاعات وسیع درباره یاکوپو جیلیانی و کُزیمو بنتونینی بودند، بخوانم. هر کدام از کتاب‌های آن کمد چوبی به یقین منحصربه‌فرد بود و ارزش گنج گران‌بهایی را داشت و گوشه پنهان و اسرارآمیزی از تاریخ را افشا می‌کرد. اما او دانه‌های پَروَک را برای چه می‌خواست و با دانه‌هایی که از دکتر باستیانی دزدیده بود، چه کرده بود؟ شاید به‌راستی می‌شد از آن دانه‌ها دارویی برای درمان بیماری الیزا به دست آورد.

پرسیدم: «دانه‌های پَروَک حالا کجا هستند؟ شما با آن‌ها چه کردید؟ آن‌ها قانوناً متعلق به دکتر باستیانی هستند.»

«قانوناً؟...»

دکتر مرموز باز خودش را در شیشه قفسه نگاه کرد: «من مسن‌تر از آن هستم که ملزم به پایبندی به قانون، اخلاق، مذهب یا چیز دیگری باشم.»

سپس رو به من کرد و گفت: «من از آن آخرین دانه‌های پَروَک برای برگردان یک زندگی به مسیر طبیعیش استفاده کردم. تنها دانه‌های پَروَک می‌توانند اثر خود را خنثی کنند.»

متوجه منظور او نشدم. چشمان احسان را باز پرده اشکی فرا گرفت و او سر خود را به زیر افکند.

گفتم: «آن دانه‌ها را می‌شد در آزمایشگاه پرورش داد...»

دکتر مرموز سخن مرا قطع کرد و گفت: «پَروَک مدت‌ها پیش مرده است. زنده کردن مردگان یا زنده نگه داشتن مردنی‌ها به اندازه کشتن زندگان خطا است.»

چطور انسانی می‌توانست چنین بیندیشد؟ یعنی ما باید تسلیم مرگ الیزا می‌شدیم، بدون این‌که کاری علیه آن انجام دهیم؟

فریاد زدم: «شما مگر...»

احسان به طرف من آمد و دکتر مرموز آن‌گونه که گویا فریاد مرا نشنیده است، گفت: «ببخشید، اما من خیلی احساس خستگی می‌کنم.»

من هیچ خستگی در چهره او نمی‌دیدم. او به سوی دکتر باستیانی رفت و کتابی را که در دست داشت، به سوی او دراز کرد: «اجازه بدهید این کتاب یادداشت‌های کزیمو را به جبران خسارتی که به کتابتان وارد شده و مشکلاتی که برایتان ایجاد شده است، به شما هدیه بدهم.»

دکتر باستیانی کتاب را از دست او گرفت.

دکتر مرموز آرام به سمت در رفت و پیش از خارج شدن از در لحظه‌ای تأمل کرد و رو به الیزا گفت: «به پدر مارکُنی فقط گفته بودم که به دست‌نویس یاکوپو احتیاج دارم.»

به خاطر آوردم که به گفته دکتر باستیانی پدر مارکُنی قصد خرید دست‌نویس او را داشت. دکتر مرموز سپس مکثی کرد و در حالی که از اتاق خارج می‌شد، گفت: «ایشان برای برآوردن نیازهای دوستانشان روش‌های خاصی دارند.» و از در خارج شد.

دکتر باستیانی برخاست و فریاد کشید: «صبر کنید!»

اما درِ اتاق پشت سر دکتر مرموز بسته شد.

۱۰

وقتی از خانه دکتر مرموز خارج شدیم، هوا تاریک و سرد و آسمان صاف و پر از ستاره بود. ماه را نمی‌دیدم، اما حضور روشنی‌بخش آن را احساس می‌کردم. دکتر باستیانی که تلاشش برای گفت‌وگوی بیشتر با دکتر مرموز با مقاومت احسان روبه‌رو شده و بی‌نتیجه مانده بود، بزغاله را زیر بغل خود داشت و در فکر فرو رفته بود. حتی در آن تاریکی نیز خطوط افسردگی در چهره‌اش نمایان بود. الیزا که لحظاتی پیش آن‌گونه خشمگین شده بود، اکنون آرام‌تر و خونسردتر از پدرش و من بود. من هم غمگین بودم. اگرچه من فردی خرافاتی نیستم، اما در لحظاتی از روزی که تازه به پایان رسیده بود، واقعاً وجود پَروَک و نیروی شفابخش آن را باور کرده بودم و نجات الیزا از بیماریش را ممکن و در فاصله‌ای در دسترس می‌دیدم. اکنون باور کردن این‌که ای.اِل.اِس. نقطه پایانی بر زندگی الیزا خواهد نهاد، برایم دوچندان تحمل‌ناپذیر و خردکننده بود. نه، به معجزه معتقد نشده بودم، اما دریافته بودم که چه آرزویی دارم و از این‌که می‌دیدم این آرزو هرگز تحقق نخواهد یافت، خشمگین بودم. آرزو داشتم الیزا قسمتی از زندگیم شود و برای همیشه نزد من بماند.

آرام در راه خاکی و خیس میان درختان پیش رفتیم تا به نزدیکی جاده فیل‌بند رسیدیم. وقتی وارد جاده شدیم، هلال بسیار نازک ماه را در نزدیکی قله‌ای در دوردست‌ها دیدیم. الیزا دست پدرش را گرفت و گفت: «پدر، تلاش شما موفقیت‌آمیز بود و توانستید همه رازهای دست‌نویس‌ها را کشف کنید...»

و لبخندی زد و اضافه کرد: «یک کتاب مجانی هم به دست آوردید.»

به دکتر باستیانی نگاه کردم. او به‌زحمت لبخند زد. الیزا حتی اکنون هم بیشتر به پدرش می‌اندیشید تا به خود. وقتی که وارد جاده شدیم و به سمت پایین به سوی محل سکونتمان پیچیدیم، من لحظه‌ای ایستادم. الیزا و دکتر باستیانی دو قدم جلوتر از من ایستادند و با تعجب مرا نگاه کردند.

من گفتم: «اگر اجازه بدهید، من مایلم کمی قدم بزنم.» و به جهت مخالف اشاره کردم.

دکتر باستیانی گفت: «البته، راحت باشید ما راه را گم نمی‌کنیم. ما ایتالیایی‌ها این‌جا اهل محل به حساب می‌آییم.» و باز به‌زحمت لبخندی زد.

به سمت بالا حرکت کردم: «نیم ساعت دیگر برمی‌گردم.»

هنوز جمله‌ام به پایان نرسیده بود که الیزا هم به دنبالم آمد: «من هم همراه تو می‌آیم...» و به پدرش نگاه کرد.

دکتر باستیانی گفت: «خیلی خوب تو هم برو. من خسته هستم. زود برگردید.» و به سمت خانه روان شد.

چند قدم که از دکتر باستیانی دور شدیم. الیزا درباره پدرش گفت: «حتماً می‌خواهد کتابی را که تازه به دست آورده نگاه کند.» و لبخند زد.

بدون این‌که چیزی بگویم، کوشیدم لبخند او را با لبخند پاسخ دهم. بغض گلویم را می‌فشرد و حرف زدن برایم دشوار بود. سربالایی جاده خلوت را در سکوت پیش رفتیم. می‌کوشیدم که به افکارم کمی نظم و ترتیب بدهم و تلاش می‌کردم بفهمم دیدار ما با دکتر مرموز چه نتایجی برای دکتر باستیانی، برای الیزا و برای سفر ما داشته است.

الیزا گفت: «برای پدرم سفر خیلی خوب و موفقیت‌آمیزی بود و او این موفقیت را تا حد زیادی مدیون حمایت و همکاری تو است.»

به‌زحمت بغض خود را فرو خوردم و گفتم: «من که کار مهمی انجام ندادم.»

این شکل برخورد الیزا که می‌خواست نشان دهد به سرنوشت خود فکر نمی‌کند و از موفقیت پدرش خوشحال است، اکنون دیگر آزاردهنده بود و توانایی گفت‌وگو را از من می‌گرفت. شاید او به خود فکر نمی‌کرد، اما من تنها به فکر او بودم. وارد راه باریکی شدیم که از جاده جدا می‌شد و پس از چند لحظه به فراز تپه‌ای رسیدیم. چراغ‌های پراکنده چند خانه در فیل‌بند و پایین‌تر از آن در فاصله‌ای دور نورهای شهری ساحلی دیده می‌شدند. آن سوی شهر تاریکی دریا شروع می‌شد و در دوردست‌ها به سیاهی آسمان می‌پیوست. ما کنار هم ایستاده بودیم و تاریکی و آسمان را تماشا می‌کردیم. شبی چنین شفاف هرگز ندیده بودم. ستاره‌ها همه آسمان را تا دریا که زیر پای ما بود، تنگ پوشانده بودند. در باد ملایمی که می‌وزید، احساس می‌کردم من نیز جرمی آسمانی هستم و در میان ستارگان غمگین نشسته‌ام.

الیزا پرسید: «بلندی این کوه‌ها چقدر است.»

ظاهراً می‌کوشید مرا به حرف بکشد. برگشتم و نگاه کوتاهی به پشتم انداختم. شبح تاریک کوه پیدا بود: «بلندترین قله این رشته کوه‌ها دماوند است که حدود شش هزار متر از سطح دریا ارتفاع دارد.»

نام دماوند همیشه برایم یادآور آرش کمانگیر بوده است و اکنون چنان احساس ضعف و ناامیدی می‌کردم که به قهرمانی چون او نیاز داشتم: «می‌دانی، در یکی از افسانه‌های کهن ایرانی، تورانیان که در جنگ با ایران بودند، لشکر ایران را در مازندران محاصره می‌کنند و ایرانیان چون مقاومت را بی‌نتیجه می‌بینند، به آن‌ها پیشنهاد صلح می‌دهند. تورانیان صلح را می‌پذیرند و برای تحقیر ایرانیان شرط صلح را این قرار می‌دهند که یک تیرانداز ایرانی تیری از کوه دماوند پرتاب کند و هر کجا که تیر فرود آمد مرز ایران و توران شود...»

داستان آرش به من نیرو می‌داد و گرمای نگاه الیزا را بر گونه‌های خود احساس می‌کردم: «... کمانگیری به نام آرش عهده‌دار پرتاب این تیر می‌شود. او از بابل به قله دماوند صعود می‌کند...»

لحظه‌ای سکوت کردم و با خود اندیشیدم، شاید آرش از همین تپه‌ای که ما اکنون بر فراز آن ایستاده‌ایم، هم رد شده باشد: «... و از آن‌جا تیر خود را پرتاب می‌کند و در

دم جان خود را از دست می‌دهد. تیر او یک روز و نیم پرواز می‌کند و صدها فرسنگ دورتر فرود می‌آید و محل فرود آن مرز ایران و توران می‌شود.»

الیزا پس از لحظه‌ای سکوت گفت: «چه داستان زیبایی!»

و کمی به من نزدیک‌تر شد. گرمای بازوی او را در بازوی خود احساس کردم، اما شهامت نگاه کردن به او را نداشتم. آرزو می‌کردم می‌توانستم لحظه‌ای بیماری او را فراموش کنم و به او بگویم که دوستش دارم و می‌خواهم برای همیشه به هم تعلق داشته باشیم. چه این «همیشه» یک روز باشد چه صد سال. من اگرچه آن‌قدر احساساتی نیستم که نتوانم خودم را کنترل کنم، اما در آن لحظه ناخواسته اشک چشمانم را فرا گرفت. الیزا که در تمام مدت به من خیره شده بود، گفت: «بهروز تو خیلی احساساتی هستی. چرا گریه می‌کنی؟»

دیگر نتوانستم خودم را کنترل کنم و شروع به گریه کردم و در میان گریه گفتم: «من از موضوع اطلاع دارم.»

الیزا با تعجب پرسید: «از کدام موضوع؟»

«از بیماری تو! دکتر باستیانی همه چیز را برایم تعریف کرده است.»

الیزا خندید و گفت: «نمی‌دانم پدرم چه قصه‌ای برای تو تعریف کرده است، اما من از نظر سلامتی هیچ مشکلی ندارم.»

در میان گریه و با لکنت پرسیدم: «یعنی...، یعنی تو نمی‌میری.»

الیزا خنده بلندی کرد: «نه، فکر نمی‌کنم به این زودی‌ها بمیرم. به علاوه...»

کوشید لحن بی‌احساس دکتر مرموز را تقلید کند: «مرگ بدترین حادثه زندگی نیست!»

و دوباره خندید و من بی‌اختیار او را در آغوش کشیدم و گونه‌هایش را بوسیدم. او هم دستان خود را گرد کمر من حلقه کرد و بوسه‌های شادی من به بوسه‌هایی عاشقانه و طولانی تبدیل شد.

من هرگز به ستاره‌ها چنین نزدیک نبودم.

شنبه

۱

کمی از ساعت ده گذشته بود که بیدار شدم. دیگران مشغول خوردن صبحانه بودند. شب پیش وقتی که من و الیزا به محل اقامت خود در فیلبند برگشتیم، هر دو از سرما می‌لرزیدیم. از شادی و هیجان تا نزدیکی‌های صبح نتوانستم بخوابم. میزبان ما برای من، دکتر باستیانی و آقای به‌آور در اتاقی که مشرف به ایوان بود، تشک‌هایی روی زمین پهن کرده بود. نیمه‌های شب چند بار برخاستم و آهسته روی ایوان رفتم و شب، این زیباترین شب زندگیم را، تماشا کردم. آسمان پرستاره فیلبند پس از غروب ماه عظمت بیشتری یافت. تاب تحمل دوری الیزا را نداشتم. بی‌صبرانه منتظر طلوع آفتاب و بیدار شدن هم‌سفرهایم بودم. با این حال، پس از آن‌که هوا قدری روشن شد، از خستگی به خواب رفتم.

به جمع هم‌سفرانم در اتاقی پیوستم که دیشب الیزا و پروین خوابیده بودند. به‌آور با میزبانمان صحبت می‌کرد و گفته‌های او را درباره فیلبند و مازندران با افزوده‌های خود به انگلیسی ترجمه می‌کرد. دکتر باستیانی کمتر به او گوش می‌داد و بیشتر با پروین شوخی می‌کرد. الیزا هم دزدیده به من نگاه می‌کرد و لبخند می‌زد.

پس از صرف صبحانه آماده بازگشت به بابل شدیم و در ایوان خانه آخرین چای خود را نوشیدیم. دکتر باستیانی که بزغاله‌اش را در کنار خود داشت، یک بار دیگر آن را گشود و کتابی را که دکتر مرموز به او داده بود، از آن خارج کرد. ورق زد، صفحه‌ای از آن را چند لحظه نگاه کرد، آن را بست و دوباره در کیف خود جا داد و گفت: «می‌خواهم حتماً یک بار دیگر پیش از رفتنمان با خواجه...»

مکثی کرد و ادامه داد: «با دکتر... اسمش چی بود؟»

من گفتم: «دکتر مرموز!»

الیزا خندید و دکتر باستیانی ادامه داد: «... باید حتماً او را دوباره ببینم. او باید چند موضوع را برای من روشن کند.»

به کیف خود نگاه کرد و ادامه داد: «در مورد کُزیمو بنتونینی هم چند سؤال دارم.»

دکتر باستیانی به‌راستی فکر می‌کرد که دکتر مرموز همان خواجه نصیر درازعمر است. اما این خیال‌بافی او دیگر مرا اذیت نمی‌کرد.

الیزا گفت: «اگر شما پیش او می‌روید، من هم می‌روم یک کمی از اطراف فیل‌بند عکس بگیرم.»

و به پروین نگاه کرد: «پروین تو هم می‌آیی؟»

و از کیف خود یک قوطی کوچک و از درون آن کپسولی صورتی رنگ بیرون آورد و در دهان گذاشت.

پروین پرسید: «این چه قرصی است که می‌خوری؟»

الیزا گفت: «این ویتامین است، برای تقویت رشد مو.»

لحظاتی بعد همه ما خانه‌ای را که در آن به سر برده بودیم، ترک کردیم. قدری از راه را با هم رفتیم تا به راهی که به خانه دکتر مرموز می‌رفت، رسیدیم. پیش از این‌که از هم جدا شویم، الیزا آرام در گوش من گفت: «می‌خواهم از تپه‌ای که همدیگر را بوسیدیم، عکس بگیرم!»

و خندید و به دنبال پروین و آقای به‌آور که او هم در سیاحت فیل‌بند آن‌ها را همراهی می‌کرد، دوید. من و دکتر باستیانی وارد راه جنگلی شدیم.

کمی که از جاده فاصله گرفتیم، از فرصت پیش آمده استفاده کردم و از دکتر باستیانی پرسیدم: «چرا شما به من گفتید که الیزا به ای.اِل.اِس. مبتلا است؟»

دکتر باستیانی با تعجب به من نگاه کرد و گفت: «چی؟ الیزا؟ کی من چنین حرفی زدم؟»

یعنی واقعاً به خاطر نمی‌آورد؟

گفتم: «آن روز در رم... در سالن هتل!»

دکتر باستیانی گفت: «من نگفتم الیزا به این بیماری دچار است. گفتم مادرش به این بیماری دچار بود و این بیماری باعث مرگش شد.»

«ولی شما گفتید که الیزا هم به این بیماری مبتلا است.»

«نه، من گفتم...»

دکتر باستیانی یک لحظه از حرکت ایستاد: «... مثل این‌که شما منظور مرا اشتباه فهمیده‌اید. شاید می‌خواستم بگویم که چون بسیاری از بیماری‌ها ارثی هستند، ممکن است الیزا هم به آن مبتلا شود.»

«ولی ای.اِل.اِس. یک بیماری ارثی نیست.»

«شما از کجا می‌دانید؟»

«رضا به من گفت. در مورد این بیماری با او صحبت کردم.»

دکتر باستیانی دوباره به راه افتاد: «رضا از کجا می‌داند. به حرف پزشک‌ها نباید زیاد اعتماد کرد.»

رضا دکتر بسیار قابلی بود. گفتم: «رضا...»

دکتر باستیانی سخن مرا قطع کرد: «نمی‌خواهم بگویم رضا پزشک قابلی نیست. منظورم این است که به پزشکی مدرن نباید زیاد اعتماد کرد.»

می‌دانستم که چنین بحثی بی‌نتیجه است و چیزی نگفتم. پس از چند لحظه دکتر باستیانی گفت: «به هر حال، خطر ابتلا به این بیماری برای او خیلی بیشتر از من و شما است.»

شاید هم یک سوء تفاهم بوده است. به هر حال، نمی‌توانستم از دست دکتر باستیانی ناراحت باشم. الیزا بیمار نبود و من عاشق او بودم. زندگی زیباتر از آن بود که از دست کسی عصبانی باشم. دنیا زیبا بود. فیل‌بند و کوه‌ها زیبا بودند. اگرچه در اروپا جاهای متفاوتی از اسپانیا تا ایتالیا را دیده بودم، اما هرگز جایی به زیبایی فیل‌بند ندیده بودم. افسوس می‌خوردم که چرا وقتی در ایران زندگی می‌کردم، به این‌جا نیامده بودم.

وقتی به در خانه دکتر مرموز رسیدیم، دیدیم که سه ماشین سواری جلوی خانه پشت سر هم پارک کرده‌اند. شب پیش ماشینی آن‌جا نبود. از کنار ماشین‌ها گذشتیم و وقتی که به کنار در رسیدیم، متوجه شدیم که در خانه باز است و صدای گفت‌وگوی آرام چند نفر شنیده می‌شود. در زدیم. پس از چند لحظه صدای پایی شنیدیم و احسان در میان در ظاهر شد. نه تنها غمگین‌تر از دیشب به نظر می‌رسید، بلکه چشمانش سرخ و ورم کرده بود و دستمال آبی رنگی در دست داشت.

دکتر باستیانی گفت: «ببخشید، اگر آقای دکتر وقت دارند، من خیلی مایلم چند لحظه با ایشان صحبت کنم.»

احسان با دستمالی که در دست داشت، گوشه چشمش را پاک کرد و با بغض به انگلیسی و رو به دکتر باستیانی گفت: «متأسفانه پدرم...»

چند لحظه فکر کرد. گویی کلماتی را که می‌خواست به خاطر نیاورد. به همین جهت، رو به من به فارسی ادامه داد: «دکتر دیشب دار فانی را وداع کرد.»

از شنیدن این خبر کاملاً غافلگیر شدم و به دکتر باستیانی نگاه کردم. او هم همچون من متحیر به نظر می‌رسید. گویا متوجه منظور احسان شده بود. موضوع را به او گفتم و به احسان تسلیت گفتم. وی با دستمال گوشه چشم دیگرش را نیز پاک کرد: «این خواسته خود او بود. پس از این‌که دارویی را که دیروز درست کرده بود خورد، به‌سرعت رو به پیری گذاشت.»

سخنان او را برای دکتر باستیانی ترجمه می‌کردم. احسان صدایش را به‌زحمت صاف کرد و ادامه داد: «نیمه‌شب که مرا صدا کرد همه موهایش سپید شده بود... در عرض چند ساعت... هرچند انتظار نداشت به این سرعت پیر شود، اما ترس نداشت و حتی خوشحال بود...»

به نظر می‌آمد که دکتر مرموز دارویی ساخته است که به‌جای عمر دادن به او باعث مرگش شده است.

احسان گوشه‌های هر دو چشم و بینیش را با دستمال پاک کرد و با بغض ادامه داد: «خیلی غیر منتظره بود... بعد از این همه...»

در همین لحظه صدای زنی شنیده شد: «عمو احسان!»

احسان رو به دکتر باستیانی و باز به انگلیسی گفت: «ببخشید، من باید...»

دکتر باستیانی گفت: «البته... تسلیت می‌گویم.»

احسان به داخل خانه رفت و در را پشت سر خود بست. ما چند لحظه بی‌حرکت و خاموش همان جا ایستادیم. گفت‌وگوی آرام ساکنان ناشناس خانه با زمزمه شکننده برگ‌ها در نسیم سرد فیل‌بند مخلوط می‌شد و فضای جنگل را مغموم می‌کرد. دکتر باستیانی افسرده‌تر از احسان به نظر می‌رسید. چند لحظه به برگ‌های درختی که نیمی از آن بر حیاط خانه سایه افکنده بود نگاه کرد و پرسید: «گفت پدرم؟»

«بله... نمی‌دانم چه می‌خواست راجع به پدرش بگوید!»

چند هفته بعد

۱

سفر ایران سفری فراموش‌نشدنی بود. پس از بابل به اصفهان رفتیم و یک هفته در آن‌جا بودیم. الیزا از اصفهان خیلی خوشش آمد. سانتینو هم همین‌طور... منظورم دکتر باستیانی است.

یک هفته اصفهان با الیزا زیباترین دوره زندگی من بوده است. الیزا بازارهای کهن، گنبدهای آبی مسجدها، حجره‌های تودرتوی پل‌ها و میدان‌های زیبای شهر را تماشا می‌کرد و من چشمان زیتونی و لبخند زیبای او را. او از دیدن شرقی‌ترین شهر دنیا خوشبخت بود و من از دیدن شعله‌های عشق در چشمان او.

هفته دیگر باید از پایان‌نامه دکتری خود «ردیابی اسطوره‌های شرقی در فرهنگ کهن غرب» دفاع کنم. آشنایی با سرگذشت یاکوپو جیلیانی و کزیمو بنتونینی گوشه‌های پنهانی از روابط فرهنگی شرق و غرب را برای من که این رابطه را فقط

در آثار شاعران و فیلسوفان بزرگ جست‌وجو می‌کردم، آشکار کرد. به نظر پروفسور کروگر قسمت‌های جدید پایان‌نامه من کیفیت آن را بسیار ارتقا داده‌اند.

پروین مدتی است که به ایتالیا نقل مکان کرده است و با سانتینو زندگی می‌کند. سانتینو تصمیم دارد در رابطه با کتاب کُزیمو بنتونینی یک سفر تحقیقاتی انجام دهد.

من هم پس از پایان دکتری خود به ایتالیا خواهم رفت. سانتینو شغلی در دانشکده میراث فرهنگی دانشگاه بولونیا در راونا برایم پیدا کرده است. همکارانم در کتاب‌خانه دولتی باواریا به‌ویژه ربه‌کا خیلی از رفتن من دلگیر هستند. گویا آن‌ها بیشتر از آن مرا دوست داشتند که گمان می‌کردم.

هفته پیش من و الیزا قرارداد اجاره خانه‌ای را در راونا امضا کردیم. یکی از عکس‌هایی را که الیزا از فیل‌بند گرفته بود، قاب کرده‌ام. این عکس تپه سرسبزی از فیل‌بند است که در پشت آن، در دوردست‌ها سایه کم‌رنگ چند کوه به چشم می‌خورد. نوار باریک و سفیدی از ابر در آسمان لاجوردی بالای کوه‌ها دیده می‌شود. یک قاب آبی برای عکس انتخاب کرده‌ام. نخستین کاری که در خانه جدید خود خواهم کرد، آویختن این عکس به دیوار است.

Eine verschlüsselte Schrift, eine nicht identifizierte Sprache, medizinische Inhalte – das mittelalterliche Voynich-Manuskript ist ein einziges Rätsel. Gemeinsam mit dem italienischen Philologen Dr. Bastiani reist Behrouz, ein Experte für orientalische Schriften, nach Florenz, um eine Übersetzung voranzutreiben. Doch die Wissenschaftler werden überfallen. Wer ist hinter ihrer Arbeit her – die Mafia oder sogar die Inquisition, die die vermeintlich ketzerische Geheimschrift zerstört sehen will? Was haben der Iran und die Medici mit dem mysteriösen Dokument zu tun? Und welches Geheimnis umgibt Elisa, Dr. Bastianis attraktive Tochter? Behrouz reist mit den Bastianis von München über Italien bis in seine magische Heimat, den Iran – und hinein in ein echtes Abenteuer.

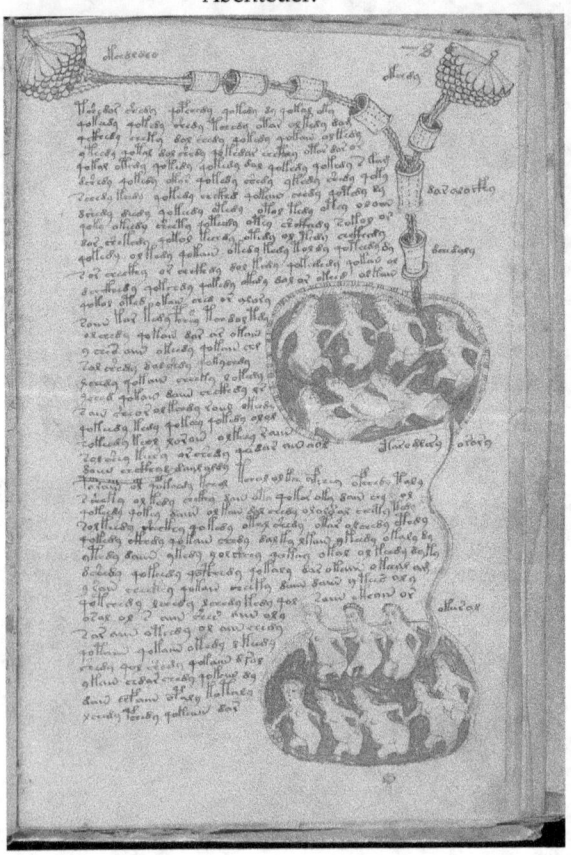

Parvak, das Kronblat des Lebes
(Roman)
Autor   Samsamoddin Rajaei
Umschlagkonzept   Mahsa Rajaei
Umschlaggestaltung   Sturnus Verlag
Verlag   Sturnus Verlag
                         www.sturnus-verlag.de
                         Postfach 46 06 25
                         80914 München
ISBN   978-3-946451-01-3
© 2016 Sturnus Verlag

Samsamoddin Rajaei

Parvak, Kronblatt des Lebens

(Roman, Persisch)

sturnus verlag
www.sturnus-verlag.de